GW01417940

Thérèse Lam

Alma und Gr(

Die unerhörte Leichtig

● atb aufbau taschenbuch

Thérèse Lambert

ALMA & GROPIUS

DIE UNERHÖRTE LEICHTIGKEIT DER LIEBE

Roman

atb aufbau taschenbuch

MIX
Papier aus verantwor-
tungsvollen Quellen
FSC
www.fsc.org   FSC® C083411

ISBN 978-3-7466-3867-6

Aufbau Taschenbuch ist eine Marke
der Aufbau Verlage GmbH & Co. KG

1. Auflage 2022
© Aufbau Verlage GmbH & Co. KG, Berlin 2022
Satz Greiner & Reichel, Köln
Druck und Binden CPI books GmbH, Leck, Germany
Printed in Germany

www.aufbau-verlage.de

Ich bin zwei: Ich weiß es.

Nur das Eine – welche ist die Wahre?
Werde ich nicht ihn und mich unglücklich
machen, wenn ich lüge? – Und lüge ich?
Diese(s) tiefe Gefühl der Seligkeit, wenn
er mich beglückt ansieht. Auch Lüge?
Nein – nein.

Ich muss die Andre bannen. Die, die bis
jetzt geherrscht hat – sie muss hinab. Ich
muss alles thun, um Mensch zu werden.
Alles – mit mir geschehen lassen.

ALMA SPINDLER, TAGEBUCH,
16. JANUAR 1902

KAPITEL 1
Tobelbad in der Steiermark, 2. Juni 1910

Da war sie wieder, die Melodie in ihrem Kopf. Alma schloss die Augen und versuchte, alle Geräusche auszublenden, das tiefe Atmen Gustavs neben sich, den das leise Rumpeln der Kutsche hatte einschlafen lassen. Ihr gegenüber saß Betty, die Gouvernante, und erzählte Anna, Almas und Gustavs sechsjähriger Tochter, mit leiser Stimme ein Märchen. Auch das blendete Alma aus, gab sich den Tönen hin, die wie Glühwürmchen an einem lauen Sommerabend das Dunkel in ihrem Inneren erhellten. *Da di di da …*

Die Viertelnoten wurden von ein paar schnellen Achteln verjagt, die wiederum einen Tanz aufführten, schneller und schneller im Kreis herum, bis sich der Reigen der Noten in einem Jauchzer Bahn brechen wollte. Doch Alma presste die Lippen fest aufeinander. Seit neun Jahren war sie mit dem Wiener Operndirektor a. D. Gustav Mahler verheiratet, seit neun Jahren mussten all die Melodien und aufmüpfigen Noten in ihrem Kopf verwahrt bleiben, die meiste Zeit über zumindest. Gustav hielt nichts davon, dass sie komponierte, und so verschloss sie, seitdem sie geheiratet hatten, die Musik in ihrem Herzen. Und über die Jahre hatte die Melodie in ihr zu verstummen begonnen.

Nur manchmal, wenn Almas Gedanken abschweiften, der immerwährende Schmerz über den Tod ihrer älteren Tochter Maria vor drei Jahren in den Hintergrund trat; wenn sie die

Sprachlosigkeit und die Schuldgefühle, die seitdem ihr Verhältnis zu Gustav beherrschten, zurückdrängen konnte; wenn sie nicht damit beschäftigt war, Gustav zu unterstützen, Partituren zu kopieren, die verschiedenen Stimmen aufzuschreiben und seine Musik in ihrem Kopf zu wiegen, zu prüfen, um ihm zu zeigen, wie er vielleicht noch besser ausdrücken könnte, was er mit dem Stück sagen wollte; dann, ja dann, wenn sie nicht aufpasste, brach die Melodie in ihr hervor. Alma war in diesen Momenten erleichtert und besorgt zugleich. Erleichtert, weil dieser Teil ihrer selbst entgegen allen Befürchtungen nicht ganz verschwunden war, obwohl er brachlag wie ein unbestellter Acker. Und besorgt, sehr besorgt, weil sie nicht wusste, wie lange sie das Brodeln in ihrem Innern würde beherrschen können. Sie liebte Gustav, noch immer, auch wenn das Leben an seiner Seite nicht einfach war. Und er liebte sie, wenigstens den Teil von ihr, den sie ihm zeigte.

Eine halbe Stunde später hatten sie die Kutschfahrt vom Grazer Bahnhof durch den Wald zum Sanatorium in dem Örtchen Tobelbad geschafft und kletterten aus dem Wagen. Das Gepäck wurde gerade abgeladen, da trat ein älterer Herr auf sie zu. Gustav schüttelte dem Leiter des Hauses, der sich als Doktor Lahmann vorstellte, die Hand und inspizierte anschließend die Zimmer, die Alma mit Anna und Betty beziehen würde. Dann nahmen sie zu viert ein frühes Abendessen im Speisesaal ein, bevor Gustav sich auf den Weg zurück nach Wien machte.

»Vergiss nicht, Almschi, mir jeden Tag zu schreiben«, sagte er zum Abschied und küsste Alma auf die Wange, dann drückte er seine Tochter an sich.

»Das werde ich natürlich tun. Und du, denk daran, regelmäßig zu essen und trinken. Beim Komponieren vergisst du doch allzu oft die Zeit.« Alma küsste ihren Mann auf die Wange und winkte mit Anna der Kutsche nach, bis sie um die Ecke in den Wald verschwunden war. Dann erlaubte sie sich einen tiefen Atemzug und ein leichtes Lächeln. Endlich.

Sie beugte sich zu Anna und hob das Mädchen in ihre Arme. Alma drückte ihr einen Kuss auf die Nasenspitze und roch an der warmen, leicht verschwitzten Kinderhaut. So zart, so frisch, so unschuldig.

»Komm, mein Schatz. Ich bringe dich zu Betty, die liest dir noch eine Gute-Nacht-Geschichte vor. Es ist schon spät.« Alma drehte sich um, und da stand Betty schon.

Alma übergab ihr das Kind, küsste es und wünschte eine gute Nacht, woraufhin Betty mit der Kleinen verschwand. Und Alma beschloss, einen Spaziergang durch den Kurpark zu machen und dieses kleine bisschen Freiheit zu genießen, das ihr die laue Abendluft verhieß, bevor auch sie sich in ihr Zimmer zurückzog. Die Reise hatte sie erschöpft, ebenso wie die dauernde Anspannung in Gustavs Nähe sie erschöpfte. Immer öfter ergriff sie in letzter Zeit eine bleierne Müdigkeit, die selbst durch viel Schlaf und Ruhe nicht weniger wurde.

Am nächsten Morgen fand Alma sich wie bestellt vor dem Frühstück bei Doktor Lahmann ein. Der Kurarzt untersuchte sie und bestätigte ihr dann, was sie schon wusste, nämlich, dass ihre Nerven angeschlagen seien und sie dringend Erholung brauche. Von was oder wem Alma Erholung brauche, fragte er nicht, und sie sagte nichts dazu. Ihr Alltag mit Gustav, der überaus strikte Vorstellungen hatte, wie seine Tage abzulaufen hatten, ging den Mann nichts an. Gustav bestand nicht nur auf regelmäßigen Essenszeiten, sie mussten tatsächlich ganz exakt eingehalten werden. Er stand jeden Tag zur gleichen Zeit auf, ging jeden Tag zur gleichen Zeit an die Arbeit, und auch seine Planungen für die nächsten Wochen, Monate und Jahre waren so präzise. Acht Monate im Jahr verbrachten sie in New York, wo Gustav die Philharmoniker dirigierte. Zwei Monate bereitete er sich auf die neue Spielzeit vor, und zwei Monate lang komponierte er. Dabei durfte er nicht gestört werden; dafür zu sorgen war Almas Aufgabe. Einmal hatte er sie gerufen, weil sie eine Fliege vertreiben sollte, die ihm um den Kopf schwirrte. Alma wusste, dass dieses Gerüst, mit dem Gustav seine Zeit einteilte, ihm Sicherheit gab und ihn erst zu seiner Leistung befähigte. Für sie jedoch waren die durchstrukturierten Tage ein Korsett, das immer enger geschnürt wurde, ihr die Luft abschnürte. Ein Gefängnis, aus dem sie nicht herauskonnte, das sie lächelnd zu ertragen hatte. Das sie jedoch müde machte, so müde, dass sie manchmal gar nicht aufstehen konnte. Es kam aber nicht in Frage, dass sie ganze Tage im Bett verbrachte, also musste sie wohl oder übel einen Weg finden, ihre Gesundheit so weit wiederherzustellen, dass sie sich ihren Aufgaben stellen konnte. Wenigstens den meisten.

»Meine liebe Frau Operndirektor«, sagte Lahmann.

Er musste eigentlich mitbekommen haben, dass Gustav die Stelle als Direktor der Wiener Hofoper schon vor drei Jahren hatte aufgeben müssen und *Chefdirigent der New Yorker Symphoniker* treffender gewesen wäre, aber Alma verbot es sich, die Augen zu verdrehen. Natürlich war ihr der Ruhm, den Gustav nicht nur in Wien erlangt hatte, nicht unrecht, sie sonnte sich bisweilen gern darin, immerhin erhellte er auch ihre Tage ein wenig.

»Ich möchte Ihnen gern unser volles Programm empfehlen. Licht- und Dampfbad im Haus, natürlich unsere berühmte Wasserkur und Gymnastik an der frischen Luft. Überhaupt sollten Sie sich so viel wie möglich an der gesunden Waldluft aufhalten, so etwas bekommt man in Wien nicht, versichere ich Ihnen. Ergänzt wird alles, nicht zu vergessen, von unserer ausgezeichneten Küche. Ich lasse Bescheid geben, dass Ihnen unser Nervenheildiätplan übergeben wird. Und …«, kurz zögerte der Arzt, dann fuhr er fort: »Verzeihen Sie meine direkten Worte. Aber ich glaube, dass Ihnen alles guttun wird, was Abwechslung vom Alltag bietet.« Er lächelte sie an. »Wie etwa neue Begegnungen. Natürlich kann ich Ihnen das nicht empfehlen, aber manche unserer Gäste suchen sich einen Kurschatten.«

Hatte sie recht gehört? Einen Kurschatten? Sah man ihr die Einsamkeit so sehr an?

Alma setzte ihr charmantestes Lächeln auf. »Vielen Dank, Herr Doktor, die Anwendungen werde ich gern in Anspruch nehmen. Und über alles andere … nachdenken. Gibt es auch eine besondere Ernährungsempfehlung für meine Tochter? Sie wird die Mahlzeiten natürlich mit ihrer Gouvernante in unseren Räumen einnehmen.«

»Lassen Sie mich Ihnen versichern, gnädige Frau, dass auch für das Fräulein Tochter gesorgt sein wird.« Er übergab ihr ein Blatt Papier, auf dem die Termine für ihre Anwendungen an den nächsten drei Tagen vermerkt waren. »Ich hoffe, der gnädigen Frau ist es so recht?«

Alma studierte die Termine und nickte.

Offenbar war Doktor Lahmann mit dieser Antwort zufrieden, denn er grinste breit. Bevor er jedoch weitersprechen konnte, klopfte es an der Tür, die noch im gleichen Moment aufgerissen wurde.

Alma, die schon aufgestanden war und gerade ihre Handschuhe überstreifen wollte, drehte sich um, um zu sehen, wer da mit so einer Energie in den Raum gepoltert kam.

Es war ein Mann. Ein sehr gut aussehender Mann. Offenbar ebenfalls ein Kurgast, der nun überrascht stehen blieb und sie anstarrte.

Alma verlagerte das Gewicht auf das andere Bein, knickte ein wenig in der Hüfte ein, was, wie sie wusste, ihre Figur zur Geltung brachte. Das alles geschah ganz automatisch, Alma war sich dessen kaum bewusst; als sie sich selbst dabei ertappte, hätte sie fast gelächelt. Eine Reaktion aus der Zeit, als sie fast täglich die talentiertesten Männer der Wiener Künstlerszene getroffen hatte und frei gewesen war, mit ihnen das Spiel der Verführung zu spielen. Sie richtete sich wieder auf.

»Oh, verzeihen Sie mir mein Eindringen, gnädige Frau, Doktor Lahmann.« Der Mann verbeugte sich zackig, fast wie ein Soldat, obwohl er einen ganz normalen hellen Sommeranzug trug. Einen sehr gut sitzenden, modischen Sommeranzug, wie Alma feststellte.

Doktor Lahmann erhob sich ebenfalls und trat lächelnd einen Schritt auf den Mann zu. »Frau Operndirektor, darf ich Ihnen den Herrn Architekten Walter Gropius vorstellen? Herr Gropius, das ist Alma Mahler.«

Gropius verbeugte sich noch einmal, aber nicht so tief, der

Blick aus seinen hellblauen Augen blieb auf Alma ruhen, die sich plötzlich gemustert fühlte. »Bitte entschuldigen Sie meine ungeduldige Art, gnädige Frau.« Er lächelte, was ihn noch attraktiver wirken ließ.

»Ich glaube, wir waren hier fertig.« Alma wandte sich an Doktor Lahmann. »Ich möchte die Herren von nichts abhalten.«

Lahmann beeilte sich zu beteuern: »Aber das tun Sie natürlich nicht, gnädige Frau!« Er sah sie aufmerksam an. »Aber erlauben Sie mir, Ihnen noch einen letzten Rat mit in den heutigen Tag zu geben: Amüsieren Sie sich. Suchen Sie sich nette Gesellschaft und genießen Sie das Leben, Frau Mahler.«

Alma nickte kurz, reichte dem Doktor die Hand, die er nahm, und während sie wartete, dass er seinen Handkuss angedeutet hatte, fragte sie sich, ob dieser Herr Gropius gemeint war mit *netter Gesellschaft*. Sie merkte, dass der Doktor zwischen ihr und Gropius hin und her blickte. Doch so klein, wie Tobelbad war, mit nicht mehr als fünfhundert Einwohnern und dem zwar brandmodernen, aber nicht eben überfüllten Kurhotel, wäre es unvermeidlich, dem Herrn über den Weg zu laufen.

Alma neigte huldvoll den Kopf, würdigte Gropius jedoch keines Blicks auf ihrem Weg zur Tür. Erst als sie die erreicht hatte, drehte sie sich um und nahm zur Kenntnis, dass er ihr hinterherschaute.

Sie sah ihm in die Augen, von denen sie sich seltsam gefangen fühlte, dann senkte sie leicht den Kopf zum Gruß. »Meine Herren.«

Damit verließ Alma den Raum und schloss die Tür hinter sich. Sie machte hoch erhobenen Hauptes ein paar Schritte den Gang hinunter, dann blieb sie mit klopfendem Herzen stehen und presste die Wange, die zu glühen schien, an das Fenster. Draußen öffnete sich der Blick in den Park, einige wenige Beete und Bäume und Blumen, dahinter begann der Wald. Tief, dunkel und urtümlich.

KAPITEL 2

Tobelbad, 3. Juni 1910

Als Walter in sein Zimmer zurückkehrte, in der Hand den Plan mit den Anwendungen, die für die nächste Woche vorgesehen waren, kam ihm diese Frau in den Sinn, die er bei Doktor Lahmann getroffen hatte. Alma.

Der Begeisterung nach, die Lahmann bei dem Abgang der Dame gezeigt hatte, lag zumindest der Doktor dieser Schönheit zu Füßen. Der Frau Operndirektor Mahler. Walter hatte das Gefühl, dass er diesen Namen schon gehört haben müsste. Opern waren nicht sein Metier. Doch diese Frau … ihr Blick, ihr Lächeln hatten ihm das Gefühl gegeben, als könnte sie in sein Inneres schauen.

Unsinn. Walter schüttelte den Gedanken ab. Er war nicht ins Sanatorium gefahren, um sich mit einer *Frau Operndirektor* zu beschäftigen, am Ende auch noch mit dem *Herrn Operndirektor*. Vor seinem geistigen Auge erschien ein beleibter kleiner Mann mit riesigem Schnauzer, der im Frack und mit Taktstock vor einer kleinen Ansammlung Geiger stand und wild hin und her fuchtelte. Dann schob sich das Bild einer geheimnisvoll lächelnden Dame davor, die ihm zuzwinkerte.

Walter schnaubte leise und schüttelte den Kopf, um das Bild in seinem Kopf loszuwerden. Erholung, er suchte Erholung, damit er nach der Kur wieder volle Leistung bringen konnte, und nichts anderes. Die letzten Wochen waren anstrengend gewesen. Erst dieser unsägliche Streit mit Behrens. Zwei Jahre hatte er in dessen Architekturbüro gearbeitet, zwei Jahre, in denen er viel gelernt, doch auch viel geleistet hatte. Einerseits hatte er endlich die architektonische Praxis kennengelernt, die ihm beim Studieren so weit weg erschienen war, weil es oft nur darum gegangen war, die Ideen des jeweiligen Professors möglichst exakt nachzuahmen. Was für Erfahrungen konnte man schon sammeln, wenn man Baupläne wie Vokabeln auswendig lernte? Das elendige Zeichnen nicht zu vergessen. Und er hatte bei Behrens gesehen, wie man Gebäude entwarf – wie man über das Alltägliche hinausdachte, gestaltete und Ideen umsetzte. Das war es, was er wollte. Konzepte entwickeln, Visionen umsetzen. Etwas Großes bewirken. Walter war kein Mann für Kleinigkeiten oder Nebensächlichkeiten.

Er war Behrens dankbar für die Zeit, die er bei ihm hatte verbringen dürfen. Dennoch regte sich noch immer der Unmut in ihm, wenn er an den Streit dachte, der schließlich dazu geführt hatte, dass Walter nun früher als geplant sein eigenes Architekturbüro gegründet hatte. Ausgerechnet bei einem Auftrag für Walters Freund und Gönner Karl Ernst Osthaus waren Bauschäden aufgetreten, Abplatzungen wegen Feuchtigkeit. Walter hatte den Verdacht, dass es möglicherweise an der Konstruktion lag; die Mauerrücksprünge, die Behrens geplant hatte, begünstigten den Eintritt von Wasser. Doch der hatte davon nichts wissen wollen, hatte vielmehr behauptet, Walter hätte seine Aufgabe als Bauleiter nicht ordentlich ausgeführt. Lächerlich. Aber Behrens war nicht davon abzubringen, so dass Walter sich Anfang März schließlich genötigt sah, die Zusammenarbeit mit ihm zu beenden. In der Konsequenz hatte Walter sich selbstständig gemacht mit seinem Atelier für

Architektur und Design in Berlin, zwar früher, als er es eigentlich vorgehabt hatte, aber andererseits entsprach es durchaus seinem Plan, eigene Wege zu gehen. Er war Walter Gropius, er hatte nicht vor, in irgendeinem Büro irgendeines anderen Architekten zu versauern. Ihm war mehr bestimmt, das fühlte er. Die Büroräume, die er im Villenviertel Neubabelsberg angemietet hatte, waren seinen Ambitionen angemessen. Ein stolzes Lächeln schlich sich auf Walters Gesicht, als er daran dachte, denn er hatte schon bald die Aufträge einiger pommerscher Gutsbesitzer annehmen können. Zugegeben, die waren über verwandtschaftliche Beziehungen zustande gekommen, aber wer würde in ein paar Jahren noch danach fragen? Walter hatte noch im März Adolf Meyer engagiert, den er im Büro Behrens kennen- und schätzen gelernt hatte. Der Mann war Praktiker durch und durch, konnte zeichnen und hatte Erfahrung, unschätzbar für ein neu gegründetes Architekturatelier. Nachdem die ersten Aufträge nun beendet waren, stand natürlich die Frage an, wie Walter sich und sein Atelier weiterentwickeln wollte. Stillstand kam nicht in Frage, noch heute würde er einen Brief an Adolf Meyer aufsetzen und einige Ideen für ihr nächstes Projekt notieren. Er spürte den allgegenwärtigen Eifer in sich, der ihm nur zu oft Magenkrämpfe bescherte. Die ihn hierhergebracht hatten und zum Innehalten zwangen. Nun also Erholung, Urlaub, gesundes Essen, gesunde Luft und diese Anwendungen, die da auf dem Zettel standen. Walter warf einen Blick darauf und bemerkte, dass erst am nächsten Tag eine Massage anstand. Er hatte also den ganzen Tag zur freien Verfügung. Walter stand auf und durchmaß das Zimmer mit energischen Schritten. Hin zum Fenster und wieder zurück. Drei Schritte. Hier würde er sicher nicht den ganzen Tag verbringen. Er ging ans Fenster, draußen lachte die Sonne von einem stahlblauen Himmel. Er würde zunächst das Gelände des Sanatoriums erkunden, den kleinen Park und danach einen langen Spaziergang im Wald machen.

KAPITEL 3

Tobelbad, 4. Juni 1910

Am nächsten Morgen wurde Alma davon geweckt, dass Anna in ihr Bett kletterte und sich an sie schmiegte. Sie hätte gern noch länger geschlafen, aber sie genoss das Glücksgefühl, den geliebten kleinen Kinderkörper so nah bei sich zu spüren. Sie stellte sich schlafend. Dann spürte sie, wie Anna mit ihren kleinen Fingern ihre Lippen nachzog.

»Du bist so schön, Mama«, flüsterte sie, und wie immer in diesen Momenten der Innigkeit mit ihrem Kind, meinte Alma, ihr quelle das Herz fast über vor Glück. Sie öffnete die Augen und sah Anna an. Das pausbäckige Gesicht, die grünen Kulleraugen. Wie konnte ein Mensch nur so große Augen haben. Alma strich ihrer Tochter eine Haarsträhne aus dem Gesicht. »Du bist schön, kleine Anna. Du bist das schönste, süßeste Kind der Welt.« Alma gab ihr einen Kuss auf die Stirn, dann drückte sie das kleine Mädchen an sich und vergrub das Gesicht in ihren Haaren. Der beste Duft der Welt. Nach Geborgenheit und Glück. Eine Weile lagen sie so da, und Alma wäre vor Wohlbehagen fast wieder eingeschlafen. Dann begann Anna, sich zu bewegen, erst nur ein Bein, dann das andere, sie entwand sich Almas Umarmung.

»Erzählst du mir eine Geschichte, Mama?«

Alma seufzte und rückte ein wenig zur Seite, damit Anna sich neben sie legen konnte. »Eine Geschichte? Ich bin noch so müde. Erzähl du mir eine.«

Anna verzog den kleinen Mund zu einer Schnute. »Nein, du. Ich kann das nicht.«

»Natürlich kannst du das. Wenn du dich anstrengst, kannst du alles, was du willst. Das hat mein Papa immer zu mir gesagt, also stimmt es.« Sie zwinkerte Anna zu.

Im Gesicht ihrer Tochter zeichnete sich ein leiser Zweifel ab. Aber es stimmte. Alma hatte viel Zeit bei ihrem Vater im Atelier verbracht, er hatte Landschaftsbilder gemalt, für den Kaiser. Dort hatte sie ihm zusehen dürfen, ihm nahe sein. Und wenn er zu tun hatte, dann hatte sie mit einem Buch im Sessel gesessen und gelesen. Wenn sie aber eine Frage hatte zu dem, was sie gerade las, durfte sie ihn immer stören. Und wenn sie sich etwas nicht zugetraut hatte, hatte er ihr stets gesagt: »Natürlich kannst du es. Du bist meine Tochter.«

Er war gestorben, als sie gerade dreizehn Jahre alt war. Bis heute vermisste Alma ihn jeden Tag.

»Na gut«, sagte sie nun. »Leg dich auf den Rücken, mein Schatz, und schließe deine Augen.«

Das Mädchen tat, wie ihm geheißen, auch wenn es ihr schwerzufallen schien, die Augen zu schließen. Alma legte die Hand auf den Bauch ihrer Tochter, dann hob sie sie wieder hoch und tippte mit zwei Fingern darauf. Mit tiefer Stimme sagte sie dazu: »Ich tapse, ich tapse, ich tanze hin und her. Wer bin ich?« Sie tippte weiter, bis Anna kicherte und die Augen öffnete. »Der Bär!«, rief sie.

Alma lächelte und zog ihre Hand weg. »Richtig.«

»Noch eins«, bettelte Anna. Eigentlich war sie schon zu groß für Fingerspiele, dennoch konnte sie nicht genug davon bekommen. Also ließ Alma dem Bären eine Katze, eine Schlange und einen Frosch folgen, und sie hätte einen ganzen Zoo über den Bauch ihrer Tochter krabbeln lassen, wenn Betty nicht hereingekommen wäre, um Anna zu waschen und anzuziehen.

Nachmittags spazierte Alma durch den Park des Kurhotels und versuchte, die anderen Spaziergänger nicht allzu auffällig zu mustern. Die Aussicht auf eine neue interessante Bekanntschaft, vor allem eine, die nur ihr gehörte und kein bisschen Gustav, weckte offenbar mehr Lebensgeister in ihr, als es Wechselbäder vermocht hätten. Den Vormittag hatte sie mit Anna und Betty verbracht, hatte die Koffer ausgepackt und die Räume richtig bezogen, je ein Schlafzimmer für sie, Anna und Betty sowie ein Salon, in dem neben einigen Sitzmöbeln und einem Tisch auch noch ein Klavier Platz fand. Sie hatte sich für ein paar Töne ans Instrument gesetzt und zur Freude ihrer Tochter Kinderlieder gespielt und dazu gesungen. Alma genoss die Zeit mit ihr so sehr, nur zu bald würde sie das Kind wieder in Bettys Obhut bei ihrer Mutter zurücklassen müssen, um mit Gustav nach New York zu reisen, wo er eine weitere Saison arbeiten würde. Später hatten sie zusammen eine Kleinigkeit zu Mittag gegessen, Alma hatte den ersten Brief an Gustav verfasst, und nun kümmerte sich Betty um die Kleine.

Alma spazierte in der strahlenden Sonne die Wege entlang, spannte ihren Sonnenschirm auf und sah sich um. Die meisten Kurgäste erinnerten sie an die Menschen, die sie aus ihrem Umfeld kannte: Sie machten den Eindruck, gesund, wohlgenährt, vielleicht ein wenig ausgelaugt von ihrem Wohlstand und dem guten Leben zu sein. Manche ein bisschen blass, weil sie zu Hause in Wien, München oder Berlin selten bei Tageslicht das

Haus verließen, so beschäftigt waren sie mit Schreiben, Malen, Komponieren oder Geldverdienen. Und dann genossen diese Leute, zu denen sie sich selbst ja auch zählen musste, die Natur in den wenigen abgezählten Wochen der Sommerfrische auf dem Land oder eben in einem Kurhotel. War es nicht unglaublich, wie gut die moderne Medizin Menschen helfen konnte, die augenscheinlich ziemlich gesund waren? Maria, Almas und Gustavs älterer Tochter, dagegen hatte sie nicht helfen können, als sie an Diphtherie gelitten hatte und schließlich vor drei Jahren daran gestorben war. Almas Herz zog sich beim Gedanken daran schmerzhaft zusammen. Und sie war auch nicht in der Lage, Frauen dazu zu verhelfen, selbst zu bestimmen, ob sie ein Kind empfangen wollten oder nicht. Nach Marias Tod war Alma noch einmal schwanger geworden, aber sie hatte es nicht über sich bringen können, Gustav ein drittes Kind zu gebären. Es wäre ihr vorgekommen, als sollte dieses Kind ein Ersatz für Maria sein, was nicht richtig gewesen wäre. Sondern falsch, ganz und gar falsch. Sie hatte dieses Kind nicht bekommen können. Nichts und niemand konnte Marias Verlust wettmachen. Niemals. So war ihr nur der Gang zur Engelmacherin geblieben. Alma wusste, dass sie von Glück reden konnte, eine Frau zu kennen, die ihr Metier verstand. Sie hatte schon von zu vielen Mädchen gehört, die ein bisschen Leichtsinn, eine kleine Verliebtheit, ein Turteln mit dem Leben bezahlt hatten. Apropos Leichtsinn … Wo war nur der Mann, der dafür gesorgt hatte, dass sie mehr oder weniger ziellos durch den Park schlenderte und gelangweilt den Sonnenschirm in den Händen drehte?

Die Sonne würde auf ihrem Weg über den Himmel bald die Wipfel der Tannen erreichen und dahinter verschwinden, und

Alma überlegte, ob sie ins Sanatorium zurückkehren solle, als sie vom Waldweg eine Gestalt heraufkommen sah, die ihr Interesse erregte. Sie nahm auf einer der Bänke vor dem Speisesaal Platz, von der sie einen guten Überblick über den Park hatte. Lange musste sie nicht warten, um zu erkennen, dass sie sich nicht geirrt hatte. Gropius, hieß er nicht so? Er schien sie ebenfalls entdeckt zu haben, denn er kam mit langen kraftvollen Schritten auf sie zu. Er hielt sich sehr aufrecht, wieder bewunderte sie seine fast militärische Haltung. Im Gegensatz zu ihren Bekannten, die samt und sonders Künstler, Musiker, Maler oder Bildhauer und oft in ihre feinsinnigen inneren Konflikte verstrickt waren, strahlte dieser Mann eine geradezu animalische Lebenskraft aus. Sie war fasziniert. Der Sommeranzug, den er trug, saß wie angegossen, und er sah nicht aus, als hätte ihn der Weg, den er genommen haben musste, auch nur im Geringsten angestrengt. Dieser Blick, dieses schön geschnittene Gesicht.

Gropius hatte sie fast erreicht, und sie lächelte ihn an. Es war ein leichtes Lächeln, sie freute sich, ihn zu sehen, ja. Aber das musste er erstens nicht mitbekommen, und zweitens wusste Alma, was sich gehörte, was sich für eine Frau Operndirektor, genauer eine Frau Chefdirigentin, schickte.

Gropius blieb ein paar Schritte von ihr entfernt stehen.

»Ich grüße Sie, Frau Mahler«, sagte er, und seine Stimme klang so tief und männlich, dass sie Alma trotz des warmen Wetters einen kleinen Schauer über den Rücken jagte.

»Herr Gropius, nicht wahr?«, sagte Alma und neigte den Kopf zum Gruß. »Haben Sie die wilden Wälder der Steiermark im Sturm erobert?«

Gropius hob, offenbar amüsiert, eine Augenbraue. »Ich kann Ihnen versichern, dass ich nicht immer so stürmisch bin wie gestern, als ich Ihre Unterredung mit dem Doktor unterbrochen habe.«

»Das ist aber schade«, fiel Alma ein, es war über ihre Lippen gerutscht, bevor sie es verhindern konnte. Ihr Mundwerk hatte sie schon öfter in Schwierigkeiten gebracht. Sie lächelte verlegen.

Gropius schien ihre Antwort zu amüsieren, sein Gesicht verzog sich zu einem breiten Grinsen. Es war eine Freude, diesen Mann anzusehen. Alma überlegte, wann sie zum letzten Mal die Bekanntschaft von jemandem gemacht hatte, der nicht in irgendeiner Weise mit Gustav zu tun hatte. Das musste vor ihrer Heirat gewesen sein, in einem anderen Leben. Damals, als praktisch jeder Mann in Wien ihr zu Füßen lag und sie die freie Wahl hatte, ob sie sich mit ihm unterhalten oder lieber am Klavier sitzen und ein neues Lied komponieren wollte.

»Darf ich mich setzen?« Gropius war einen Schritt auf sie zugekommen. Alma zögerte. Natürlich würde sie ja sagen, alles andere hätte einer Absage an ihn entsprochen, und er hätte sich während seines restlichen Aufenthalts von ihr ferngehalten. Vielleicht stellte er sich als unterhaltsamer Gesprächspartner heraus.

Sie nickte, erhob sich ein wenig und setzte sich an das eine Ende der Parkbank. Wenn Gropius sich nun ans andere Ende setzte, hatten sie gebührenden Abstand. Er tat es.

»Sind Sie schon lange hier?« Alma wusste nicht recht, was sie sagen sollte.

»Gerade angekommen. Gestern, um genau zu sein. Und

Sie?« Gropius schaffte es irgendwie, so zu klingen, als hätte er gerade gefragt, wovon sie heute Nacht geträumt habe.

»Ebenfalls gestern, aus Wien. Herr Gropius, Sie machen mich neugierig, erzählen Sie mir, was Sie tun?« In der nächsten halben Stunde erfuhr Alma, dass Gropius Architekt aus Berlin war, sich gerade selbstständig gemacht und große Pläne hatte. Tatsächlich kam er, als er von Design, von Struktur und neuartiger Bauweise sprach, regelrecht ins Schwärmen. Alma, die zwar auf vielen Gebieten bewandert war, sich aber ausgerechnet über Architektur bisher nicht im mindesten den Kopf zerbrochen hatte, hörte ihm aufmerksam zu. Und sie hatte vielleicht nicht viel Ahnung von Gropius' Fachgebiet, aber sie spürte, dass da eine Verbindung war zu dem, was sie kannte und bewegte. Eine Ähnlichkeit in der Konzeption, der grundlegenden Struktur des Denkens, die die Architektur genauso zu betreffen schien wie die Malerei, die Bildhauerei oder eben die Komposition. Und sie spürte, dass in diesem Gropius ein Feuer brannte, das sie von Künstlern kannte, die es weit gebracht hatten, und dieses Potenzial, sich weiterzuentwickeln und Großes zu bewirken, war schon immer etwas gewesen, das sie anzog. Schließlich fragte Gropius nach ihrem Mann, und Alma erzählte ihm, dass dieser weiter nach Südtirol gefahren sei, um in der Abgeschiedenheit der Dolomiten in Ruhe an seiner zehnten Sinfonie zu arbeiten. Gropius fragte interessiert nach, ließ sich auch über New York berichten, eine Stadt, die ihn faszinierte, auch wenn er sie noch nicht hatte besuchen können. Und er sparte nicht an Bewunderung für Gustavs bisherige Erfolge, die ihm Alma aufzählte.

Nach einiger Zeit fragte er: »Wollen wir noch ein wenig durch den Park spazieren?«

Alma war sich zwar bewusst darüber, dass einigen der anderen Kurgäste ihre angeregte Unterhaltung aufgefallen sein musste, dennoch stimmte sie zu. Zu intensiv war dieses Gespräch gewesen, als dass sie es schon hätte beenden mögen. Gropius stand auf, bot ihr seinen Arm, den sie nahm. Und auch wenn sich in der letzten halben Stunde der Abstand zwischen ihr und diesem Mann auf der Parkbank verringert haben mochte, ließ es ihr Herz doch höherschlagen, ihm nun so nahe zu sein.

Sie flanierten durch den Garten, ein Stück darüber hinaus, liefen immer weiter, hierhin und dahin, plauderten, bis die Glocke aus dem Speisesaal sie zum Abendessen rief. Alma wunderte sich, dass die Zeit so schnell vergangen war, gerade eben hatte sie doch erst nach dem Mittagessen auf der Bank Platz genommen.

»Frau Mahler«, sagte Gropius in einem Tonfall, der ihr einen kleinen Schauer über den Rücken laufen ließ, »ich möchte Sie nicht von anderen Verpflichtungen abhalten. Aber ich würde mich sehr freuen, wenn Sie mir während des Essens das Vergnügen Ihrer Gesellschaft machen würden.«

Alma lachte in sich hinein, weil er sich so förmlich ausdrückte. »Ich würde mich freuen, unsere Unterhaltung fortzusetzen. Sie müssen mir unbedingt von Ihrer Reise nach Spanien berichten. Doch leider habe ich meiner kleinen Tochter versprochen, sie zu Bett zu bringen.« Alma sagte es mit Bedauern, und sie sah, dass es auch ihm schwerfiel, den Tag auf diese Weise zu beenden. Dann lächelte er sie an. »Würden Sie mir denn die Ehre erweisen, mich morgen auf einen Spaziergang zu begleiten?«

Alma nickte. »Sehr gern. Guten Abend, Herr Gropius.« Damit wandte sie sich um und ging ins Haus. Ihr Herz schlug ihr bis zum Hals, und sie wusste, dass ihre Wangen glühten.

KAPITEL 4

Tobelbad, 5. Juni 1910

Als am nächsten Morgen die ersten Sonnenstrahlen ins Zimmer fielen, war Alma längst hellwach. Sie hatte kaum geschlafen, weil sie lange an Walter Gropius hatte denken müssen. Sein kantiges Gesicht, die klaren Augen. Die schönen Hände, mit denen er kraftvoll gestikulierte, wenn er über das sprach, was er liebte – seine Arbeit. Schmetterlinge tobten in Almas Bauch, und sie ahnte, dass sie dabei war, sich auf etwas Neues einzulassen. Auf diesen fremden Mann, mit dem sie eine ungeahnte Verbindung spürte. Durfte das sein? Sollte sie sich nicht besser fernhalten von ihm? Immerhin war sie eine verheiratete Frau und Mutter. Was natürlich nicht hieß, dass sie mit niemandem sprechen durfte. Es hatte ihr gefallen, sich mit Gropius zu unterhalten, festzustellen, was sie gemeinsam hatten. Die Liebe zur Malerei zum Beispiel, zu der bei ihm noch ein Faible für Keramik hinzukam, was sie entzückte. Was für eine außergewöhnliche Leidenschaft. Es fühlte sich gut an, mit ihm zu diskutieren, er hörte so aufmerksam zu, wenn sie sprach, stellte interessante Fragen und beantwortete ihre auf eine Art und Weise, die sie wiederum zum Nachdenken brachte. Und heute würde sie ihn wiedersehen. Und dieses Kribbeln in ihrem Bauch genießen. Doktor Lahmann hatte ihr einen Flirt doch mehr oder weniger verschrieben? Begegnungen, Gespräche, Spaziergänge.

In diesem Moment wurde die Türklinke heruntergedrückt, und Anna kam ins Zimmer.

»Guten Morgen, mein Schatz«, sagte Alma, lachte und breitete die Arme aus.

Sie verbrachte den Tag mit Anna und schrieb einen Brief an Gustav, der ja gefordert hatte, dass sie jeden Tag schreiben solle, obwohl er selbst nur sporadisch antwortete, dann besuchte sie ihre Massagen und nahm ein Heubad, und schließlich gab sie Anna eine weitere Klavierstunde.

Es war also schon nachmittags, als Alma Zeit fand, in den Park zu gehen. Gropius und sie hatten sich nicht zu einer bestimmten Zeit verabredet, und sie hatte vor, sich mit einem Buch ein schattiges Plätzchen zu suchen. Sie fand eine Bank unter einer riesigen Tanne, ein wenig abseits, aber doch so gelegen, dass sie den Park im Auge behalten konnte. Alma setzte sich, schlug das Buch auf und versuchte zu lesen. Doch immer wieder ertappte sie sich dabei, wie sie nach Gropius Ausschau hielt, bis der Text sie endlich zu fesseln vermochte.

»Ein spannender Roman?« Gropius war unbemerkt neben sie getreten.

Alma klappte das Buch zu und schnappte nach Luft. Warum nur löste dieser Mann stets Herzrasen bei ihr aus? »Herr Gropius. Sie haben mich erschreckt.«

»Das war nicht meine Absicht, meine liebe Frau Mahler. Entschuldigen Sie bitte. Ich scheine Sie immer wieder aus der Fassung zu bringen.« Er sah so betreten aus, dass Alma lachen musste.

»Nein, nein, machen Sie sich keine Gedanken. Mein Fehler. Ich war wohl zu vertieft in meine Lektüre.« Alma sah zu ihm hoch. »Wollen Sie sich nicht ein wenig zu mir setzen?«

»Wenn Sie mir berichten, was für ein Buch Sie da lesen, gern.« Gropius nahm neben ihr Platz.

»Ein Bekannter von mir hat es geschrieben, Gerhart Hauptmann. Es heißt *Der Narr in Christo Emanuel Quint.*« Immerhin das Lesen war ihr geblieben, dachte Alma. Gustav las genauso gern wie sie, und im Gegensatz zur Musik würden sie in der Literatur niemals in Konkurrenz zueinander treten. Aber sie hätte auf das Lesen auch nicht verzichten können. Auf vieles, aber darauf nicht. Von ihrem Buchhändler bekam sie stets eine Auswahl von Neuerscheinungen empfohlen, so dass sie oft die neuesten Bücher lesen konnte und sie dann an Gustav weitergab.

»Ich glaube«, sagte Gropius, »ich habe einen Auszug davon in der *Neuen Rundschau* gelesen. Kann das sein? Ging es nicht um eine Art Fortsetzung der *Weber*?«

Alma nickte. Wie so viele Romane war auch dieser vorab in einer Literaturzeitschrift erschienen. »Aber verraten Sie mir nicht, wie es ausgeht, ich habe das Buch gerade erst zu lesen begonnen«, sagte sie lachend.

Gropius hob in gespieltem Entsetzen die Hände. »Gott bewahre, halten Sie mich für so einen Rüpel?«

Alma musste noch mehr lachen. Gropius war so elegant und sein Auftreten so weltmännisch, das Gegenteil eines Rüpels. »Nein, ich halte Sie durchaus nicht für einen Rüpel.«

Er lehnte sich vor, berührte leicht ihre Hand, sah ihr in die Augen. »Und wofür halten Sie mich?«

Alma schluckte und zog ihre Hand zurück. »Ich ... ich halte Sie für einen sehr interessanten Mann.« Sie errötete und wandte den Blick ab. Schon wieder klopfte dieses verräterische Herz so laut. Sie wusste nicht, was sie noch sagen sollte. Und was, wenn er jetzt nicht in der gleichen Weise antwortete?

»Ich finde, dass Sie eine faszinierende Frau sind.« Seine Stimme war ganz weich und samtig.

Alma sah ihn an. Sein Blick war so intensiv, sie hätte sich darin verlieren können. Etwas an ihm zog sie auf eine Weise an, die sie geradezu erschreckte. Und sie hatte diesem Gefühl kaum etwas entgegenzusetzen, zu gutaussehend war dieser Mann, zu scharf sein Verstand, zu spannend seine Vision von der Zukunft seines Metiers, der Architektur. Sie würde jede Minute, die ihr mit ihm geschenkt war, genießen.

»Sollen wir …«, sie räusperte sich, wieder schien ihr die Stimme nicht so zu gehorchen, wie sie sollte, »sollen wir vielleicht ein wenig spazieren gehen?«

Ein Lächeln überzog Gropius' Gesicht, und er nickte. Dann stand er auf und bot ihr seinen Arm. »Lassen Sie uns spazieren gehen, Frau Mahler, sehr gern.«

Sie schlenderten in den Wald, sprachen über Hauptmann und seine Theaterstücke, dann erzählte Gropius von seiner Grand Tour, einer Reise, die er nach dem Abitur angetreten hatte. Statt allerdings nach Italien zu fahren, wie es die meisten taten, war er nach Spanien gereist, denn das, was alle hatten oder taten, sei sicher nicht das Richtige für ihn.

Alma konnte nachvollziehen, was ihn bewegt hatte, so zu entscheiden. »Ich hätte genauso gewählt. Ich hasse die Vorstellung, in der Menge unterzugehen, inmitten anderer unsichtbar zu werden.«

»Oder vergessen zu werden«, ergänzte Gropius.

»Aber wer sollte Sie vergessen? Ich bin mir sicher, dass Sie in dieser Welt eine deutliche Spur hinterlassen werden.« Alma spürte Gropius' Blick auf sich und blieb stehen. Die Zeit schien innezuhalten.

Da ertönte die Glocke, die zum Abendessen rief, und riss sie aus ihrer Verzauberung.

An diesem Abend würden sie zusammen essen, Alma hatte sich vorsorglich von ihrer Tochter schon verabschiedet. Und während ihnen die gesunde Kost ihres jeweiligen Diätplans serviert wurde, sprachen sie über Kandinsky, einen Maler, dessen Namen Alma schon des Öfteren im Haus ihres Stiefvaters gehört hatte, wenn sich dort die Teilnehmer der Wiener Secession trafen. Gropius erzählte, dass Kandinsky nun der Berliner Secession beigetreten sei, und sie waren sich einig, dass ihm eine große Zukunft bevorstand.

Dann war das Abendessen beendet, und langsam dämmerte es. Gropius schlug einen weiteren Spaziergang vor. Alma, die sich wieder wunderte, wie schnell die Zeit an seiner Seite verflog, stimmte zu, denn sie mochte sich nicht vorstellen, dass dieser Tag zu Ende gehen sollte. Sie verließen den Speisesaal, in dem nach dem Essen noch Getränke gereicht wurden, durch die Terrassentüren und traten hinaus in die laue Nacht. Die Stimmung in der Dunkelheit hatte unmittelbar etwas Magisches, und in Almas Magen tanzten wieder die Schmetterlinge.

»Wussten Sie eigentlich«, sagte Gropius, »dass auf dem Gelände ein Denkmal für Kaiser Franz Joseph und seinen Besuch hier steht?«

Sie waren den Nachmittag über schon mehrmals zu der Stele gelaufen, hatten die Inschrift entziffert und sich gewundert, dass es Menschen gab, die so wichtig waren, dass man mit einem Denkmal daran erinnerte, dass sie an diesem Ort ein paar Stunden verbracht hatten.

»Nein, wirklich?«, spielte Alma das Spiel mit. »Würden Sie es mir zeigen? Das interessiert mich sehr.«

Gropius lächelte ein hintergründiges Lächeln und führte sie durch den dunklen Park. Der Mond war nur als schmale Sichel zu sehen, umgeben von Millionen von Sternen. Am Denkmal lehnte sich Alma an den kalten Stein und sah hinauf in den Himmel. In Wien gab es nicht so viele Sterne, zumindest konnte sie sich nicht erinnern, jemals zuvor so viele gesehen zu haben. Der dunkle Himmel wirkte wie ein zauberhafter Mantel, der sie gegen neugierige Blicke schützte und gleichzeitig ein warmes Leuchten spendete, das man nicht sehen, nur fühlen konnte. Gropius trat auf sie zu, nahm ihre Hand, was gleichzeitig ein prickelndes Gefühl in ihr auslöste, und folgte ihrem Blick.

»Was für ein Himmel.«

»Da. Eine Sternschnuppe!« Alma jauchzte. »Sehen Sie nur!«

Sie senkte den Blick, fand Gropius direkt vor sich. So nah. So intensiv. Sein herber Geruch stieg ihr in die Nase, ließ sie fast schwindeln. Und dann beugte er sein Gesicht zu ihr, und endlich trafen sich ihre Lippen.

KAPITEL 5

Tobelbad, 6. Juni 1910

Als Alma am nächsten Morgen aufwachte, musste sie zuerst eine Weile überlegen, ob sie die Geschehnisse vom Vorabend geträumt hatte. Alles war so schnell gegangen, so plötzlich und mit ungeheurer Wucht, dass sie Schwierigkeiten hatte, einen klaren Gedanken zu fassen. Erst vor wenigen Tagen hatte sie den Architekten zum ersten Mal gesehen, gestern Abend war es gewesen, als sollten sie sich nie wieder trennen, nachdem sie sich endlich gefunden hatten. Es hatte sich angefühlt, als seufzte der Himmel auf, weil er endlich sein Meisterwerk vollbracht hatte, sie und Gropius zusammenzuführen. Aber konnte, durfte das sein? Sie war doch verheiratet, wenn auch vielleicht nicht immer glücklich. Sie hatte eine wunderbare kleine Tochter. Wenn sie ganz sicher sein wollte, nichts davon aufs Spiel zu setzen, durfte sie keine Sekunde länger mit diesem Mann verbringen.

Beim Frühstück im Speisesaal begegnete sie Gropius wieder, und in seinen Augen las sie, dass alles wahr war. Dass auch ihn die Gefühle wie ein Blitz getroffen hatten. Unerbittlich, wunderbar.

Während des Essens, Alma brachte kaum einen Bissen hinunter, sah sie immer wieder zu ihm hinüber an einen Tisch einige Meter entfernt, denn sie nahm das Frühstück mit Anna und Betty gemeinsam ein. Dabei konnte sie sich kaum auf ihre

Tochter konzentrieren, die ihr erzählen wollte, was sie für diesen Tag mit Betty geplant hatte. Hinter dem Haus schien es einige Käfige zu geben, in denen Kaninchen gehalten wurden, was Anna restlos begeisterte. Also erlaubte Alma ihr, dorthin zu gehen, sobald sie ihre Aufgaben gemacht und lesen geübt hatte.

Dann war das Frühstück beendet, Betty und Anna gingen aufs Zimmer, und Alma begab sich auf die Terrasse, auch wenn sie sich fragte, ob sie sich vielleicht besser ebenfalls zurückziehen sollte. Aber sie war schließlich hier, um sich zu erholen und auf andere Gedanken zu kommen. Und hatte nicht Doktor Lahmann sogar davon gesprochen, dass sie sich nette Gesellschaft suchen solle? Da konnte ihre Begegnung mit Walter doch nichts Schlimmes sein, oder?

Sie stand noch nicht lange an der Brüstung der Terrasse, als sie merkte, dass Gropius ihr gefolgt war. Sie spürte seine Anwesenheit, ein warmes Kribbeln in ihrem Rücken, noch bevor sie seine Schritte hörte, sich umwandte und ihn sah. Und wieder ließ seine Aura von Kraft und Lebendigkeit sie schwindelig werden, als er auf sie zutrat, ihre Hand nahm und an seine Lippen führte.

»Frau Mahler«, sagte er und berührte mit seinen Lippen ihre Finger, was ein Ziehen in ihr auslöste, das sie lange vermisst hatte. »Hätten Sie Lust, einen kleinen Morgenspaziergang mit mir zu machen?«

Ein Spaziergang, der sie fort von den Blicken der anderen Gäste führte, der verhinderte, dass jemand sie sah. Ja, sie wollte mit ihm gehen. Immer weiter, durch den Wald, bis ans Ende der Welt. Was denkst du da, rief Alma sich zur Ordnung.

Gropius, der erneut einen hellen Anzug trug, der den sommerlichen Temperaturen angemessen war, aber auch in der Stadt als todschick durchgegangen wäre, bot ihr den Arm, den sie nahm, und legte seine andere Hand auf ihre. Ihre Haut prickelte dort, wo er sie berührte, und sie genoss das Gefühl. Gropius führte sie aus dem Park in den Wald, wo sie zu dieser frühen Stunde nur wenigen anderen Spaziergängern begegneten. Hand in Hand schlenderten sie nun immer weiter, blieben unentwegt stehen und küssten sich innig. Alma hätte für immer so weitergehen können, obwohl weder Spazierengehen noch Wandern zu ihren großen Leidenschaften gehörten. Doch jede Sekunde, jeder Augenblick mit Gropius war kostbar.

Es war schön, mit dieser Frau durch den noch kühlen Wald zu gehen und dabei die würzige Luft einzuatmen, und Walter spürte, wie er dieser Frau immer näherkam, je weiter sie voranschritten. Er war schon mit einigen sehr schönen Frauen zusammen gewesen, vor allem in Spanien. Aber diese Frau Mahler, Alma, war anders. Anders als alle Frauen, die er kannte. Sie sah in ihm nicht nur den schneidigen, aufstrebenden Architekten, das merkte er. In ihrer Gegenwart fühlte er sich gesehen, in dem, was ihn ausmachte, in dem, was er erreichen konnte und wollte. Die Art, wie sie ihn anschaute und ihm zuhörte, ließ ihn seinen eigenen Worten erst recht Glauben schenken.

»Erzählen Sie mir mehr von Ihrer Arbeit«, bat Alma nun. »Ich möchte zu gern wissen, was Sie planen.«

Walter dachte kurz nach, dann fing er an. »Wissen Sie, Frau

Mahler, ich bin überzeugt, dass es eine grundsätzliche Veränderung in der Art braucht, wie wir Gebäude entwerfen und bauen. In Berlin und Umgebung, wo ich wohne, werden bald drei Millionen Menschen leben. Es dauert einfach viel zu lange, auf die herkömmliche Weise zu bauen. Und es ist auch die Frage, ob es angebracht ist, weiterhin große Wohnungen zu bauen und dann zwanzig oder mehr Leute einziehen zu lassen, weil sich eine einzelne Familie die Miete niemals wird leisten können. Ich beschäftige mich schon länger mit diesem Problem und konnte Erfahrungen damit sammeln, Wohnungen für Arbeiter in Ostelbien zu bauen, wo zwei meiner Onkel Gutsherren sind. So konnte ich mich mit den Bedürfnissen ihrer Angestellten vertraut machen, und ich habe ein Konzept für eine Hausbaugesellschaft erarbeitet, die kostengünstig und zeitgemäß Wohnungen für Arbeiter bauen soll.«

»Das klingt faszinierend. Und vor allem zukunftsträchtig, als würde in unserer Zeit genau das gebraucht, was Sie im Sinn haben. Welche Rolle spielt die Architektur als Kunst in diesem Konzept?« Alma sah ihn aufmerksam an, so erwartungsvoll, dass Walter ganz automatisch das Gefühl hatte, sein Bestes geben zu müssen.

»Eine große. Das ganze Konzept basiert auf künstlerischer Grundlage.« Im Kopf machte er sich eine Notiz, damit er nicht vergaß, den Titel entsprechend zu ändern: Programm zur Gründung einer allgemeinen Hausbaugesellschaft auf künstlerischer einheitlicher Grundlage m.b.H. »Ich werde das Programm an Walter Rathenau, den Chef der AEG, persönlich schicken. Er wird von dieser Möglichkeit sicher begeistert sein, denn er ist ja auch Geschäftsmann.«

»Dann haben Sie in Ihrer Abhandlung sicher ausgeführt, wie man diese Häuser bewerben und verkaufen könnte?«

Walter zögerte einen winzigen Moment. Das war eine ausgezeichnete Idee. Er würde sein Konzept noch um ein ganzes Paket an zusätzlichen Möglichkeiten erweitern. »Ja«, sagte er dann. »Also, genauer gesagt, bisher eigentlich nicht. Aber nun, da Sie es sagen, klingt das wie ein sehr guter Vorschlag. Ich werde es tun.«

Er bemerkte, dass Alma vor Freude errötete. Dabei erschien es ihm nur natürlich, ihren Vorschlag umzusetzen.

Alma trug das Haar zu einer lockeren, sehr sinnlichen Hochsteckfrisur getürmt. Sie ähnelte den Abbildungen eines Gibson Girls, die er einmal in einer amerikanischen Zeitschrift gesehen hatte. Diese jungen Frauen standen für Sinnlichkeit, Modernität, sogar bis zu einem gewissen Grad für Emanzipation, ohne dabei vulgär zu wirken. Hier, im alten Europa, wirkte Alma damit fast ein wenig exotisch, aber er erinnerte sich, dass sie schon zwei Saisons in New York verbracht hatte. Eine faszinierende Frau. Er zog ihre Hand an die Lippen und küsste sie leicht. Sie schaute ihn an, entzog sich ihm aber nicht. Und so liefen sie weiter Hand in Hand durch den Wald.

◇◈◇

Sie verbrachten den ganzen Vormittag zusammen, dann wollte Alma nach Anna sehen, und die Kuranwendungen standen auch noch an. Danach setzte sich Alma an ihren täglichen Brief an Gustav, doch es fiel ihr schwer, ihm ganz harmlos vom Alltag der Kur zu berichten. Ihr schlechtes Gewissen machte sich bemerkbar, Gustav würde das, was sich zwischen ihr und Gropius abspielte, sicher nicht gutheißen, ganz gleich, ob Doktor Lahmann ihr Ablenkung dieser Art mehr oder weniger verordnet hatte oder nicht. Und leise meldeten sich bei ihr auch Zweifel, ob ihre Gefühle für den Architekten tatsächlich nur ein bloßer Flirt waren. Aber diesen Gedanken schob Alma von sich und raffte sich als Entschuldigung vor sich selbst endlich auf, um Gustav wenigstens einige interessante Zeilen zu schreiben. Dann steckte sie das Blatt in einen Umschlag, verschloss ihn und gab ihn auf dem Weg zum Abendessen an der Rezeption ab.

Sie nahm das Essen mit Gropius ein, auch wenn sie kaum Hunger hatte. Aber sie genoss es, Zeit mit ihm zu verbringen. Danach traten sie auf die Terrasse, um dann, möglichst von Personal und den anderen Gästen ungesehen, in den Garten zu verschwinden und Zeit allein miteinander zu verbringen.

Es war schon dunkel, und Alma fror, worauf Gropius sie in die Arme nahm und sie im Schatten einer mächtigen Tanne küsste. Dann legte er die Stirn an ihre Stirn.

»Alma«, flüsterte er, »du höchstes Wesen unter allen Frauen, die ich je gekannt habe. Sei meine Frau.«

Im ersten Moment wollte Alma Luft holen, ihn darauf hinweisen, dass sie schon Mahlers Frau sei, dass sie ihre Person diesem anderen Mann versprochen habe. Und wie traurig sie dieser Gedanke mache. Es war nicht nur die Beziehung zu Gustav selbst, sondern das ganze Gefängnis dieser Ehe, dieser Rolle, in der sie sich gefangen fühlte. Mit Gitterstäben aus Anstand und Konventionen, und so sehr sie ihre Tochter auch liebte, nicht zuletzt sie war einer der Gründe, warum Alma niemals würde handeln können, wie sie es vielleicht gewollt hätte. Dann sah sie in Gropius' Augen, dass er von all dem nicht gesprochen hatte. Er wollte sie als Frau, ganz und gar, und da wusste sie, dass sie ihn auch wollte. Sie wollte diesen Mann, wollte diesen Gefühlsrausch seinem Höhepunkt zuführen, nicht über morgen oder gestern nachdenken. Sie wollte es jetzt und hier. Nach all ihren Gesprächen, nach der Nähe, die sie gefühlt hatte, nach dem glücklichen Gefühl, das er in ihr weckte, schien es ihr unausweichlich.

Er musste ihre Antwort in ihren Augen gelesen haben, denn er nickte leicht, nahm ihre Hand und führte sie über dunkle Flure, fort von den Sälen und Zimmern und Gängen, wo die übrigen Kurgäste sie hätten sehen können, zu seinem Zimmer.

Davor angekommen, bemerkte Alma, dass es gar nicht weit weg von ihrer Suite lag. Er schloss die Tür auf und zog Alma mit sich, bevor sie jemand sehen konnte. Der Raum war etwas größer als Almas Schlafzimmer, diente jedoch als Wohn- und Arbeitszimmer zugleich. Am Fenster stand ein Schreibtisch, der mit Unterlagen übersät war. Vor dem Kamin waren zwei gemütlich aussehende Sessel zu sehen, weiter hinten im Raum ein riesiges Bett. Alma hörte das Pochen ihres Herzens in den Ohren, ihr Atem ging schneller, und als Gropius sie küsste, erkannte sie an dem Ziehen in ihrer Mitte, dass sie mehr als bereit für ihn war. Er küsste sie wieder, und nun ließ er seine Hand über ihren Körper wandern, über ihre Brüste, was sie leise aufkeuchen ließ, über ihren Bauch, ihren Hintern. Er hob sie hoch, trug sie aufs Bett, und dann konnte es nicht schnell genug gehen. Jeder Quadratzentimeter Kleidung, der sie trennte, war zu viel. Gropius schob Almas Röcke nach oben, während sie vergeblich am Verschluss seiner Hose nestelte. Sie fuhr mit der Hand darüber, dann weiter zwischen seine Beine, was ihm ein Stöhnen entlockte und ihr ein leises Lächeln. Nun versuchte sie es noch einmal, bekam den Verschluss endlich auf und ließ ihre Hand in seine Hose hineingleiten. Gropius öffnete ihre Bluse, zog sie hinab, dann hielt er inne, um Alma in die Augen zu schauen, auf ihren Busen, und das Begehren in seinem Blick verschlug Alma fast den Atem. Er senkte sich zu ihr herunter, verschloss ihren Mund mit seinen Lippen, und gleich darauf spürte sie, wie er in sie eindrang, sie ausfüllte. So sehr hatte sie diesen Moment herbeigesehnt. Alma schloss die Augen, gab sich ganz dem Gefühl hin, sich mit diesem Mann auf eine Weise zu vereinigen, die vielleicht die Welt aus den Angeln heben konnte. Mit jedem Stoß, den er tat, fühlte sie mehr Stärke, sich dem Himmel näher als je zuvor. Sie verschmolzen und wurden dadurch mehr als eins und mehr als zwei, etwas Größeres, Mächtigeres. Später zog er sich aus ihr zurück und legte sich neben sie. »Du bist meine Frau«, sagte er.

»Das bin ich«, sagte Alma.

In den nächsten Tagen, die viel zu schnell vergingen, erfüllte Gropius ihr Denken und Fühlen ganz und gar. Das Wetter war herrlich, so dass sie die meiste Zeit draußen sein konnten, sie spazierten durch den Wald, sogen die würzige Waldluft ein, unterbrochen nur von heimlichen Küssen. Und nachts, ja auch da genoss Alma einen würzigen Duft, nämlich den von Walters Haut, die leicht verschwitzt vom Liebesspiel besonders anziehend war. Nur selten dachte Alma an ihren Alltag in Wien, an

Gustav. Ihre süße Anna wusste sie gut versorgt durch Betty. Alma registrierte wohl die Briefe, die Gustav sandte, doch fehlten ihr Zeit und Nerven, darauf jeden Tag zu antworten. Was hätte sie ihm schreiben sollen, lauter Belanglosigkeiten, die sie selbst kaum interessierten? Das erinnerte sie zu sehr an all das, dem sie entfliehen wollte. Von dem sie sich erholen wollte. Aber mit Walter fühlte sie eine neue Kraft in sich, ein Beben, das sie an früher erinnerte, eine Lebenslust, die sie schon fast vergessen hatte. Und manchmal summte sie eine Melodie. *Da didi damm.*

KAPITEL 6
Tobelbad, Ende Juni 1910

Dann geschah etwas, was Alma ihre Nachlässigkeit in der Korrespondenz mit ihrem Mann doch etwas bereuen ließ: Weil er sich wegen Almas Wortkargheit Sorgen um ihre Gesundheit mache, kündigte er seinen sofortigen Besuch in Tobelbad an. Es war zu spät, ihn mit einem ausführlichen Bericht über ihren Kuraufenthalt inklusive der Übungen und Anwendungen, die sie den ganzen Tag über auf Trab hielten, zu beschwichtigen. Aber eigentlich wollte Alma das auch gar nicht. Sie fühlte sich so gut, schwebte so sehr auf einer rosa Wolke, dass sie durchaus neugierig war, wie sich das Zusammentreffen mit ihrem Mann anfühlen würde. Würde sich nun, da von der alten Alma, die er einmal geheiratet hatte, wieder mehr zu spüren war, ihr Verhältnis ändern? Gäbe es womöglich eine Möglichkeit, in ihrer Ehe zu einer Art Harmonie zu finden, die nicht nur Gustavs Bedürfnisse befriedigte? Insofern sah sie der Begegnung mit ihrem Mann gespannt entgegen, obschon Gustavs Besuch sie und Walter aus ihrer Glückseligkeit reißen würde.

Das Klappern der Hufe der Kutschpferde hallte auf dem Vorplatz des Sanatoriums, als Gustav eintraf. Alma hatte auf einer der Bänke direkt am Eingang Platz genommen und ein Buch in der Hand, in das sie jedoch kaum einen Blick geworfen hatte. Denn auf einer Bank im Park, die sie nur zu gut sehen konnte, saß Walter, ebenfalls mit einem Buch in der Hand. Sie hatte die letzte halbe Stunde, seit sie hier war, kaum die Augen von ihm abwenden können, von diesem Mann, der so jung, so kraftvoll und so voller Energie war. Schon jetzt, schon nach diesen wenigen Tagen, die sie zusammen verbracht hatten, hatte er Alma mit seiner Schaffenskraft und Vitalität völlig in seinen Bann gezogen.

Doch nun zog die einfahrende Kutsche ihre Aufmerksamkeit auf sich. Gustav kam.

Die Kutsche hielt, die Tür öffnete sich, und ihr Mann stieg heraus. Wie gebrechlich er aussah, fast ätherisch. Vor neun Jahren, als sie geheiratet hatten, war er gerade vierzig Jahre alt gewesen. Viel älter als Alma zwar, doch ein Mann in der Blüte seiner Jahre, der erfolgreiche Komponist, belesen und verlässlich. Alma hatte sich damals in seine beschützende Art verliebt, sie, die strahlende Schönheit der Wiener Gesellschaft, hatte sich so verloren gefühlt. Von der Ehe mit Gustav hatte sie sich Halt versprochen, und den hatte sie bekommen. Auch wenn er ihr nun manchmal eher wie ein Gefängnis erschien.

Gustav ließ sich vom Kutscher seine kleine Reisetasche geben, offensichtlich hatte er nicht vor, lange zu bleiben. Er arbeitete zurzeit an einer Sinfonie, etwas, was er während der Saison in New York nicht tun konnte, dort waren die Ablenkungen zu groß, ebenso wie der Stress das Komponieren unmöglich machte. Dass er seine Arbeit überhaupt unterbrochen hatte, um nach Alma zu sehen, musste sie ihm eigentlich hoch anrechnen. Wenig war für ihn wichtiger als das Komponieren, und nichts und niemand durfte ihn dabei stören, wenn man nicht seinen heiligen Zorn auf sich ziehen wollte. Aber nun stand er da und sah sich etwas verloren um, also tat Alma ihm den Gefallen und stand auf, so dass er sie sehen musste, und ging auf ihn zu. Dabei gestattete sie sich einen letzten flüchtigen Blick zu Walter. Für die nächste Zeit würden Blicke das Einzige sein, was sie teilen könnten.

Gustavs Gesicht hellte sich auf, als er Alma erkannte. Sie lächelte ihn an und umarmte ihn. Dabei konnte sie einen weiteren Blick von Walter erhaschen, einen düsteren. Fast eisig. Alma schüttelte leicht den Kopf, was nur Walter sehen konnte. Was für eine Katastrophe es wäre, wenn er sich nicht im Zaum hielte und eine Szene machen würde! Doch während Alma versuchte, auf Gustavs Fragen nach ihrem Zustand zu antworten, ja, blendend, die frische Waldluft, ganz anders als in Wien, nicht zu sprechen von New York, natürlich, beobachtete sie, wie Walter sich erhob und mit stolz durchgedrücktem Rücken davonmarschierte. Sie sandte ihm in Gedanken einen Kuss hinterher. Dann war es Zeit, sich um die Gegenwart zu kümmern, und die war Gustav, niemand sonst.

Sie gingen in den Speisesaal, um eine Tasse Kaffee zu trinken. Alma mochte das Gebäude, vor allem den Vorbau, der wie ein Wintergarten breite Fensterfronten hatte, die den Blick auf den grünen, blühenden Park freigaben. Man saß an kleinen Marmortischchen, die mit Tischdecken aus gestärktem Damast belegt waren, trank Kaffee oder Tee aus zierlichen Porzellantässchen, und wenn man die Augen schloss, konnte man sich einbilden, sich in einem der feinsten Wiener Kaffeehäuser aufzuhalten. Ein Geräuschteppich aus gemurmelten Gesprächen der übrigen Gäste, dem Klackern der Lackschuhe der Kellner, ab und zu dem Quietschen der Räder des riesigen Servierwagens, auf dem den Gästen Kuchen und Torten präsentiert wurden ebenso wie Obstteller. Doktor Lahmann hatte viel Obst auf Almas Speiseplan gesetzt, er fand wohl, dass das ein oder andere Kilo weniger ihr wohltun würde. Aber da machte sich Alma keine Sorgen. Auch wenn sie sich nun über ein Stück Käsekuchen hermachte, das sie mit Gustav teilte, hatte sie in den letzten Tagen so wenig Hunger verspürt und war so wenig zum Essen gekommen, dass ihre Blusen schon viel lockerer saßen.

»Iss nur, Almschi«, kommentierte Gustav, während sie sich genüsslich ein Stück Kuchen in den Mund schob. »Ich bin froh, zu sehen, dass es dir so ausgezeichnet geht. Du wirkst ganz verwandelt, die Wangen rosig, die Haut so frisch. Das blühende Leben.«

Alma lächelte. »Ich habe es dir doch gesagt, Gustav. Die Kur tut mir dieses Jahr besonders gut.«

»Sogar mehr als die Sommerfrischen der letzten Jahre, möchte ich meinen. Ich kann mich nicht erinnern, dass du dich einmal in so kurzer Zeit so gut erholt hast wie hier. Dieser Doktor Lahmann muss ein Wunderdoktor sein.«

Es kam Alma nicht richtig vor, dem Doktor die ganze Ehre für ihre Erholung zukommen zu lassen. Vor allem aber wollte sie ihren Kuraufenthalt unbedingt noch ausdehnen, auf keinen Fall verkürzen.

»Ja, der Herr Doktor hat ein ganz neues Programm entwickelt, das hier angewendet wird. Es hat auch mit Ernährung zu tun. Diesen Kuchen zum Beispiel«, sie deutete mit der Gabel auf die Reste auf dem Teller, »würde er nicht gutheißen. Aber heute ist eine Ausnahme, weil du da bist.« Sie lächelte und gab Gustav ein Küsschen auf die Wange.

Er legte die Hand an die Stelle, an der sie ihn berührt hatte, lächelte zurück und sah sie an. Dann ließ er die Hand auf ihren Arm sinken. »Du bist mir eine, meine Almschi. Nur gut, dass ich für mindestens eine Übernachtung gepackt habe.« Er zwinkerte ihr zu, und Alma wusste, woran er dachte. Wollte sie das?

Gustav hob den Kopf, nahm die Hand von ihrem Arm und schien etwas oder jemand anzusehen. Jemand! Alma drehte sich um und erkannte Walter.

»Oh, Gustav, darf ich dir Herrn Gropius vorstellen? Herr Gropius, das ist mein Mann, der Dirigent und Komponist Gustav Mahler.« Sie setzte ihr strahlendstes Lächeln auf und drückte dabei Gustavs Hand. »Herr Gropius ist ein aufstrebender Architekt aus Berlin, musst du wissen.«

Gustav starrte Walter an und runzelte einen Moment die Stirn.

Walter jedoch ließ ihm keine Zeit, nachzudenken, und verbeugte sich leicht. »Herr Mahler, was für eine Freude, Sie kennenzulernen. Ihre Frau Gemahlin hat mir in den letzten Tagen die Ehre ihrer Gegenwart bei einigen Abendessen geschenkt ...«

Alma musste ein Grinsen unterdrücken. Das war immerhin nicht gelogen, wenn auch leicht untertrieben.

»Und sie hat mir dabei sehr viel von Ihnen und Ihrem Werk berichtet. Zu meiner Schande muss ich gestehen, dass ich in der Welt der Musik nicht sonderlich bewandert bin. Eine umso größere Ehre ist es für mich, einem so berühmten Komponisten wie Ihnen zu begegnen.«

Gustavs Gesichtszüge glätteten sich. Gegen Schmeicheleien war er ganz und gar nicht immun, das hatte sie Walter berichtet, als sie über diesen Tag gesprochen hatten. Es funktionierte sogar ganz ausgezeichnet. Walter blieb einfach vor Gustav stehen, der, weil er sitzen geblieben war, nun zu ihm aufsehen musste. Eine Position, die man nicht lange aushielt, besonders Gustav nicht.

»Setzen Sie sich doch ein bisserl zu uns, Herr ... äh ..., und erzählen Sie uns von sich.«

»Gropius, Walter Gropius. Sehr gern.« Walter rückte einen Stuhl zurecht und nahm an ihrem Tisch Platz.

Während Walter und Gustav nun höflich Informationen austauschten, hielt Alma sich zurück. Sie betrachtete Gustav, der im direkten Vergleich mit Walter tatsächlich recht schmächtig wirkte. Dabei wusste sie doch eigentlich nur zu gut, wie viel Geist, wie viel Genie und Kreativität in ihm steckten, wie sehr er ein Meister seiner Kunst war. Und wie sehr er sie dereinst damit für sich begeistert hatte.

KAPITEL 7
Wien, Dezember 1901

Küss mich, Alex. Küss mich noch einmal.« Alma drehte sich auf dem Klavierhocker um, sprang auf und schlang die Arme um den Hals Alexander Zemlinsnkys, des aufstrebenden Komponisten und Dirigenten. Der außerdem ihr Klavier- und Komponierlehrer war. Dazu schlank, gutaussehend, mit einem kantigen Gesicht und vollen Lippen, die Alma bei näherer Betrachtung als unbedingt küssenswert erschienen.

»Das werd ich bald nicht mehr können, wenn du weiter mit dem Herrn Direktor Mahler poussierst. Ich hab schon munkeln hören, er will dich heiraten.«

Bei diesen Worten machte Alex ein so ernstes Gesicht, dass Alma fast Mitleid mit ihm bekam. Wenn sie ihm nur hätte glauben können, dass er ernsthaft Interesse an ihr hatte und dass mit ihm ein Leben möglich wäre, wie sie es sich sehnlich wünschte, das mit Komponieren, Klavierspielen, Literatur erfüllt wäre, in dem sie an Gesellschaften teilnehmen könnte, ausgehen, ins Theater und ins Konzert, ein offenes Haus führen, das zum Zentrum für andere Künstler würde. Ja, das wäre ein Leben, wie sie es sich erträumte. Und das zweite Problem an Alex war natürlich, dass sie ihm keine Sekunde glaubte, er würde ihr jemals treu sein.

»Geh, kannst du dir vorstellen, dass ich die Frau von diesem Herrn sein soll? Zugegeben, er ist ein erfolgreicher Dirigent, aber die Sinfonien sind doch zu bombastisch, findest du nicht?«

Alma musste unweigerlich daran denken, dass sie dasselbe Mahler selbst gesagt hatte, gleich als sie ihn Anfang des Monats bei einer Abendgesellschaft von Berta Zuckerkandl kennengelernt hatte. Aus der Nähe betrachtet, hatte er sie gar nicht so sehr beeindruckt, obwohl sie natürlich wusste, wer er war, und aus der Ferne auch ein wenig für ihn geschwärmt hatte. Aber Alma war in einem Haushalt aufgewachsen, in dem sich kreativ arbeitende Menschen aller Couleur die Klinke in die Hand gaben. Mahler war bei Weitem nicht der erste berühmte Künstler, den sie kennenlernte. Almas Mutter war eine Zeitlang Sängerin gewesen, ihr verstorbener Vater Landschaftsmaler, und auch ihr Stiefvater Carl Moll war Maler. Alma war es gewohnt, dass am Tisch im Hause Moll die Wiener Secessionisten saßen, und von klein auf dazu angehalten worden, sich mit ihnen zu unterhalten. Sie hatte für Gustav Klimt Modell gestanden, auch ein wenig mehr, bis ihre Mutter und ihr Stiefvater Klimt ermahnt hatten, sie sei viel zu jung für ihn. Aber amüsant war es gewesen mit ihm. Und sehr aufregend.

Amüsant war der Alex auch. Und küssen konnte er! Kein Vergleich zu dem alten Klimt. Alma zog Alex ein bisschen näher an sich. »Findest du nicht?«, wiederholte sie flüsternd.

»Alma«, war die einzige Antwort, die sie bekam, abgesehen von einem Kuss, einem langen, innigen, auf den sie schon viel zu lang hatte warten müssen. Sie wollte gar nicht mehr aufhören mit dem Küssen und dem Spüren, dem Fühlen, wie Alex' Hände über ihren Körper wanderten, zart, aber doch fordernd. Sollte sie ihn heute mehr tun lassen? Mehr als Küssen? Irgendwo tief in ihr spürte Alma, dass sie das bisschen Freiheit, das ihr das Elternhaus bot, ausnutzen sollte. Wer wusste schon, was kommen würde? Wie es sein würde, ihr Leben. Es war nicht ganz unwahrscheinlich, dass es nicht so aussehen würde, wie sie es sich erträumte. Dass sie in dem gleichen Ehegefängnis landen würde wie alle anderen Mädchen auch. Aber daran wollte sie jetzt nicht denken.

Ein Geräusch aus dem Nebenzimmer ließ sie auseinanderfahren.

»Nun«, sagte Alex und ordnete etwas atemlos sein Hemd, »Fräulein Spindler, wie weit sind Sie denn gekommen mit dem Lied, über das wir das letzte Mal gesprochen haben?«

Alma strich ihre Bluse glatt und setzte sich wieder brav auf den Klavierhocker. Dann blätterte sie in ihren Noten, ein wehmütiges Lächeln im Gesicht.

Als Alex gegangen war, dachte sie darüber nach, wie unterschiedlich ihr junger Lehrer und Mahler doch waren. Sie ähnelten sich in der Art, wie sie die Musik liebten, wie sie sich in Tönen und Partituren versenken konnten. Doch Alexander Zemlinsky war mehr wie ein Wasserläufer, leicht und ein bisschen unstet. Bei ihm wusste man nie, ob er zur vereinbarten Stunde auch wirklich auftauchen würde. Wenn er dann kam, war die Zeit mit ihm immer wunderbar und inspirierend, er half ihr, ihre Komponierkünste zu verfeinern, und wenn Alma eines liebte, dann war es, Musik in die Welt zu bringen. Aber, das durfte man nicht vergessen, auch Alexander hatte ihr gesagt, dass sie sich eines Tages würde entscheiden müssen. Entweder würde sie komponieren können – oder auf Gesellschaften gehen und ihre Rolle in der Wiener Gesellschaft einnehmen. Sie war eine Frau, die zwischen der Kunst und dem Leben einer Dame der Gesellschaft würde wählen müssen. Beides war nicht möglich. Sagte Alex. Doch wie sollte man kreativ sein und Neues schöpfen, wenn man nur immer die gleichen vier Wände sah, nicht ausging und sich austauschte, tanzte, lachte und liebte? Wie sollte aus dem Leben eines Blaustrumpfs eine Oper in all ihrer emotionalen Fülle entspringen? Das konnte Alex ihr auch nicht beantworten. Aber vielleicht war das eben der Grund, warum es keine Komponistinnen gab. Weil sie daheim hätten bleiben sollen und verbittert und vertrocknet wären.

Sonst hatte noch nie jemand darüber so offen mit Alma gesprochen, sie befürchtete jedoch, dass weder ihre Familie noch ihre Freunde ihr die Wahrheit ins Gesicht sagen wollten. Denn hieß das nicht, dass sie nie ihren Traum würde leben können? Dass immer andere über ihr Leben bestimmen würden?

Und Alma hatte den Verdacht, dass Alex sie vergaß, sobald er aus dem Haus war. Aus den Augen, aus dem Sinn, während sie durchaus für ihn schwärmte und die Seiten ihres Tagebuchs damit füllte. Heiraten würde sie ihn allerdings nicht, so nett es mit ihm auch sein mochte.

Bei Mahler sah die Sache anders aus. Er war zwar bei Weitem nicht so amüsant, jung oder hinreißend schön wie Alex. Immerhin war er neunzehn Jahre älter als sie, und manchmal wirkte er etwas menschenscheu. Aber er war intelligent, ein hervorragender Komponist und Dirigent von Weltrang, und er liebte die Literatur, was er mit Alma gemeinsam hatte. Mit ihm konnte sie über alles diskutieren, was sie las und was sie beeindruckte oder ihr Rätsel aufgab, denn entweder hatte er es auch gelesen oder er wusste, worum es ging, und hatte eine Meinung dazu. Oder er empfahl ihr den weiteren Band eines Schriftstellers, den sie noch nicht kannte. Er hatte sogar Nietzsche gelesen, dessen Schriften sie außerordentlich schätzte. Als sie ihn zum Tee besuchte, zeigte er ihr seine Bücher, und sie diskutierten lange darüber, einige Tage später erläuterte sie ihm dann ihre eigene kleine Bibliothek. Alma war fasziniert und ein wenig geschmeichelt von seinem Interesse an ihr. Sie wusste selbst, dass sie manchmal etwas zu vorlaut war, doch Mahler machte sich die Mühe, ihr zuzuhören, nahm sie ernst, selbst wenn es um seine Musik ging. Er diskutierte mit ihr, als wären sie auf Augenhöhe, als wäre sie ein Kollege. Ihre Meinung interessierte ihn wirklich, sie wusste, dass das nicht gespielt war. Und so fühlte sie sich in seiner Gegenwart als künstlerisch denkende Frau angenommen und auf gewisse Weise als Ganzes. Als fügte er ein Stück zu ihrer Persönlichkeit hinzu, von dem sie vorher nicht wahrgenommen hatte, dass es gefehlt hatte. Vielleicht war es das, was sie so zu ihm hinzog.

Zum Abendessen mit ihrer Mutter und ihrem Stiefvater erschien er dann, und Alma betrachtete ihn eingehend. Mahler hatte ein langes, schmales Gesicht, eine gerade Nase, auf der eine winzige Brille saß. Sein Haar stand von seiner hohen Stirn wirr in die Höhe, als hätte er sich gerade die Haare gerauft. Es gab ihm ein sehr menschliches und nahbares Aussehen, fand Alma. Würde man ein Bild von einem Dirigenten malen wollen, würde man sofort Mahler als Modell wählen.

Alma konnte es sich nicht verkneifen, beim Essen von einem Ballett zu schwärmen, das Alex geschrieben hatte, obwohl sie sich deswegen einen scharfen Blick ihrer Mutter einfing. Doch sie wollte unbedingt herausfinden, wie weit seine Toleranz ging.

»Warum führen Sie es eigentlich nicht auf, Herr Mahler? Es würde sich großartig eignen für eine große Bühne wie die der Oper.«

Mahler sah sie forschend an. Dann lächelte er ein wenig. »Wissen Sie, Fräulein Alma, ich habe mir das Stück angesehen, doch ich finde einfach keinen Zugang dazu. Ich fürchte, ich verstehe nicht, was der Zemlinsky damit sagen will.«

»Wirklich? Aber das dürfte doch nicht so schwer sein. Ich werde Ihnen gern den Inhalt des Buchs, auf das sich das Ballett stützt, erzählen und Ihnen den Sinn erklären.« Natürlich war es geradezu dreist, dass ausgerechnet sie dem Herrn Operndirektor vorschlug, ihm eine Komposition zu erklären. Andererseits hatte sie das sichere Gefühl, dass sie genau das konnte – ihm etwas erklären, zu dem er als Älterer keinen Zugang fand.

Die Tischgesellschaft schien den Atem anzuhalten, bis Mahler erneut lächelte. »Ich wäre erfreut, wenn Sie das täten, Fräulein Spindler.«

Alma war erleichtert. Sie war sich immer sicherer, dass sie begann, diesen Mann zu mögen. Und das war, im Gegensatz zu manch anderem, was sie trieb, keine Kinderei, das wusste sie.

Nach dem Essen gingen sie ins Musikzimmer, in dem auch Almas kleine Bibliothek war. Die Tür zum Salon blieb weit geöffnet, so dass dem Anstand Genüge getan war.

Alma suchte im Regal, spürte dabei Mahlers Blick im Rücken. Er gefiel ihr, selbst wenn er äußerlich nicht mit dem hübschen Alex mithalten konnte. Sie ließ sich Zeit damit, das Buch zu finden, ließ Mahler noch ein wenig ihren langen Nacken bewundern, den das hochgesteckte Haar gut zur Geltung brachte. Alma griff nun das Buch aus dem Regal und drehte sich schwungvoll um. Mahler stand direkt vor ihr, ganz nah. Sie nahm einen herben, anziehenden Geruch wahr und bemerkte, dass ihr Herz schneller pochte. Unter seinem intensiven Blick schlug sie die Augen nieder.

»Sehen Sie, Herr Mahler …« Weiter kam sie nicht. Mahlers Lippen senkten sich in diesem Moment auf die ihren und küssten sie.

Dieser Kuss war sehr zart und vorsichtig, fast zuvorkommend. Süß und respektvoll zugleich. Alma schloss die Augen und ließ sich ganz in den Moment fallen. Ein tiefes Glücksgefühl erfüllte sie, als wäre sie dort angekommen, wohin sie gehörte. Sie spürte dieses Feuer der Kreativität in ihm, das nur echte Künstler in sich trugen. Und er war ein Mensch, der in sich ruhte, vielleicht sogar ein wenig gesetzt war, was einen guten Konterpunkt zu ihrer eigenen unbändigen Energie setzte. Dann blickte sie ihm in die klaren Augen, die sie aufmerksam ansahen. Sie sah eine Zukunft in diesen Augen. Musik, Applaus. Erfolg. Und vielleicht bedeuteten seine Vorsicht, seine Art, sie anzunehmen, und dieses wunderbare Gefühl in ihr ja, dass an seiner Seite ein Leben möglich wäre, das so war, wie sie es sich erhoffte – als gleichberechtigte Künstlerin.

KAPITEL 8

Wien, Dezember 1901

Geliebte Almschi,

es fällt mir schwer, Dir heute zu schreiben, weil ich weiß, dass Dir nicht gefallen wird, was ich Dir zu sagen habe. Aber Dein gestriger Brief hat mir klargemacht, dass wir darüber sprechen müssen, es aushandeln, wie wir miteinander leben wollen. Aber lass mich einzeln auf die Punkte eingehen, die Du in Deinem Brief erwähnt hast.

Du schreibst von Individualität, und natürlich ist jeder Mensch auf eine Art individuell. Aber ich denke, dass Du etwas anderes, Größeres meinst, etwas, das es nur sehr selten gibt. Und Du kannst so eine eigenständige Persönlichkeit ja noch gar nicht sein, so jung und unentwickelt, wie Du noch bist. Natürlich bist Du ein besonders lieber Kerl, eine aufrichtige Seele, ein hochbegabter, offener und selbstbewusster Mensch. Aber das ist noch keine Individualität in dem Sinn, den Du mir beschrieben hast. Was Du für mich bist, was Du für mich werden kannst, ist das Liebste und Beste in meinem Leben, die Gefährtin, die mich liebt, fördert und versteht. Mein sicherer Hafen und meine Burg gegen innere und äußere Feinde, kurz: mein Eheweib. Aber das ist nicht diese Individualität, die ich meine. All Deine Freunde, die Dir diese Gedanken einpflanzen, Zemlinsky und Burckhard und wie sie alle heißen, sie haben diese Art von Individualität nicht. Sie haben ein gewisses Können auf einem bestimmten Gebiet, und das verteidigen sie.

Aber Alma, verstehe doch: Deine ganze Jugend über, die noch Dein ganzes Leben ist, haben Dir diese falschen Gefährten schöngeredet, weil Du schön bist und Männer Dich anziehend finden. Dadurch magst Du ein wenig eitel geworden sein, ganz verständlich, wenn man bedenkt, was diese Männer in Dir zu sehen meinen. Diese Menschen, die doch immer nur um ihren kleinen Kreis schwirren und keine Ahnung von wahrer Größe haben, sind unbescheiden, und davon bist Du unter ihrem Einfluss nicht frei, meine liebe Almschi. Wenn Du davon schreibst, dass wir beide uns in einigen Ideen nicht einig seien, zeugt das genau davon. Aber, mein liebes Kind, wir sollen uns im Herzen, in unserer Liebe einig werden. Wo sind denn Deine eigenen Ideen? Du wirst doch nicht behaupten wollen, dass die kruden Ideen Schopenhauers, das freche Geschreibsel Nietzsches oder die gefühlsduseligen Gedanken Maeterlincks Deinen Ideen entsprächen? Sie sind es nämlich Gott sei Dank nicht. Ich muss Dich noch einmal fragen, was für eine Idee sich da in Deinem von mir so geliebten Köpfchen festgesetzt hat, dass Du so etwas wie Du selbst bleiben solltest?

Und nun kommen wir zur größten meiner Sorgen. Du schreibst von Dir und Deiner Musik, die sein müsse. Mein geliebtes Almscherl, hierüber müssen wir uns einig sein, noch bevor wir uns wiedersehen.

Wie stellst Du Dir denn ein komponierendes Ehepaar vor? Hast Du auch nur die geringste Vorstellung, wie lächerlich das auf Außenstehende wirken würde, wenn wir so etwas wie Rivalen wären? Was wäre denn, wenn Du gerade in Stim-

mung zu komponieren wärst, aber ich bräuchte Dich, um das Haus oder etwas anderes zu besorgen? Bitte missverstehe mich nicht, ich gehöre nicht zu jenen, die in einer Gattin nicht mehr sehen als einen Zeitvertreib, der nebenbei als Haushälterin arbeitet. Aber sicher ist doch, dass Du so werden musst, wie ich es brauche, wenn wir glücklich werden wollen: mein Eheweib und nicht mein Kollege. Und wäre es wirklich so ein großer Verlust, wenn Du Deine Musik ganz aufgibst, um meine zu bekommen?

Du hast nun einen Brief, um mich glücklich zu machen, geliebte Almschi. Ich warte darauf.
Gustav

KAPITEL 9

Tobelbad, Mitte Juli 1910

Beruhigt über den Fortschritt von Almas Genesung, reiste Gustav ab, um sich wieder seiner Sinfonie zu widmen, worauf Alma sich wieder ihrer Genesung widmete. Genauer gesagt Walter, dessen pure, ungeteilte Aufmerksamkeit das beste Heilmittel war, das Alma je gekostet hatte. Die Tage mit ihm waren voller Sonne und sprachen von Freiheit, und es gab nichts, über das sie nicht miteinander hätten reden können, so schien es Alma wenigstens. Walter erzählte viel von seiner Arbeit und seiner Vision, mit seiner Art der Architektur Großes zu erreichen. So erklärte er ihr seine Pläne für die Arbeiterhäuser genauer und berichtete von einem Wettbewerb für die Errichtung einer Bismarck-Statue, an der sein Büro teilnahm.

»Ich würde Ihnen den Entwurf zu gern zeigen, aber ich habe ihn nicht mitgenommen, mein Mitarbeiter arbeitet noch daran. Ich würde zu gern wissen, was Sie davon halten.«

»Beschreiben Sie mir die Statue«, schlug Alma vor, und sie setzten sich auf eine Bank im Park und nahmen die dort installierte Statue Bismarcks als Anschauungsobjekt.

»Nun«, begann Gropius, »es gibt einen mächtigen fünfeckigen Sockel, fünf Götter, Athene, Artemis, Ares, Poseidon und Demeter, sehen zu ihm auf. Bismarck ist als Zeus inszeniert ...«

»Was wollen Sie mit der Statue aussagen?«, unterbrach ihn

Alma. Vor ihrem inneren Auge war ein recht pompöses Monument sichtbar geworden, etwas altmodisch und den Betrachter regelrecht erschlagend.

»Wie bitte?« Gropius schaute sie verwirrt an.

»Was soll die Statue ausdrücken? Was soll dem Betrachter in den Sinn kommen?« Als Alma sah, dass Gropius immer noch nicht recht verstand, worauf sie ihn hinweisen wollte, fügte sie hinzu: »Eine Statue dient der Erinnerung, der Verehrung einer Persönlichkeit. Was also sollen die Menschen denken, wenn sie vor Ihrer Bismarck-Statue stehen?«

Gropius schwieg einen Moment. Dann hob er den Blick, sah in die Ferne und begann langsam zu sprechen. »Ich möchte, dass die Menschen einen großen Mann sehen. Einen Visionär. Jemand, der nicht nur Deutschland, sondern den Lauf der Geschichte verändert hat.« Ein verträumtes Lächeln erschien auf Gropius' Gesicht, und Alma beschlich der Verdacht, dass er vielleicht von sich selbst sprach.

»Wie sollte dieser Mann gesehen werden? Welche Eigenschaften hat er?«

»Er ist elegant, groß, staatsmännisch, korrekt, er hinterlässt einen Eindruck bei seinen Mitmenschen. Ist ein guter Redner, jemand, der Überzeugungen vertritt und Menschen begeistert.«

Alma war sicher, dass Gropius jetzt eine Figur, vielleicht sich selbst, vor Augen hatte. »Und in Bronze gegossen? Was bleibt von ihm?«

»Eine elegante Statur. Eine Haltung.«

»Eben, genau das. Darauf kommt es an – die Haltung der Figur ist es, die in Erinnerung bleiben wird. Das ganze Brimborium ist doch eher ein Tribut ans letzte Jahrhundert, finden Sie nicht?«

Langsam nickte Gropius. Dann lächelte er sie an. »Ich verstehe, was Sie meinen. Die Gestaltung sollte von der Funktion bestimmt werden.«

»Ganz genau«, sagte Alma, lächelte ebenfalls und drückte heimlich seine Hand, so dass es keiner der anderen Gäste im Park mitbekam.

Und während sie sich tagsüber in immer inspirierendere Gespräche vertieften, wurden ihre Nächte zu einer Sinfonie der Liebe. Einem schwerelosen Tanz in den Laken in Walters Zimmer, ein Walzer, bei dem jede Drehung ihren eigenen Höhepunkt fand. Alma klammerte sich an die Nähe, die sie in Walters Armen spürte, sie tat ihr wohl wie lange nichts anderes. Es war, als stünde ihr plötzlich wieder alles offen, als wäre an diesem Punkt noch einmal ein anderes Leben möglich. Ein Leben, in dem sie als Partnerin auf Augenhöhe geschätzt wurde. In dem ihr Wissen, ihre Erfahrung und ihre Kreativität eine Rolle spielten, ja einen Unterschied machten. Und wenn sie bemerkte, wie in Gropius bei ihren Gesprächen der Genius erwachte, wie er neue Ideen entwickelte oder in seinen Plänen einen Sprung voranmachte, dann stieg ein unglaubliches Glücksgefühl in ihr auf.

Der Traum dieses Sommers hätte nie enden sollen. Und er tat es doch, so oft sie sich auch des Gegenteils versicherten. Nach zwei wundervoll erfüllten Wochen musste Alma die Koffer packen. Sie machte ein Spiel mit Anna daraus. Die Kleine freute sich, ihren Vater wiederzusehen, und so wehmütig Alma bei dem Gedanken an die Rückkehr in ihr Leben als brave Ehefrau auch wurde, wusste sie doch, dass es so sein musste. Träume würden immer Träume bleiben, das war es, was das Leben sie bislang gelehrt hatte.

Eine letzte Nacht blieb ihnen. Eine letzte Nacht, in der sich Alma an Walters Brust schmiegte und seinen Geruch in sich einsog. Walters Nähe hatte ihr das Gefühl gegeben, endlich aus dem Gefängnis, das ihr Leben geworden war, ausbrechen zu können. Am liebsten hätte sie dieses Gefühl der Freiheit in sich eingeschlossen. Sie gab Walter einen Kuss auf den Mund, dann in die Kuhle am Hals, auf sein Schlüsselbein. Er zog sie an sich, und dann liebten sie sich ein letztes Mal, sanft und zärtlich. Danach lagen sie eng umschlungen.

»Alma«, sagte Gropius mit rauer Stimme. Er vergrub die Finger in ihrem Haar und drehte sanft ihr Gesicht zu sich. Dann küsste er sie. »Geliebte Alma. Wie sollte ich dich je wieder gehen lassen? Das darf nicht, darf nie mehr enden.«

»Ich liebe dich, ich will dich immer spüren, jede Nacht, jeden Tag. Aber es geht nicht.« Alma dachte an Anna, an ihr Heim, an Gustav.

»Warum sollte es nicht gehen? Komm zu mir, komm mit mir nach Berlin. Verlass deinen Mann.« Walters Blick war glühend.

Berlin? Einfach so? Alma rückte ein Stück von Walter ab und sah ihn an. Er war ein wunderbarer Mann. Ein Rohdiamant, der seinen Weg als Architekt finden würde, aber wie sollte das gehen? Gustav würde ihr niemals Anna überlassen.

Sie küsste Walter von Neuem, und es wurde ein langer Kuss daraus, der sie fast ins Wanken gebracht hätte. Aber sie hatte eine Familie.

»Nichts würde ich lieber tun, als jetzt und heute mit dir zu gehen, mein Geliebter. Aber ich muss an meine Tochter denken, an mein Leben mit meinem Kind. Verstehst du das? Ich bin nicht so frei wie du.« Sie sprach schnell; hastig sagte sie, was ihr wichtig war.

Walter nickte, langsam.

»Ich brauche Zeit. Aber die brauchst du auch, mein Liebling. Geh nach Berlin. Schaffe, wovon du träumst, folge deinem Weg. Tu, was deine Bestimmung ist, denn ich weiß, dass Großes dich erwartet. Gib dich nicht mit Kleinigkeiten zufrieden, verlange alles vom Leben, was du brauchst. Du wirst die Welt verändern, das weiß ich.«

Walters Blick war unergründlich. Doch Alma schwieg, wartete. Es war nun an ihm zu reagieren.

Dann tat er es. »Ja, ich werde arbeiten. Aber du, Liebste, du wirst alles tun, um dich so schnell wie möglich unabhängig zu machen, versprich mir das.«

KAPITEL 10
Berlin, Juli 1910

Walter war eben erst in seine Wohnung in Charlottenburg zurückgekehrt. Das Wetter war ebenso herrlich, wie es in der Steiermark gewesen war. Die Linden der Hauptstadt blühten und verströmten ihren betörenden Duft, auch wenn das Walter nicht im Geringsten interessierte. Auf seinem Schreibtisch in Babelsberg erwarteten ihn ganze Stapel von Unterlagen, die Meyer für ihn bereitgelegt hatte, doch auch das vermochte sein Interesse nicht zu fesseln. Nachts lag er wach, konnte an nichts anderes denken als an diese Frau, die ihm so nah gewesen war und nun so fern war. Diese Frau, die erste, bei der er das Gefühl gehabt hatte, dass sie etwas Besonderes in seinem Leben sein würde. Die ihn verstand. Mit der er das Gefühl hatte, seine Ideen, Gedanken und Pläne teilen zu können wie mit keinem anderen Menschen, und die ihn nicht nur verstand, sondern stets herausforderte, weiterzudenken, neue Blickwinkel einzunehmen, über das bisher Gewesene hinauszugehen. Über sich hinauszuwachsen. Und diese Seelenverwandte wohnte im Körper einer unglaublich schönen, sinnlichen und leidenschaftlichen Frau. Walter hatte nicht geahnt, dass diese Art der Nähe zu einem anderen Menschen möglich sei. Er war preußisch erzogen worden. Werte wie Pflichtgefühl, Anstand, Pünktlichkeit, Zielstrebigkeit und Ordnung hatten den Tenor seines Aufwachsens bestimmt. Er hatte das Leben bisher über seinen Verstand begriffen und war sich sicher gewesen, allein mit diesen Werten seine hohen Ziele erreichen zu können. Doch innerhalb weniger Tage hatte Alma ihm gezeigt, wie viel mehr es noch gab. Leidenschaft, Beharrlichkeit, Sinnlichkeit. Ihm schwirrte der Kopf, sein Herz klopfte, und er fühlte, dass das, was ihn mit ihr verband, etwas Großes war. Alma hatte alles, was ihm bisher gefehlt hatte. Sie war der Mensch, der Lebendigkeit in sein Leben ebenso wie in seine Arbeit bringen konnte. Auf einmal war es so einfach und klar, dabei hatte er vorher nicht davon zu träumen gewagt, dass es je so einen Menschen für ihn geben könnte. Walter dachte zurück an all die Bekanntschaften, die er gemacht hatte. An die jungen Frauen, die er in Spanien getroffen hatte, die so schön und leidenschaftlich gewesen waren, doch im Vergleich mit Alma sofort verblassten. Die Frauen, die er in Berlin gesehen hatte – kennengelernt konnte man das nicht nennen –, waren das Gegenteil der Spanierinnen, brav und trocken. Auch die Erinnerung an sie löste sich in Luft auf, wenn Alma vor sein inneres Auge trat.

Alma. Dieses Juwel von einer Frau.

Er musste sie haben. Sie war der Teil von ihm, der ihm bisher gefehlt hatte.

KAPITEL 11

Toblach in Südtirol, Juli 1910

Toblach war ein hübsches kleines Dorf in den Dolomiten in Südtirol, wo Gustav ein kleines Bauernhaus, den Trenkerhof, gemietet hatte, der eine Viertelstunde Fußmarsch oberhalb des Dorfes lag. Von dort hatte man einen wunderbaren Blick über sattgrüne Wiesen und Weiden, das Tal und die Berge, die sich wie Zuckerhüte rundherum erhoben. Die Unterkunft – Alma kannte sie schon aus den letzten beiden Jahren – war weder groß noch luxuriös, aber gemütlich. Ein urtümliches dunkles Bauernhaus, in dessen Stube Gustav sich ein Komponierzimmer eingerichtet hatte. Unter dem Dach gab es mehrere kleine Räume, in denen sie schliefen. Eine Frau aus dem Dorf kochte und machte den Haushalt für sie. Die meiste Zeit aber verbrachten Alma, Anna und Betty draußen, gelegentlich begleitete Gustav sie auf einem Spaziergang.

Es war ein warmer herrlicher Sommer, mit langen Tagen und lauen Nächten, und wenn sie Walter nicht begegnet wäre, hätte Alma zu ihrem Glück kaum etwas gefehlt. Doch sie vermisste ihn wie ein Körperteil, von dem sie zuvor nicht gewusst hatte, wie sehr sie es brauchte. Alma schrieb ihm jeden Tag, wie sehr er ihr fehle. Jeden Tag lief sie, wenn Gustav sich für seine Mittagsruhe zurückgezogen hatte, leichten Schrittes ins Dorf, gab den Brief in der Poststelle ab und holte Walters Zeilen ab, die er postlagernd für sie schickte. Dann drückte sie den Brief an ihr Herz, stieg wieder zurück hinauf, aber nur bis zu einem kleinen Bachlauf. Dort setzte sie sich auf einen Findling und überflog die Zeilen ein erstes Mal. Sie spürte, wie die Schmetterlinge in ihrem Bauch aufstiegen, und schaute hinauf in den blauen Himmel. War der Himmel in Berlin wohl genauso blau? Hob Walter vielleicht gerade in diesem Moment den Blick von seinen Plänen? Dann las sie den Brief ein zweites Mal. Und noch einmal. Sie prägte sich jedes einzelne Wort ein, schrieb es in ihr Herz, um die Zeilen nie wieder zu vergessen. Dann faltete sie den Brief, versteckte ihn in ihrer Rocktasche und machte sich auf den Weg zurück zum Haus. Sie schritt kräftig aus, um eine Erklärung für die Röte zu haben, die ihre Wangen überzog, falls Gustav seine Mittagsruhe schon beendet haben sollte. Als sie an der Hütte ankam, schöpfte sie Wasser aus dem Brunnen und kühlte ihr Gesicht und den Nacken. Dann sah sie sich um, es war ganz still. Tatsächlich waren ihr noch ein paar Minuten allein vergönnt, die sie auf der Bank vor dem Haus verbrachte und mit einem leisen Lächeln auf den Lippen in den Himmel starrte, bevor ihr Leben mit Gustav sie wieder einholte. Sie kostete diesen unwirklichen wunderbaren Traum von einem freien, selbstbestimmten Leben aus, den die Realität wie ein unsanftes Erwachen bedrohte. Wie hätte sie jemals wirklich mit Walter leben können? Aber ihre Träume konnte ihr niemand nehmen, immerhin das.

Doch schon am nächsten Tag brach die Realität kaltherzig in ihr kleines inneres Paradies ein.

Am späten Vormittag erklärte Gustav, dass er heute den Gang ins Dorf übernehmen werde, weil er einen wichtigen Brief abschicken wolle.

»Nimm dir einen Tag frei von deinen Pflichten, Almschi«, sagte er, »ich wünsche nicht, dass sich deine ganze Erholung gleich wieder in Luft auflöst.«

»Aber nein, das ist doch keine Anstrengung für mich. Der Weg tut mir gut, glaub mir, Gustav.«

Doch er ließ sich nicht aufhalten, beorderte Alma in einen Liegestuhl vor dem Bauernhaus und trug ihr auf, in Ruhe ein Buch zu lesen und sich zu entspannen. »Wenn Post für dich gekommen ist, werde ich sie dir mitbringen.«

Alma gab sich geschlagen. Gewöhnlich respektierte Gustav ihre Privatsphäre und öffnete keine Briefe, die an sie adressiert waren, warum sollte er heute anders handeln? Sie vertiefte sich also in ihr Buch, auch wenn ihre Gedanken immer wieder nach Berlin abschweiften. Oder zur Erinnerung nach Tobelbad.

Sie musste eingeschlafen sein, denn erst als ein Schatten auf sie fiel, wachte sie auf. Sie öffnete die Augen und sah, dass Gustav vor ihr stand. Alma rappelte sich auf, beschattete die Augen mit ihrer Hand, um sein Gesicht erkennen zu können. Er sah seltsam aus.

Alma stand auf.

»Gustav? Was ist passiert? Geht es dir nicht gut?«

Sein Gesicht war ganz weiß, die Augen weit aufgerissen. Er sah fast krank aus. In seiner Hand hielt er einen Bogen Papier, der eng beschrieben war, in der anderen einen Umschlag. Gustav starrte sie nur an. Alma nahm den Umschlag in die Hand und las. Er war an Gustav adressiert, doch der Blick auf den Absender ließ ihr den Atem stocken. Walter Gropius stand da. Und ja, es war unverkennbar die Handschrift des Geliebten, warum hatte sie das nicht gleich gesehen? Wieso hatte Gustav einen Brief von Walter?

»Kannst du mir das erklären?« Gustav hielt ihr den Brief hin. Seine Stimme drohte zu brechen.

Was sollte sie tun? Was hatte Walter getan?

Alma nahm den Briefbogen, las die Anrede. *Meine geliebte Alma.* Mehr musste sie nicht lesen, natürlich nicht, sie wusste, wie der Brief lauten würde, was darinstand. Walters Liebesschwüre, die sie ihm jeden Tag aufs Neue bestätigte. Langsam faltete sie den Brief, steckte ihn in den Umschlag und verbarg ihn tief in ihrer Rocktasche. Sie wollte ihn lesen. Allein, das war ihr Brief, ihr Geheimnis, und Gustav hätte das niemals ans helle Tageslicht zerren dürfen.

»Alma! Kannst du mir das erklären?« Gustav wurde lauter. »Sieh mich an!« Er schien den ersten Schock überwunden zu haben und schaute sie nun an, als wäre es sein gutes Recht, Erklärungen von ihr zu fordern. Und natürlich war es das. Er hatte jedes Recht als ihr Ehemann. Er durfte sie anklagen, durfte über sie bestimmen.

Alma hob den Blick und sah ihn an, den Mann, mit dem sie nun seit bald neun Jahren zusammenlebte. Das blasse Gesicht, das zu oft und zu lange über die Noten gebeugt war, die wässrigen Augen hinter der runden Brille, das schütter werdende Haar, das von seinem Alter zeugte. Plötzlich packte sie eine unbändige Wut, auf Gustav, auf ihr Leben, auf überhaupt alles. Eine Wut, die vielleicht schon lange da gewesen war, die sie aber immer unterdrückt hatte.

»Ich soll das erklären? Ich kann dir das erklären. Ich kann nicht mehr, das ist die Erklärung. Du sperrst mich ein, du erstickst mich!« Alma spürte, wie all das, was schon so lange in ihr brodelte, unaufhaltsam aufstieg. All die Gefühle, die sie in den letzten Jahren mühsam unter Kontrolle gehalten hatte, brachen hervor, es rauschte ihr in den Ohren.

»Das ist keine Erklärung, Alma.« Gustav sah sie streng an. »Betrügst du mich?«

»Ja«, sagte Alma nur, und in ihren Augen blitzte es. So einfach war es wohl. Sie hatte ihn betrogen. Und auch sich selbst. Ihr Traum von einer glücklichen, freien, gleichberechtigten Liebe war nicht mehr als Betrug.

»Wie kannst du mir das antun?« Gustav schien zwischen Verletzung und Empörung zu schwanken.

»Wie ich dir das antun kann? Ich will es dir sagen, Gustav. An deiner Seite vergesse ich, dass es mich überhaupt gibt. Ich werde klein und immer kleiner, hier vor dir steht nur noch deine Ehefrau, Frau Mahler, keine Alma mehr. Ich bin verblasst neben dir, bis ich nun fast verschwunden bin.«

Gustav starrte sie nur an, Unverständnis in den schreck-geweiteten Augen, was sie nur noch wütender machte.

»Und endlich, endlich nach so langer Zeit, fange ich wieder an zu leben, jetzt werde ich gesehen, und das willst du mir vor-werfen?« Die letzten Worte hatte Alma fast geschrien. Dann machte sie auf dem Absatz kehrt und stapfte davon.

KAPITEL 12

Toblach in Südtirol, August 1910

Seit Gustav den Brief gelesen hatte, war die Atmosphäre vergiftet. Die Sonne brannte zwar noch vom Himmel, aber sie wärmte Almas Herz nicht mehr. Die Welt war kalt trotz aller Hitze. Sie hatte an Walter geschrieben, ihm erklärt, was passiert war, und nun vermisste sie ihn noch mehr als zuvor, wenn das überhaupt möglich war. Betty bemühte sich, viel mit Anna im Wald zu spielen, um sowohl Gustav als auch Alma aus dem Weg zu gehen, das merkte Alma wohl, aber es war ihr nur recht. Sie wusste, dass sie gefangen war. Die Situation war aussichtslos. Es war nicht so, dass sie ihren Mann hasste. Sie hasste ihr Gefängnis und die Fesseln, die ihr als Ehefrau angelegt waren. Doch würde Gustav sich ändern können? Würde er sie jemals nicht nur als hilfreiche Gattin sehen, sondern als eigenständige Person, als gleichberechtigten Menschen mit einem kreativen Geist?

Gustav litt wie ein Hund, das war zu sehen. Die meiste Zeit über sprach er nicht mit Alma, und wenn er nicht gerade am Klavier saß und wie ein Wilder an der Sinfonie arbeitete, hockte er wie ein Häufchen Elend vor dem Haus auf der Bank und starrte Löcher in die Luft.

Doch Alma tat ihm nicht den Gefallen, ihn zu beachten. Endlich war es heraus. Endlich hatte sie ihm gesagt, was sie bewegte, wie sie sich fühlte. Sie würde das nicht zurücknehmen, nichts beschwichtigen. Sie ging allein wandern, lief sich ihre

Sehnsucht von der Seele und schrieb lange Briefe an Walter, der behauptete, die falsche Adresse müsse ein Versehen gewesen sein. Das glaubte sie nicht, aber sie hatte keine Lust, nun auch noch mit Walter zu grollen. Sie wollte sich wieder gut fühlen, frei, wollte hoffen. Indes berichtete er, dass er das Konzept für die Arbeiterhäuser an Walter Rathenau geschickt habe. Er arbeite mit größtem Eifer daran, sich ein solides, gutes Einkommen zu verschaffen, um für sie, Alma, sorgen zu können, denn nichts wünsche er sich mehr als eine gemeinsame Zukunft.

Unermüdlich überlegte Alma, was sie tun sollte, wie es weitergehen sollte. Aber sie wusste es einfach nicht. Selbst wenn Gustav einer Scheidung zugestimmt hätte, er hätte niemals erlaubt, dass Anna bei ihr bliebe. Und sie konnte nicht noch ihr zweites Kind verlieren, niemals. Die Situation schien aussichtslos und verfahren.

An einem Samstag, an dem die Hitze fast unerträglich wurde, saß Alma vor dem Haus und beobachtete, wie Anna im Steintrog planschte, den Betty mit frischem Wasser gefüllt hatte.

Gustav hatte sich in seinem Zimmer im Haus verkrochen und schwitzte wahrscheinlich über seinen Noten. Sollte er. Er hatte zwar in den letzten beiden Tagen versucht, besonders nett zu Alma zu sein, doch sie hatte weder Lust noch Kraft, das Gleiche für ihn zu tun.

Sie blieb einfach im Schatten hinter dem Haus auf der Bank sitzen, schloss die Augen und versuchte, die Unerträglichkeit dieser schwülen Luft zu vergessen. Der Tag würde einfach an ihr vorbeiziehen, wenn sie ganz stillhielt, so wie viele andere Tage auch, viel zu viele Tage.

»Gnädige Frau, ich glaube, da kommt Besuch.« Bettys Stimme riss Alma aus ihren Gedanken, und sie öffnete langsam die Augen. Sie sah eine Gestalt in einem hellen Sommeranzug den Berg heraufkommen, erst etwas verschwommen, vielleicht war ihr Schweiß in die nunmehr brennenden Augen geraten. Dann klärte sich ihr Blick, und sie erkannte Walter. Auf einmal schien die Welt heller zu werden. Mit einem kleinen Aufschrei sprang sie auf und rannte ihm entgegen.

Kurz vor Walter blieb sie stehen. Sie wusste nicht recht, ob sie ihm um den Hals fallen sollte oder ihn ausschimpfen.

»Was tust du hier?«, fragte sie anstelle einer Begrüßung, ruppiger, als sie wollte.

Walter runzelte kurz die Stirn, dann erschien ein warmes Lächeln auf seinem Gesicht, und er nahm ihre Hände in seine. »Alma. Ich habe dich vermisst, ich wollte wissen, wie es dir geht, ich musste dich sehen.« Er wollte sie an sich ziehen, doch Alma wehrte ihn ab. Sie spürte nur zu deutlich Bettys fragenden Blick im Rücken.

»Ich habe dich auch vermisst«, flüsterte sie schnell. »Aber du hättest nicht herkommen dürfen. Was soll ich denn nun tun?«

»Ganz einfach: Du kommst mit mir.«

Als er es aussprach, klang es wirklich ganz einfach, dabei war es alles andere als das. Es war kompliziert und schwierig und ganz unmöglich. Oder etwa nicht?

»Lass mich mit deinem Mann sprechen.« Walter schien vollkommen überzeugt von dem, was er da sagte.

»Mit Mahler?«

»Hast du noch einen?« Walter hauchte ihr einen Kuss auf die Stirn, wie einem Kind, und ging an ihr vorbei auf das Haus zu.

Alma fuhr herum und sah ihm nach. Wollte ihn aufhalten und auch nicht. Vielleicht würde ihr so die Entscheidung aus der Hand genommen. Sie sah Gustav mit in die Hüfte gestützten Händen in der Tür des Bauernhauses stehen. Damit war die Sache entschieden, sie konnte das Aufeinandertreffen der beiden nicht mehr verhindern. Ihr Magen zog sich zusammen, und ihr wurde schlecht. Langsam machte auch sie sich auf den Weg zurück zum Haus, wo ihr Ehemann mit versteinertem Gesicht Walter gegenüberstand.

Alma schaute zu Betty hinüber und bat sie mit einer Handbewegung, Anna außer Hörweite zu schaffen. Das, was hier besprochen werden würde, war nicht für Kinderohren bestimmt. Das Kindermädchen verstand sofort, was Alma von ihr wollte, und lockte das Mädchen mit dem Versprechen auf ein Glas Limonade ins Haus.

Eine steife Begrüßung schienen die Männer hinter sich gebracht zu haben, als Alma zu ihnen trat.

»Herr Mahler, ich möchte Ihnen sagen, wie sehr ich Sie schätze, als Menschen, als Mann, als Komponisten. Aber ich liebe Ihre Frau. Alma und ich, wir gehören zusammen.« Es klang so wahr und richtig, als er es sagte. Walter hatte nie stattlicher ausgesehen als in diesem Augenblick, und für einen kurzen Augenblick sah sie eine Zukunft mit diesem Mann vor sich. In ihrem Magen kribbelte es.

Gustav wippte vor und zurück, als wollte er größer erscheinen. Er kniff die Augen zusammen und musterte Walter.

»Herr, äh … Gropius, nicht wahr? Ich bin nicht ganz sicher, was Sie hier wollen. Alma ist meine Frau, und so wird es bleiben. Gehen Sie bitte.«

»Aber Herr Mahler, mit Verlaub. Alma liebt Sie nicht.«

Alma fing einen Blick von Gustav auf. Verletzt wirkte er. Traurig wie ein Kind. Als suchte er ihren Beistand in dieser Situation, die doch so ganz und gar unmöglich war. Sie hielt dem Blick regungslos stand, überhaupt stand sie ganz still, in der Mitte zwischen beiden Männern. Die brütend heiße Luft flimmerte vor ihren Augen, und ihr Herz fing an zu hämmern, es schien, als wollte es hinaus aus ihrem Körper, und es wurde Alma klar, dass sie auf der Stelle wegmusste. Sie drehte sich um, ließ die zwei stehen und rannte den Hang hinunter. Sie brauchte Luft. Abstand. Tränen kühlten ihr Gesicht.

Kurz darauf, das Dorf war in Sicht, aber noch ein ganzes Stück entfernt, wich sie vom Weg ab und ging in den Wald, zum Bachlauf. Kaum tauchte sie in den Schatten der Bäume ein, war die Temperatur merklich angenehmer. Am Bach ließ sie sich nieder und kühlte ihre Arme im Wasser. Es war ganz still und auch wieder nicht. Vögel zwitscherten, Insekten surrten, leise gluckste das Wasser im Bach. Je mehr Alma sich darauf konzentrierte, desto weniger laut erschien ihr das Rauschen ihres Herzschlags in den Ohren. Langsam beruhigte sich ihr Atem, und die Hitze auf ihren Wangen ließ nach. Was geschah da gerade in ihrem Leben?

Zwei Männer, die sie liebte oder geliebt hatte, diese beiden Männer verhandelten über sie, über ihre Zukunft. Die Sehnsucht nach Freiheit, danach, über ihr Leben selbst zu bestimmen, wurde fast übermächtig in Alma. Sie stieg in ihr hoch, lastete auf ihrem Herzen, bis Tränen in ihren Augen standen. Nie zuvor war ihr so klar geworden, wie unfrei sie war. Alma holte tief Luft und wischte die Tränen aus dem Gesicht. Das

75

konnte so nicht bleiben, sie konnte nicht für immer andere über sich bestimmen lassen. Sie wusste, wenn es so weiterging, dann würde sie immer unbedeutender und austauschbarer werden, bis einfach nichts mehr von ihr selbst übrig wäre. Sie fühlte sich unendlich müde und ohnmächtig. Was sollte sie tun? War Walter ihre Chance, sich aus diesem Zwang zu befreien? Alma barg ihr Gesicht in ihren Händen.

Sie hatte bestimmt eine Viertelstunde so gesessen und versucht, ihren Geist zu leeren, an nichts zu denken und sich ganz auf sich zu konzentrieren, darauf, einfach zu sein und zu leben, von einem Atemzug zum nächsten, als ein Knacken sie aufsehen ließ. Walter kam auf sie zu. Sie sah ihn an, diesen faszinierenden geliebten Mann, dieses Versprechen, dass ein gütiger Himmel ihr gegeben zu haben schien, ein Versprechen auf eine andere, bessere Zukunft. Aber ihre Gegenwart war er nicht, auch wenn sie ihn um nichts in der Welt aufgeben wollte.

Walter blieb vor ihr stehen, sie sah zu ihm auf, dann streckte sie ihre Hand nach ihm aus. Er ergriff sie und zog sie an sich. Alma schmiegte sich an ihn, spürte seine starken Arme, die er um sie legte, lehnte sich an seine Brust, sog seinen Duft ein, dann hob sie ihren Kopf, und sie küssten sich.

»Was hat er gesagt?«, fragte sie, als sich ihre Lippen voneinander lösten.

Walter zog die Stirn in Falten. »Er weigert sich, dich freizugeben.«

Alma atmete tief durch. »Wir müssen Geduld haben und abwarten. Er wird mir Anna nicht geben, wenn ich ihn einfach verlasse.« Sie sah Walter an. »Ich darf sie nicht verlieren.«

Walter nickte und küsste sie noch einmal zärtlich. »Ich werde auf dich warten.«

Sie versprachen sich gegenseitig, sich zu schreiben, und Alma bat ihn mit einem schiefen Lächeln, zukünftig darauf zu achten, seine Briefe an sie zu adressieren, was er mit einem schalkhaften Grinsen versprach. Das gab Alma die letzte Sicherheit, dass es kein Versehen gewesen war, dass Walter den Brief wissentlich an Gustav geschickt hatte. Sollte sie ihm böse sein? Er hatte ihr Leben damit nicht leichter gemacht, und dieser Besuch machte die Sache auch nicht einfacher. Aber immerhin wusste sie nun, dass Walter es ernst meinte mit ihr.

Walter fuhr zurück nach Berlin, während Alma zurück zum Bauernhaus gehen musste. Sie ließ sich Zeit, und als sie dort ankam, herrschte hektische Betriebsamkeit. Wie Alma von Betty erfuhr, hatte Gustav befohlen, dass gepackt werden solle.

»Keine Sekunde bleibe ich länger hier. Keine Sekunde!«, hörte Alma ihn aus dem oberen Stockwerk schimpfen. »Nicht auszuhalten ist das hier!«

Seufzend machte sie sich also daran, Betty zu helfen, die schweren Koffer von den Schränken zu hieven und ihre Habseligkeiten einzusammeln. Alma strich sich die verschwitzten Haare aus dem Gesicht. Es ging also nach Hause, nach Wien. Zwar war noch keine Abkühlung in der Stadt zu erwarten, trotzdem spürte Alma, wie froh sie war, nach Hause, in ihr geliebtes Wien, zu kommen.

KAPITEL 13

Wien/Leiden, September 1910

Wien brachte wenig Veränderung. Allzu viel ähnelte den letzten Tagen in Toblach. Gustav versuchte immer wieder einmal, mit Alma zu sprechen, er hatte offenbar doch gehört, was sie gesagt hatte, nämlich, dass sie sich eingesperrt und ungesehen fühle. Er bat sie darum, ihre Lieder sehen zu dürfen. Dann traf er eine kleine Auswahl und schickte sie an einen Bekannten, der sie drucken sollte. Ihre Lieder! Lieder, die sie selbst komponiert hatte und die jetzt unter ihrem Namen, Alma Mahler, veröffentlicht werden würden. Sie rechnete es Gustav hoch an, aber sie vergaß keine Sekunde, dass er damals von ihr gefordert hatte, ihre Musik aufzugeben. So schnell und einfach ging das nicht, so viele Jahre rückgängig zu machen, was sie ihm auch erklärte. Schon als sie sich kennengelernt hatten, hatte er deutlich gemacht, dass er nicht wolle, dass sie selbst komponiere. Vielleicht war sie zum Zeitpunkt ihrer Hochzeit nicht ganz überzeugt davon gewesen, doch Gustav war dabei geblieben, hatte seine Meinung nicht geändert. Und Alma selbst hatte nicht dagegen gekämpft. Natürlich nicht, niemand tat das. Keine ihrer Freundinnen hätte es damals gewagt, etwas anderes zu tun, als von Gott und der Gesellschaft vorgegeben war. Alle hatten geheiratet, alle taten, was ihr Ehemann ihnen sagte. Als sie darüber nachdachte, fiel Alma ihre Freundin Lilly Lieser ein. Sie hatte sie vor einigen Jahren erst kennengelernt. Lilly war ausgebrochen, sie hatte sich von ihrem Mann getrennt. Allerdings hatte der die gemeinsamen Kinder behalten, und Lilly hatte nun zwar sehr viel Geld, so dass die Wiener Gesellschaft sich ihr gegenüber immer noch wohlgesonnen zeigte – aber sie war eine Mutter ohne Kinder.

Gustav schien verzweifelt. Er wurde immer blasser und aß wenig. Schließlich verabschiedete er sich sogar für ein paar Tage, um nach Leiden zu fahren. Alma hütete sich vor dem bissigen Kommentar, dass das Reiseziel ja zu seinem Gemütszustand passe, und war froh, nichts gesagt zu haben, als sie erfuhr, dass er sich dort mit Sigmund Freud traf, um über sie und ihre Ehe zu sprechen.

Vielleicht hätte er lieber mit ihr selbst reden sollen oder zumindest früher mit ihr reden sollen. Oder sie von vornherein wie einen mündigen Menschen und nicht wie eine Dienstbotin behandeln sollen. Dennoch fiel es Alma schwer, mitanzusehen, wie Gustav litt. Andererseits hatte sie selbst so viele Jahre gelitten, es würde ihn wohl nicht umbringen. Und schließlich wusste sie noch immer nicht, was sie selbst wollte. Wollte sie Gustav verlassen und mit Walter zusammen sein? Und welchen Preis war sie bereit, dafür zu zahlen? Eine Scheidung ihrer Ehe wäre zwar möglich, aber nur, wenn Gustav zustimmte. Und selbst dann wäre nicht klar, ob er ihr Anna überlassen würde. Und wovon sollte sie schließlich leben? Alma hatte nie eine Schule besucht, sie war zwar sehr belesen, konnte Klavierspielen, aber davon konnte man sich wenig kaufen. Sie hatte keinen Ruf als Lehrerin, sie hätte ganz von vorn anfangen, sich ein Leben aufbauen müssen. In einer Welt, in der es eine große Ausnahme war, wenn eine Frau für sich selbst sorgte. Alma dachte wieder an Lilly. Ihr Reichtum verschaffte ihr eine gewisse Freiheit. Diese Möglichkeit hatte Alma nicht. Wenn sie Gustav verließ, müsste sie jede einzelne Mahlzeit für Anna und sich selbst hart verdienen.

Gustavs Abreise nach Leiden war so plötzlich gekommen, dass Alma keine Gelegenheit gehabt hatte, Walter für ein paar Tage nach Wien einzuladen, was sie bedauerte. Sie vermisste ihn, sogar so sehr, dass sie sich in Gustavs Abwesenheit traute, am Klavier eine kleine Melodie zu spielen, die sie fortan immer summte, wenn sie an Walter dachte. Es war eine heitere Weise, die sie so oft spielte, dass Anna sie schließlich anbettelte, ihr das schöne Lied vorzusingen. Von dem Moment an verbot sie sich, ans Klavier zu gehen. Was würde Gustav sagen, wenn Anna ihm von Mamas neuem Lied erzählte?

Sie blieben nur wenige Tage allein in Wien, dann traf ein Brief von Gustav ein, der Alma einlud, ihn in München zu treffen, weil die Premiere seiner achten Sinfonie anstand, ein Ereignis, das Alma nicht verpassen wollte. Viele ihrer Freunde würden da sein, es würde ein unterhaltsamer Abend werden. Und den konnte sie weiß Gott brauchen. Außerdem bot der Besuch in München die perfekte Gelegenheit, Walter zu treffen, da Gustav die meiste Zeit mit seinen Proben beschäftigt sein würde. Sie hätte genügend freie Zeit und bräuchte kein schlechtes Gewissen wegen Anna zu haben, die daheim in Wien bleiben würde. Also schrieb sie an Walter und bat ihn, nach München zu reisen.

KAPITEL 14

München, September 1910

Das Palasthotel Regina am Maximiliansplatz in München war erst vor ungefähr einem Jahr eröffnet worden. Es war ein hochherrschaftliches Haus, das den höchsten Ansprüchen gerecht wurde, was für Alma aber kaum eine Rolle spielte. Sie bewohnte mit Gustav eine Suite im oberen Stockwerk, zwei Schlafzimmer und einen Salon, die ganz entzückend nach der neuesten Mode eingerichtet waren. Gustav, der nach seinem Ausflug nach Leiden tatsächlich etwas weniger leidend schien, war wie erwartet rund um die Uhr mit den Proben für die Premiere seiner achten Sinfonie beschäftigt. Alma begleitete ihn nicht, sie hatte anderes vor.

Sie traf Walter, der nur für dieses Treffen nach München gereist war, bei einem Spaziergang durch den Englischen Garten. Es war merklich kühler als im Sommer in der Steiermark, aber die Tage waren noch lang und angenehm. Alma hatte im Hotel einen Korb mit einigen Leckereien und einer Flasche Wein packen lassen, und nun breiteten die beiden auf der Wiese vor dem Monopterus eine Picknickdecke aus und setzten sich ins Gras. Walter öffnete die Flasche Wein, wobei Alma ihn beobachtete. Sie hatten sich eine Zeitlang nicht gesehen, und sie fragte sich, ob das an ihren – oder seinen – Gefühlen etwas geändert haben mochte. Als Alma ihn nun betrachtete, das offene Gesicht mit dem kantigen Kinn, die vollen Lippen und diese Augen, die so ehrlich waren, da wusste sie, dass keine

Zeit, weder Tage noch Wochen oder Jahre, je an ihren Gefühlen für ihn irgendetwas würde ändern können. Und als er sie ansah, verstand sie, dass er genauso empfand.

Sie verbrachten den Nachmittag im Park, mussten sich für das Abendessen trennen, aber danach, als Gustav nochmals an die Oper zurückkehrte, besuchte sie Walter in seinem Zimmer, denn er hatte sich ebenfalls im Hotel Regina eingebucht. Allerdings versuchte er, sich im Hotel möglichst unauffällig zu verhalten, weil er mit Alma übereingekommen war, dass eine erneute Konfrontation mit Gustav im Moment keinen Sinn hätte. Lieber konzentrierten sie sich darauf, die wenige Zeit zu genießen, die sie miteinander verbringen konnten. So schlich sich Alma über die Gänge wie eine Diebin, dabei war sie es doch, deren Herz gestohlen worden war.

Schneller als Alma es sich gewünscht hätte, nur drei Tage später, kam die Premiere, der sie natürlich beiwohnte. Die gestohlene Zeit mit Walter war vorbei.

Sie hatte einen Platz in der ersten Reihe, von wo aus sie Gustav gut sehen konnte und er sie. Auch Walter war im Saal, weit hinten, wie Alma wusste. Brennend spürte sie seine Anwesenheit und vermisste seine Nähe.

Vor Beginn des Konzerts sagte Gustav ein paar Worte und verkündete den Zuhörern, dass er diese, seine achte Sinfonie, seinem geliebten Eheweib Alma widme. Es gab höflichen Applaus. Alma errötete ein wenig, denn so eine Ehre war ihr noch nie zuteilgeworden. Sie wusste, dass Gustav ihr damit ein besonderes Geschenk machen wollte, und das war es tatsächlich. Sie freute sich darüber, sehr sogar. Auf diese Weise erkannte

Gustav endlich an, dass sie einen Anteil an der Arbeit hatte, die er tat. Und das in aller Öffentlichkeit. Doch fast verwundert registrierte Alma, dass es Walter war, mit dem sie ihre Freude gern geteilt hätte. Und dann wurde ihr plötzlich klar, dass Gustavs Geste zu spät kam. Sie erreichte sie nicht tief in ihrem Inneren, wie es für eine liebende Ehefrau angemessen gewesen wäre. Sie freute sich über die Aufmerksamkeit, doch ihre Gedanken waren bei ihrem Geliebten.

Mit Mühe schaffte sie es, sich auf die Musik zu konzentrieren, um in der Lage zu sein, Gustav zu berichten, wie sie und die anderen Konzertgäste die Sinfonie aufgenommen hatten. Nachdem der letzte Ton verklungen war, brandete Applaus auf, der nicht mehr enden wollte. Fast eine halbe Stunde lang klatschten die Münchner und riefen Bravo. Was für ein Erfolg.

Nach dem Konzert war Alma umringt von Freunden und Bewunderern, so dass sie keine Chance mehr hatte, mit Walter noch einen Blick auszutauschen, geschweige denn einen Kuss.

Schon am nächsten Tag reisten Mahler und sie zurück nach Wien, um ihre und Gustavs Abreise nach New York vorzubereiten, wo Gustav für die nächste Saison bei den Philharmonikern erwartet wurde. Es war die dritte Saison, die sie in der amerikanischen Metropole verbringen würden, und langsam gewöhnte Alma sich an den Gedanken, wie anders die Amerikaner waren. Selbst ein paar Freunde hatten sie dort mittlerweile gefunden. Aber sie würde die kleine Anna vermissen, die sie bei ihrer Mutter zurücklassen musste. Und etwas anderes bedrückte sie und machte ihr das Herz schwer: Sie wäre getrennt von Walter, einen halben Erdball entfernt, ohne eine Ahnung zu haben, wann sie ihn wiedersehen würde.

KAPITEL 15
Wien/München, Oktober 1910

Zurück in Wien, blieb Alma nur wenig Zeit, an Walter zu denken. Entweder war es Freud, der Gustav geraten hatte, sich mehr um seine Frau zu kümmern, oder etwas anderes hatte bei ihm zu einem Sinneswandel geführt. Das Ergebnis war jedenfalls, dass er Alma die frisch gedruckten Exemplare ihrer veröffentlichten Lieder präsentierte. Und ein paar Tage später, Alma war schon dabei, alles Mögliche für New York zu packen, führte er sie abends aus. Ein Konzert, sagte er, und es war mittlerweile ungewohnt für Alma, ein Konzert zu besuchen, bei dem nicht Gustav der Dirigent war. Sie gingen in die Oper, aber in einen der beiden kleineren Säle, der gut gefüllt war. Gustav führte Alma ganz nach vorn in die erste Reihe, wo zwei Stühle für sie freigehalten worden waren. Alma war verwundert, weil Gustav so geheimnisvoll tat. Aber sobald die ersten Klänge auf der Bühne ertönten, erkannte sie, was da gespielt wurde. Es waren ihre Lieder, Gustav ließ ihre Lieder aufführen! Gleich schien der Abend heller zu sein, der Kronleuchter im Saal mehr zu glitzern, und der Applaus am Ende des Konzerts klang in Almas Ohren wie Meeresrauschen an einem Sommertag. Sie fühlte sich so erfüllt von Glück, Freude und Liebe. Ja, Liebe für die Musik, für den Erfolg, auf den sie so stolz war, aber auch für ihren Mann, der ihr das – endlich – ermöglicht hatte.

Nach dem Konzert stand Alma im Foyer der Oper, Gustav besorgte gerade Champagner, um auf den gelungenen Abend anzustoßen, als tatsächlich einige Leute auf Alma zukamen, die sie noch nie gesehen hatte, und sie als Komponistin zu ihrem Werk beglückwünschten. Almas Gesicht glühte, sie meinte, sich wacher und lebendiger zu fühlen als je zuvor.

Gustav, der ihre Kreativität einst mit wenigen Worten ausgeschaltet hatte, besaß offenbar den Schlüssel, sie wieder ins Leben zu holen. Auf dem Weg nach Hause, als sie durch die sternenklare Nacht spazierten, bemerkte sie an Gustavs Blick, dass auch er sich dessen bewusst war. Im Gegensatz zu Walter hatte er die Macht und die Möglichkeit, Alma als Komponistin zu fördern – oder eben nicht. Aber würde er das auch weiterhin tun? Was erlebte sie hier gerade, war das womöglich nur ein kurzes Aufflimmern von Freiheit, das erlöschen würde, sobald er sich ihrer wieder sicher war?

Alma wusste es nicht.

Eine Woche später gelang es Alma erneut, ein Treffen mit Walter zu organisieren. Sie konnte sich einfach nicht vorstellen, ihn monatelang nicht wiederzusehen, und als sie erst einmal gewagt hatte, darüber nachzudenken, schien alles ganz einfach. Sie erklärte Gustav, der noch einiges in Wien zu erledigen hatte, dass sie die Gelegenheit nutzen wolle, eine Freundin in Paris zu besuchen, und ihn dann in Bremen treffen würde, wo sie gemeinsam den Dampfer *Kaiser Wilhelm II.* besteigen würden, der sie nach New York bringen sollte. Die letzten Tage waren so harmonisch zwischen ihnen verlaufen, dass Gustav nicht den geringsten Verdacht hegte, sie könnte ihm nicht die Wahrheit sagen.

Sie machte sich also auf den Weg nach München. Dort bestieg sie den Zug nach Paris, in dem sie ein Schlafwagenabteil gebucht hatte. Sie packte die notwendigsten Dinge aus, machte sich frisch, und als die Bahn aus der Stadt rollte, setzte sie sich auf die Kante der Liege und spürte, wie ihr Herzschlag sich langsam beschleunigte. Sie schalt sich für ihre Aufregung, konnte jedoch nichts dagegen tun, dass sie sich fühlte wie ein Backfisch. Würde er kommen?

Natürlich würde er kommen. Er hatte geschrieben, dass er komme. Aber wann? Und was würde passieren? Was würde er sagen? Würde er weiter auf sie warten, mit ungewissem Ende?

Es dämmerte schon. Alma stand auf, stellte sich ans Fenster und sah hinaus in die vorbeifliegende Landschaft. Häuser zogen vorbei, rasend schnell. Die, die nahe an den Gleisen standen, waren schon wieder aus ihrem Blickfeld verschwunden, noch bevor sie wirklich erkennen konnte, wie sie aussahen. Ein unruhiges Gefühl stieg in ihr auf. War es nicht auch in ihrem Leben so? Die letzten zehn Jahre waren an ihr vorbeigeflogen wie in einem einzigen Atemzug. Schneller, als man begreifen konnte. Die Zeit in Wien an Gustavs Seite. Marias Geburt, dann Annas. Marias schrecklicher Tod, auf den das Leben einfach keine Rücksicht nehmen wollte. Alma hatte sich gefühlt, als wäre alles vorbei, doch das Leben war weitergegangen. Es hatte Musik gegeben und Konzerte und Sinfonien und sogar Lachen und Glück. Wenn jemand wusste, dass man jeden einzelnen Augenblick genießen musste, war es nicht sie? Das Unglück lauerte an jeder Ecke, sie hatte es allzu oft erfahren müssen.

Sie war so in ihre Gedanken versunken, dass sie fast nicht mitbekommen hätte, wie es leise an der Abteiltür klopfte. Es klopfte noch einmal.

»Herein«, sagte sie leise, drehte sich um, und da stand Walter, der ihr den Weg aus ihrer Trübsal wies. Der Mann, mit dem sie jeden einzelnen Augenblick zu genießen gedachte.

Als sie das nächste Mal aus dem Fenster sah, lag sie noch in Walters Armen. Es war dunkel geworden.

»Wann kommst du zurück aus New York?«, fragte Walter. Seine Lippen kitzelten an ihrem Ohr.

»Im Frühling. Wirst du auf mich warten?« Alma drehte den Kopf und versuchte, den Ausdruck in seinen Augen zu deuten. Würde er Geduld haben?

Walter nickte leicht. »Aber lass mich nicht zu lange warten, geliebte Alma.«

»Nein, das werde ich nicht. Du weißt, ich bin deine Frau.«

»Und ich bin dein Mann.«

Und so fühlte es sich an. So war es.

Immer wenn sie mit ihm zusammen war.

KAPITEL 16

New York, November/Dezember 1910

Der November in New York war kalt und nass, und wenn Alma das nicht schon aus den letzten beiden Jahren gekannt hätte, wäre sie sicher schneller wieder trübselig geworden, als man New Yorker Philharmoniker sagen konnte.

Das erste Mal war sie nur wenige Wochen nach Marias Tod in der Stadt gewesen. Anna hatten sie damals, wie auch in diesem Jahr, in der Obhut von Almas Mutter in Wien zurückgelassen, Gustav hatte den ganzen Tag mit Proben und Verhandlungen zu tun gehabt, und weder er noch Alma kannten eine Menschenseele. Alma hatte sich im Hotelzimmer vergraben, und sie hatte mehr als genug damit zu tun gehabt, zu atmen, hin und wieder etwas zu essen und die Schlaflosigkeit zu bekämpfen, die immerwährenden Gedanken an ihr totes Kind. Sie hatte nicht das geringste Bedürfnis verspürt, auszugehen oder auch nur mit irgendjemandem zu sprechen, hatte oft gehofft, dass wenigstens Tränen kämen, damit sie am Abend in ihr Tagebuch schreiben könnte, dass sie geweint habe. Dann hätte sie wenigstens irgendetwas getan. Aber stattdessen saß sie wochenlang nur da und starrte vor sich hin. Gustav hatte ihr einen Doktor geschickt, er könne ja nicht bei ihr bleiben und sei selbst in tiefer Trauer. Der Doktor, Fraenkel hieß er, kam täglich, trank eine Tasse Kaffee mit ihr und sorgte auf diese Weise dafür, dass sie sich wenigstens anziehen und waschen musste. Zunächst tat sie es, weil es einfacher war, als eine Konfrontation mit Gustav oder irgendjemand anderem auszuhalten, dann nach einer oder zwei Wochen merkte sie, dass sie sich für die Gespräche mit dem Doktor zu interessieren begann. Und als sie sich nach dieser ersten Saison in New York auf den Weg nach Hause machten, ging es Alma schon etwas besser. Gut genug, um sich auf das Wiedersehen mit Anna aufrichtig zu freuen.

Im zweiten Jahr ihres Aufenthalts hatten sie einige handverlesene Bekanntschaften schließen können, unter anderem trafen sie sich wieder mit Joseph Fraenkel, den nun auch Gustav in New York als Arzt konsultierte. In dieser dritten Saison sah Alma ihn sogar recht oft. Einerseits hatte er angeboten, Alma hin und wieder zu einer Aufführung zu begleiten, so dass sie nicht allein gehen musste, was sie gern in Anspruch nahm. Sie war für die Ablenkung dankbar, selbst wenn sie weder ihm noch Gustav gestehen konnte, dass ihr Herz auch in diesem Jahr schwer war – vor Sehnsucht nach Walter. Gustav war so beschäftigt, dass es ihm nicht auffiel, und wieder lag sie nachts wach, diesmal weil sie sich fragte, was Walter wohl gerade tue und wie es ihm ergehe. Tagsüber schrieb sie an ihn, berichtete ihm, wie sie diese Stadt erlebte, die architektonisch so besonders war und von einer neuen Zeit kündete. Sie las, möglichst unauffällig, alles, was sie über amerikanische Architektur finden konnte, und schrieb Walter ausführlich darüber. Und nachts sah sie in den Sternenhimmel hinauf, suchte den Großen Wagen und wusste, dass auch er hinaufschauen und ihr so auf irgendeine Art nah sein würde.

Leider war es um Gustavs Gesundheit nicht zum Besten bestellt. Mehrmals musste Alma den Arzt rufen, da er sich mit einer Erkältung herumschlug, die einfach nicht abklingen wollte. Anfangs wunderte sie sich nicht darüber, das Wetter war so grässlich, und Gustav arbeitete wieder einmal wie ein Besessener, aber als das Husten gar nicht besser werden wollte, begann sie, sich Sorgen zu machen.

Auch am Tag vor dem Heiligen Abend empfingen sie Fraenkel. Alma war eigentlich glücklich, denn sie hatte erst kurz zuvor einen langen Brief von Walter bekommen, aber die Sorge um Gustav nahm sie in Beschlag. Ihr Mann lag auf dem Sofa und konnte sich beim Eintreffen des Arztes kaum erheben, so schwach fühlte er sich. Alma hatte ihm Tee gekocht und ihn warm zugedeckt, aber dennoch sah er schrecklich leidend aus.

»Aber, Herr Mahler, was machen Sie denn? Schenkt Ihnen die Frau Gemahlin nicht genügend Aufmerksamkeit?«, erlaubte sich Fraenkel zu scherzen, als er zur Tür hereintrat. Doch als er Gustavs blasses Gesicht sah, wurde er ernst. Er steckte Gustav ein Fieberthermometer in den Mund und fühlte den Puls. Beim Betrachten des Thermometers neigte er bedenklich den Kopf, sah dann in Gustavs Hals und schrieb ein Rezept für ein Medikament aus, das Alma besorgen sollte.

»Wir bekommen das schon wieder hin«, wollte Fraenkel sie beruhigen, was Alma erst recht nervös machte. Sie sah auf den Zettel, dann zu Gustav und versprach, das Gewünschte so schnell wie möglich zu holen.

»Eine wunderbare Frau habe ich, meinen Sie nicht, Fraenkel?« Gustavs stolzer Kommentar wurde von einem Hustenanfall unterbrochen, aber er schien unbedingt weitersprechen zu wollen. »Sie ist mir ein unglaublich tapferer Kamerad und beschäftigt sich mit allem Geistigen und Musikalischen, was mich bewegt, und dies auf eine Weise, die mir mehr als ebenbürtig ist. Was täte ich nur ohne sie?«

Fraenkel lächelte warm, Alma errötete leicht, so ein Lob hatte sie lange nicht mehr von ihm gehört. Sie ging zu ihm hinüber und berührte ihn zärtlich an der Schulter. Sie mochten ihre Schwierigkeiten haben, aber Gustav so schwach zu sehen, brach ihr das Herz.

»Ich wäre niemals so weit gekommen, wie ich es heute bin, weder in New York noch in Wien, wenn ich Alma nicht an meiner Seite wüsste.« Dann brachte ihn ein neuer Hustenanfall zum Schweigen, und er musste sich ermattet aufs Sofa sinken lassen.

Alma verbot ihm ängstlich, weiterzusprechen, und Fraenkel pflichtete ihr bei.

»Seien'S schön brav und tun Sie, was Ihre Frau Ihnen sagt, Mahler. Dann sind Sie sicher bald wieder auf dem Damm.« Damit verabschiedete sich Fraenkel, und Gustav fiel kurz darauf in einen unruhigen Schlaf, den Alma mit sorgenvoller Miene bewachte.

KAPITEL 17

Wien, Dezember 1910

Wien schien von Puderzucker bedeckt, als Walter aus dem Bahnhof trat. Der Schnee sah zauberhaft aus, glättete den verspielten Stuck an den herrschaftlichen Gebäuden, was alles klarer und angemessener wirken ließ, einfach schöner. Walter hatte nur einen kleinen Koffer bei sich, er plante, nicht länger als ein oder zwei Tage zu bleiben. Es war eine gewagte Mission, auf der er sich befand, aber er hatte lange darüber nachgedacht und befunden, dass es sich lohnen könne. Er hatte eine lange Reise hinter sich, zuerst mit der Südbahn von Berlin nach München, dort war er umgestiegen in den Zug nach Salzburg und dort wiederum in die Bahn nach Wien. Es war großartig, dass man nun in so kurzer Zeit quer durch Europa fahren konnte, dennoch blieb es eine beschwerliche Reise. Doch was sollte er tun? Hier in Wien lebte nun einmal die Frau, die er für immer lieben würde. Er hatte nicht umsonst eine militärische Ausbildung genossen, auf die er stolz war. Der erste Angriff, um seine Geliebte zu erobern, war der vermeintlich aus Versehen falsch adressierte Brief an seinen Nebenbuhler gewesen. Dadurch hatte er eine direkte Konfrontation herbeiführen können, die er, Walter, in seinen Augen gewonnen hatte – selbst wenn Alma sich nicht hatte entscheiden können, sofort mit ihm zu gehen und ihren Mann im Streit zu verlassen; selbst wenn der kleine Komponist noch nicht bereit gewesen war, zu erkennen, dass Alma zu ihm gehörte, zu Walter

Gropius, und niemandem sonst. Nun war es an der Zeit für den zweiten Zug.

Er betrat ein Hotel in der Nähe des Bahnhofs und stellte fest, dass er hier mitten in Wien logierte, was noch nicht dem Ziel seiner Reise entsprach. Doch Walter buchte ein Zimmer, ging hinauf und schrieb auf dem Briefpapier des Hotels eine kurze Nachricht, in der er für den nächsten Tag seinen Besuch in der Steinfeldgasse in Wien-Döbling ankündigte. Dann übergab er den Brief und ein angemessenes Trinkgeld einem Boten, wusch sich den Reisestaub aus dem Gesicht und legte sich schlafen. Die lange Reise hatte ihn ermattet, und er wollte am folgenden Tag unbedingt im vollen Besitz seiner Kräfte und seines Verstands sein.

Am nächsten Tag zur Nachmittagszeit stand Walter dann vor der Tür von Anna und Carl Molls Haus, klopfte und wurde herzlich empfangen.

»Mein lieber Herr Gropius«, sagte Anna Moll, Almas Mutter, die auf Walter einen freundlichen, zugewandten Eindruck machte, »ich freue mich außerordentlich, Ihre Bekanntschaft zu machen. Alma hat mir berichtet, wie Sie sich kennengelernt haben.«

Walter erkannte an ihrem Schmunzeln, dass sie auch wusste, welcher Natur ihre Bekanntschaft war. Er öffnete den Mund, doch Anna Moll hinderte ihn mit einer Geste am Sprechen.

»Wissen Sie, Alma hat mir erzählt, dass Sie sich während ihrer Kur in Tobelbad getroffen haben, und auch, dass Sie sich die Mühe gemacht haben, sie in Toblach aufzusuchen. Sie hat außerordentlich positiv von Ihnen gesprochen. Aber wie Sie wahrscheinlich wissen, weilt sie im Moment mit ihrem Gatten in New York. Was kann also ich für Sie tun?«

Walter räusperte sich. »Ich … also …« Verflixt, wie konnte es sein, dass er nun ins Stottern kam? Er hatte sich doch alles zurechtgelegt. Kurz senkte er die Lieder, rieb die Handflächen aneinander, besann sich, und als er die Augen wieder öffnete, war er sicher, was er sagen wollte.

»Liebe Frau Moll, es ist sehr freundlich von Ihnen, mir so eine Brücke zu bauen. Es ist wahr, ich liebe Alma. Ich liebe sie von ganzem Herzen und bin fest davon überzeugt, dass wir zusammengehören.«

Anna Moll runzelte ein wenig die Stirn, vielleicht war ihr das doch etwas direkt, aber sie verlor den freundlichen Ausdruck in den Augen nicht. »Wissen Sie, Herr Gropius, das freut mich über die Maßen, weil ich davon ausgehe, dass meine Tochter ebenso für Sie empfindet. Allerdings, und dieser Umstand dürfte Ihrer Aufmerksamkeit nicht entgangen sein, ist sie verheiratet und kann im Moment an dieser Situation nicht viel ändern.«

»Sie könnte doch …«

»Bevor Sie nun vorschlagen, dass die arme Alma ohne jegliche Absicherung oder Zustimmung ihren Ehemann Knall auf Fall verlassen solle, bitte ich Sie zu bedenken, dass Alma einen gewissen Standard gewohnt ist. Sie ist eine gebildete Frau und sicher mehr als andere in der Lage, einen Haushalt zu führen und gleichzeitig mit den Geistesgrößen unserer Zeit fruchtbare Gespräche zu führen. Sie hat eine Tochter, die ihr lieb und teuer ist und die sie niemals aufgeben würde. Verlangen Sie nicht zu viel von ihr.«

Da war er wieder, dieser dezente Hinweis darauf, dass er nicht in der Lage sei, eine Frau wie Alma standesgemäß zu versorgen. Er zog seine Visitenkarte aus der Innentasche seines Anzugs und reichte sie Almas Mutter. Das hätte er schon früher tun sollen, schalt er sich insgeheim.

Anna Moll nahm die Karte und warf einen Blick darauf. Dann las sie vor: »Walter Gropius, Atelier für Architektur, Berlin-Wilmersdorf, Nikolsburgerplatz 4, Fernsprecher: Amt Wilmersdorf 3202.« Sie sah ihn an.

Walter nickte zufrieden. Ja, mit seinem Atelier für Architektur hatte er im letzten Jahr definitiv einen großen Schritt vorangemacht, deswegen war er mit seinem Assistenten auch umgezogen, in eine respektable Berliner Lage.

»Gnädige Frau, ich bin selbstständiger Architekt mit einem gut laufenden Büro und Angestellten.« Einem, um genau zu sein, Adolf Meyer, der für ihn zeichnete, der allerdings die Arbeit von zweien leistete, soviel konnte man sagen. Aber lieber nicht laut. Walter sprach weiter: »Sehr zu meiner Freude bin ich im letzten Jahr in den Werkbund berufen worden. Ich habe einige Gebäude entworfen, die gerade in Pommern gebaut werden, außerdem am Wettbewerb um das Bismarck-Nationaldenkmal in Bingerbrück teilgenommen. Und im Moment arbeite ich an einem Großprojekt, das alles bisher Dagewesene in den Schatten stellen wird, wie ich Ihnen versichern darf.«

Anna Moll lächelte wieder, zwar sehr freundlich, aber auch etwas reserviert, was Walter auf einmal beunruhigte.

»Mein lieber Herr Gropius«, sagte sie warm, und Walter fühlte einen Kloß im Hals aufsteigen, »ich sehe Ihnen das Ungestüm der Jugend an. Sie sind gewiss ein sehr fähiger, tüchtiger Mann und ohne Frage sehr verliebt – was mich freut.«

»Meine Bitte an Sie ist doch nur, Alma darin zu bestärken, ihrem Herzen zu folgen. Ich weiß, dass wir zusammengehören, Alma weiß es, und ich glaube, auch Sie verstehen es.« Walter legte allen Nachdruck in seine Worte, doch sie waren nicht imstande, den gleichmütig lächelnden Ausdruck in Anna Molls Gesicht zu ändern.

»Geduld. Lieber Gropius, haben Sie Geduld. Mit sich, mit Alma und auch mit dem Herrn Mahler. Sie werden sehen, wenn etwas Zeit vergangen ist, wenn Alma und Sie sich weiter lieben, wenn der Tropfen den Stein gehöhlt hat, dann wird sich alles richten.«

Walter senkte den Blick. Geduld war alles andere als seine Stärke.

Anna Moll sprach weiter: »Verlieren Sie nicht den Mut. Sie sind jung, Alma ist es auch. Sie haben alle Zeit der Welt, und am Ende siegt die Liebe. Immer.« Damit stand sie auf.

Walter begriff, dass sie ihm nicht weiterhelfen würde. Er erhob sich ebenfalls. Seine Mission war gescheitert. Elendig.

»Ich werde Alma davon berichten, dass Sie zu mir gekommen sind, wenn Sie nichts dagegen haben, Herr Gropius.«

Walter sah sie an, ein Funken Hoffnung keimte in ihm.

»Ich werde Ihnen gern helfen, den Kontakt zu meiner Tochter zu halten, Herr Gropius. Trotzdem kann ich Ihnen nur diesen einen Rat geben, auch wenn ich mich wiederhole: Haben Sie Geduld. Es wird sich lösen, auf die eine oder andere Art.«

Damit verabschiedete sich Anna Moll von ihm. Walter verließ das Haus. Als er draußen stand und das Tor zur Straße hinter sich schloss, schwor er sich, dass er nicht zum letzten Mal hier gewesen war. Er mochte eine Schlacht verloren haben, doch die Sache war noch nicht entschieden.

Wieder zu Hause, schrieb er Alma, dass er in Wien gewesen sei, denn es erschien ihm wichtig, ihr zu beweisen, wie ernst er es mit ihr meinte.

… ich warte nur, jeden Tag, darauf, dass Du Dich endlich für mich entscheidest. Alma. Ich brauche Dich an meiner Seite, Du fehlst mir wie ein Körperteil. Mit Dir, das weiß ich, könnte ich mein Potenzial vollends entwickeln, du würdest alles Große aus mir herausholen, was da in mir schlummert. Es gärt in mir, es ist Zeit. Komm zu mir, Geliebte, und sei endlich mein!

KAPITEL 18

New York, Februar 1911

Nach dem Jahreswechsel sah es einige Wochen lang so aus, als würde Gustav seine Grippe endlich loswerden, aber dann, eines Morgens Mitte Februar, kam er von der Probe nach Hause und hustete erneut, hartnäckig, trocken und unerbittlich. Er sank erschöpft aufs Sofa und ließ sich von Alma Tee bringen, den er dann nicht anrührte.

Alma wollte sofort Fraenkel anrufen, doch Gustav wehrte ab. Er hatte eine Melodie im Sinn, eine kurze Weise nur, und wollte sie unbedingt sofort aufschreiben. Er erhob sich mühsam, und Alma folgte ihm ins Musikzimmer.

»Soll ich nicht für dich …?« Alma griff nach einer Feder und Papier, stellte sich neben den Flügel und zog mit schnellen Strichen fünf Linien.

Gustav ließ sich schwer auf den Stuhl vor dem Klavier fallen. Er protestierte nicht, warum auch? Alma hatte ihm immer geholfen, selbst wenn er nicht krank gewesen war. Sie war so oft seine Hand, sein Gehör und bisweilen so etwas wie ein Instrument für seine Gedanken. Sie versuchten es, aber Gustav hatte nicht die Kraft zu komponieren, nicht einmal mit ihrer Unterstützung. Ein neuer Hustenanfall wollte ihn beinah zerreißen, und Alma wurde angst und bange um ihn. Was sollte sie tun? Er war doch nicht nur ein Genie, das nicht mehr arbeiten konnte, er war ihr Mann, Vater ihrer Tochter.

Sie schlang die Arme um Gustav, legte seinen Arm um ihre

Schulter und half ihm auf. Dann schleppte sie ihn vorsichtig zum Sofa und rief trotz seines Protestes Fraenkel an. Während sie warteten, flößte Alma ihm eine weitere Tasse heißen Tee mit viel Honig ein, Löffel um Löffel, Schluck um Schluck, es ging nur langsam, als hätte sich Gustavs Kehle verengt, als dürfte nichts hinein oder heraus. Als der Arzt endlich kam, machte er ausnahmsweise keine Witze, versuchte auch nicht, mit Alma zu flirten, wie er es sonst immer tat. Er untersuchte Gustav, horchte ihn lange ab, schien nicht zufrieden mit dem, was er hörte, dann gab er Alma ein Zeichen und sprach erst, als sie mit ihm ins Nebenzimmer gegangen war, so dass Gustav sie nicht hören konnte.

»Ich kann Ihnen nicht sagen, liebe Alma, was es ist, das Ihren Gatten so hartnäckig quält, und ich muss zugeben, mit meinem Latein am Ende zu sein. Ich kann nichts anderes tun als das, was ich bisher getan habe.«

Alma glaubte ihren Ohren nicht zu trauen, Angst stieg in ihr auf. »Sie können nichts tun? Was soll das heißen?«

»Frau Mahler, Ihr Mann wird immer schwächer. Diese Erkältung, so es denn eine ist, schwächt ihn mehr, als sie sollte. Und nichts, was wir dagegen unternehmen, scheint diesen Verfall aufhalten zu können. Bereiten Sie sich auf das Schlimmste vor.«

Alma starrte Fraenkel ungläubig an. Was sagte der Mann da? Was wagte er anzudeuten? Gustav sollte sterben? Er war doch nicht alt, es war gar nicht die Zeit, einundfünfzig, das war doch kein Alter! Es fing an, in ihrem Kopf zu hämmern, in den Ohren rauschte ein Wasserfall, der verhinderte, dass sie hören konnte, was Fraenkel zum Abschied zu ihr sagte. Nein. Nein, das war alles falsch, das durfte nicht passieren. Sollte ihr nach Maria der nächste Mensch entrissen werden? Wieso durfte so viel Unglück passieren?

Sie ging wieder hinüber in den Salon, betrachtete Gustav, dem die Augen zugefallen waren. Aber sie hörte seinen Atem, sah das leichte Heben und Senken seiner Brust. Ja, es war nicht einfach, die Frau an seiner Seite zu sein. Ja, sie liebte Walter, diesen anderen Mann aus einem anderen Leben. Aber sie liebte auch Gustav, seinen Geist, sein Genie. Er war der Mann, mit dem sie die letzten zehn Jahre verbracht hatte. Sie war nun zweiunddreißig Jahre alt, es waren die besten Jahre ihres Lebens gewesen, zumindest sagte man das. Und nun wunderte sie sich.

Denn obwohl der Altersunterschied zwischen ihr und Gustav schon vor ihrer Verlobung immer wieder Thema gewesen war, hatte sie dessen Konsequenzen nie zu Ende gedacht. Sie hatte sich nie darauf vorbereitet, dass Gustav sie irgendwann allein zurücklassen könnte.

Ein paar Tage später kam ein Doktor Libman auf Empfehlung Fraenkels vorbei. Er untersuchte Gustav, der noch immer kaum aufstehen konnte und immer wieder unter Fieberschüben litt. Der Arzt kontrollierte Gustavs Rachen, maß die Temperatur, tastete ihn ab, und Alma, die abseits in der Tür stand, beobachtete ängstlich jede Regung im Gesicht des Mediziners. Schließlich stand er auf, verabschiedete sich freundlich von Gustav und kam zu ihr. Sie zog ihn ins Nebenzimmer, schloss die Tür und befragte ihn leise nach seiner Diagnose. »Oder wissen Sie auch nicht, was ihm fehlt?«

Doktor Libman sah sie mit einer Mischung aus Mitleid und Resignation an. »Doch, doch, ich gehe davon aus, dass ich weiß, was Ihrem Mann fehlt. Es scheint mir eine Endokarditis zu sein.« Als er Almas verständnislosen Gesichtsausdruck bemerkte, fügte er hinzu: »Eine Entzündung des Herzens.«

Alma versuchte, den Kloß, der sich in ihrem Hals gebildet hatte, zu schlucken, räusperte sich. »Und … Sie geben ihm jetzt ein Medikament, das ihn wieder gesund macht?« Sie hatte Angst vor der Antwort, und tatsächlich senkte Doktor Libman den Blick.

»Leider gibt es im Moment kein Medikament, das Ihrem Mann helfen könnte. Es ist, ich muss es leider sagen, eine potenziell tödliche Krankheit. Vielleicht erholt er sich wieder, aber ich halte das für eher unwahrscheinlich.«

Alma starrte den Mann an und schüttelte den Kopf. Nein. Das durfte nicht passieren. Nicht jetzt, nicht heute, nicht hier. So weit war es noch nicht, konnte es nicht sein. Wenn es in New York keinen Arzt gab, der Gustav helfen konnte, dann mussten sie eben nach Hause.

Gustav protestierte zwar, Alma ließ jedoch nicht mit sich verhandeln. Ihre Angst um ihn war zu groß. Sie buchte eine Passage auf der *Amerika*, die sie, so schnell wie es eben ging, nach Rotterdam bringen würde, von wo aus sie über Paris die Heimreise antreten würden. Die Saison war fast vorüber, die letzte Handvoll Konzerte musste eben jemand anderes dirigieren. Es bedeutete einen finanziellen Verlust, aber den konnten sie verschmerzen.

Allerdings ließ Gustav es sich nicht nehmen, am 21. Februar, direkt vor ihrer Abreise, eine letzte Aufführung zu leiten. Ein

Abschied. Weder Alma noch Fraenkel konnten ihn davon abbringen.

Als sie endlich auf dem Schiff waren, schlug Alma drei Kreuze. Und es schien ihr keine Sekunde zu früh zu sein. Kaum waren sie ausgelaufen, die Freiheitsstatue war gerade aus dem Blickfeld verschwunden, da zwang ein Schwächeanfall Gustav ins Bett. Alma ließ ihn keine Sekunde mehr aus den Augen. Ihre eigene Kabine nutzte sie nur, um hin und wieder etwas Sauberes anzuziehen, die restliche Zeit über saß sie an Gustavs Seite, hielt seine Hand, kühlte seine Stirn. Und wenn er anfing zu zittern, weil er fiebrig wurde, die Kälte ihn nicht mehr loslassen wollte, dann legte sie sich zu ihm und wärmte ihn mit ihrem Körper. Sie verfluchte ihre eigene Lebendigkeit und Gesundheit, die Gustavs Gebrechlichkeit umso deutlicher werden ließ. Dann wieder wünschte sie sich nichts mehr, als ihm etwas von ihrer Kraft abgeben zu können.

Eines Nachts wurde sie davon geweckt, dass Gustav seine Hände über ihren Körper gleiten ließ, vorsichtig, wie eine Bitte. Als sie an ihrem Bein spürte, dass sein Begehren erwachte, half sie ihm dabei, sich zu entkleiden, tat es dann selbst, drückte sich nackt an den abgemagerten Körper ihres Mannes. Sie küsste die trockenen Lippen, die rotgeränderten Augen, fühlte sich so stark und lebendig neben Gustav, dass sie Erregung in sich aufsteigen spürte. Nichts wollte sie mehr, als ihrem Mann etwas von ihrer Vitalität und Energie einzuhauchen. Und sie spürte, wie sein Griff fester wurde, während die Erregung auch von ihm Besitz ergriff, wie sein Glied hart wurde. Sie umschloss es mit ihren Fingern wie einen kostbaren Schatz. War das nicht das Zeichen dafür, dass Gustav leben würde? Dass er wieder gesund und alt werden würde wie Methusalem? Sie ließ Gustav in sich gleiten. Dann bewegte sie sich, darauf bedacht, ihn nicht zu sehr anzustrengen, wollte ihm die Mühe abnehmen, die Belohnung jedoch nicht vorenthalten.

Es dauerte nicht lange, und er kam mit einem Stöhnen. Er flüsterte ihren Namen. Und dann schlief er ein, ohne sich aus ihr zurückgezogen zu haben. Alma blieb eng an ihn gepresst liegen, auf der Seite. Das unheimliche Gefühl, dass dies das letzte Mal gewesen sein könnte, ließ sie das Ende, das endgültige Ende so lange wie irgend möglich hinauszögern.

KAPITEL 19
Paris / Wien, März / April 1911

Es ging Gustav nicht besser, sondern eher schlechter, als sie in Paris eintrafen, er konnte inzwischen nicht einmal mehr aufstehen und musste getragen werden. Alma buchte ein Zimmer in einem guten Hotel, sorgte dafür, dass Gustav sich von der Reise ausruhen konnte, und machte sich dann auf den Weg, ihre Freunde in Paris zu besuchen. Es waren nur kurze Stippvisiten, denn alles, was sie interessierte, war, wo sie den besten Arzt für ihren Mann finden könnte.

Sie schleppte mehrere Herren mit langen Bärten und besorgten Mienen zu Gustav, doch auch diese vermeintlich wissenden Mediziner hatten keine Idee, wie man ihn heilen könnte.

Gustav lag wieder im Fieber und hustete, Alma pflegte ihn, flößte ihm Tee und nutzlose Medizin ein, Hühnerbrühe und was immer sie finden konnte. Tatsächlich ging nach ein paar Tagen das Fieber so weit zurück, dass Alma sich traute, eine Passage im Schlafwagen nach Wien zu buchen. Sie mussten nach Hause. Gustav hatte sie darum gebeten, er wollte unbedingt Anna sehen, vielleicht war ihm sein Zustand nur zu bewusst, auch wenn Alma den Ärzten verboten hatte, ihm die Wahrheit zu sagen. Er starb. Gustav starb unter ihren Händen, ohne dass sie irgendetwas dagegen tun konnte.

Irgendwie überstanden sie die Heimreise nach Wien, gelangten endlich nach Hause, ins Haus von Almas Mutter und Stiefvater, in dem sie in den letzten beiden Jahren zwischen ihren Reisen gewohnt hatten, und wo Alma darauf bestand, dass Gustav sich erst ein wenig von den Strapazen der neuerlichen Reise erholte, bevor sie erlaubte, dass Anna ihn besuchte. Ihre Tochter an Gustavs Seite zu sehen, raubte Alma fast den Verstand. Anna, die sie Gucki nannten, weil sie schon mit so großen Augen auf die Welt gekommen war, begrüßte den kranken Vater mit so großer Ernsthaftigkeit und Vorsicht, dass Alma der kindliche Kosename gar nicht mehr angebracht schien. Sie knickste, erkundigte sich danach, wie ihr Vater sich fühle, und schlug dann vor, ihm aus ihrer Fibel etwas vorzulesen. Gustav, dem in den letzten Tagen anzumerken gewesen war, wie sehr ihn Unterhaltungen anstrengten, nickte dankbar. Alma zog sich auf einen Sessel am anderen Ende des Schlafzimmers zurück. Sie sah aus dem Fenster, lauschte dem stockenden Vortrag ihrer Tochter und versuchte, die Szene mit all der Liebe, die hier war, mit der Vertrautheit und dem Gefühl der Zusammengehörigkeit in ihrem Herzen einzuschließen, um in den dunklen Zeiten, von denen sie ahnte, dass sie auf sie zukommen würden, davon zehren zu können.

Der Abstand zwischen den Briefen, die sie Walter schrieb, war länger geworden, seit sie Gustav pflegte, doch sie hatte niemals aufgehört, ihm zu schreiben. Er wusste, wie es um Gustav stand und dass sie wieder in Wien war. Treffen konnte sie ihn nicht, nicht im Moment, sie hatte keine Zeit, und es stand ihr auch nicht der Sinn danach. Aber vergessen konnte sie Walter genauso wenig.

Anfang Mai schrieb sie einen langen Brief, in dem sie trotz

allem Unglück versuchte, an den Überschwang der Tage in Tobelbad anzuknüpfen.

*Momentan ist meine Empfindung wie erstarrt – aber ich
weiß, wenn ich Dich sehe, wird alles in mir aufleben – auf-
blühen. Liebe mich … mit den Empfindungen, die mich so
überglücklich gemacht haben. Ich will Dich! Aber du? – Du –
auch – mich?*

Sie wollte die Erinnerung an ihr Glück wiederaufleben lassen,
für ihn, aber auch für sich. Alles war so dunkel um sie herum,
sie wünschte, sie könnte ein Licht anzünden und in eine posi-
tive Zukunft sehen. Also holte sie die Erinnerung an den Sommer in sich hervor. Alma wünschte Walter Glück für das neue
Lebensjahr, das ihm bevorstand, dass sie sich sehen, wieder pa-
radiesische Tage verbringen würden, dass seine beruflichen
Unternehmungen Erfolg zeigen würden, was sich, wie er ihr
geschrieben hatte, immer klarer abzeichnete. Alma war glücklich darüber. Walter würde seinen Weg gehen. Wenn sie vielleicht nicht viel mehr konnte, als ein wenig Klavier zu spielen
und die Ehefrau eines Komponisten zu sein, eines vermochte
sie gewiss: Potenzial erkennen, einen kreativen Geist entdecken und das Feuer, das in einem schöpferischen Menschen
brannte. Schließlich hatte einst in ihr selbst eines gelodert.
  Walters Geburtstag war am 18. Mai.

Am Nachmittag des gleichen Tages starb Gustav im gleichen
Krankenhaus, in dem Alma ihm ihre Töchter geboren hatte.

KAPITEL 20

Maiernigg, Kärnten, Sommer 1907

Es war Sommer, drückend und schwülwarm, und der strahlend blaue Wörthersee lag mit seiner unbewegten Oberfläche in Sichtweite unterhalb des Gartens. Alma und Gustav hatten sich mit den Kindern in das Ferienhaus zurückgezogen, um sich von dem Schock zu erholen, der sie vor Kurzem ereilt hatte: Gustav war von seinen Aufgaben an der Oper entbunden worden. Doch das Leben würde weitergehen, schon im Dezember sollte er eine Stelle als Direktor der New Yorker Philharmoniker antreten. Gustav war weltberühmt, daran konnte auch die Intrige an der Wiener Oper nichts ändern, der er nun zum Opfer gefallen war.

Seit ein paar Tagen allerdings wurden sowohl die Erinnerung an den Streit in Wien als auch die Vorfreude auf New York von etwas ganz anderem überlagert. Mitten im heißesten Sommer hatten die Mädchen sich erkältet. Zumindest dachte Alma zunächst, dass es eine Erkältung sei. Dann aber bekam erst die dreijährige Anna so hohes Fieber, dass Alma die letzten beiden Nächte an ihrem Bett verbracht, ihr Wadenwickel gemacht und die heiße Stirn gekühlt hatte. Maria, die schon fast fünf Jahre alt war, hatten sie aus dem Kinderzimmer in Almas Schlafzimmer gebracht, damit sie von ihrer Schwester nicht gestört wurde. Heute Abend endlich war Annas Fieber gesunken, die Kleine hustete weniger, und sie hatte sogar ein wenig Brühe trinken können.

Alma stand im Garten, blickte in die sternenklare Nacht und versuchte, ihrer Müdigkeit Herr zu werden. Leider hatte es sich kaum abgekühlt, nachdem sie ihre Kleider in der Hitze des Tages schon mehrmals durchgeschwitzt hatte. Sie sehnte sich nach nichts mehr als einem Bad und frischen Bettlaken. Eine Windbö fuhr durch die stolzen Buchen im Garten, und Alma überlegte, ob sie hinunter zum Ufer laufen und einfach in den See springen sollte. Niemand war mehr auf, außer ihr und Betty, die nun bei den Kindern wachte. Endlich konnten sie durchatmen.

Ein leises Grummeln in der Magengegend erinnerte sie daran, dass sie seit Stunden nichts mehr gegessen hatte. Aus dem Gartenhaus hörte sie leises Klavierspiel. Dann war Gustav also auch noch nicht zu Bett gegangen. Alma schloss die Augen, sog die Nachtluft in sich auf. Dann musste sie herzhaft gähnen. Vielleicht sollte sie sich schlafen legen, zum Baden bliebe morgen noch Zeit.

»Frau Mahler? Sind Sie da?« Das war Bettys Stimme, die leise nach ihr rief. Etwas klang darin an, das Alma augenblicklich in Alarm versetzte.

»Betty? Ja, ich bin hier. Was ist denn?« Alma ging auf das Haus zu.

»Es ist Putzi …« Putzi war Marias Kosename, so nannten Alma und Gustav sie oft, weil sie so niedlich anzusehen war, und Betty hatte das übernommen.

Alma wurde kalt. Sie raffte ihre Röcke und rannte los. Betty warf sie nur einen kurzen Blick zu, dann stürzte sie hinauf ins obere Stockwerk, in ihr Zimmer, zu ihrem Kind.

Das Zimmer war nur von einer Kerze erleuchtet, aber selbst

in deren schwachem Schein sah Alma, dass ihr ältere Tochter hoch fieberte. Sie setzte sich auf das Bett. Schweißperlen standen auf der blassen Kinderstirn, die Wangen dagegen waren unnatürlich rot gefärbt. Pfeifend rang Maria nach Luft. Alma tupfte ihr über die Stirn, legte dann die Hand an den Hals des Kindes. Siedend heiß, so kam es ihr wenigstens vor.

»Ich weiß gar nicht, wie das so schnell kommen konnte. Heut Nachmittag ist es ihr doch gut gegangen.« Betty war nach Alma ins Zimmer getreten.

Alma drehte sich zu ihr um. »Bring mir bitte eine Schüssel mit kaltem Wasser, Betty. Und ein frisches Handtuch. Und dann …« Sie zögerte, sah ihr krankes Kind kurz an, dann wieder zu Betty. »Lauf und ruf den Arzt. Hol ihn aus dem Bett. Es ist ernst.«

Sie registrierte den Schrecken auf Bettys Gesicht. Dann drehte sich das Mädchen um und rannte aus dem Zimmer. Alma beugte sich wieder über ihre Tochter, die kaum atmen zu können schien.

»Mein kleines Mäuschen, was machst du denn?« Sie half Maria, sich etwas aufzurichten. »Vielleicht bekommst du so leichter Luft.« Sie küsste die heiße Stirn ihres Mädchens.

»Mami.« Marias Stimme war so dünn und brüchig, dass es Alma das Herz zerriss. Am liebsten hätte sie das Mädchen an sich gedrückt und gehalten, bis diese schreckliche Krankheit verschwunden war. Auf sie übergegangen, so dass Alma sie durchmachen konnte anstelle ihrer Tochter. So krank durfte man doch nicht sein als Kind. Da sollte man kurz husten und dann wieder hüpfen und springen und singen.

Maria wurde immer schwächer, aber immerhin kam der Arzt kurze Zeit später. Betty hatte ihm wohl klarmachen können, dass sie ohne ihn nicht wieder nach Hause gehen würde. Er untersuchte das Mädchen, wobei die Müdigkeit in seinem Gesicht einem Ausdruck größter Besorgnis wich. Er schickte Alma und Betty hinaus. Auch Gustav war mittlerweile aus dem Gartenhäuschen gekommen und hatte erfahren, wie es um seine Tochter stand. Nun ergriff er Almas Hand. Sie hielten sich, klammerten sich aneinander, ohne ein Wort zu wechseln. Schließlich begann Alma zu beten, was sie eigentlich nie tat. Aber was blieb ihr sonst. Also flehte sie um das Leben ihres Kindes.

Dann ging die Tür auf. Der Arzt blieb im Rahmen stehen, sah erst Gustav an, dann Alma. »Ich muss einen Luftröhrenschnitt machen, sie erstickt mir sonst. Ich glaube, es ist die Diphtherie.«

In Almas Ohren rauschte es. Diphtherie – jeder wusste, wie tödlich diese Krankheit sein konnte. Sie stürzte in ihr Schlafzimmer zu Maria. Tränen rannen über ihr Gesicht.

Sie hörte, dass Gustav mit dem Arzt sprach, wollte jedoch nicht wissen, was da besprochen wurde. Sie wollte nur bei ihrer Tochter sein, die in einen unruhigen Schlaf gefallen war.

Einige Zeit später berührte Gustav sie sanft am Arm. Sie sah auf und bemerkte, dass neben dem Arzt auch eine Helferin im Zimmer stand, die kalt blitzende medizinische Instrumente auf einem Teewagen ausbreitete.

»Komm, Almschi. Wir müssen draußen warten.« Gustav zog sie hoch, Alma ließ sich hinausführen. Die Tür zum Zimmer wurde geschlossen. Im Flur war es dunkel und kühler als im

Zimmer. Ein Fenster war geöffnet, und in der Ferne hörte Alma ein Donnergrollen. Sie machte sich von Gustav los, ging ein paar Schritte über den Flur und öffnete die Tür zum Kinderzimmer, wo Anna schlafend in ihrem Bett lag und ruhig und gleichmäßig atmete. Ihr ging es besser, das war zu sehen.

Leise schloss Alma die Tür wieder und trat ans offene Fenster. Dicke Gewitterwolken näherten sich dem See, in denen es blitzte und donnerte. Wind fuhr durch die Buchen, und die Tannen weiter oben am Berg rauschten. Tränen liefen Alma über die Wangen. Wie sollte sie diese Sorge aushalten? Sie drehte sich um, sah, dass Gustav auf einem Stuhl vor Marias Zimmer wartete, ganz in sich zusammengefallen.

Sie warteten. Die Nacht schritt fort, das Gewitter tobte, schließlich kam der Regen. Alma schloss das Fenster, trotzdem war der Lärm ohrenbetäubend.

Dann öffnete sich die Tür zu Marias Zimmer, und der Arzt trat heraus.

Sein Gesichtsausdruck kündete von Schmerz. Dann öffnete er den Mund, und mit einem Satz nahm er Alma ihren Frieden, ihre Worte – ihre Tochter.

KAPITEL 21

Wien, Sommer 1911

Seit Gustav tot war, hatte sich im Haus eine ohrenbetäubende Stille ausgebreitet. Wieder war Almas Welt aus den Fugen geraten. Wie damals, als Maria gestorben war, wusste sie nicht, wie sie es ertragen sollte, die gleichen Wände, Möbel und die Zimmer zu sehen, in denen der geliebte Mensch jederzeit hätte auftauchen sollen. Das Haus in Maiernigg hatten sie damals rasch verkauft. Alma hätte die Erinnerung nicht ertragen. Und nun war es hier das Gleiche. Auch Betty ging, sie hatte eine andere Anstellung gefunden. Nun waren sie nur noch zu zweit, Anna und sie selbst.

Wann auch immer Gustav, Anna und sie in den letzten beiden Jahren nach Wien gekommen waren, immer waren sie bei Almas Eltern zu Gast gewesen. Sonst waren sie viel unterwegs gewesen, sei es in New York, München, Prag oder wo immer auch Gustav gerade ein Engagement hatte. Almas Mutter Anna hatte ihr zwar angeboten, dass sie nach Gustavs Tod so lange bei ihr wohnen könne, wie sie wolle, aber Alma wusste, dass sie eine andere Lösung finden musste. Sie brauchte ein neues Zuhause für sich und Anna. Lieber Gott, sie war nun eine alleinerziehende Frau mit einer kleinen Tochter, die im Juni ihren siebten Geburtstag feiern würde. Nie, nicht in ihren verrücktesten Träumen hätte Alma sich ausgemalt, dass sie einmal in diese Lage geraten könne. Ohne Mann, ohne Heim, ohne sicheres Einkommen.

Zu allem Übel hatte Alma sich einen hartnäckigen Husten eingefangen, der sie einige Tage ins Bett zwang. Erst als das Fieber und der ständige Hustenreiz nachließen, war sie in der Lage, ernsthaft über ihre Situation nachzudenken.

Sie sehnte sich nach Walter, nach seinen Küssen, seinen Umarmungen. Doch zugleich wusste sie, dass dies nicht der Moment war, an ihn zu denken, es erschien ihr einfach nicht richtig. Gustav mochte tot sein, aber das änderte nichts daran, dass sie Alma *Mahler* war. Sie war Gustavs Frau gewesen, nun war sie seine Witwe. Und wer wäre sie denn ohne Gustav, fragte sie sich? Wer war diese Alma? Welchen Weg sollte sie gehen, was wollte sie vom Leben? Natürlich war sie unglücklich gewesen in den letzten Jahren, aber immerhin hatte sie immer gewusst, was ihre Aufgaben waren und wohin sie gehörte. Alma Mahler, vielleicht nicht selbst Komponistin, doch die Frau eines Komponisten von Weltrang.

Wie ein weißes Blatt lag die Zukunft vor ihr, wartete darauf, beschrieben und gestaltet zu werden. Vielleicht würde sie irgendwann Walters Frau werden, ganz und gar und auch vor der Welt. Im Moment löste diese Vorstellung bei ihr jedoch nichts als Beklemmung aus. Sie musste Gustavs Nachlass verwalten, um ein Einkommen für sich und Anna zu erwirtschaften. Es würden keine weiteren Sinfonien hinzukommen, aber immerhin konnte sie Tantiemen aus den vollendeten erhalten – solange sie aufgeführt wurden. Das bedeutete Arbeit, es hieß, sich mit allen Freunden und Kollegen Gustavs auseinanderzusetzen, ihre mitleidigen Blicke und Beileidsbekundungen zu ertragen, und dazu fühlte sie sich noch nicht imstande. Walter schrieb ihr zwar, doch sie wusste, dass sie noch Zeit brauchte, bis sie sich mit ihm treffen konnte, dass es noch nicht so weit war.

So blieb sie mit ihrem Husten im Bett, bis Anna sie an einem Nachmittag in ihrem Zimmer besuchte und sie mit großen Augen fragte: »Mama, stirbst du jetzt auch?«

Alma schluckte den Kloß in ihrer Kehle hinunter, zog das Mädchen an sich und fühlte, wie Tränen in ihr aufstiegen. »Nein, meine Kleine. Die Mama stirbt nicht. Ich lasse dich nicht allein, das verspreche ich dir.« Sie presste Anna an sich, roch den süßen Kindergeruch in ihrem Haar. Bevor sie darüber nachdenken konnte, ob ihr Versprechen nicht voreilig gegeben worden war, schwang sie die Beine aus dem Bett und verkündete, dass sie sich frisch machen und etwas anziehen würde. Und danach würde sie Anna etwas auf dem Klavier vorspielen, etwas Fröhliches.

Nachdem Alma endlich beschlossen hatte, aufzustehen, wurde das Rauschen in ihrem Kopf leiser.

Am nächsten Tag traf ein Brief von Walter ein, den ihre Mutter Alma übergab. Es war nicht mehr notwendig, postlagernd und mit Chiffre zu schreiben, nun konnte Walter die Briefe ganz offen an sie adressieren. Auch wenn ihr Gustav noch jede Nacht im Traum begegnete.

Geliebte Alma, ich verstehe Deine Zerrissenheit, Deinen Kummer. Ich verzehre mich danach, Dir nahe zu sein, um Dir beizustehen, Dich zu küssen. Ich reise nach Wien.
Dein Walter

Und so kam es, dass Alma an einem Tag Mitte August 1911 das Haus ihrer Mutter in der Steinfeldgasse verließ, um hier, in ihrer Heimatstadt, ihren Geliebten zu treffen. Es galt, herauszufinden, wohin das Leben sie führen würde. Gab es wirklich eine Zukunft für sie und Walter? Wie sähe ein Leben aus an Walters Seite, würde sie noch einmal ganz von vorn beginnen können? Was für eine Frau wäre sie, Alma, dann? Gab es eine Möglichkeit, die Künstlerin, die Komponistin wieder hervorzuholen? Würde Walter sich als der Mann erweisen, an dessen Seite sie Künstlerin sein konnte und trotzdem leben durfte?

Sie hatte sich sorgfältig zurechtgemacht, ein leichtes Sommerkleid brachte ihre Figur zur Geltung, ein breiter Hut beschattete ihr Gesicht, und sie war aufgeregt wie zuletzt als junges Mädchen, als sie das Haus verließ und sich auf den Weg zu Walter machte. Sie fuhr mit der Tram in die Leopoldstadt und spazierte dann in den Augarten, wo sie sich mit Walter treffen wollte. Eine erste Begegnung nach langer Zeit auf neutralem Boden. Alma wusste nicht, ob sie mehr wollen würde. In ihrem Kopf herrschte nach wie vor eine solche Verwirrung, dass sie es nicht wagen wollte, sich irgendetwas konkret vorzunehmen.

Dann sah sie ihn vor dem Palais Augarten stehen. Groß und imposant hob sich Walters Silhouette von dem schneeweißen Gebäude ab. Alma mochte noch fünfzig Meter entfernt sein, aber diese Haltung, diesen Mann hätte sie immer und überall wiedererkannt. Wie von einem Magneten angezogen, beschleunigten sich ihre Schritte, ihr Herz klopfte im Takt dazu, und schließlich rannte sie fast. In diesem Moment drehte Walter sich um und bemerkte sie. Auf seinem Gesicht erschien ein Lächeln, so voller Liebe. Und endlich warf sie sich in seine Arme, es war zu lange her. Sie hatte so sehr auf diesen Moment gewartet, sie konnte sich nicht sittsam zurückhalten. Sie hob ihr Gesicht zu seinem, und sie küssten sich, und es war einer dieser Küsse, die Raum und Zeit vergessen ließen, die ewig dauern und nicht mehr aufhören konnten, weil sie von der Verbindung wahrhaft Liebender kündeten.

Als sie sich trennten, voneinander abrückten, um Luft zu holen, war Alma fast schwindelig. Sie schwankte, als hätte sie verlernt, allein zu stehen. Und doch fühlte sie sich in diesem Moment so sicher, so geliebt und geerdet wie seit Langem nicht mehr.

»Ich grüße Sie, Frau Mahler«, sagte Walter leise an ihrem Ohr, was einen angenehmen Schauer in ihr auslöste.

»Herr Gropius«, antwortete Alma und neigte kokett den Kopf. Dann betrachtete sie ihn aus der Nähe, nahm sein Bild in sich auf, die klaren Augen, die kantigen Züge, die sinnlichen Lippen. Sie fassten sich an den Händen, um gemeinsam durch den Park zu spazieren, Sitte und Anstand zum Trotz, was sollte es, sie war nun eine Witwe. Niemandem zu irgendetwas verpflichtet, nur sich selbst und der Gegenwart.

Es war sehr warm, und nachdem sie eine Runde durch den Park gegangen waren, während der sie nur wenig gesprochen, sondern sich immer wieder in die Augen gesehen hatten, fühlte Alma sich erschöpft. Die letzten Wochen hatten sie allzu sehr erschöpft, und sie bat um eine kleine Rast.

»Natürlich, geliebte Alma.« Walter führte sie zu einer Bank, die im Schatten einiger Bäume lag, und sie setzten sich.

»Auf so einer Bank hat alles angefangen, erinnerst du dich?«
Alma lächelte. »Für dich vielleicht. Ich wusste schon, als ich dich zum ersten Mal sah, im Büro von Doktor Lahmann, dass ich dich lieben würde.«

Walter grinste, versetzte ihr einen kleinen Nasenstüber. »Du Angeberin.« Dann beugte er sich zu ihr und hauchte einen Kuss hinter ihr Ohr, der die Schmetterlinge in ihrem Bauch in Alarmbereitschaft versetzte.

Dann schlug Walter vor, zu seinem Hotel zu fahren.

»Wir könnten uns etwas zu essen aufs Zimmer kommen lassen. Und du könntest dich ein wenig entspannen. Hoffe ich. Und wir …« Er sprach nicht weiter, aber Alma verstand nur zu genau, woran er dachte. Sie nickte. Denn eines wusste sie nun. Sie wollte mit ihm gehen.

Später lagen sie zusammen auf Walters Bett im Hotel Kummer. Sie hatten gegessen, geredet und sich geliebt, und nun ruhte Almas Kopf an Walters Schulter. Sie fühlte sich wohl und beschützt.

»Ich fühle mich, als könnte ich seit Monaten zum ersten Mal wieder durchatmen«, gestand Alma.

»Es muss schwer für dich gewesen sein, deinen Mann in seinen letzten Tagen zu begleiten. Wie ging es dir damit?« Walter gab ihr einen Kuss auf die Stirn.

»Wie es mir ging? Ich war verwirrt, bestürzt, besorgt natürlich. Diese letzten Monate haben uns auf seltsame Weise wieder näher zusammengeführt. Es war, als wäre ich für diese Zeit eine andere Frau geworden, eine, die sich ganz und gar auf ihren Mann konzentriert. Und doch gab es während der ganzen

Zeit auch noch eine zweite Alma in mir, nämlich die, die sich nur nach dir gesehnt hat.«

Walter runzelte die Stirn. Er klang verletzt. »Willst du damit sagen, dass du dein Verhältnis zu Mahler nicht geändert hast, seit wir uns begegnet sind?«

Alma sah ihn an. »Natürlich hat sich mein Verhältnis zu ihm geändert. Ich habe darüber nachgedacht, ihn zu verlassen, um mit dir zu gehen.« Alma rückte ein Stück von Walter ab, um ihm besser in die Augen sehen zu können.

»Ich hätte erwartet, dass sich das auch in deinem Verhalten ihm gegenüber zeigt. Ich habe die ganzen Monate an nichts anderes denken können als an dich. Und hast du nicht gesagt, du seist meine Frau?« Er sah sie beunruhigt an.

»Liebster, natürlich. Aber als Gustav krank wurde, da war er so hilfsbedürftig, so anders als früher, ganz zugänglich und bereit, mich endlich als die anzunehmen, die ich wirklich bin.«

Walter stemmte sich auf die Ellenbogen hoch. »Hast du mit ihm geschlafen?« Sein Tonfall war brüchig.

»Ja«, sagte sie nur. Denn das war die Wahrheit, und die hatte nichts mit ihrer Liebe zu Walter zu tun. Doch bevor sie ihm das erklären konnte, stand Walter auf und begann, sich anzuziehen.

»Ich glaube, du solltest gehen.«

Was passierte da? Plötzlich wurde Alma kalt, sie fing zu zittern an. »Walter? Was ist denn los mit dir?«

»Nichts ist mit mir los. Nie zuvor hat mich jemand so verletzt. Alma. Ich denke, du solltest deine Tochter nicht länger allein lassen.« Er sah sie nicht an, während er sein Hemd zuknöpfte. Seine Schultern zuckten.

Zögernd stand Alma auf, zog sich ebenfalls an und ordnete ihre Frisur. Meinte er das ernst? Konnte er ihre Situation denn gar nicht verstehen? Was hatte sie getan, außer um das Leben ihres Ehemanns zu kämpfen? Sie blickte aus dem Fenster. Draußen dämmerte es, der Abend hatte begonnen, und sie hatte gehofft, mit Walter zu essen, durch die laue Nacht Wiens zu streifen, vielleicht ein weiteres Mal in seine Arme zu sinken. In der Scheibe spiegelte sich Walters Gestalt hinter ihr, der zum Eisblock erstarrt zu sein schien. Dabei hätte ihr Herz nichts anderes als Wärme gebraucht. Sie knöpfte den letzten Knopf zu und wandte sich um.

Doch Walter sprach kein Wort mehr, und ihren Abschiedskuss erwiderte er nicht, was ihr die Kehle zuschnürte und Tränen in ihr aufsteigen ließ. Verwirrt und verletzt, mit rauschendem Blut in den Ohren eilte Alma nach Hause.

Am Tag darauf bekam Alma einen Brief von Walter, den er noch im Hotel geschrieben haben musste.

Liebe Alma,
Du warst mein seelenverwandtes Weib, seit wir uns getroffen haben. Aber dass Du Deinen Mann in seinen letzten Tagen wieder ganz als Frau getröstet hast, das geht über mein Verständnis. Das geht über meine Ehre. Ich bin ein Mann, der nicht teilt. Du bist mein, davon bin ich ausgegangen. Wenn ich nur daran denke, was Du mit ihm getan hast, sträuben sich mir die Haare. Deine Untreue bricht mir das Herz. Ich hasse es. Ich weiß im Grunde meines Herzens, dass ich Dir für immer und ewig treu bleiben werde, weil ich mit Dir

verbunden bin wie mit nichts anderem auf der Erde. Dazu verdammt zu sein, ist nicht das Schlimmste. Das Schlimmste ist, dass mir der Glaube an unsere Zukunft und der Glaube an mich selbst genommen sind. Der einzige Trost ist mir, dass ich zwei wunderbaren Menschen, wie Ihr es seid, zu ihrem letzten Glück verholfen zu haben scheine.

Sieh es mir nach, wenn ich nicht möchte, dass Du wie vereinbart im September nach Berlin kommst.

Leb wohl

Walter

KAPITEL 22
Wien, Spätherbst 1911

Erst als die Hitze Wien verlassen hatte – Alma hatte in diesem Jahr nicht die Kraft besessen, wie gewöhnlich dem Sommer in der Stadt aufs Land zu entfliehen –, lichtete sich der Schleier, der über allem gelegen hatte, ein wenig. So lange hatte sie keinen Weg gesehen, wie sie ohne Gustav weiterleben sollte, wie sie herausfinden sollte, wer sie war, ohne ihren Mann. Und nun musste sie sich fragen, wie sie ohne Walter weiterleben sollte. Keinen ihrer Briefe beantwortete er. Doch sie war nicht bereit, ihn aufzugeben – auch wenn Walter es nicht wissen mochte, sie selbst spürte, dass er der Mann war, mit dem sie sein wollte. Aber sie hatte eingesehen, dass sie zuerst ihr eigenes Leben wieder in die richtigen Bahnen lenken musste, bevor sie in der Lage war, an einen Neuanfang mit ihm zu denken. Dass es ein Leben mit Walter geben würde, daran zweifelte sie nicht, daran hatte sie nie gezweifelt. Es schien nur so unglaublich weit entfernt zu sein. Und sie war noch immer verwirrt von der Schärfe seiner Reaktion.

Immerhin brachte sie endlich die Energie auf, eine Wohnung für sich und Anna zu suchen, in der sie nicht jeden Tag und jede Stunde an Gustav erinnert wurde. Das Jahr war schon weit fortgeschritten, als sie etwas Passendes in der Pokornygasse in Oberdöbling entdeckte, nicht weit entfernt von der Steinfeldgasse, in der Almas Mutter mit ihrem Stiefvater wohnte. Bald fand sie auch ein älteres Ehepaar, das ihr den Haushalt machen und kochen würde, eine Tätigkeit, die Alma, obwohl sie ein großes Haus führen konnte, nie gelernt hatte. Außerdem ein neues Mädchen, Ida, die sich vor allem um Anna kümmern würde.

Sie brachte all ihre Sachen in die neue Wohnung, ihr Klavier, ihre Bücher, Annas Spielzeug, auch Gustavs Schreibtisch, den keiner je berühren durfte. Das Musikzimmer richtete sie so ein, als könnte er jederzeit zurückkommen und sich daran setzen, seine zehnte Sinfonie endlich zu beenden.

Alma brachte es zwar noch nicht über sich, Besuche zu machen, aber sie fing an, mit Anna zu musizieren. Von morgens bis abends saßen sie am Klavier, spielten und sangen, so lange, dass die Köchin schon bald ihren Unmut kundtat, wenn sie mal wieder vergebens zum Essen rief.

Im November schrieb Alma einen weiteren Brief an Walter, in dem sie ihm berichtete, wie sie sich in der neuen Wohnung eingerichtet und von Neuem ein geregeltes Leben aufgenommen habe. Und sie bemühte sich, das nicht nur zu schreiben, sondern auch daran zu glauben, selbst wenn sie noch allzu deutlich spürte, wie schwer sie an den Erlebnissen der letzten Jahre trug.

Allmählich fing sie auch an, wieder auszugehen, traf sich mit Freunden, wobei sie auf Trauerkleidung verzichtete, obwohl das Jahr noch nicht vorüber war, was ihr so manche hochgezogene Augenbraue eintrug. Vor allem besuchte sie viele Konzerte und genoss es, wieder neue Musik zu hören. Eines Tages saß sie in einer Chorprobe, die ein junger Mann leitete, dessen musikalisches Talent Alma förmlich aufleuchten sah. Überdies hatte er eine entfernte Ähnlichkeit mit Gustav, wie er in jungen Jahren ausgesehen haben mochte, bevor Alma ihn kennengelernt hatte. Zumindest stellte sie ihn sich so vor; jedenfalls wartete sie nach der Probe auf den Mann.

Der junge Dirigent kam aus dem Saal, bemerkte sie, stutzte und kam auf Alma zu.

»Gnädige Frau … Mahler, wenn ich nicht irre?«, sagte er und deutete eine höfliche Verbeugung an. Dann starrte er sie unverhohlen an.

Alma lächelte. »Ganz richtig, Herr …?«

»Schreker, Franz Schreker.« Jetzt schien der Mann die Verlegenheit ein wenig abzuschütteln. »Es freut mich sehr, Ihre Bekanntschaft zu machen, Frau Mahler.«

»Die Freude ist ganz auf meiner Seite, Herr Schreker. Ich möchte Ihnen gratulieren, die Musik, die ich heute gehört habe, hat mir außerordentlich gut gefallen.«

»Sie schmeicheln mir.« Freudige Röte überzog das Gesicht des Mannes. »Darf ich Sie auf eine Tasse Kaffee einladen?«

Alma spürte, wie der Panzer um ihre Brust ein wenig nachgab, und so sagte sie zu. Sie spazierten in ein kleines Café in der Nähe und diskutierten ausgiebig über die jüngsten Entwicklungen in der Musik. Dann kehrte sie nach Hause zurück, noch ganz versunken in das Gespräch über Komposition und die Gedanken des jungen Herrn Schreker, der womöglich eine große Zukunft vor sich hatte.

Aus dieser kleinen Begegnung ergab sich für Alma eine Brücke in jene Welt, die ihr seit Gustavs Tod verwehrt war. Mit Schreker besuchte sie in den nächsten Tagen mehrere Konzerte, konnte mit ihm über das sprechen, was sie begeisterte, und sogar wieder lachen. Sie bemerkte, wie ihr Lebenswille und ihr Geist wieder erwachten, wie inspiriert sie sich fühlte.

Diese aufkeimende Lebensfreude ermutigte sie, einen Ausflug nach Berlin zu planen. Wenn sie Walter erst gegenüberstünde und er sähe, wie sehr sie ihn vermisst hatte, dann würde sich dieser unsägliche Konflikt bestimmt lösen lassen. Obwohl Alma die Gesellschaft Schrekers für den Augenblick genoss, ihre Liebe galt Walter. Und sonst niemandem. Natürlich würden die Gefühle zu Gustav immer in ihrem Herzen bleiben, die Liebe zu ihrer Tochter sowieso, aber das waren andere Kategorien, die nicht in Konkurrenz miteinander standen – für sie zumindest nicht. Denn allein Walter gehörte ihr Sehnen, ihre Leidenschaft, ihre Zukunft.

Alma überzeugte Lilly, ihre Freundin, die sie vor zwei Jahren in Wien kennengelernt hatte, mit ihr nach Berlin zu fahren. Lilly hielt in ihrem Palais in der Argentinierstraße regelmäßig Salons ab, empfing dort alles, was in der Wiener Kunstszene Rang und Namen hatte, und unterstützte auch hin und wieder einen Komponisten oder Musiker, der ihre besondere Aufmerksamkeit erregte. Sie war frei und ungebunden und abenteuerlustig, was sie für Alma zu einer spannenden Gefährtin machte.

Lilly war auch regelmäßiger Gast bei den Diners, die Alma nun auszurichten begann. Im Haus ihrer Mutter hatte es in Almas Kindheit immer viele Gäste gegeben, Mitglieder der Secession, bedeutende Maler, Künstler, Komponisten, und Alma wusste, dass sie von dem unbeschwerten Umgang mit den kreativen Größen ihrer Zeit sehr profitiert hatte. Sie hatte ein unbefangenes Verhältnis zu Menschen entwickelt und gelernt, sich ein eigenes Urteil zu bilden. Wie oft hatte ihr Vater, ihr richtiger Vater, der viel zu früh gestorben war, zu ihr gesagt:

»Sieh dir alles mit deinen eigenen Augen an, Alma, höre mit deinen eigenen Ohren. Und dann bilde dir deine eigene Meinung. Verlasse dich auf dich, deinen Instinkt und deine Erfahrung.« Es war ein ungewöhnlicher Rat gewesen, den nicht viele ihrer gleichaltrigen Freundinnen von ihren Vätern bekommen hätten. Auch Carl Moll, ihr Stiefvater, hätte ihr sicher einen Rat mit auf den Weg gegeben. Alma aber hatten sich diese Worte eingebrannt, und sie hatte sich stets daran gehalten, war offen auf die Menschen zugegangen, neugierig auf deren Vorstellungen, Visionen und Träume. Und selbst wenn sie immer noch nicht genau wusste, was sie mit ihrem Leben anfangen wollte, war sie sich doch sicher, dass sie es am ehesten in der Gesellschaft von Menschen herausfinden würde, die ihre Kreativität auslebten und neue Ideen, seien es Gemälde, Bücher, Musik, Skulpturen oder etwas anderes, in die Welt trugen.

Davon erzählte sie ihrer Freundin Lilly an diesem verregneten Nachmittag, während sie gemütlich bei Tee und Gebäck in Almas neu eingerichtetem Salon beisammensaßen.

Lilly trank einen Schluck und platzierte die zierliche Teetasse dann vorsichtig auf der Untertasse. Sie warf einen langen Blick auf den Flügel, der viel Raum in dem großen Zimmer einnahm. »Warum fängst du eigentlich nicht wieder an zu komponieren? Jetzt hält dich doch niemand mehr zurück.«

Auch Alma sah zum Flügel. Sie spielte wieder regelmäßig, und sie war eine recht gute Pianistin, wenigstens für den Hausgebrauch. Doch die Noten ihrer eigenen Lieder hatte sie zu Beginn ihrer Ehe in einem Koffer verborgen, den sie insgeheim »den Sarg« getauft hatte. Sollte sie die Blätter, die nur ein einziges Mal, als Gustav sich plötzlich dafür interessiert hatte, das Tageslicht gesehen hatten, nach so langer Zeit wieder hervorholen? »Ich weiß nicht«, begann sie zögernd, »es ist so lange her.«

Sie fing einen forschenden Blick Lillys auf, offenbar wollte sich die Freundin nicht so einfach abspeisen lassen. Also ließ Alma sich Zeit, horchte in sich hinein. Wie es wohl wäre, wieder zu komponieren? Durfte sie es wirklich wagen? Gustav, der es ihr verboten hatte, war nicht mehr da. Aber hatte es allein an Gustav gelegen, dass sie damit aufgehört hatte? Natürlich hatte er sie nicht unterstützt, aber sein Widerwille gegen ihre Kreativität entsprach nur der gesellschaftlichen Konvention. Denn wann hatte es das jemals gegeben, eine komponierende Frau? Sie hatte von Fanny Hensel gehört und auch, dass diese Frau zu ihren Lebzeiten kein einziges Lied hatte veröffentlichen dürfen. Clara Schumann indes, deren Werke fast vergessen waren, hatte die Unterstutzung ihres Ehemanns gehabt. Beide Frauen waren lange tot. Alma kannte so viele Männer, die Musik spielten und komponierten, aber keine einzige Frau. Sollte ausgerechnet sie, Alma Spindler, die erste sein? Und konnte sie es überhaupt noch? Sie war immer noch Gustavs Frau, sie lebte vom dem, was er geschaffen hatte. Natürlich auch von dem, was sie gemeinsam erwirtschaftet hatten. Aber ihre Tochter war noch so klein, war Alma nicht verpflichtet, sich ihr und Gustavs Andenken zuliebe noch etwas länger als Frau Mahler zu benehmen? Und wenn sie ein wenig genauer in sich hineinhorchte, dann musste sie zugeben, dass da auch Angst war – Angst vor einem Blatt Papier, auf dem nichts anderes zu sehen war als fünf waagerechte Linien, die sie riefen, die sie verpflichteten. Denn wenn man die Kunst zum Lebensinhalt machte, hatte man eine Verpflichtung zur Exzellenz. Und wie würde sie beurteilt, wenn sie als erste Komponistin in Erscheinung träte, wie sehr stünde sie auf dem Prüfstand? Nein, im Moment konnte Alma sich nicht vorstellen, wieder zu komponieren. Ihr fehlte der Mut, die alten Widerstände zu überwinden, in so etwas wuchs man hinein. Sie holte tief Luft.

»Ich glaube, es ist einfach nicht die Zeit dafür, vielleicht brauche ich im Moment etwas anderes. Ich habe doch gerade erst wieder angefangen zu leben.«

Und dann klangen die Worte Alexander Zemlinskys in ihr nach, der ihr einst gesagt hatte, sie müsse sich zwischen einem gesellschaftlichen Leben und dem Komponieren entscheiden.

Zum Glück unterbrach in diesem Augenblick ein Besucher die Unterhaltung, es war ausgerechnet Arnold Schönberg. Er erinnerte Alma an Alexander Zemlinsky und ihre Kompositionsstudien, denn Schönberg war zur gleichen Zeit wie sie Schüler bei Zemlinsky gewesen. Die eine oder andere Stunde hatten sie sogar zusammen bestritten, und seit dieser Zeit verband Alma und ihn eine tiefe Freundschaft. Gleiches galt für Schönbergs Frau, er hatte Mathilde, die kleine Schwester Alexander Zemlinskys, geheiratet. Schönberg war ein Universalgenie, das hatte Alma schnell feststellen können. Er komponierte und unterrichtete nicht nur, er malte auch, war mit Kandinsky bekannt und erfand unablässig interessante Dinge, wie zum Beispiel ein Kartenspiel mit Regeln, die sich nach Almas Kenntnis von allen bisher erfundenen unterschieden.

Sie führte ihn in den Salon, wo er Lilly begrüßte und sich dann ein wenig unsicher auf die Kante eines Sessels setzte. Alma bot ihm etwas zu trinken an, was er ablehnte. Dann sah sie ihn an und wartete, denn sie spürte, dass da etwas war, was ihm auf dem Herzen lag.

Lilly hielt sich nicht zurück. »Ah, Herr Schönberg, ich habe gehört, dass Sie einige Ihrer Bilder in einer Ausstellung in München haben unterbringen können. Ich gratuliere!«

Schönberg lächelte schief. »Vier Bilder, ja. Kandinsky war so freundlich, sie in eine Ausstellung für den Blauen Reiter aufzunehmen. Es ist eine große Ehre.«

Alma runzelte die Stirn. »In der Tat eine große Ehre. Erwartest du einen Verkauf?«

Schönberg zuckte ein wenig zusammen, offenbar war sie wieder einmal zu direkt gewesen. Dann ließ er die Schultern hängen. »Nein, ehrlich gesagt, nicht. Ich scheine im Moment nicht vom Glück verfolgt zu sein. Ich hatte mich um eine Professur an der Wiener Akademie beworben, doch wurde ich abgelehnt. Ich weiß bald nicht mehr, wo ich mit meinen Lieben bleiben soll.«

Alma verstand, dass er wirklich knapp bei Kasse sein musste, wenn er das so offen und vor Lilly eingestand. Das war nicht gut. Wie konnte sie ihm nur helfen? Ein gutes Wort bei einem ihrer Freunde einzulegen, war schnell geschehen, aber was Schönberg brauchte, war wohl eher direkte Unterstützung. Sie blickte zu Lilly und merkte, dass die Freundin ihr etwas sagen wollte, aber wohl nicht vor Schönberg. Es war nicht sehr schwer, den Armen zum Gehen zu bewegen, vor allem, nachdem Alma ihm versprochen hatte, sich wegen einer Stelle für ihn umzuhören und auch nach einer Wohnung für ihn und seine Familie. Bevor sie ihn aus der Wohnung bugsierte, holte sie aus der Küche einen Laib Brot und etwas Schinken. Die

Köchin würde schimpfen, wenn sie bemerkte, dass Alma ihre Pläne durcheinanderbrachte. Aber ganz sicher würde Alma nicht zulassen, dass Schönbergs Kinder Hunger litten.

Sie drückte ihm das Paket in die Arme, ließ ihn hinaus und ging dann zurück in den Salon, in dem Lilly mit einem verschmitzten Lächeln wartete.

»Weißt du, Alma«, sagte sie, »ich unterstütze ja hin und wieder einen Freund oder lasse ihn bei mir wohnen.«

Alma wartete ab. Die Schönbergs waren gute Freunde, ja, aber hier bei Anna und sich zu Hause konnte sie die Familie kaum wohnen lassen, das wäre doch zu eng gewesen. Alma hatte Schönberg bisher hauptsächlich damit unterstützt, dass sie seine Kompositionen durchging, wenn er sie darum bat, und ihn in künstlerischen Belangen beriet.

»Aber«, sprach Lilly weiter, »manchmal brauchen die Leute auch einfach ein bisserl Geld. Das braucht man halt zum Leben.«

Alma nickte. Natürlich, jeder brauchte das, sie auch. Es ging Anna und ihr gut, dafür sorgte sie, aber reich waren sie nicht. Alles, was sie hatte, war Gustavs Werk. Und sein Name … ein Gedanke kam ihr.

»Ich glaube nicht, dass Schönberg eine Spende einfach so annehmen würde, ohne Gegenleistung. Aber man könnte etwas anderes tun. Man könnte einen Preis ins Leben rufen und dafür sorgen, dass den ebenso talentierte wie bedürftige Komponisten bekämen.«

Lilly nickte eifrig. In Almas Kopf nahm der Plan Gestalt an. Ja, natürlich. Sie konnte eine Stiftung gründen, eine Gustav-Mahler-Stiftung, die sich um junge talentierte Künstler kümmerte und einen Gustav-Mahler-Preis ausschrieb. Sie würde zusammen mit einem Beirat darüber entscheiden, wer den Preis bekäme.

Lilly nickte eifrig. »Und dann sammelst du Geld für die Stiftung. Ich werde die erste Spenderin sein.«

Am nächsten Tag berichtete Alma ihrer Mutter und ihrem Stiefvater von ihrer Idee, als sie die beiden mit Anna zum Abendessen besuchte. Carl Moll war von der Idee angetan, fast schon begeistert, und er versprach, sich um die Formalitäten zu kümmern, so dass Alma die Stiftung gründen und ihre Vorsitzende sein konnte, und zugleich in seinem Umfeld um Spender zu werben.

Und so dauerte es nicht lange, bis aus einer vagen Idee eine ernstzunehmende Stiftung wurde. Alma war stolz. Es war lange her, dass sie selbst etwas auf die Beine gestellt oder vollendet hatte. Diese Stiftung mochte keine Sinfonie, kein Lied, keine Oper sein, aber es war etwas, was ihr allein gehörte. Und sie hatte damit einen Weg gefunden, ähnlich wie Lilly, großzügig jene Menschen zu unterstützen, die wirklich etwas in der Kunst bewegten.

Im November reiste Alma zunächst nach München, um die Uraufführung von Mahlers *Das Lied von der Erde* zu sehen, ein Liederzyklus, den Gustav in den Jahren 1907 und 1908 in Toblach komponiert hatte, in der schweren Zeit nach Marias Tod. Allein der Gedanke an diese Tage ließ Almas Herz schmerzen. Bald darauf hatte Gustav von seinem Posten als Direktor der Hofoper zurücktreten müssen, und das nachdem er die Wiener Oper jahrelang reformiert und zu einem der besten Häuser in Europa gemacht hatte. Er hatte aufstrebende Künstler gefördert, sich mit Sängern und Orchestermitgliedern auseinandergesetzt, obwohl er selbst schon damals zu Engagements als Dirigent in andere Häuser berufen worden war. Doch dann schienen die Veränderungen wohl zu viel gewesen zu sein, denn jemand hatte die unwahre Behauptung erhoben, Mahler hätte mit dem Geld der Oper nicht angemessen gewirtschaftet. Diese fürchterlichen Anschuldigungen hatten es bis in die Zeitung geschafft, und irgendein Schmierfink hatte die Unterstellung in einen Zusammenhang mit Mahlers jüdischer Herkunft gebracht. In einem Augenblick, in dem sie nichts als Ruhe und Unterstützung gebraucht hätten, hatte es einen Skandal gegeben. Schließlich hatte Mahler sich mit der Oper geeinigt, und die Vorwürfe waren zurückgezogen worden, ein schaler Nachgeschmack indes war geblieben. Wien war nicht mehr die gleiche Heimat gewesen wie zuvor. Sie hatten das Haus in Maiernigg verkauft und das Bauernhaus in Toblach gefunden, um dort die Sommer zu verbringen.

Die Tonhalle, wo die Uraufführung stattfinden sollte, war ein eleganter Konzertsaal, in dem Bruno Walter die Münchner Philharmoniker dirigieren würde. Alma konnte Bruno, der ein alter Freund Gustavs gewesen war, vor Beginn der Vorstellung noch kurz hinter der Bühne abpassen.

»Frau Mahler! Mein herzlichstes Beileid. Ich freue mich, Sie zu sehen, auch wenn Mahler heute Abend schmerzlich fehlt.«

Alma nickte leicht. »Ja, das tut er wohl. Ich bin sehr froh, dass wir heute zusammen an ihn denken können.«

Bruno Walter ergriff ihre Hand. »Das bin ich auch. Wissen Sie, er schrieb mir, als er mir den Zyklus schickte, dass er selbst nicht genau wisse, wie er das Werk nennen solle, ein Liederzyklus, sicher, aber doch nahe an der Sinfonie. Etwas sehr Außerordentliches, um es einfach zu sagen. Ich denke, es gehört zum Besten, was Ihr Mann je geschaffen hat. Freuen Sie sich auf einen wunderbaren Abend, Alma. Und genießen Sie ihn.«

Bruno Walter verabschiedete sich, Alma wünschte ihm Glück und nahm ihren Platz ein. Ganz vorn, zwischen den übrigen Ehrengästen, wo sie als Witwe des musikalischen Genies freundlich empfangen wurde.

Der Abend wurde ein voller Erfolg, und als Alma den tosenden Applaus am Ende hörte, fühlte sie sich, als gälte ein Teil des Beifalls ihr selbst.

Schon am nächsten Tag kehrte sie München den Rücken und fuhr mit dem Zug zurück nach Wien. Die kleine Anna hatte sie wohlbehalten bei ihrer Mutter gelassen, aber gerade jetzt fehlte sie ihr schrecklich. Es waren doch nur sie beide übrig von diesem Traum von Familie, den sie einst gehabt hatte.

Ihr Abteil teilte sich Alma schon von München an mit einem Herrn, der sich als Paul Kammerer vorstellte.

»Ich bin Alma Mahler, erfreut, Ihre Bekanntschaft zu machen.« Der Mann sah gut aus, trug einen perfekt sitzenden Anzug und hatte eine ordentliche Mähne auf dem Kopf. Bei ihrem Namen riss er die Augen auf.

»Alma Mahler? Aber natürlich, mein Fehler, ich hätte Sie ja erkennen müssen. Bitte nehmen Sie meine tief empfundene

Entschuldigung an!« Damit sank er in eine tiefe Verbeugung, obwohl er ihr gegenübersaß, und hätte mit seiner Stirn beinah ihr Knie berührt.

Alma runzelte die Stirn. Sollte sie etwa die langen Stunden der Rückreise mit einem Eiferer in einem Abteil verbringen?

Kammerer, der anscheinend ihre zweifelnde Miene richtig deutete, nahm sofort eine korrekte Haltung ein. »Bitte verzeihen Sie mir mein Ungestüm. Ich bin ein großer Verehrer Ihres verstorbenen Mannes. Ich bin nach München gereist, um die Premiere des Liederzyklus zu sehen, und ich muss sagen, dass ich noch immer begeistert bin.«

Alma lächelte. Nun klang der Mann schon etwas ruhiger. Im Verlauf der nächsten Stunden erzählte er, dass er Biologe sei und im biologischen Institut arbeite, wo er gerade das Verhalten der Gottesanbeterinnen erforsche. Alma musste sich erklären lassen, was Gottesanbeterinnen waren, deren Namen sie sehr ansprechend fand. Es handelte sich anscheinend um ausgesprochen langbeinige Insekten, Schrecken, viel größer als die Grashüpfer, die Alma als Kind im hohen Gras gejagt hatte. Kammerers zweite große Leidenschaft war die Musik. Er spielte Klavier und komponierte selbst, und es stellte sich heraus, dass er sogar Unterricht bei Robert Fuchs gehabt hatte, zu dessen Schülern auch Gustav Mahler und Alexander Zemlinsky zählten.

Da sich Kammerer als interessanter Gesprächspartner erwies, gestaltete sich die Heimfahrt für Alma kurzweiliger als befürchtet. In Wien mietete Kammerer eine Droschke und brachte Alma nach Hause. Dort verabschiedete er sich, nicht ohne sie um ihre Erlaubnis zu bitten, sie bald besuchen zu dürfen. Ein Anliegen, das sie gern gestattete, und so entwickelte sich Kammerer zu einem der regelmäßigen Gäste in der Pokornygasse.

KAPITEL 23

Berlin / Hannover, November 1911

Walter saß im Zug nach Hannover. Das Klackern der Bahn auf den Schienen war eintönig und ließ ihn melancholisch werden, genauso wie das graue Herbstwetter vor dem Fenster. Niemand sonst hatte in seinem Abteil Platz genommen, und so erlaubte er sich, den Kopf an die Scheibe zu lehnen und sich seiner Traurigkeit hinzugeben.

Sein Herz war voller Kummer, immer noch. Er war sich so sicher gewesen, dass alles gut werden würde, sobald Alma frei wäre. Während sie in New York gewesen war, hatte er sich mit Eifer in seine Arbeit gestürzt. Der Ehemann seiner Schwester Manon, Landrat Burchard, war darauf aufmerksam geworden, dass in Alfeld, einem Örtchen bei Hannover, eine neue Fabrik errichtet werden sollte, und hatte Walter empfohlen, sich bei Carl Benscheidt, dem Fabrikanten, als Architekt vorzustellen. Das hatte Walter getan und in Benscheidt einen sehr sympathischen Unternehmer kennengelernt, der sofort bedauerte, dass er schon den renommierten Architekten Eduard Werner mit der Planung der Gebäude beauftragt hatte. In der Fabrik sollten Schuhleisten aus Buche gefertigt werden, daher sollte sie Fagus-Werk heißen, nach der lateinischen Bezeichnung für die Buche. Da der Gebäudekomplex nahe der Bahntrasse zwischen Berlin und Hannover lag, war Benscheidt auf die Idee gekommen, dass die Fassade seiner Fabrik eine besondere Planung und Ausführung verdient habe.

Modern sollte sie sein, einzigartig und repräsentativ, und dem Unternehmer gefiel die Idee, Walter mit der Gestaltung zu beauftragen.

Meyer und Walter hatten wie die Wahnsinnigen geschuftet, um so schnell wie möglich einen neuen, ansprechenden Entwurf abzuliefern, denn Benscheidts Terminplan ließ wenig Spielraum. Mit dem Bau des Fagus-Werks nach den Konstruktionsplänen von Werner war schon im Sommer begonnen worden, und Walters Pläne für die Fassade hatten sich naturgemäß daran orientieren müssen. Benscheidt wollte mit der Produktion der Schuhleisten so schnell wie möglich beginnen, weswegen auf der Baustelle unter Hochdruck gearbeitet wurde, und Walter war oft nach Hannover gereist, hatte ohne Unterlass mit allen Zuständigen diskutiert, stetig die Bauarbeiten besucht und kontrolliert. Auch heute war es wieder so weit, und er freute sich darauf, am Bahnhof von einem Chauffeur abgeholt und zur Baustelle gebracht zu werden.

Auch wenn er sich gern noch mehr eingebracht und den Bau in seiner Grundstruktur noch stärker nach seiner Vision von Architektur gestaltet hätte, ahnte er, dass ihm dieser Auftrag großes Prestige einbringen und das Gebäude ein Meilenstein sein könnte. Er hatte eine Konstruktion aus Stahl und Glas entworfen, die das Gebäude wie ein Vorhang einhüllte. Vollverglaste Ecken ohne Stützen sorgten für eine Anmutung von Schwerelosigkeit, die genauso elegant wie außergewöhnlich sein würde. Zwar war die Fassade noch nicht ganz fertiggestellt, doch er war sich sicher, dass ihm mit seinem Entwurf gelingen würde, was er hatte erreichen wollen. Walter schloss kurz die Augen und atmete tief ein.

Das hatte er natürlich für sich selbst, für seine Karriere getan, aber eben auch für Alma. Für sie und für ihre gemeinsame Zukunft. Das ganze Jahr über hatte er an nichts und niemand anderen mehr gedacht als an Alma. Obwohl sie so fern gewesen war, schien es ihm, als wäre sie immer bei ihm gewesen. Sie beeinflusste, was er dachte, was er tat; sein Herz, ja sein Leben gehörten ihr, für alle Zeit. Und er wusste, dass es albern scheinen mochte, aber er war so verletzt, dass das, was zwischen ihnen gewesen war, für sie offensichtlich nicht dasselbe bedeutet hatte. Sie hatte ihre Briefe an ihn mit *Dein Weib* unterschrieben und war in Wirklichkeit das liebende Weib eines anderen geblieben. Seit dem Tag, als sie sich in Wien wiedergesehen hatten, rang er mit sich. Er hatte ja gewusst, dass Alma verheiratet war, dass sie Pflichten gegenüber ihrem Mann, ihrer Familie hatte und auf gewisse Weise die Fassade aufrechterhalten musste. Dennoch hatte er gedacht, erwartet, gewünscht, dass dies wirklich nur Fassade bliebe, dass sie innerlich schon ganz und gar sein Eheweib geworden wäre. Nun fühlte es sich für ihn an, als hätte sie ihn verraten, dabei begriff er wohl, dass die Dinge nicht so einfach waren. Doch Herz und Hirn, das waren eben zwei sehr unterschiedliche Organe.

KAPITEL 24

Berlin, Dezember 1911

Lilly hatte sofort Lust, mit Alma eine Reise nach Berlin zu unternehmen, und natürlich wollte sie zu gern diesen Architekten kennenlernen, der ihrer Freundin so den Kopf verdreht hatte. Sie verbrachten eine sehr amüsante Fahrt mit der Bahn, auch wenn sie elendig lange dauerte. Alma war schon viel gereist, aber der Umstand, dass der geliebte Mann so weit von ihr entfernt wohnte, wurde ihr auf dieser Fahrt zum ersten Mal richtig bewusst.

Auch ihren Freund Arnold Schönberg zog es inzwischen nach Berlin, er war gerade dabei, mit Mathilde und den Kindern in die deutsche Hauptstadt zu übersiedeln. Alma hatte an Gerhard Hauptmann geschrieben und ihn um Hilfe gebeten, und der hatte tatsächlich herausgefunden, dass in der Villa Lepcke in Zehlendorf das Atelier des Bildhauers Lepcke leer stand. Doch waren die Schönbergs noch nicht ganz eingerichtet, weshalb Alma keinen Besuch bei ihnen plante.

Lilly und sie stiegen im Hotel am Zoo am Kurfürstendamm ab, um Walters Wohnung möglichst nah zu sein, aber auch weil ihre Freundin sich von der zentralen Lage ein besseres Amüsement versprach, falls Alma anderweitig beschäftigt sein sollte, wie sie es ausdrückte. Und es war tatsächlich schwer vorstellbar, dass ihnen in dieser Umgebung langweilig werden könnte. Überall gab es Cafés, Theater, Lichtspielhäuser, auch dem Kaufhaus des Westens, das gleich um die Ecke war, würden sie einen Besuch abstatten. Und, wie Lilly betonte, die sich schlau gemacht hatte, in Wahrheit wohnten sie ja gar nicht in Berlin, sondern in Charlottenburg, das unmittelbar neben der Stadt Berlin lag, so nah, dass man keine Stadtgrenzen mehr erkennen konnte.

Doch zunächst war Alma mit Walter zum Tee in einem der Cafés in der Nähe verabredet.

Almas Herz klopfte wild, während sie im Café Platz nahm. Sie bestellte eine heiße Schokolade und wartete. Erst zehn Minuten nach der vereinbarten Zeit öffnete sich die Tür, und als Alma aufschaute, erblickte sie Walter. Wie jedes Mal, wenn sie ihm begegnete, spürte sie diese besondere Verbindung zwischen Walter und sich. Kurz sah er sich um, dann erkannte er sie und kam auf sie zu. Doch sie vermisste die Wärme, die sonst immer aus seinen Augen strahlte. Sein Blick war stumpf, seine Miene abweisend. Er schien Gewicht verloren zu haben, was ihm nicht stand. Im Gegenteil, es nahm ihm seine Aura der Tatkraft und Entschlossenheit. Doch Alma ahnte, woran es liegen mochte.

»Wie geht es dir?«, fragte sie, obwohl die Antwort offensichtlich war.

»Ich musste mich ein wenig erholen nach meinem Aufenthalt in Wien. Vermutlich Wintermüdigkeit oder dergleichen.« Walter drehte sich suchend um und winkte einem Kellner, um auch ein heißes Getränk zu bestellen.

»Man sieht es dir an. Hast du viel Arbeit?« Alma griff auf dem Tisch nach Walters Hand, die er ihr jedoch entzog.

Walter hob den Kopf, und Alma sah den Schmerz in seinen Augen. Eine Barriere, von der sie nicht wusste, wie sie sie überwinden sollte. Aber sie meinte auch zu erkennen, dass da noch Liebe war.

Sie wusste, dass auch er es spürte.

»Alma, ich liebe dich wie am ersten Tag.« Und damit bestätigte er, was sie fühlte. »Aber ich kann nicht aufhören, daran zu denken, was zwischen dir und Gustav gewesen ist. Es geht mir einfach nicht aus dem Kopf. Ich weiß nicht, was ich tun soll. Gib mir Zeit.«

Wieder griff sie nach seiner Hand, und diesmal umschlossen seine Finger die ihren. In Almas Herz wallte Hoffnung auf. Alles würde gut werden.

In diesem Moment öffnete sich die Tür des Cafés, worauf Walter seine Hand zurückzog und aufstand.

Alma folgte seinem Blick. Eine ältere Dame kam auf sie zu. Sie war klein, dünn und machte einen strengen Eindruck. Walter warf Alma einen auffordernden Blick zu. Sie erhob sich zögernd.

»Darf ich dir Alma Mahler vorstellen, Mama? Alma, das ist meine Mutter, Manon Gropius.«

Alma nickte der Dame zu, und obwohl sie es nicht wollte, war ihr Walters Mutter vom ersten Moment an unsympathisch. Walter rückte seiner Mutter einen Stuhl zurecht, und sie setzten sich.

»Was treibt Sie in den Norden, Frau Mahler?« Manon Gropius hatte eine schrille, unmelodiöse Stimme, die Alma fast in den Ohren weh tat.

»Ich bin an Kunst, Kultur und Architektur interessiert«, antwortete sie kühl.

»Und da reisen Sie ganz allein so weite Strecken?«

»Tatsächlich begleitet mich eine liebe Freundin.«

»Und wo ist sie jetzt?«

Was erlaubte sich diese Frau eigentlich? Alma biss die Zähne zusammen, um keine ungehörige Antwort zu geben. Dann verzog sie den Mund zu einem Lächeln, so gut es eben ging. Ihr Ziel war ja, sich mit Walter auszusöhnen, einen neuen Weg zu finden, den sie gehen konnten.

»Lilly erholt sich im Hotel von den Anstrengungen der Reise«, sagte sie, um einen versöhnlichen Ton bemüht.

»Lilly«, sagte Manon Gropius spitz. »Aha.«

»Lilly Lieser ist eine sehr respektable und großzügige Förderin der Künste, eine bekannte Mäzenin«, sagte Alma.

»Nun, dann sollten Sie ihr vielleicht einmal meinen Sohn vorstellen.«

Alma schnappte nach Luft. Walter, der gerade dabei war, einem Kellner zu winken, fuhr herum. »Mutter, ich bitte dich.«

Glücklicherweise kam nun der Kellner an den Tisch.

»Was möchtest du trinken, Mutter?«

»Einen Tee, bitte.«

Vermutlich, dachte Alma, würde sie ihn heiß und ohne Zucker trinken. Dann lächelte sie den Kellner an.

»Ich hätte gern ein Stück Kuchen, bitte«, sagte sie, »oder Torte. Ich habe Hunger.« Das trug ihr von Manon Gropius wiederum eine hochgezogene Augenbraue ein.

Der Kellner nickte und eilte davon.

Alma schwieg und rührte in ihrer Tasse. Auch Walter und Manon sagten nichts, eine unangenehme Stille. Was konnte sie sagen, um die alte Dame zu besänftigen? Was für eine Situation. Am liebsten wäre sie aufgestanden und gegangen.

Endlich sagte Walter etwas. »Mutter, ich habe dir doch berichtet, dass Alma und ich uns sehr nahestehen. Alma ist seit dem Frühling Witwe. Sie war mit dem Dirigenten und Komponisten Gustav Mahler verheiratet, von dem du sicher gehört hast.«

Alma hätte schwören können, dass Manon Gropius das alles nur zu genau wusste, aber mit der Erwähnung von Gustavs Tod zwang Walter sie, Alma ihr Beileid auszudrücken, wenn sie nicht gegen alle gesellschaftlichen Regeln verstoßen wollte. Alma wartete gespannt.

Tatsächlich.

»Es tut mir leid, von Ihrem Verlust zu hören«, sagte Manon. Dann erstarb die Unterhaltung wieder, bis der Kellner endlich den Tee und Almas Torte brachte. Ein Traum aus Schokolade und Sahne, Balsam für einsame Seelen. Sie nahm die Gabel und teilte ein großes Stück ab, das sie sich dann in den Mund schob, um beim Aufsehen Manon Gropius' kritischen Blick aufzufangen. Wie erwartet. Was stimmte nur mit dieser Frau nicht? Jede Art von Genuss schien sie zu empören. Vermutlich war das auch der Grund, warum sie Alma ihren Sohn nicht gönnte. Wut überkam Alma, doch alles, was sie tun konnte, war, ihren Kuchen zu essen – und zu genießen, langsam, Stück für Stück. Sie ließ sich den Traum aus Sahne und Zucker auf der Zunge zergehen, und sie konnte an Manons Gesicht deutlich ablesen, dass sie die Provokation verstand. Gut so.

Walter versuchte unterdessen ein Gespräch in Gang zu bringen, Alma hörte jedoch gar nicht richtig hin. Aufgegessen.

Stille. War es die ganze Zeit schon so still?

Alma sah Walter an, der nun einen unergründlichen Ausdruck in den Augen hatte. Würde er zu ihr oder seiner Mutter halten?

»Wir gehen besser jetzt, Mutter«, sagte Walter. »Du solltest nach Hause fahren, Alma.« Damit stand er auf, nahm den Arm seiner Mutter, die ebenfalls aufgestanden war, und verließ das Lokal.

An der Tür drehte Manon Gropius sich noch einmal um und lächelte sie triumphierend an.

Als sie Lilly bei einer weiteren Tasse Kakao von dem schrecklichen Nachmittag berichtete, hatte Alma Mühe, die Tränen zurückzuhalten, so sehr fühlte sie sich von dieser Frau getroffen. Das sollte die Mutter des Mannes sein, den sie liebte? Mit so einer kleingeistigen Person sollte sie sich abgeben?

Lilly wischte ihre Bedenken beiseite. »Na gut, seine Mutter ist ihm wichtig. Aber meinst du nicht, dass du es mit so einer verstaubten Preußin aufnehmen kannst? Wer, wenn nicht du, könnte es?« Sie zwinkerte, und Alma wurde ein bisschen leichter ums Herz. Ja, vielleicht legte das Schicksal Walter und ihr Steine in den Weg. Aber das sollte nun wirklich nichts sein, was ihre Liebe nicht bewältigen konnte, denn trotz allem fühlte sie eine so große Sicherheit in sich, dass sie zusammengehörten.

KAPITEL 25

Wien, Januar 1912

Zurück zu Hause in Wien, wurde Alma klar, dass sie sich von dem Wiedersehen mit Walter zu viel erhofft hatte. Sie würde ihren Weg allein finden müssen. Erst einmal.

Diese Erkenntnis hielt sie nicht davon ab, Walter weiterhin zu schreiben, ihn nach Wien einzuladen, ohne diese seltsame Frau, die seine Mutter war, natürlich. Sie schrieb ihm Brief um Brief, ohne eine Antwort zu bekommen, was ihrem Vertrauen in ihre Verbundenheit keinen Abbruch tat.

Bis sie schließlich doch Nachricht von ihm erhielt.

Liebe Alma,
Du beschwörst mich ein ums andere Mal, dass wir zu unserer alten Liebe zurückfinden sollten. Aber es wird zwischen uns nie wie früher sein können, weil nichts mehr wie früher ist. Alles ist anders. Können wir Freunde sein? Gibt es eine Melodie, die diesen Zustand zwischen uns beschreiben könnte? Nein, nicht jetzt. Es ist zu wenig Zeit vergangen seit diesem Moment. Seit meinem großen Schmerz. Ich weiß nicht, was später sein wird, das hängt auch nicht allein von mir ab. Alles ist so durcheinander. Vielleicht wird irgendwann eine glückliche Fügung Dich wieder zu mir führen. Und dann wird alles anders und doch wieder so schön wie früher. Aber nicht jetzt.
Leb wohl, Alma.
Dein Walter

Als Alma diesen Brief gelesen hatte, atmete sie mehrmals tief durch. Es fühlte sich an, als wollte Walter ihr das Herz herausreißen. Auf der anderen Seite spürte sie deutlicher als je zuvor, dass sie und Walter immer noch zusammengehörten. Er mochte das im Moment nicht sehen, aber sie hatte die Gewissheit nicht verlassen.

Dennoch musste sie irgendwie weiterleben, bis dieser Mann endlich zur Vernunft finden würde. Sie ging also aus, mit Schreker oder Lilly oder ihrer Freundin Helene Berg oder wer sonst Lust hatte, eine neue Oper, ein neues Ballett, eine neue Theateraufführung zu besuchen. Tagsüber gab sie Anna Klavierunterricht und spielte ihre Lieder, die sie so lange nicht hatte spielen dürfen. Manchmal saß sie stumm und steif am Klavier, darauf wartend, dass die Melodie, die sie stets in sich hörte, sich fassen ließe. Damit sie sie aufs Blatt bannen könne und festhalten. Aber so lange sie auch wartete, der Impuls zum Komponieren kam nicht, obwohl Alma wusste, dass die Melodien noch in ihr waren. Doch sie verbargen sich hinter ihrer Unruhe und Unsicherheit.

Dann kam an einem Sonntag Ende Januar Joseph Fraenkel nach Wien, der Arzt, der Gustav in New York versorgt hatte.

Als ihn das Hausmädchen in den Salon führte, in dem Alma saß und las, hielt er einen Strauß Blumen in der Hand.

»Herr Doktor Fraenkel, wie freundlich von Ihnen, bei uns vorbeizuschauen. Was führt Sie nach Wien?«

Alma war aufgestanden, schüttelte dem Gast die Hand und bat ihn, sich zu setzen. Die Blumen gab sie dem Hausmädchen mit, damit es eine Vase dafür suchen würde.

»Um ehrlich zu sein – und auch gleich mit der Tür ins Haus zu fallen –, Sie, Alma, Frau Mahler.« Fraenkel lächelte schüchtern.

Alma stutzte. Fraenkel schien ihr eher ein würdevoller älterer Herr als ein Heißsporn zu sein. Er war hochgewachsen und eher dünn als wohlgenährt, mit einem schmalen, kantigen Gesicht, den Haarschopf noch voll, aber an den Seiten grau. Es sah ihm nicht ähnlich, sie mit ungefragten Avancen zu überfallen.

»Was meinen Sie damit?« Alma wollte keine voreiligen Schlüsse ziehen, auch wenn sie befürchtete zu wissen, worum es dem Arzt ging.

»Nun, die Kunde vom Tod Ihres Gatten hat mich natürlich erreicht, mein Beileid zu Ihrem Verlust. Es tut mir so leid, dass wir nicht mehr für ihn tun konnten.« Fraenkel machte eine kleine Pause, in der Alma bestätigend den Kopf senkte, um ihn dann wieder erwartungsvoll anzusehen. »In den Jahren, seit wir uns kennengelernt haben, habe ich eine Zuneigung zu Ihnen gefasst, die ich sicher niemals angesprochen hätte, solange Ihr Mann noch lebte. Aber nun sind Sie allein. Und frei. Liebe Alma, Frau Mahler, ich bitte Sie, werden Sie mein. Heiraten Sie mich.«

Alma zog die Augenbrauen zusammen. »Meinen Sie das ernst, Doktor Fraenkel?«

Sie sah, dass ihn die Frage verletzte, aber bitte schön, die musste doch erlaubt sein. Sie sprach weiter: »Lieber Doktor Fraenkel, ich bin Ihnen sehr dankbar dafür, was Sie für Gustav getan haben, wie Sie ihn versorgt haben, und ich spüre keinen Groll, weil Sie ihn am Ende nicht retten konnten.« In dem Moment, als sie es sagte, fragte Alma sich, ob das nicht womöglich gelogen war. »Aber ich versichere Ihnen, dass mir im Moment nicht der Sinn nach einer neuen Heirat steht. Ganz und gar nicht. Ich schätze Sie als Arzt und als Mensch, aber ich kann an Sie nicht als meinen Gatten denken. Bitte verzeihen Sie mir.« Alma stand auf in der Hoffnung, dass Fraenkel es ihr gleichtun würde. Er tat ihr den Gefallen.

»Ich verstehe. Das ist außerordentlich betrüblich für mich. Aber ich hoffe, dass dies unserer Freundschaft keinen Abbruch tun wird.« Jetzt sah Fraenkel aus, als wollte er so schnell wie möglich aus dem Salon fliehen, was Alma nur recht war. Sie reichte ihm die Hand.

»Ich danke Ihnen für Ihren Besuch, lieber Doktor Fraenkel, und freue mich auf ein Wiedersehen in New York, auch wenn ich noch nicht weiß, wann das sein wird.«

»Ich freue mich darauf. Leben Sie wohl einstweilen, Alma.«

»Leben Sie wohl, Doktor Fraenkel.«

Damit ging er, und Alma war froh, dass sie die Sache so glimpflich hatte abwenden können. Als sie am Abend in ihrem Tagebuch darüber schrieb, wurde ihr bewusst, dass sie damit rechnen musste, noch weitere Anträge zu bekommen. Sie war durch ihre Witwenpension und Gustavs Nachlass keine arme Frau, war noch immer hübsch anzusehen, vermutlich hielt man sie also für eine gute Partie. Aber wenn sie überhaupt noch einmal heiraten würde, dann nicht irgendjemanden. Nicht Fraenkel, nicht irgendeinen Musiker, keinen ihrer Bekannten. Sie hatte ihr Herz verloren – an Walter Gropius. Er war der einzige Mann, den sie heiraten wollte, der einzige, von dem sie Kinder bekommen wollte, mit dem sie eine Familie gründen wollte.

148

KAPITEL 26

Wien, Februar 1912

Paul Kammerer war Dauergast bei Alma geworden. Sie wusste, dass er verheiratet war, doch ihn schien das nicht zu stören. Er hatte begonnen, sich ihr nicht nur sprichwörtlich zu Füßen zu werfen. Und es war ihm vollkommen egal, wer gerade sonst noch zu Gast in Almas Salon war, wer sie beobachten und den Tratsch weitererzählen konnte.

Alma war hin und her gerissen. Einerseits genoss sie die unverhohlene Verehrung, die ihr von Kammerer entgegengebracht wurde. Es tat gut, so viel Aufmerksamkeit und Komplimente zu bekommen, so wertgeschätzt zu werden. Und er war ein spannender Gesprächspartner, der sich sowohl in der Kunst als auch in der Musik auskannte, sehr belesen war und immer noch selbst Sinfonien komponierte, wenn auch keine, die es zur Aufführung gebracht hätten. Auch von seiner eigentlichen Profession, der Biologie und der Zoologie, konnte er Interessantes berichten und bediente damit ein Gebiet, das Alma überhaupt nicht kannte. Tatsächlich fand sie es sehr unterhaltsam, was er von seinen kleinen Tierchen erzählte, auch wenn sie noch immer keine Gottesanbeterin gesehen hatte.

»Beschreiben Sie sie mir noch einmal, Herr Kammerer«, sagte sie und spürte, wie ein wohliger Schauer der Erwartung sie überlief, als wäre sie ein Kind und bekäme eine bekannte Schauergeschichte erzählt.

»Gottesanbeterinnen, wir sprechen hier von der Art *Mantis religiosa*, der europäischen oder gemeinen Gottesanbeterin, gehören zur Ordnung der Fangschrecken. Sie lauern ihrer Beute auf, fressen andere Insekten. Und …«, Kammerer machte eine Kunstpause, riss die Augen auf und senkte die Stimme, »die weiblichen Gottesanbeterinnen fressen die Männchen gewöhnlich direkt nach der Paarung.«

Alma klatschte vor Vergnügen in die Hände. Kammerer erzählte diese kleine Geschichte jedes Mal so effektvoll, dass sie ganz hingerissen war. Sie lachte aus vollem Herzen. »Vielen Dank, ich höre diese Geschichte zu gern.«

Kammerer schmunzelte. »Wissen Sie was, liebe Alma? Warum kommen Sie nicht zu mir ins Labor und sehen sich die Tierchen einmal an? Ich bin überzeugt, Sie werden sie mögen. Oder … ich habe eine noch viel bessere Idee! Ich brauche dringend eine Assistentin. Kommen Sie doch und arbeiten Sie bei mir im Labor.«

Alma unterdrückte ein Lachen. Arbeiten – sie?

Aber in den nächsten beiden Tagen gärte die Idee in ihr. Warum eigentlich nicht, dachte sie schließlich. Sie war frei. Dank Gustavs Nachlass bliebe es ihr erspart, irgendwelchen verzogenen Gören Klavierstunden zu geben. Sie musste ihren Lebensunterhalt nicht mit Arbeit verdienen, wenn sie nicht wollte. Aber wer sagte, dass sie es nicht tun dürfe, wenn sie es wolle? Schließlich hatte sie keinen Ehemann mehr, nach dessen Wünschen sie sich zu richten hätte. Außerdem fand sie Kammerers Gesellschaft inspirierend, er wusste so vieles, von dem sie keine Ahnung hatte. Und die Idee, irgendwann doch einmal zu komponieren, hatte sie noch nicht ganz losgelassen. Meist schob sie den Gedanken zwar weit von sich, aber ein Ausflug in die Naturwissenschaften wäre sicher eine besondere Inspiration. Ein Gebiet, auf dem sie noch alles entdecken konnte, weil sie praktisch nichts wusste. Sie beschloss, sich die Sache anzusehen.

Und so kam es. Alma heuerte als Kammerers Assistentin und Laborhelferin an und fand sich zu ihrer Überraschung – dabei hätte sie so etwas wohl erwarten müssen – dabei wieder, wie sie kleine Mehlwürmer an die Gottesanbeterinnen verfüttern sollte. Entsetzt starrte sie die sahnig weiße Masse von Würmern an, die sich in ihrem Behältnis wanden, aus dem es kein anderes Entrinnen als den Insektenmagen gab. Das Gewusel ekelte sie an.

Kammerer kam zu ihr. »Na? Gibt es Probleme?«

Alma rümpfte die Nase. »Diese Tiere sind ja wohl der Gipfel des Ekels. Wie können Sie nur mit so was arbeiten?«

Was dann passierte, würde Alma niemals vergessen.

»Wieso Ekel?«, fragte Kammerer. Dann griff er mit der Hand in die Kiste mit den Mehlwürmern, packte einige und stopfte sie sich in den Mund. »Das ist ein Nahrungsmittel wie alles andere auch«, sagte er.

Alma schlug sich die Hand vor den Mund, um sich nicht auf der Stelle zu übergeben. Kammerer kaute und schluckte und lächelte sie dabei freundlich auffordernd an. Also nahm sie die Pinzette, pickte einen einzelnen Mehlwurm aus der Kiste und hielt ihn einer der Gottesanbeterinnen hin, wobei sie sich bemühte, den Blick einzig auf das Insekt zu richten, nicht auf den sich windenden Wurm. Ganz langsam bewegte sich das

Tier, schien abzuwarten, ob es ihr trauen konnte, starrte die zuckende Beute an, dann packte es endlich zu, und Alma zog die Hand erleichtert zurück.

»Geht doch wunderbar«, kommentierte Kammerer und wandte sich einer anderen Aufgabe zu, worauf Alma ihm einen bösen Blick zuwarf.

Sie hatte natürlich schon vorher geahnt, dass sie diese Arbeit nicht besonders lange würde ausüben wollen, aber da gab es etwas, das sie hatte mitnehmen wollen, erfahren wollen aus dieser Welt der Naturwissenschaft, die so ganz anders war als die ihr bekannte. Die ihren ganz eigenen Takt hatte, eigene Töne und Melodien. Und war nicht die Natur die Grundlage von allem? War sie mit ihren Gesetzen nicht die Basis für das Menschsein, die Kultur und damit auch für die Kunst?

Zum ersten Mal war sie nicht von Künstlern umgeben, sondern von Menschen, deren Denken und Streben von ganz anderen Prinzipien bestimmt war. Allerdings wurde Paul Kammerer in der einsamen Zweisamkeit des Labors zusehends ungestümer und steigerte sich schließlich in eine Art Besessenheit von ihr hinein.

Einmal, als Alma mit Lilly im Kaffeehaus war, saß Kammerer zufällig ein paar Tische weiter. Alma lud ihn nicht an ihren Tisch ein, schließlich wollte sie den Nachmittag ungestört mit Lilly verbringen. Doch als sie und Lilly aufstanden und eben gehen wollten, drehte sie sich um und sah, dass Kammerer seinen Platz verlassen hatte. Er kniete vor dem Stuhl, auf dem Alma gesessen hatte, und roch daran, als wollte er ihren Duft aufsaugen. Die Kaffeehausbesucher um ihn herum starrten ihn mit hochgezogenen Augenbrauen an. Als Alma merkte, dass Lilly neben ihr gleich vor Lachen losprusten würde, nahm sie die Freundin rasch am Arm und führte sie hinaus, bevor die Leute zusätzlich zum seltsamen Verhalten des exzentrischen Biologen noch ihre Reaktion darauf hätten, um darüber zu tratschen.

Und schließlich, ein paar Tage später in ihrem eigenen Salon, warf sich Kammerer ihr erneut zu Füßen, während sie sich gerade mit Lilly unterhielt. Er umklammerte sogar Almas Schuhe.

»Geliebte Alma. Ich bitte Sie, heiraten Sie mich!«

Nun hatte Alma endgültig genug.

»Stehen Sie auf!«, herrschte sie ihn an. »Was erlauben Sie sich, Mann, Sie sind doch verheiratet.«

»Aber ich liebe Sie! Und ich schwöre, ich bringe mich um, wenn Sie mich nicht erhören. Ich werde mich am Grab Gustav Mahlers erschießen!«

Alma sprang auf. »Kammerer!«, schrie sie ihn an. »Sie stehen jetzt sofort auf. Verlassen Sie diesen Salon, verlassen Sie mein Haus. Und wagen Sie nicht, noch einmal herzukommen, solange Sie sich nicht zu benehmen wissen.«

Sie wies ihm die Tür. Ihr Blick eisig, die Miene versteinert.

Kammerer erhob sich, zog den Kopf ein und trollte sich zur Tür hinaus. Sie hielt den Atem an, bis sie die Wohnungstür ins Schloss fallen hörte.

Sie ließ sich in ihren Sessel fallen. Wie sehr hatte sie die Nase voll davon, für die Männer die begehrte und begehrenswerte Gefährtin zu sein, wie sie es einst für Mahler gewesen war. Eine Frau, die für den Mann an ihrer Seite zur Verfügung stand, wann immer er über sie verfügen wollte. Was für ein Privileg es war, dass sie nun nur noch sich selbst und Anna verpflichtet war – und so sollte es bleiben. Es gab nur einen einzigen Mann, für den sie von dieser Meinung abweichen würde. Denn in ihm, das spürte sie, gab es etwas, das ihrer Anstrengung und ihrer Liebe wert war. Das die Welt verändern konnte. Für weniger war sie nicht bereit, sich einem Mann anzupassen.

Also schrieb sie Walter einen Brief und legte eine Kopie der Pläne für ein Landhaus bei, das sie bauen lassen wollte. Gustav hatte noch kurz vor seinem Tod ein Grundstück in Breitenstein gekauft, wo er einen Alterswohnsitz hatte bauen wollen. Sie fand die Pläne nicht sehr gelungen und bat Walter um eine fachliche Meinung. Vielleicht konnte er ja …?

Aber ach … er antwortete nicht.

KAPITEL 27
Wien, April 1912

In Liebe, Alma – Dein Weib.

Damit beendete Alma diesen Brief wie alle, die sie an Walter sandte. In jeder Woche einen. Er antwortete auf keinen. Alma hätte heulen können. Doch sie schluckte ihren Kummer hinunter und straffte die Schultern. Sie wusste selbst nicht, warum, aber nicht einmal Walters eisiges Schweigen konnte ihr die Zuversicht nehmen, dass sie zusammengehörten.

Ebenfalls jede Woche war sie bei ihrer Mutter Anna und deren Ehemann Carl Moll zu Gast. Als sie an diesem Freitagnachmittag das Haus in der Wollergasse 10 betrat, war sie nicht die einzige Besucherin. Im Salon stand ein junger Maler, er mochte Mitte zwanzig sein. Sein Gesicht war kantig wie das Walters, aber jugendlicher. Sein Haar war voll, die Augen groß, und es lag ein Feuer in seinem Blick, das sie aufmerken ließ.

Carl trat auf Alma zu. »Komm herein, meine Liebe. Darf ich dir Oskar Kokoschka vorstellen? Er ist ein genialer Kerl. An deiner Stelle würde ich mich von ihm malen lassen.«

Alma sah ihn überrascht an. Sie wusste, dass Carl hin und wieder andere Maler förderte, Klimt war so ein Fall gewesen, auch ihm hatte Alma Modell gestanden. Ach, seitdem war ein halbes Leben vergangen. Sie hatte nicht damit gerechnet, bald wieder gemalt zu werden. Von Kokoschka hatte sie schon gelesen, in der *Kunstschau*, wo seine originellen großflächigen Entwürfe gelobt worden waren.

»Sehr erfreut, Sie kennenzulernen, Herr Kokoschka.« Dann fiel ihr Blick hinter ihn, wo er Leinwand, Kohle und sogar Farben gestapelt hatte. Sie wandte sich an Carl: »Jetzt gleich? Du möchtest, dass wir heute, jetzt sofort, anfangen?«

Carl nickte. »Ja, so dachte ich. Weißt du, Kokoschka braucht ein paar neue Motive für eine Ausstellung, und da wäre es nur angemessen, wenn er das schönste Mädchen Wiens malt.«

Alma errötete. Das schönste Mädchen Wiens, so hatte man sie früher genannt. Aber das war lange her. Kokoschka beobachtete sie aufmerksam. Sie warf ihm ein freundliches Lächeln zu.

»Wie hätten Sie es denn gern? Wo soll ich sitzen?«

Kokoschka räusperte sich. Er nahm Papier in die Hand und einen Kohlestift. »Wo würden Sie denn gern sitzen?«, fragte er dann.

Alma entdeckte die offene Tür zum Musiksalon, ging darauf zu, stieß die Tür weit auf und rief über die Schulter: »Hier, am Klavier. Da wird es mir wenigstens nicht langweilig.« Sie lachte, dann drehte sie sich um und sah, dass Kokoschka ihr gefolgt war, seine Malutensilien unter dem Arm.

Alma setzte sich ans Piano und spielte einfach los. Wagner, den *Tristan*.

Und Kokoschka zeichnete. Ab und zu musste er husten, hielt sich ein Taschentuch vor den Mund. Einmal erhaschte Alma einen Blick darauf und bemerkte, dass da Blutflecken waren. War Kokoschka krank? Oder nur arm? Sie besah ihn sich genauer. Denn das hatte sie schon damals gelernt, als Klimt sie gemalt hatte. Man wurde zwar angestarrt, wenn man gemalt wurde. Aber man durfte genauso zurückstarren, den Maler genau studieren, sich die Zeit damit vertreiben, in seinem

Gesicht zu lesen und ihn in allen Einzelheiten in sich aufzunehmen. Interessant sah er aus, dieser junge Künstler. Die
Nase war vielleicht ein bisschen knubbelig, die Ohren standen
vielleicht etwas zu weit ab. Aber das gab ihm ein spitzbübisches
Aussehen, das die dunkle Intensität seines Blicks abschwächte.
Auf seine Art war er schön, dachte Alma.
Da stöhnte Kokoschka auf einmal, stand hektisch auf. »Es tut
mir leid. Ich kann Sie jetzt nicht malen.« Er kam auf Alma zu,
zog sie in die Arme. Alma war so überrascht, dass sie sich nicht
wehrte. Aber sie erwiderte die Zärtlichkeit nicht.
Dann stürmte Kokoschka aus dem Haus und ließ sie ratlos
ob seines Verhaltens zurück.

Schon ein paar Stunden später erhielt Alma einen Brief von
ihm.

*Bitte glauben Sie mir, so wie ich Ihnen glaube. Ich weiß, dass
ich verloren bin, wenn ich meine jetzige Unklarheit über mein
Leben behalte, ich weiß, dass ich so meine Fähigkeiten verlieren werde. Der Moment, als Sie sich ans Klavier setzten
und spielten, als man das Talent und die wahre Alma in Ihnen
aufglimmen sah, das war der Moment, an dem ich anfing,
Sie zu lieben. Wenn Sie mich achten können, wie ich bin, ein
Anfänger noch, aber Großes erhoffend, so bringen Sie mir
ein Opfer und werden Sie meine Frau, auch wenn ich arm
bin. Bewahren Sie mich, bis ich der sein kann, der Sie erhebt,
dahin, wohin Sie gehören. Seien Sie meine Stärke. Schreiben
Sie mir, dass ich zu Ihnen kommen darf!
Ihr Oskar Kokoschka*

Das also war der Beginn.

Alma dachte lange über diesen Brief und diesen Mann nach, was für ein seltsames Menschenwesen war er nur? Sie war Schmeicheleien durchaus gewohnt, aber das fühlte sich anders an.

Vier Tage später traf sie Kokoschka wieder, saß ihm bei ihrem Stiefvater im Musiksalon Modell. Er faszinierte sie. In ihm brannte etwas, ein unbezähmbares Talent, das sie anzog wie ein Magnet. Es ließ das Feuer in seinen Augen heller lodern, ließ ihn strahlen, als umgäbe ihn eine Aura aus goldenem Licht. Und dasselbe Feuer zeigte er bei dem Versuch, sie für sich zu erobern. Und wie wohl es tat, dass dieser junge, schöne, geniale Maler sich nach ihr sehnte.

Als Kokoschka sie darum bat, besuchte Alma ihn am übernächsten Tag bei ihm zu Hause im Atelier.

Es war ein kleiner, unaufgeräumter Raum mit einer großen Fensterfront, die ein breiter Sims säumte, auf dem Kissen, Bücher und Zeitschriften lagen. Die Wände waren alle schwarz gestrichen, so dass es am Abend im Dämmerlicht recht schnell dunkel werden musste. Es gab Tische, na ja, eigentlich eher Tischplatten auf Böcken, voller Farbkleckse, Pinsel, Farbtuben, Terpentin und Stofffetzen.

Sie fühlte sich an die Nachmittage erinnert, die sie als Mädchen bei Klimt verbracht hatte. Und ein bisschen an das Atelier ihres Vaters, ein heimeliges, aber auch aufregendes Gefühl.

»Wo soll ich sitzen?«, fragte Alma.

Ein Piano hatte Kokoschka natürlich nicht, so dass sie nicht spielen konnte, während sie Modell saß.

»Wo wollen Sie sitzen?« Kokoschka kramte in einer Ecke des Raumes und schien eine passende Leinwand zu suchen.

Alma sah sich um, ging ein paar Schritte durch den Raum, überlegte, wo sie sich am wohlsten fühlte. Das Sims am Fenster zog sie unwiderstehlich an. Sie setzte sich in die Nische, nahm sich noch ein paar Kissen, um es sich bequem zu machen. Als sie aufsah, bemerkte sie, wie unverfroren Kokoschka sie anstarrte.

»Sie sind schön«, sagte er leise.

Sein intensiver Blick machte Alma verlegen, aber er löste auch Unruhe in ihr aus. War es sogar etwas wie Verlangen? Ihr Herz schlug schneller.

Sie drehte den Kopf zur Seite, schaute aus dem Fenster, um sich zu beruhigen. Sie sah in einen Garten, in dem der beginnende Frühling sich in sprießendem Grün Bahn brach. Sogar Osterglocken und Tulpen standen schon zwischen den Grasbüscheln. Die Luft draußen war lau, der Himmel strahlte stahlblau. Unter einem alten Apfelbaum, an dem eine breite Schaukel befestigt war, standen ein Tisch und ein paar Stühle. Es war ein kleines Paradies mitten in der Stadt, ein Ort, an den man flüchten konnte, wo man die Welt vergessen konnte, so friedlich, so kraftspendend.

Dann spürte sie, dass Kokoschka ganz nahe gekommen war, dass er direkt neben ihr war.

Sie hob den Kopf und sah ihn an. »Wie soll ich sitzen?« Es war fast nur ein Hauch.

»Genau so«, flüsterte Kokoschka. Dann küsste er sie.

Am Abend, als Alma in ihrem Bett lag, konnte sie lange nicht einschlafen. Das Gefühl, das sie gespürt hatte, als Kokoschka,

Oskar, sie geküsst hatte, hielt sie wach – sie hatte sich so lebendig gefühlt wie schon lange nicht mehr. So leicht. So wunderbar. Und doch …

Sie vermisste Walter. Er war ein Mann, ganz anders als Kokoschka, der noch ein Junge war, unfertig. Ihr Herz gehörte Walter, selbst wenn er es nicht wollte.

Schließlich fiel sie in einen unruhigen Schlaf und träumte wild. Gustav war wieder da. Auch Maria. Sie waren alle zusammen, alles war so wie früher, nur dass es jetzt war, 1912, die Gegenwart. Maria war älter, als sie wirklich geworden war, fast schon eine junge Dame. Gustav war gesund, mit rosigen Wangen. Er spielte Klavier im Sommerhaus in Maiernigg, die Mädchen standen neben ihm und sangen. Ihr Anblick machte Alma so glücklich, dann hob Maria den Kopf und sah sie an. Alma erschrak, denn in den Augenhöhlen fehlten die Augen. Bewegte sich da etwas? Mehlwürmer! Im Kopf ihrer Tochter wimmelte es, Alma wollte schreien und konnte es nicht, hilfesuchend schaute sie Gustav an. Der öffnete den Mund, um sie anzulächeln, und gab dabei den Blick auf weitere Maden frei, die in seinem Mund waren, ihn von innen aufzufressen schienen. Alma wollte nur weg, sie wollte schreien. Dann war es plötzlich dunkel. Sie lief einen Gang hinunter, den viele Türen säumten, aber sie konnte nichts richtig erkennen. Sie wusste nur, dass sie fliehen musste, fort von diesen Toten, die sie zu verfolgen schienen. Fort, bevor der Tod einen weiteren Menschen, den sie liebte, erreichen konnte. Schnell und schneller. Schritte hinter ihr. Sie warf einen Blick über die Schulter, sah Gustav, er rannte hinter ihr her. Unheimlich. Bedrohlich. Das war nicht gut, sie musste weg, lief, so schnell sie konnte. Sie riss eine Tür auf, flüchtete in das Zimmer. Da stand ein Mann. Alma kannte ihn, es war ihr Vater. Doch wieder überfluteten sie Freude und Horror zugleich, denn auch ihres Vaters Gesicht war gezeichnet vom Tod, auch er streckte die Hand aus, um nach ihr zu greifen. Alma drehte sich um und rannte von Neuem. All diese Toten, sie wollten sie zu sich holen, wollten, dass sie aufgab, bei ihnen blieb. Doch das konnte sie nicht, sie musste sich retten, für Anna, für Walter, für die Musik in ihrem Herzen. Alma rannte, bis ihr die Lunge schmerzte.

Dann wachte sie auf.

Es war noch dunkel, Alma war schweißgebadet. Sie rang nach Atem, als wäre sie wirklich gerannt. Als wäre es nicht nur ein Traum gewesen. Sie war müde. Wollte nicht mehr rennen, nur irgendwo ankommen. Alma stand auf, ging in die Küche und trank ein Glas Wasser. Sie legte sich wieder zu Bett, und dieses Mal schlief sie traumlos bis zum Morgen.

KAPITEL 28

Wien, Mai 1912

Alma ging nun regelmäßig den kurzen Weg hinüber ins
Atelier. Sie mochte diese verzauberte Höhle des Künstlers,
den Blick in den kleinen grünen Hof, der ihr einen Frieden
schenkte, und sie genoss die Zeit mit Kokoschka. Er zeigte sich
so überschwänglich begeistert von ihr, dass sie sich sicher und
aufgehoben fühlte.

Als Alma an diesem Morgen auf die Straße trat, empfing sie
ein stahlblauer Frühlingshimmel, der einen frühsommerlichen
Tag versprach. In einem Korb am Arm hatte sie etwas Obst,
Brot und eine Flasche Wein dabei. Sie hatte sich vorgenommen, Kokoschka zu unterstützen, denn sie war überzeugt,
dass in ihm ein großes Talent schlummerte. Zwar benahm sich
Kokoschka wie ein Enfant terrible, er eckte überall an, schrie
herum, ließ sich von seinen Förderern, zu denen Almas Stiefvater gehörte, nichts sagen, keine Ratschläge geben. Doch Alma
spürte, dass Kokoschka es weit bringen konnte. Dazu schien er
aber jemanden zu brauchen, der ihn ein wenig lenkte. Und ihn
anhielt, auf seine Gesundheit achtzugeben. Der blutige Husten
war ihr nicht aus dem Kopf gegangen, bis sie einen Arzt bei
Kokoschka vorbeigeschickt hatte. Der hatte sie vorerst beruhigen können und meinte, mit einer regelmäßigen Lebensweise,
gutem Essen und etwas Pflege würde Kokoschka bald wieder
gesund sein. Alma war glücklich, dass sie einem jungen Künstler helfen konnte. Hätte Walter auch nur auf einen ihrer Briefe

geantwortet, wäre ihre Fürsorge vielleicht nicht so weit gegangen, aber, dachte sie trotzig, Walter wollte sie ja nicht, während Kokoschka sie wirklich zu brauchen schien.

Sie öffnete die Tür zu seinem Hof, um dann ins Hinterhaus zu gehen. Kokoschkas Vermieterin stand am Fenster, doch Alma war es gleichgültig, wenn sie gesehen wurde. Sie hatte alles getan, was sie hatte tun müssen, hatte geheiratet und zwei Kinder auf die Welt gebracht, eines verloren, hatte geliebt und gelitten. Sie war nun frei zu tun, was sie wollte. Und wenn das bedeutete, an einem Mittwochmorgen einen sehr viel jüngeren Maler in seinem Atelier zu besuchen, war das allein ihre Sache. Sie öffnete die Tür zum Hinterhaus, versuchte, in dem dunklen, schmutzigen Flur nicht zu atmen, und trat nach kurzem Klopfen ins Atelier. Sie hatte den Mund geöffnet, um Kokoschka eine fröhliche Begrüßung zuzurufen, doch die Worte kamen nicht heraus, so überrascht war sie von dem Anblick, der sich ihr bot. Kokoschka hatte ein schweres dunkles Tuch als Vorhang vor das Fenster gespannt, so dass der ganze Raum im Dämmerlicht lag, einzig erhellt von einigen Kerzen, die auf dem Boden und zwischen den Farbpaletten standen. Der Fenstersims, auf dem sie sonst so gern saß und in den grünen Hinterhof schaute, war mit Kissen und Blumen übersät. Auch auf dem Boden lagen Blumen, Margeriten, Kornblumen und Gerbera, es waren so viele, dass es gar nicht möglich war, bis zur Fensterbank zu kommen, ohne auf sie zu treten. Dort, auf der Fensterbank, saß Kokoschka im flackernden Kerzenschein, nackt, wie der Herr ihn geschaffen hatte. Alma ließ die Tür hinter sich ins Schloss fallen und nahm sich Zeit, den Mann zu betrachten. Die Brust war schmal, aber muskulös, der Körper schlank. Und nicht zu übersehen, ragte in seiner Mitte der Penis auf, fast fordernd. Das unverhohlene Begehren in Kokoschkas Augen ließ Alma schneller atmen. Was für ein herrlicher Mensch und was für eine Szene, nur für sie. Alma spürte, dass auch sie ihn haben wollte, diesen jungen Maler, diesen schwierigen Menschen. Sie sagte kein Wort, stellte den Korb neben sich ab, nahm den Hut vom Kopf und machte einen Schritt über den Blumenteppich auf ihn zu. Dann blieb sie stehen, öffnete die Knöpfe ihrer Jacke und ließ sie über die Schultern zu Boden gleiten, ohne den Blick von Oskar zu nehmen. Ein weiterer Schritt über die Blumen, dann blieb sie wieder stehen, öffnete die Haken ihres Rockes, der lautlos zu Boden glitt. Ein Schritt, Alma schlüpfte aus ihren Schuhen, stand nun in Bluse und Korsett. Oskar ließ sie nicht aus den Augen, die Luft zwischen ihnen schien zu flimmern. Der Gedanke durchfuhr Alma, dass es eine perfekte Inszenierung war. Kokoschka hatte das perfekte erotische Bild geschaffen. Dann wischte sie alle Gedanken beiseite. Nach der Zurückweisung Walters, die sie hatte ertragen müssen, waren Kokoschkas Begehren und die Mühe, die er sich gegeben hatte, nichts anderes als ein Geschenk. Sie würde es annehmen.

Sie zwang sich, stehen zu bleiben und nun die Bluse aufzuknöpfen, fühlte, wie ihr eigenes Begehren erwachte. Alma ließ die Bluse über ihre Schulter zu Boden gleiten, machte einen weiteren Schritt und stand nun vor Kokoschka. Er streckte die Hand aus, sie ergriff sie, und er zog sie mit einem Ruck an sich und küsste sie wild. Dann ließ er plötzlich von ihr ab, hakte in Windeseile das Korsett auf, übersäte ihre Brüste mit Küssen. Alma hob die Hände, wollte nach ihm greifen, doch Oskar wehrte ab.

»Du gehörst mir«, raunte er in ihr Ohr. Einen Augenblick regte sich Widerwillen in Alma, sie gehörte ihm doch nicht, sie gehörte niemandem. Dann küsste er sie wieder, und ihr Widerstand schmolz. Sie atmete heftiger, im Takt mit Oskar, im Takt mit ihrer Vereinigung. Sie fühlte, wie ihr Höhepunkt heranrauschte, so lange hatte sie das nicht gefühlt. Kurz danach sank Kokoschka mit einem Stöhnen auf sie herab, erschöpft. Alma rang nach Atem und konzentrierte sich auf die Fülle, die sie in sich spürte, das doppelte Pulsieren. Ein paar Minuten lagen sie still, Oskars Kopf ruhte auf ihrer Schulter. Dann bewegte er sich ganz leicht, hob kurz den Blick und grinste sie an. Er küsste sie, so fordernd, dass sie schon protestieren wollte, doch dann ließ sie es geschehen, fühlte, wie er sie erkundete. Dann wandte er sich ihren Brüsten zu, zärtlicher jetzt, was ihre Lust von Neuem weckte. Was für ein Tausendsassa war das, dass er keine Pause brauchte zwischen zwei Liebesakten?

Es war vermutlich früher Nachmittag, als Alma sich aus den Kissen auf der Fensterbank hochstemmte, weil sie Hunger bekam. Mittlerweile war auch sie ganz nackt, irgendwann hatte Oskar ihr auch die Strümpfe von den Beinen gezogen. Er war nicht zu bremsen, schien keine Müdigkeit zu kennen, und als sie jetzt aufstand, um den Korb mit den Leckereien zu holen, spürte sie seinen begehrlichen Blick im Rücken. Ach, würde dieser Tag doch niemals enden. Alma konnte sich nicht erinnern, wann sie sich das letzte Mal so frei und sorglos gefühlt hatte. So konzentriert auf sich und diesen Mann, auf die Lust, die sie verband und immer wieder aufs Neue zusammenführte.

Alle Gedanken, Erwartungen und Sorgen waren von ihr abgefallen, solange sie nur im Augenblick sein konnte. Oskar half ihr in diesen Zustand, indem er sie ohne Wenn und Aber begehrte. Indem er nichts von ihr verlangte, als sie selbst zu sein, ihn zu lieben und sich ihm hinzugeben. Jetzt, in diesem Augenblick.

Alma wusste, dass dieser Moment vergehen würde. Sie wusste, dass auch Oskar Ansprüche hatte, dass er sie wollte, sie sogar heiraten wollte, was nicht in Frage kam.

Aber daran wollte sie nicht denken. Sie brachte den Korb zu ihrem Platz, fand zwei Gläser, und Kokoschka öffnete die Flasche. Sie tranken Wein, aßen und genossen den Augenblick.

KAPITEL 29

Wien, Juni 1912

Es war ein wunderbarer Frühsommertag, der Tag, an dem Gustavs neunte Sinfonie uraufgeführt werden würde. Diesmal dirigierte Bruno Walter, der aus München angereist war, die Wiener Philharmoniker, und Alma war natürlich unter den Ehrengästen. Kokoschka begleitete sie, auch viele andere Wiener Freunde und Bekannte waren gekommen, es würde so etwas wie Mahlers Abschiedsvorstellung werden. Während der gesamten Aufführung saß Alma dann mit geschlossenen Augen da, gefangen von der Musik, zurückgeworfen in jene Zeit, in der sie sich schon einmal mit diesen Tönen beschäftigt hatte, als Mahler sie komponiert hatte. Sie genoss vor allem die leisen Passagen, die Brüche, wenn manchmal die Melodie bedrohlich zu werden schien, disharmonisch fast. Gustav hatte hier etwas Neues erschaffen, etwas nie zuvor Gehörtes. Dass seine Vision von einem Neuanfang in der Musik nun von einem Orchester gespielt wurde, das er nicht hören konnte, nie mehr hören würde, keine seiner Sinfonien, keines der Lieder, nichts, gar nichts mehr, trieb Alma Tränen in die Augen. Sie vermisste Gustav in diesem Moment so sehr wie schon lange nicht mehr und bemerkte kaum, dass Oskar ihre Hand nahm und versuchte, sie in die Realität zurückzuholen.

Nach eineinhalb Stunden endete die Sinfonie, erst dann öffnete Alma die Augen wieder. Sie musste blinzeln, so sehr blendete sie das Licht im Saal. Der Applaus blieb verhalten, die

Zuhörer warteten nicht, jubelten nicht, es war ein einziges Geräusche, Stühlerücken und Gemurmel, als die Leute den Saal verließen.

Mit schwerem Herzen stand auch Alma auf und ging ins Foyer. Hatte die Sinfonie denn nicht gefallen? Oskar folgte ihr. Alma nahm von einem herbeieilenden Kellner ein Glas Champagner entgegen. Wäre der Abend ein Erfolg gewesen, wäre das Foyer nun voller Menschen gewesen, die auf Bruno Walter und die Musiker warteten, um ihnen zu gratulieren und sie zu feiern. Tatsächlich leerte sich der Vorraum jedoch schnell. Nur vereinzelte Besuchergrüppchen standen herum und unterhielten sich leise. Alma fühlte, wie sich schwarze Traurigkeit auf sie senkte.

Alban Berg und Arnold Schönberg, beides Freunde von Gustav wie von Alma, traten zu ihnen. Schönberg war extra für das Konzert aus Berlin angereist. Wenigstens diese beiden schienen gut gelaunt zu sein.

»Formidabel!«, rief Berg, und Schönberg nickte eifrig.

»Liebe Alma, es ist eine Schande, dass Mahler das nicht mehr erleben kann. Er war ein Genie, ein verdammtes Genie!«

Schönberg winkte einem Kellner, damit er noch mehr Champagner brachte. »Dein Mann, liebe Alma, hat die Musik revolutioniert. Noch in hundert Jahren werden die Leute von diesem Abend sprechen.«

Alma verzog den Mund. »Sehr nett, dass du das sagst. Aber kommt es auf heute an? Ich fand es wunderbar, aber die Leute …«

Nun gesellte sich auch Bruno Walter zu ihnen. Alma schüttelte ihm die Hand und dankte ihm herzlich für die beeindruckende Aufführung, während Berg und Schönberg ihm geradezu stürmisch gratulierten. Alle drei versicherten Alma immer wieder, dass sich das Genie Mahlers an diesem Abend so deutlich wie nie zuvor gezeigt habe, und sie wollte ihnen so gern glauben. Oskar stand stumm neben ihr, sie wusste, später würde sie seine Eifersucht zu spüren bekommen, aber das war nun einmal Mahlers Abend. Ebenso wie es ihrer war, Alma Mahlers Abend.

»Es ist zu traurig, dass Mahler selbst nicht hier sein kann«, wiederholte Schönberg. »Es muss am Fluch liegen.«

Alma blinzelte ihn an. »An welchem Fluch?«

»Weißt du, Alma, die meisten großen Sinfoniker sind nicht über die neunte Sinfonie hinausgekommen. Beethoven, Dvořák, Bruckner, sie alle haben neun wunderbare Sinfonien geschrieben, die zehnte hat keiner von ihnen fertigbekommen. Die zehnte geschrieben zu haben, bringt einen offenbar dem Jenseits zu nah. Vielleicht würden sich die Rätsel dieser Welt lösen lassen, wenn einer von ihnen die Schwelle überschritten hätte und die Zehnte vollendet hätte. Aber das soll wohl nicht sein, die Rätsel bleiben Rätsel.«

Alma fröstelte. War das so? War die Vollendung der neunten, die Arbeit an der zehnten Sinfonie einem Todesurteil für Gustav gleichgekommen?

Später setzte Oskar sich in der Droschke ihr gegenüber statt neben sie. Alma wurde erst jetzt bewusst, wie still er den ganzen Abend gewesen war.

»Was ist denn los?«

»Du …«, begann Oskar, »du hast mich den ganzen Abend

wie Luft behandelt. Den ganzen Abend über war es, als wärst du mit Mahler ausgegangen, nicht mit mir, Oskar Kokoschka, dem Maler.« Er schluckte. »Du liebst mich nicht!«

Alma hob überrascht den Kopf. Tatsächlich war sie den Abend über in ihren Gedanken bei Mahler, bei ihrer Ehe, seiner Musik gewesen. Wer wäre das nicht an ihrer Stelle? Es war seine Sinfonie, seine Premiere.

»Ja, das war ich, ich war bei Gustav – in meinen Gedanken. Aber du warst doch hier, in Fleisch und Blut. Warum sollte ich dich nicht lieben?« Sie hörte selbst, wie wenig das geeignet war, Oskar zu besänftigen und seine verletzte Eitelkeit zu bedienen. Aber so war es nun einmal. Und was ging es ihn an?

Er starrte sie düster an.

Alma atmete ein. Sollte sie nachgeben? Ihn beruhigen? Warum eigentlich? Warum war es immer ihre Aufgabe, nett und freundlich zu sein und ihre Bedürfnisse, ihre Gedanken und Gefühle zu zügeln? Während Kokoschka immer wieder betonte, dass sie ihm gehöre. Sie merkte, wie die Wut in ihr aufstieg.

»Ja, heute war es so. Heute war ich noch einmal Frau Mahler, Gustavs Gemahlin. Und das ist nicht das Schlechteste, kann ich dir sagen. Ich bin es nicht immer gern gewesen, aber Gustav Mahler war ein Genie, und ich habe an seiner Seite an seinem besonderen Wirken teilhaben dürfen. Ich habe ihn fördern und unterstützen können, habe mit ihm gearbeitet, er hat mir Sinfonien gewidmet. Mir, Alma. Seiner Frau.« Alma merkte, dass ihre Worte schwach klangen. War sie denn nicht mehr als Gustavs Frau? Ganz sicher war sie mehr als Kokoschkas Geliebte.

Oskar sah sie mit zusammengekniffenen Augen an. »Er hat dich verehrt und in seiner Musik verewigt. Aber ich werde dich in meinen Bildern unsterblich machen.«

Alma warf ihm einen Blick zu. Konnte es für ihn nicht ein einziges Mal um etwas anderes als ihn selbst gehen?

»Alma«, fing er an, aber sie hob die Hand.

»Lass mich in Ruhe mit deinen Vorwürfen, Oskar. Eifersucht ist keine Liebe. Und das ist alles, was dich schmerzt, die Eifersucht und die Furcht, dass ich dir nicht all meine Aufmerksamkeit schenke. Die wirst du aber nicht bekommen. Nicht heute, nicht jeden Tag und jede Stunde. Ich bin meine eigene Herrin.«

»Du weißt nicht, was du sprichst. Wir gehören zusammen, du wirst meine Frau sein.« Oskars Stimme war fest, überzeugt von dem, was er da sagte.

»Das werde ich nicht. Du bist wahnsinnig.«

»Ich weiß, dass du mich liebst. Ich weiß, dass wir Mann und Frau sind. Füreinander bestimmt.«

»Na, wenn du das weißt, dann muss es ja stimmen.« Alma hatte die Nase voll. Sie sah aus dem Droschkenfenster. Die Nacht war lau, sie hätte magisch sein können. Doch Alma merkte, dass alles, was sie nicht wollte, in diesem Moment die Nähe Oskar Kokoschkas war.

Sie hätte nicht einmal sagen können, ob sie diese Nacht mit Gustav hätte verbringen wollen. Zu vieles war zwischen ihnen ungesagt geblieben. Und es war müßig, darüber nachzudenken. Gustav würde sie nie wiedersehen.

Und Walter? Der war, obwohl er noch lebte, fast so unerreichbar wie Gustav. Manchmal fragte Alma sich, ob diese Unerreichbarkeit einen Teil der Faszination ausmachte, die sie bei jedem Gedanken an Walter spürte. Ging es bei den vielen Briefen, die sie ihm schrieb, vielleicht auch darum, dass sie unbedingt etwas bekommen wollte, was man ihr vorenthielt? Sie glaubte, ein Recht auf ein Leben mit Walter zu haben, seit dem ersten Augenblick. Und der Gedanke mit Walter eine Nacht wie diese zu verbringen, schien ihr nichts anderes als wundervoll.

Aber Oskar?

Er war hier, er wollte sie, war jung, und sein Talent als Maler umgab ihn wie eine glitzernde Aura. Diese Aura war es eigentlich, die Alma zu ihm hinzog. Zusammen mit seinem Körper, den sie liebte, weil er ihr Lebendigkeit gab, sie an manchen Tagen überhaupt am Leben hielt. Weil er das Leben förmlich in sie hineinpumpte, wenn er zustieß, weil sie in diesem Moment sich selbst und die Welt vergaß. Und manchmal erschien ihr dieses Gefühl ganz zwangsläufig zu sein, als hätte sie gar keine andere Wahl, als ihn zu lieben. Und dann fühlte es sich so gut an, keine Entscheidungen treffen zu müssen, einfach im Moment zu leben.

Doch heute war es anders. Heute Abend erschien er ihr nur stumpf und fahl. Unangenehm nahe, eine Belastung.

Nein, wenn sie diese Nacht weder mit Gustav noch mit Walter verbringen konnte, dann würde Alma sie allein verbringen. Nur mit sich und den Geistern ihrer Vergangenheit.

Alma streckte den Kopf aus dem Fenster und rief dem Droschkenkutscher die Adresse von Oskars Atelier zu. Dort setzte sie ihn ab, was er zum Anlass nahm, ihr wütende Beschimpfungen hinterherzurufen, als sie sich nach Hause bringen ließ.

KAPITEL 30
Wien, August 1912

Oskar malte. Er malte wie ein Verrückter, und auf jedem einzelnen Bild, auf jeder Skizze, auf jeder Zeichnung fand sich Alma wieder. Sie saß ihm Modell, wobei er sie auch malte, wenn sie ihm nicht Modell saß. Aber am liebsten hatte er sie ständig in seiner Nähe. Wenn er sie nicht malte, dann liebten sie sich.

»Ich will nicht, dass du mit einem anderen zusammen bist«, pflegte er zu sagen, und Alma fragte sich bisweilen, ob sie von diesem Anspruch auf Exklusivität geschmeichelt sein sollte. Wenn sie ihn bei seiner Arbeit beobachtete, sah sie, dass sie es mit einem Genie zu tun hatte. Seine Motive, sein Strich hatten etwas ganz Eigenes. Hin und wieder verkaufte er ein Bild und traf Interessenten. Eine Ausstellung seiner Werke im letzten Jahr in Berlin war ein großer Erfolg gewesen, sie war sogar noch in ein oder zwei anderen Museen gezeigt worden, soweit Alma wusste. Andererseits war da sein Verhalten, was, vorsichtig formuliert, exzentrisch war. Alma war immerhin in Künstlerkreisen aufgewachsen und einiges gewöhnt, dennoch schaffte es Oskar manchmal, sie zu überraschen.

Sie war eben erst im Atelier eingetroffen und hatte Oskar vor dem Standspiegel posierend vorgefunden. Er trug den feuerroten Seidenpyjama, den er ihr am Abend zuvor geschenkt hatte. Alma hatte das Geschenk für nicht passend erachtet und ihn gebeten, es wieder mitzunehmen, Rot stehe ihr nicht, und abgesehen davon kaufe sie ihre Nachtgarderobe selbst. Offenbar war er immer noch beleidigt.

»Oskar, nun mach dich nicht lächerlich. Zieh dir etwas Ordentliches an. Gleich kommt der Mayerling wegen deines Bildes.« Zwar verkaufte Oskar so regelmäßig, dass er nicht ganz arm war, aber einen potenziellen Käufer zu verprellen, war nie eine gute Idee für einen Künstler. Und es ging ganz und gar gegen Almas Verständnis von der Bedeutung der Kunst, die doch letztlich erst dann vollendet war, wenn sie auch Anerkennung bekam, und diese Anerkennung drückte sich nicht zuletzt in Geld aus.

Oskar kniff die Augen zusammen, drehte sich vor dem Spiegel und breitete schwungvoll die Arme aus. »Also, ich weiß nicht, was du hast, Alma. Ich finde, er ist ganz zauberhaft. Und durchaus vielseitig, man kann ihn auch in den Morgenstunden tragen. Oder mittags. Oder nachmittags zum Kaffee, du wirst sehen.«

Alma schwante nichts Gutes.

Und tatsächlich empfing Oskar den Käufer in diesem Aufzug. Am Gesicht des, gelinde gesagt, überraschten Mannes las Alma ab, dass sich die Kunde über dieses Verhalten Kokoschkas wie ein Lauffeuer in den Wiener Salons verbreiten würde. Sie verkniff sich ein lautes Seufzen, unterbrach die Herren in den Verhandlungen und verabschiedete sich. Sie musste nicht jeder Verrücktheit Oskars nachgeben.

Er kam am Nachmittag, als sie am Klavier saß und gerade den *Parsifal* spielte. Das Mädchen ließ Oskar herein, Alma nickte ihm zu, als er den Salon betrat, spielte jedoch weiter. Sie war versunken in die Musik, wollte den Moment noch auskosten, die Ruhe, die Zufriedenheit, die sich bei ihr einstellte, wenn sie spielte. Sie wusste, dass sie gut spielte. Sie hätte womöglich aufs Konservatorium gehen können – zumindest, wenn sie kein Mädchen gewesen wäre.

Oskar trat leise hinter sie, doch er blieb nicht still. Er begann zu summen.

Alma wandte sich kurz zu ihm um und warf ihm einen bösen Blick zu. Ein kleines bisschen Geduld konnte dieser Mensch doch haben. Sie hatte ihr Spiel nicht unterbrochen, das musste sie nicht, so sehr war sie in der Musik zu Hause. Ihre Finger tanzten über die Tasten, und Alma schloss die Augen.

Oskar aber fing nun an, laut zu singen, einen falschen Text, was Alma aus ihrer Konzentration riss.

»Hör auf, bitte. Lass mich noch einen kleinen Moment.« Es war eine leise Passage, die sie gerade spielte, und ihre Bitte war nicht mehr als ein Flüstern. Sie spürte, dass Oskar ihr eine Hand auf die Schulter legte. Dennoch hörte er nicht auf mit seinem Spottgesang.

Was wollte er? Ihre Aufmerksamkeit? Auf diese Weise würde er sie nicht bekommen. Alma versuchte, ihre Ohren zu verschließen, wieder zu versinken in ihr Spiel, doch es wollte ihr nicht mehr gelingen. Oskar krakeelte immer lauter und auch schief, dabei wusste sie, dass er eigentlich nicht schlecht singen konnte. Sie gab ihr Spiel auf, drehte sich zu ihm um und funkelte ihn an. »Lass es mich zu Ende spielen.«

Oskar war verstummt, als sie aufgehört hatte, aber er antwortete ihr nicht. Also begann sie von Neuem, ein paar Takte vor der Stelle, an der sie aufgehört hatte.

Oskar sang wieder.

Wütend sprang Alma auf. »Hör auf damit!«, schrie sie.

Oskar lachte und sang weiter. Er sah sie mit einem fast ir-
ren Blick an, und Alma wusste, dass er sie nicht in Ruhe lassen
würde. Es war seine Eifersucht, die das nicht zuließ, er gönnte
ihr keine andere Liebe als ihn selbst, nicht einmal die Musik.

»Spiel doch weiter«, sagte er jetzt in höhnischem Ton. »Ich
begleite dich mit meinem Gesang.«

»Du bist grauenvoll, lass mich in Ruhe.«

»Niemals, Alma. Du gehörst mir.«

»Ich gehöre dir nicht, dir schon gar nicht. Wenn ich irgendwo
hingehöre, dann zur Musik.«

Alma sah, dass sie Oskar verletzt hatte. Aber, bitte schön,
was wollte er auch? Nun wurden seine Augen schmal.

»Ich werde nicht weggehen. Ich bin dein Schicksal, und du
bist das meine. Wir gehören im Himmel zusammen, und wenn
es sein muss, auch in der Hölle, Alma. Du bist meine Muse, du
bist die, die meiner Begabung den Weg ebnet.« Oskar packte
sie am Arm. Alma starrte ihn an. Sie wusste genau, was er
meinte. Wenn sie ihm Modell saß oder bei ihm war, war es,
als würde das Strahlen in ihm stärker. Als könnte er sein Talent besser ausdrücken, indem er sich in ihren Augen spiegelte.
Doch diese Gabe gehörte ihr. Nicht ihm.

»Nein«, sagte sie, »nein, lass mich in Ruhe, ich gehöre
mir selbst.« Tränen rannen ihr nun die Wangen hinab, sie
wusste nicht, wie es so weit gekommen war. Aber sie konnte
nicht mehr aufhören zu weinen. »Geh weg«, schrie sie. »Lass
mich!« Dann riss sie sich los. Sie flüchtete aus dem Salon,
hörte, wie Oskar ihr folgte. Riss die Tür zu ihrem Schlaf-

zimmer auf. Sie war außer sich und unendlich müde zugleich, konnte weder klar denken noch sich auch nur eine Sekunde länger mit Oskar auseinandersetzen, der einfach nicht gehen wollte. Dabei wünschte sie ihn in diesem Moment nirgendwo anders hin als zum Teufel. Mit einem Mal fühlte sie sich, als wäre alle Energie aus ihr gewichen. Es hatte Tage gegeben, an denen sie so glücklich gewesen war in Oskars Nähe, aber immer häufiger hatte sie das Gefühl, als saugte er sie aus. Immer schien es darum zu gehen, dass sie sich gegen ihn verteidigen musste, um sie selbst bleiben zu können. Es war so anstrengend. Die Tränen rannen ihr weiter die Wangen hinab, sie schaffte es bis an ihren Frisiertisch, zog die Schublade auf und fand mit zitternden Fingern das Brom, das ihr der Arzt gegen die Hysterie verschrieben hatte. Sie öffnete das Döschen und schüttete sich das Pulver einfach in den geöffneten Mund, ohne auf die Dosierung zu achten. Es war ihr egal, ob es zu viel war. Dann würde sie eben für immer schlafen, hätte endlich Ruhe.

»Was tust du da?« Oskars Stimme überschlug sich fast. »Das ist doch viel zu viel!«

Alma hörte nicht auf ihn, sie griff nach dem Glas Wasser, das auf dem Tischchen neben ihrem Bett bereitstand und spülte das Pulver hinunter. Fast gleichzeitig befiel sie eine unendliche Müdigkeit. Sie schleppte sich in ihr Bett, ließ sich darauf fallen, so wie sie war, und schlief sofort ein.

Etwas später tauchte sie aus dem unruhigen Schlaf kurz an die Oberfläche und bemerkte, dass Oskar den Arzt geholt haben musste, denn der stand neben ihr, fühlte ihren Puls und ihre

Stirn. Er sagte zu Oskar, dass sie Ruhe brauche, und bevor sie dem Doktor zustimmen konnte, war sie schon wieder eingeschlafen.

KAPITEL 31

Wien, September 1912

Diesen Sommer über wollte Alma nicht in der Stadt bleiben, wo es stickig war und die Erinnerungen an Gustav sie nicht frei atmen ließen. Eigentlich hatte sie mit Anna einige Tage irgendwo in den Bergen verbringen wollen, aber dann war es ihr falsch vorgekommen, genau das, was sie einst mit Gustav zusammen getan hatte, nun als halbe Familie zu unternehmen. Sie musste eine neue Art finden, mit Anna zusammen ein Familienleben zu führen.

Alma liebte ihre Tochter über alles, und sie war glücklich, dass ihr Kind ein Talent für die Musik zu haben schien, dass es kreativ war. Doch selbst wenn es anders gewesen wäre, hätte das nichts an ihrer Liebe zu Anna geändert, die nie etwas anderes als leicht und selbstverständlich war, das schönste, angenehmste und erfüllendste Gefühl, das sie je erlebt hatte. Warum konnte sie eine solche Liebe nicht mit einem Mann erleben? Mit Walter hatte es sich so angefühlt, am Anfang, in Tobelbad. Aber dieses Gefühl war verloren, auch wenn Alma noch immer hoffte, es wiederfinden zu können. Mit Kokoschka war es bei Weitem nicht so, diese Leidenschaft war anders, wuchtig und anstrengend. Gleichwohl faszinierend.

Sie hatte Anna schweren Herzens für zwei Wochen zu ihrer Mutter gebracht, um sich für sich selbst Zeit zu nehmen, und war mit Kokoschka zunächst in die Schweiz gefahren, um die kühle Bergluft zu genießen. Es war herrlich, fand Alma, harmonisch und gleichzeitig aufregend, mit Kokoschka zu reisen, und sie verbrachten eine unbeschwerte Zeit, in der sie sich kaum stritten, und wenn, dann schnell versöhnten, meistens im Bett.

Dann aber stand Anfang September ein Besuch an, den Alma am liebsten immer weiter hinausgeschoben hätte. Doch irgendwann war es so weit, und sie fuhren nach Baden-Baden. Dort lebte, seit sie sich endgültig in ihre eigene Welt zurückgezogen hatte, Almas jüngere Schwester Margarethe. Nach ihrer Heirat mit Gustav war Almas Kontakt zu Gretel praktisch abgebrochen. Auch ihre Schwester hatte geheiratet, auch sie hatte ein Kind bekommen. Und dann, ganz plötzlich und ohne Vorwarnung, so war es Alma zumindest vorgekommen, denn es hatte nie den Eindruck gemacht, als würde die Schwester Hilfe brauchen, hatte Gretel versucht, sich das Leben zu nehmen. Ihr Ehemann hatte ärztlichen Rat gesucht, und seither war Gretel in Baden-Baden in einer Anstalt untergebracht.

Bei dem Besuch erkannte Grete ihre Schwester nicht. Dabei waren sie doch zusammen aufgewachsen, Alma war erst zwei Jahre alt gewesen, als Grete geboren wurde. Seit dieser Zeit und bis zu Almas Hochzeit waren sie immer zusammen gewesen, auch wenn sich Gretes Interessen stets von denen Almas unterschieden hatten. Und nun wusste Gretel nicht mehr, wer sie war. Die eigene Schwester.

Nachdem sie aus Baden-Baden abgereist waren, ließ Alma der Gedanke an das Schreckliche, an den Wahnsinn, der Gretel gefangen genommen hatte, nicht los. Und auf der Zugfahrt, während Kokoschka ganz gefesselt von den Farben der Landschaft war, kam ihr ein furchteinflößender Gedanke. Was, wenn diese Krankheit, die Gretel befallen hatte, erblich war? Würde auch sie, Alma, so enden? Würde sie vergessen, wer Anna war? Und Mama? Und würde sie auch Gustav vergessen, der ja nicht einmal mehr da war, um an sich zu erinnern?

Und ihre Sorgen wurden noch größer. Als sie in einem Moment der Ruhe anfing nachzurechnen, wann sie das letzte Mal ihre Regel gehabt hatte, hielt sie die Angst endgültig umklammert – sie musste schwanger sein.

In Wien angekommen, wollte Oskar noch etwas aus dem Atelier holen, so erreichte sie am Abend mit der Droschke allein die Pokornygasse und stieg müde hinauf in die dunkle Wohnung. Anna war noch bei ihrer Großmutter, sie würde sie erst am nächsten Morgen nach Hause holen. Alma betrat die stille Wohnung und entzündete das Licht im Salon – und dann blieb ihr fast das Herz stehen. O Gott. Gustav. Da auf dem Piano war Mahlers Totenmaske. Sie musste während ihrer Abwesenheit geliefert und vom Mädchen ausgepackt und mitten im Salon aufgestellt worden sein. In ihrer Not tauchte ausgerechnet er auf. Sie trat näher an die Maske heran.

Im Gegensatz zu einer Büste, die Rodin gefertigt hatte, als Gustav noch lebte, und die natürlich die künstlerische Handschrift des Bildhauers trug, zeichnete die Maske eher das Bild, wie der schlafende Gustav ausgesehen hatte als der tote. Jede Falte um seine Augen, der gütige Zug, die kantige Nase und die schmalen Lippen waren so naturgetreu nachgebildet, als nähme Almas Gatte jeden Moment die weißen Gipsbandagen ab und bäte sie, sich zu ihm ans Klavier zu setzen, nachdem er zu Mittag ein Schläfchen gehalten hatte. Die Büste Rodins hingegen stand im Arbeitszimmer, eine von mehreren, die

Rodin im Auftrag Almas angefertigt hatte, bis eine dabei gewesen war, mit der sie zufrieden war. Die Gustav gerecht wurde. So hatte sie einige der Büsten an Freunde und Bekannte verschenkt.

Ach, Gustav. Wäre er nur noch hier. Warum hatte er sie allein zurückgelassen? Eine alleinerziehende Mutter, nie hatte sie das sein wollen. All die Verantwortung, die auf ihr lastete. Wäre er noch am Leben, dann wäre alles besser, selbst wenn ihre Ehe womöglich mittlerweile am Ende gewesen wäre. Sie nahm die Maske in beide Hände. Dieses lächelnde, vergebende, ja überlegene Gesicht. Er fehlte so sehr. Mit ihm wäre sie nie in einen derartigen Zustand der Unentschlossenheit geraten.

Sie vermisste Gustav, sehnte sich nach Walter und schlief mit Oskar. Es rauschte in ihr, auf einmal war alles zu viel. Wo sollte das hinführen? Ihr toter Ehemann, der Geliebte, der sie nicht wollte, Oskar, den sie nicht wollte. Ihre über alles geliebte Anna und dann noch ein Kind. Die tote Maria. Gretel, die Wahnsinnige. In Almas Kopf fing es an, sich zu drehen, schneller und schneller. Ein Säugling schrie irgendwo. Oder bildete sie sich das ein? Die Stille in der Wohnung wurde so laut, dass Alma sich die Hände auf die Ohren presste und in die Knie sank, bis der gnädige Boden sie auffing. Was sollte sie tun? Ein Kind? Tränen liefen über Almas Gesicht, Tränen der Trauer, der Wut, der Ohnmacht, der Angst, alles vermischte sich in diesem Moment, und sie konnte nicht mehr aufhören zu weinen und zu schreien. Sie rief nach Gustav, der sie nie hätte alleinlassen dürfen. Sie weinte um das Kind unter ihrem Herzen, das nicht auf diese Welt kommen durfte. Nein, niemals. Was würde ihm zustoßen, wenn es als geistig Kranker geboren wurde? Internierung in Sanatorien? Was war das für ein Leben. Sie, Alma, konnte sie für so ein Kind sorgen? Sie konnte doch kaum für ihr lebendes Kind sorgen, das immerhin Mahlers Tochter war. Für Anna brauchte sie all ihre Kraft und ihren Geist. Gesund, möglichst gesund. Keinen Wahnsinn, der vielleicht schon in ihr angelegt war.

Alma rang nach Luft, dann heulte sie wieder auf, sank in sich zusammen. Ergab sich in ihr Unglück, dem sie nichts entgegenzusetzen hatte als Tränen.

Sie hörte kaum, dass die Tür geöffnet wurde, kam erst zu sich, als Oskar sie in die Arme schloss und wiegte.

»Alma, was ist denn los? Was ist mit dir?« Oskars Tonfall machte klar, dass er nicht im Geringsten verstand, warum sie weinte. Dabei musste er die Totenmaske doch gesehen haben.

»Ich …«, ihre Stimme drohte ihr zu versagen, aber sie presste zwischen zwei Schluchzern hervor: »Ich kann nicht … ich … ich kann nicht dein Kind bekommen. Es wird wie Grete werden. Ich weiß es.« Alma packte Oskar am Hemd, flehte ihn an. »Ich muss es wegmachen lassen. Es ist wahnsinnig wie Grete, das spüre ich. Ich darf es nicht gebären.«

Sie sah wohl, wie Oskar blass wurde. Er hatte fröhlich erzählt, was er ihrem Kind alles beibringen würde, dem gemeinsamen Kind. Er hatte sie schon so oft gebeten, ihn zu heiraten. Alma hatte jedes einzelne Mal den Kopf geschüttelt. Denn das kam nicht in Frage. Sie würde Oskar nicht heiraten, selbst wenn sie ihn mochte, selbst wenn sie dann nicht mehr allein wäre.

Sie konnte nicht aufhören zu weinen. Um sich, um das Kind, um Anna und um Maria. Um alles, was sie verloren hatte, all die Menschen, die sie geliebt hatte und die ihr genommen worden waren.

»Alles wird gut, Alma. Mein Liebstes.« Oskars Stimme war warm und weich und lieb.

»Aber ich … ich kann das nicht, ich kann nicht dein Kind bekommen. Wir müssen es wegmachen lassen.«

Oskar schauderte. »Alma. Ich möcht doch nichts, außer dass du es gut hast mit mir. Wir heiraten, dann bekommen wir das Kind. Ist doch alles ganz einfach.«

Sie versuchte, es sich vorzustellen. Aber dann merkte sie, wie das Rauschen in ihrem Kopf wieder schlimmer wurde, wie es zunahm und immer lauter wurde. Und wieder rannen Tränen in Bächen ihre Wangen hinab.

»Nein, Oskar, nein. Es ist krank. Glaub mir, ich weiß es.« Sie zitterte, so sehr weinte sie. Aber so sehr hatte sie auch Angst. Konnte Oskar das nicht sehen? Sie schluchzte. »Ich kann kein Kind bekommen, das wird wie meine Schwester.«

Endlich, endlich senkte Oskar den Kopf und stimmte ihr leise zu. »Ich werde dich nicht zwingen. Wenn du dir sicher bist …«

Sie atmete auf. Ja. Es musste sein.

Als Alma am nächsten Tag Anna abholte, bat sie ihre Mutter um ein kurzes Gespräch.

»Aber nur kurz, Kind, ich muss gleich noch Einladungen schreiben für deinen Stiefvater. Was hast du denn? Du bist ja ganz blass.«

»Es ist nichts, Mama. Aber sag, ich wollte wissen, was du über Margarete denkst. Ich versteh nicht, woher ihr Zustand kommt. Sie hat mich kaum erkannt. Ein Gespräch mit ihr war gar nicht möglich.«

»Ach, ich weiß es nicht genau. Aber ich nehme an, dass es daran liegt, dass ihr Vater die Diphtherie hatte, als wir sie bekommen haben. Das sagt man doch, ist ein schweres Schicksal für die Kinder. Aber jetzt nimmst du deine Tochter, und dann geht's ein bisserl raus in den Sonnenschein, so blass, wie du bist. Du wirst sehen, dann geht es dir gleich besser, Liebes.«

Alma nickte und wollte schon nach Anna rufen, aber dann wandte sie sich doch noch einmal ihrer Mutter zu. »Aber Papa hat doch nie Diphtherie gehabt, bis zu seinem Tod nicht, darüber haben wird doch so oft geredet, als Putzi gestorben ist.«

Ihre Mutter wurde rot. Alma sah sie forschend an. Doch, kein Zweifel, Anna Molls Gesicht überzog eine feine Röte, und sie wich Almas Blick aus.

»Ich … Kind«, fing sie an, fasste sich mit der Hand an den Hals. »Lass es uns einfach so festhalten, Liebes. Du brauchst dir keine Sorgen zu machen, dir wird nichts passieren. Von deinem Vater hat Gretel das auf keinen Fall geerbt.«

Alma öffnete den Mund, doch bevor sie etwas sagen konnte, war Anna aufgetaucht, und das Thema war beendet. Sie verließen das Haus und spazierten im hellen Sonnenschein die kurze Strecke zu ihrer eigenen Wohnung. Alma nahm kaum wahr, wo sie entlangliefen, so sehr verwirrte sie, was sie gehört hatte. Hatte ihre Mutter ihr gerade gesagt, dass sie und Gretel nicht denselben Vater hatten? Aber wer …? Sie blinzelte. Moll konnte es nicht sein, der war damals noch nicht Schüler ihres Vaters gewesen. Aber zuvor, bevor Almas Vater bekannt geworden war und sie noch auf jedes zusätzliche Einkommen angewiesen gewesen waren, hatte es in ihrer Wohnung einen Mitbewohner gegeben. Einen blassen, jungen, kränklichen Mann. Alma versuchte, sein Bild vor sich heraufzubeschwören, was ihr nur schlecht gelang. Aber war das nicht einerlei, wenn es ihre Sorgen betraf? Maria war an der Diphtherie gestorben, auch Anna hatte die Krankheit gehabt. Vielleicht trug trotzdem auch sie, Alma, die Anlage in sich? Und Anna? Das Herz ging Alma auf, als sie die Kleine ansah. Das Mädchen hüpfte an ihrer Hand die Straße hinunter, fröhlich und gut gelaunt, wie sie es meist war. Ein leises Lied auf den Lippen, wie ihr Vater es immer gehabt hatte. Vor ein paar Jahren noch, da waren sie eine Familie gewesen, zu viert. Gustav, Maria, Anna und sie, Alma. Nun waren nur noch Anna und sie übrig. Ein kläglicher Rest, nur ein Bruchteil dessen, was eine richtige Familie für sie ausmachte.

Aber eines war sicher: Oskar war nicht ihre Zukunft, Oskar war nicht ihr Mann. Er war kein Vater für Anna, und er würde kein Vater für dieses Kind unter ihrem Herzen sein. Weil es kein Kind geben würde.

Am nächsten Nachmittag saß sie bei Lilly im Salon und trank Champagner, um sich zu beruhigen. Lilly fragte nicht viel. Sie bot Alma an, mit ihr zusammen zu einer Frau zu gehen, die ihr Problem beheben konnte, was Alma dankbar annahm. Hätte sie Oskar mitgenommen, hätte er es sich gewiss am Ende anders überlegt und versucht, sie von ihrem Plan abzuhalten. Nein, das war ihre Sache. Ganz allein ihre.

Bald darauf war es ausgestanden. Lilly hatte Alma nach dem Eingriff mit einer Kutsche nach Hause gebracht, was gut war, denn sie hatte viel Blut verloren und fühlte sich unsicher auf den Beinen. Aber die Blutung hörte auf, als sie sich zu Hause in ihr Bett legte, wo sie die nächsten beiden Tage verbrachte. Anna, die beunruhigt nach ihr sehen wollte, erklärte sie, dass die Mama ein bisschen krank sei, es ihr jedoch bald wieder besser gehen werde. Und dann schickte sie das Mädchen hinaus, damit es am Klavier die Tonleitern übte.

Alma war müde und erschöpft. Sie weinte, sobald Anna das Zimmer verlassen hatte. Sie hatte das Richtige getan, davon war sie überzeugt, dennoch drohte sie der Schmerz um ein weiteres verlorenes Leben zu zerreißen. Was sollte aus ihr werden? Sie konnte kein Kind in die Welt setzen, das wie ihre Schwester enden würde oder schlimmer. Und sie konnte auch nicht heiraten, nicht Oskar. Sie brauchte eine wahre Liebe, ein Gefühl, an das sie glaubte, das gut für sie war, ebenso wie für ihr Kind. Und ihr Innerstes sehnte sich immer noch nach diesem Menschen in Berlin. Ach, wenn er nur endlich einen ihrer Briefe beantworten würde.

KAPITEL 32
Berlin, März 1913

Walter erwartete seinen Freund Karl Ernst Osthaus und dessen Frau Gertrud bei sich zu Besuch. Ernst war nicht nur ein Freund, sondern auch sein wichtigster Geschäftspartner. Sie residierten natürlich im Hotel, den Luxus, den die beiden gewohnt waren, konnte Walter ihnen bei sich zu Hause nicht bieten. Noch nicht. Doch er hatte das Paar für den Nachmittag zu sich gebeten. Seine Wohnung am Nikolsburger Platz war zwar nicht sehr groß, aber präsentabel genug, um wenigstens zum Tee einzuladen. Für einige Drinks am späteren Abend war auch gesorgt.

Es wurde ein entspannter Nachmittag, bei dem viel gelacht wurde. Walter war zufrieden mit sich als Gastgeber, selbst wenn er nicht umhinkam, sich vorzustellen, wie es gewesen wäre, wenn er in einer Situation wie dieser Alma an seiner Seite hätte. Wie sie den Tag zu viert verbracht hätten. Er fühlte einen Stich im Herzen, dann wischte er den Gedanken beiseite und konzentrierte sich auf seine Gäste. Er war sich sicher, Ernst Osthaus von seinen Qualitäten als Architekt überzeugt zu haben. Das war wichtig. Immer noch.

Für den frühen Abend hatte Walter sich dann eine kleine Attraktion ausgedacht.

»Bitte, meine lieben Freunde, haben Sie Lust auf einen Spaziergang?«, fragte er mit einem Lächeln auf den Lippen.

Gertrud, die eine fröhliche Person war, klatschte in die

Hände. »Ja, das machen wir. Endlich regnet es in diesem Berlin einmal nicht, wir sollten die Chance unbedingt ergreifen, ein bisschen frische Luft zu schnappen, nicht wahr, Ernst?«

Osthaus nickte ergeben. Er war kein großer Anhänger von Spaziergängen, das wusste Walter, aber er war ein Bewunderer der schönen Künste. Und im Ausstellungshaus am Kurfürstendamm 208 gab es etwas zu sehen, was genau nach seinem Geschmack sein würde.

Sie spazierten durch die Straßen Charlottenburgs, genossen die laue Luft des einsetzenden Frühlings. Osthaus und seine Frau reisten zwar viel, wohnten jedoch eher provinziell, in Hagen in Westfalen. Walter war dort schon zu Besuch gewesen, hatte die Ruhe und die schöne Landschaft genossen und natürlich das Folkwang-Museum, das Osthaus selbst gebaut und eingerichtet hatte. Eine Malschule hatte er auch gegründet. Wenn man in seiner Heimat wenig Kultur um sich herum hatte, dann musste man eben dafür sorgen, dass die Kultur zu einem kam. Sofern man dazu die Mittel hatte, und Osthaus hatte sie.

Als sie auf den Kurfürstendamm traten, stieß Gertrud einen kleinen Laut des Glücks aus angesichts des Trubels, der auf der Straße herrschte. Überall flanierten gut gekleidete Menschen, wanderten von Café zu Restaurant, von Bar zu Theater. Walter lächelte, diese Reaktion hatte er erhofft.

Sie wandten sich nach links, um die Straße in Richtung Schloss Charlottenburg hinaufzugehen. Aber schon nach wenigen Metern erreichten sie das Ausstellungshaus, und Walter blieb stehen.

»Ich wollte Ihnen als kleine Überraschung und ebenso zu Ihrem Vergnügen vorschlagen, diese Ausstellung zu besuchen.

Die Berliner Secession hat sie organisiert, eine Gruppe talentierter und teilweise arrivierter Maler. Es ist ihre immerhin vierzehnte Ausstellung, und sie sollen es wieder geschafft haben, die Crème de la Crème der Malerei zu versammeln.« Walter verstummte, als er merkte, dass er Osthaus längst überzeugt hatte.

Sie betraten das Gebäude. Es war eine riesige Ausstellung, eigentlich ein temporäres Museum. Einundachtzig Künstler, las Walter, hatten fast zweihundertachtzig Werke eingereicht. Sie spazierten durch die zahlreichen Räume, betrachteten Werke von Liebermann, Matisse und van Gogh, Cézanne und Pechstein, Toulouse-Lautrec und Renoir. Walter sah es Osthaus an, wie er überlegte, ob er das ein oder andere Werk kaufen sollte. Er wusste, dass Osthaus immer auf der Suche nach interessanten Künstlern war, am liebsten entdeckte er junge, aufstrebende Talente.

»Sehen Sie nur«, sagte Osthaus zu Walter, als sie den Saal III a betraten, »das ist von einem relativ neuen Maler aus Wien. Haben Sie von ihm gehört? Oskar Kokoschka.«

Walter schüttelte den Kopf, hatte er nicht. Er wandte sich den Bildern zu. Das Selbstbildnis zeigte einen jungen Mann, der einen virilen Eindruck auf Walter machte. Selbstbewusst blickte er von der Leinwand den Betrachter an, als wüsste er, dass er noch vieles in seinem Leben erreichen würde. Dann war da ein Bild, das *Verkündigung* hieß, Walter aber nicht wirklich überzeugen konnte. Er wandte sich dem nächsten zu, trat einen Schritt zurück, um die beiden Personen auf dem Bild besser betrachten zu können. Da war wieder der Maler, Kokoschka, und eine Frau. Walter stockte. Das war doch …

Ihm wurde kalt, und das Blut rauschte in seinen Ohren. Alma. Seine Alma. Es war ein Schock, sie so zu sehen.

Osthaus sagte etwas zu ihm, aber er verstand ihn nicht. Erst als Osthaus ihn am Arm packte und seine Worte wiederholte, hörte er ihn: »Gropius? Ist alles in Ordnung mit Ihnen?«

Walter schüttelte sich, um die Benommenheit loszuwerden. »Ich … ja. Alles in Ordnung. Danke. Mir war nur gerade etwas unwohl.« Er spürte den forschenden Blick von Osthaus auf sich und fügte hinzu: »Es geht schon wieder. Machen Sie sich keine Gedanken.«

Gertrud, die vor dem letzten Bild stehen geblieben war und darin versunken schien, kam nun zu ihnen herüber. Walter warf Osthaus einen festen Blick zu, auf keinen Fall wollte er seine Unpässlichkeit mit Osthaus' Frau diskutieren. Sie war ein feiner Kerl, aber das wäre dann doch zu weit gegangen. Osthaus schien ihn zu verstehen, denn er wandte sich seiner Frau zu. »Schau, meine Liebe, hier sehen wir neue Bilder von Oskar Kokoschka. Sie müssen wissen, Walter, dass wir – wann war das noch, Liebling, letztes Jahr? – eine Ausstellung Kokoschkas in unserem Folkwang-Museum hatten. Das war ein großer Erfolg, muss ich sagen. Was hältst du von den neuen Werken, Gertrud?«

Gertrud musterte das Doppelbildnis, bevor sie antwortete: »Ich halte ihn für sehr talentiert. Und diese Bilder mag ich sehr. Was meinen Sie, Herr Gropius?«

Walter holte tief Luft. Er sah das Bild an, sah Alma, die wunderschöne, den Mann an ihrer Seite, und nichts hatte je mehr geschmerzt als das Wissen, dass er sie nun ganz und gar verloren hatte. Es fühlte sich an, als hätte er das Beste in seinem Leben verloren.

»Nun«, sagte er leise, »ich schließe mich Ihrem Urteil an. Er scheint mir ein Mann mit besonderen Begabungen zu sein.« Dann presste er die Lippen aufeinander. Mehr wollte und konnte er nicht sagen.

»Von diesem Bild hatte ich schon gehört, obwohl es ganz neu sein soll«, sagte Gertrud und wies auf das Doppelbildnis. »Es stellt natürlich den Künstler selbst, Kokoschka, und seine Muse dar. Es gibt schon eine ganze Reihe von Bildern, die sie zum Thema haben. Vielleicht sollten wir eins davon kaufen, Ernst.« Sie hakte sich bei ihrem Mann ein, der bedächtig nickte, noch einmal auf das Bild sah und dann zu Walter.

Walter hatte Mühe, sich zu beherrschen. Alma war eine Muse. Aber nicht ihm, Walter, stand sie zur Seite, nicht ihn unterstützte sie mit ihrer Liebe, ihrem Charme, ihrem Esprit und ihrer Lebensfreude. Nein. Sie hatte sich einen jungen Maler ausgesucht, gegen den er wie ein staubiger Dinosaurier wirken musste. Mit aller Macht vertrieb er die grauenhaften Gedanken aus seinem Kopf. Er hatte Gäste, auf die er sich konzentrieren musste.

Und das gelang ihm den Abend über wenigstens so gut, dass Osthaus ihn nicht noch einmal fragte, ob alles in Ordnung sei. Dieser Besuch war einfach zu wichtig, die Meinung, die sowohl Osthaus als auch seine Frau von ihm, Walter, hatten, war bisher immer hoch gewesen, und ein Teil seines beruflichen Erfolgs basierte darauf. Das durfte er nicht aufs Spiel setzen.

Als aber der Abend zu Ende, die Gäste verabschiedet waren, kam Walter nicht zur Ruhe. Er wälzte sich im Bett hin und her, und immer, wenn er kurz eingeschlafen war, träumte er von Alma, sah sie vor sich, wie sie in Tobelbad gewesen war. Leicht, liebevoll, warm, so klug und so inspirierend. Alles war ganz falsch gelaufen zwischen ihnen, sie hätten jeden einzelnen Tag miteinander verbringen sollen, seit sie sich begegnet waren. Er hatte einen Fehler gemacht, er hätte Alma längst zu sich holen sollen, mit ihr sein Leben verbringen. Doch nun war es zu spät, das verstand er.

Am Morgen setzte er sich an den Schreibtisch und verfasste einen Brief an Alma. Es war Zeit, sie freizugeben. So weh es auch tat.

KAPITEL 33

Wien /Italien, Frühling und Sommer 1913

Seit einigen Wochen war Oskar mehr oder weniger bei Alma eingezogen. Er hatte sein Atelier behalten, schlief jedoch bei Alma. Anna mochte ihn. Er scherzte mit ihr, und hin und wieder spielte er mit ihr Ball oder lief an ihrer Seite mit dem Reifen die Straße hinunter. Er behandelte Anna, als wäre sie seine Tochter. Oder zumindest seine Nichte, was Alma sehr wohl zur Kenntnis nahm. Ebenso wie sie seine Lebensfreude, seine spontane, begeisternde Art mochte. Leider konnte die sich in kürzester Zeit zum kompletten Gegenteil wenden. Dann kam ihm aus heiterem Himmel in den Sinn, dass Alma das Kind, sein Kind, hatte abtreiben lassen, und jedes Mal war sie froh darüber, es getan zu haben. Es war zwar schmerzhaft gewesen, körperlich wie seelisch, aber während sie aus vielen Gründen der Meinung war, die richtige Entscheidung getroffen zu haben, ging es Oskar anders. In regelmäßigen Abständen wiederholte er seinen Vorschlag, Alma möge ihn heiraten, und brachte seine Gefühle in einigen düsteren Zeichnungen zum Ausdruck. *Alma Mahler mit Kind und Tod* hieß eine zum Beispiel, die Alma besonders wenig mochte.

Alma hatte weder vor, ihn zu heiraten, noch, ihm ein Kind zu gebären, das wurde ihr jedes Mal aufs Neue klar, sooft sie darüber nachdachte. Sie genoss seine Aufmerksamkeit, die fröhlichen Momente an seiner Seite, und sie war nicht nur seine Muse geworden, sondern inzwischen auch fast das Einzige, was er malte. Sie fühlte sich gebraucht. Indem sie ihm Modell saß, mit ihm über seine Kunst sprach, über das Leben, über die Menschen, die sie trafen, konnte sie etwas bewirken. Seine Eifersucht indes war zermürbend. Gingen sie aus, dann bestand er darauf, dass ihr Kleid hochgeschlossen war, am Hals und genauso an den Ärmeln. Und wenn sie im Sitzen die Beine übereinanderschlug, zwang er sie, das Bein wieder herunterzunehmen, weil ihre Knöchel sichtbar werden könnten. Alma spielte mit, aber sie spürte, wie sich immer mehr Widerstand in ihr regte.

Dann traf der Brief aus Berlin ein. Alma empfing ihn morgens, als sie alle miteinander beim Frühstück saßen. Essen mit Oskar war eine laute Angelegenheit und auf eine charmante Art unordentlich, denn er wollte mal dies, mal jenes, stellte das Gewünschte irgendwo ab, bestand jedoch darauf, dass es in seiner Nähe bleibe. Dann warf er zum Beispiel den Salzstreuer um oder verschüttete Kaffee, weil er während des Essens wild erzählte und gestikulierte, womit er Anna zum Lachen brachte, was wiederum Alma zum Lachen brachte. Oskar war mit allem gleichzeitig beschäftigt und am meisten mit sich selbst. Allerdings sah er sehr genau hin, als Alma den Brief in Empfang nahm. Unter seinen wachsamen Augen verzog sie keine Miene, obwohl sie sofort sah, dass der Brief von Walter war. Sie legte ihn scheinbar achtlos neben ihren Teller und steckte ihn später, als sie vom Tisch aufstanden, unauffällig in ihre Rocktasche.

Oskar verabschiedete sich, um malen zu gehen. Alma versprach, ihm bald zu folgen, um Modell zu sitzen. Dann zog sie sich zurück und riss ungeduldig endlich den Umschlag auf. Sie überflog hastig die Zeilen, die Walter ihr geschrieben hatte, auf die sie so lange warten hatte müssen:

Es ist alles so wirr und durcheinander. Sehnsucht und Enttäuschung, Tag und Nacht, Himmel und Hölle. Ich sehne mich täglich nach Dir, Alma. Und doch soll es nicht sein. Ich habe Dich mit diesem Maler gesehen, ich wünsche Dir alles Glück des Himmels. Mich lässt Du in der Hölle. Dort werde ich bleiben. Vielleicht bringt Dich eine glückliche Fügung irgendwann vorbei. Schreib mir nicht mehr.
Walter

Alma schluckte. Er wusste von Oskar. Dabei war das mit Oskar nichts, was ihre Liebe zu Walter betraf. Das waren zwei Welten, die einander nicht berührten, und zwischen diesen Männern, zwischen dem, was sie für sie fühlte, war ein Unterschied, wie er größer nicht hätte sein können. Sie liebte Walter. Mit ihm hätte sie eine Familie haben wollen, seine Kinder wollte sie bekommen, an seiner Seite leben. Aber warum in aller Welt war er nur so starrsinnig? Es hätte alles einfach sein können, wäre er nicht so eifersüchtig gewesen und hätte er ihr nur ein wenig Zeit gegeben, um nach Gustavs Tod ihre Gedanken und Gefühle zu ordnen.

Vielleicht war sie sogar noch immer nicht wirklich fertig damit. Sie träumte nach wie vor von Gustav, erwachte mitten in der Nacht, war verwirrt und musste sich erst orientieren, das leichte Schnarchen neben sich als Oskars und damit als Zeichen der Realität identifizieren, bevor sie wieder einschlafen konnte.

Warum nur konnte Walter sie nicht verstehen? Plötzlich wurde sie wütend.

Dann würde sie eben mit Oskar leben. Ihn musste sie nicht anflehen, sie zu lieben. Oskar wollte sie auf Händen tragen – ihm war sogar egal, ob sie es wollte oder nicht. Auch wenn er mit seiner Eifersucht dafür sorgte, dass sie immer weniger Kontakt zu ihren Freunden hatte, zu Alban Berg, Arnold Schönberg und den anderen, die ihr fehlten. Wieder schien sie die Musik zu verlieren, wurde die Melodie in ihrem Kopf leiser. Oskar war so viel, so viel Mann, so viel Mensch, so viel Genie, sollte ihr das nicht ausreichen?

Alma legte den Brief in ihren Schreibtisch zu den anderen, die sie von Walter bekommen hatte und die sie immer wieder las, wenn die Sehnsucht nach ihm sie übermannte. Dann stand sie auf, straffte die Schultern und ging hinüber in Annas Zimmer.

In der Tür blieb sie stehen und beobachtete ihre Tochter, wie sie mit ihrem Puppenhaus spielte. Der Vater in Annas Haus saß in einem Sessel, die Mutter sprach mit dem Kind, schickte es ans Klavier, spielte mit ihm zusammen. Es war eine rührende Szene, die Alma nicht unterbrochen hätte, doch Anna schien zu spüren, dass sie beobachtet wurde. Sie sah zu Alma und sprang auf. »Mama!«, rief sie und flog ihr in die Arme. »Spielst du mit mir?«

Alma küsste sie und nickte. »Ja, wir spielen zusammen mit deinem Puppenhaus. Und dann spielen wir zusammen Klavier. Einverstanden?«

Anna grinste und zog sie ins Zimmer.

Später, als sie Oskar im Atelier besuchte, schlug sie ihm vor, für ein paar Wochen dem nasskalten Wiener Frühling zu entfliehen und nach Italien zu fahren. Er jubelte vor Vergnügen, und schon wenige Tage später reisten sie ab, um Venedig, Rom und Neapel zu besuchen. Alma ließ Anna bei ihrer Mutter, auch wenn es ihr schwerfiel, die Kleine so lange nicht zu sehen. In Neapel war das Wetter so angenehm und mild und die Stimmung zwischen ihnen so harmonisch, dass Alma tatsächlich zur Ruhe kam und die Sehenswürdigkeiten der Stadt wie etwa den Dom genießen konnte. Dort wurde eine Ampulle mit getrocknetem Blut des heiligen Generamo aufbewahrt, und wie sie in einem Reiseführer erfuhren, beteten die Neapolitaner dafür, dass es wieder flüssig würde, was Glück bringen sollte. Zwar konnte Alma keine Anzeichen dafür finden, dass die bräunlichen Spuren in der Ampulle in irgendeiner Form flüssig gewirkt hätten, aber vielleicht war noch nicht genug gebetet worden. Oskar zeigte sich verdächtig freundlich und nachgiebig und fiel während der gesamten Heimreise kein einziges Mal vor ihr auf die Knie, um sie zu bitten, ihn zu heiraten, so dass Alma begann, die Zeit der Eintracht zu genießen.

Dass diese Ruhe trügerisch gewesen war, fand sie nach ihrer Rückkehr nach Wien durch Zufall heraus.

Oskar war in seinem Atelier beim Malen, als Alma die Briefe auf dem Schreibtisch sortierte, wie sie es gewohnt war, seit sie nach ihrer Heirat mit Gustav die Haushaltsführung übernommen hatte. Dabei fiel ihr Blick auf ein offiziell aussehendes Dokument. Sie nahm es zur Hand und stellte fest, dass es ein Aufgebot war. Scharf sog sie die Luft ein. Oskar hatte ohne ihr Wissen in Wien die Vorbereitungen für eine Hochzeit eingeleitet. Wut wallte in ihr auf. Was fiel ihm eigentlich ein? Dachte er wirklich, er könne sie überrumpeln? Dass sie ja sagen würde, wenn er sie vor vollendete Tatsachen stellte? Glaubte denn jeder Mann in ihrem Leben, über sie bestimmen zu können? Es war zum Verzweifeln. Würde sie denn nie respektiert werden? Sie kämpfte nun seit Jahren um ihre Selbstständigkeit, darum, als freie Frau gesehen zu werden. Doch Oskar schien das nicht im Geringsten zu interessieren. Sie war verletzt. Wie konnte er ihr das antun? Er hatte eine Grenze überschritten, und das würde sie nicht tolerieren. Noch einmal betrachtete sie das Aufgebot, sah das Ablaufdatum und atmete tief durch.

Sie rief nach Anna. Dann packte sie gemeinsam mit ihrer Tochter und Ida in aller Eile ein paar Sachen zusammen und verließ das Haus, ohne für Oskar eine Nachricht zu hinterlassen.

Sie fuhren in ein Kurhotel, das Alma damals mit Gustav besucht und von dem sie Oskar nie erzählt hatte. Dort blieb sie mit Anna und Ida und versuchte, Abstand zu Oskars Übergriff auf ihre Selbstbestimmung zu gewinnen. Sie genoss die Zeit mit Anna, die mit immer neuem Eifer Wiesenblumen für ihr Hotelzimmer pflückte, und während sie ihre Tochter voller Zärtlichkeit betrachtete, fragte sich Alma, warum sie sich immer von den Männern in ihrem Leben erholen musste, warum es so schwierig für sie war, sie zu lieben.

Nach Ablauf der Frist für die Hochzeit fuhren sie zurück nach Wien.

KAPITEL 34

Wien, August 1913 bis Februar 1914

Lilly konnte kaum aufhören zu kichern, als Alma ihr bei Kaffee und Kuchen von Oskars fehlgeschlagenem Heiratsüberfall erzählte. Dann allerdings wurde ihre Miene ernst: »Und wie lange willst du das noch mitmachen?«

Alma seufzte. »Ich weiß es doch auch nicht. Ich mag seine Gegenwart, daran ist nicht zu zweifeln. Er sprudelt vor Kreativität, er malt wie ein junger Gott …«

»Nicht nur das, nehme ich an«, warf Lilly ein, und Alma bedachte sie mit einem tadelnden Blick.

»… aber es fühlt sich nicht richtig an, ihn zu heiraten«, fuhr sie fort. »Er ist einfach nicht der richtige Mann für mich.«

Lilly sah sie nachdenklich an. »Du hängst immer noch an diesem Berliner Architekten, nicht wahr?«

»Wenn es nur das wäre. Ja, ich hänge an ihm, er geht mir nicht aus dem Kopf. Doch zugleich lässt die Erinnerung an ihn nicht zu, dass ich mich auf etwas anderes einlasse.«

»Auch nicht auf potente aufstrebende Maler«, stellte Lilly fest.

Alma seufzte. Es kam ihr vor, als steckte sie in ihrer Rolle als alleinerziehende Mutter fest. Als wäre ihr jede Möglichkeit, sich selbst zu entwickeln, genommen. Als könnte sie sich selbst nur durch einen Künstler an ihrer Seite ausdrücken. Natürlich redeten die Leute, weil sie so viel Zeit mit Kokoschka verbrachte. Aber das war ihr egal. Sie war immer noch Frau Mahler, Witwe des großen Komponisten. Nachdenklich trank sie einen Schluck Kaffee und erschrak, als Lilly plötzlich in die Hände klatschte.

»Ich weiß, was dir helfen wird, weniger Trübsal zu blasen. Du baust ein Haus.«

Alma sah sie verständnislos an. »Trübsal? Ich glaube nicht, dass das allein mein Problem ist. Und was soll ich mit einem Haus?«

»Hattest du nicht erzählt, dass Gustav einmal ein Grundstück am Semmering gekauft hat?«

»Ja, in Breitenstein. Er wollte dort eine Sommerresidenz bauen, mit einem Gartenhaus zum Komponieren.« Während sie das aussprach, verstand Alma langsam, worauf Lilly hinauswollte. »Du meinst, ich sollte Gustavs Plan in die Tat umsetzen?«

»Du solltest es in Erwägung ziehen, denke ich. Ein Haus zu bauen bedeutet, etwas Eigenes zu erschaffen. Dabei kannst du dich ausleben und alles so machen, wie du es willst. Ganz allein du.« Lillys Augen blitzten unternehmungslustig. »Was meinst du? Fahren wir doch einfach hin und sehen es uns an.«

Das taten sie.

Breitenstein war nicht weit von Semmering gelegen. Beide Orte waren von Wien aus in zwei Stunden mit der Südbahn zu erreichen und hatten sich in den letzten Jahren zu beliebten Erholungsorten der Wiener Gesellschaft entwickelt. In Semmering gab es ein riesiges Kurhotel, viel größer als das in Tobelbad, in dem Alma Walter zum ersten Mal begegnet war.

Breitenstein war etwas kleiner und ruhiger, es gab ein Kurhotel, das sehr gepflegt aussah, vielleicht nicht ganz so mondän wie in Semmering. Aber es war durchaus en vogue, sich dort und in der Umgebung Häuser zu bauen und in der wunderbaren Landschaft dem stickigen Sommer in der Stadt zu entfliehen. Auch Alma tat der Anblick der dunkelgrünen Tannenwälder und des blauen Himmels unglaublich wohl, es war, als atmete sie Ruhe und Frieden ein.

In Breitenstein besahen sie sich das Grundstück, das riesengroß und perfekt für ein Sommerhaus geeignet war. Während Lilly und Alma vor der Wiese standen und beratschlagten, wie das Haus aussehen könnte, kam ein Bauer vorbei und fragte, was sie da trieben.

Lilly erklärte es ihm.

»Na, dann müssen'S eher auf die linke Hälfte von der Wiese planen«, sagte der Bauer. »Die hab ich dem Herrn Operndirektor damals verkauft. Die rechte Hälfte, die gehört mir noch.«

Alma sah die Blumenwiese, dann den Bauern an. Auch die Hälfte der Wiese reichte, um darauf eine sehr komfortable Villa zu bauen. Und je länger sie darüber nachdachte, desto besser gefiel ihr der Gedanke.

»Sie meinen«, Lilly wandte sich dem Bauern zu, »da ist noch ein Grundstück frei?«

»Ja, der Mahler hat damals gemeint, er hätt gern ein Vorkaufsrecht für den Fall, dass er sich ein Komponierhaus bauen wollen hätt, das a bisserl weiter entfernt vom Haus war. Wenn ich richtig verstanden hab, was er gemeint hat.«

Alma nickte langsam. »Ja, ich kann mich daran erinnern. Und das war ganz seine Art, eigens ein Haus zum Komponieren zu planen.«

»Und du als Erbin Gustav Mahlers und dieses Grundstücks,

Alma, möchtest du das Vorkaufsrecht ausüben?« Lillys Ton war fast feierlich.

»Nein, warum sollte ich?«

»Wie wäre es, wenn ich es kaufte, und wir werden Nachbarinnen?«

Alma lächelte. »Das wäre wunderbar.«

Lilly verwickelte den Bauern sofort in ein Verkaufsgespräch, und kurz darauf gehörte das zweite Grundstück tatsächlich ihr.

Und dann bauten sie. Alma beauftragte einen Wiener Architekten, wenngleich sie bedauerte, dass sie den Auftrag nicht Walter geben konnte. Wieder hatte sie ihm geschrieben, ohne jedoch eine Antwort zu bekommen. Sie verbrachte viel Zeit mit der Planung der Villa und dann damit, die Bauarbeiten zu beaufsichtigen. Je weiter der Bau voranschritt, desto stolzer machte er Alma, ja, schon allein die Tatsache, dass sie es sich leisten konnte, dieses Haus zu bauen, erfüllte sie mit Stolz. Im Gegensatz zu Lilly, der als reicher Erbin und Exfrau das Geld einfach in den Schoß gefallen war, hatte Alma es sich hart erarbeitet, auch wenn das kaum jemand wusste. Denn als sie Mahler geheiratet hatte, hatten sich die dunkelsten Warnungen ihrer Mutter und der Freunde bewahrheitet. Mahler war zwar überaus talentiert und hatte eine gute Position inne, allerdings war er tatsächlich verschuldet. In ärmlichen Umständen aufgewachsen, hatte er nie gelernt, mit Geld umzugehen. Auch Alma kam nicht aus reichem Hause, sondern aus einem eher bürgerlichen Künstlerhaushalt, doch sie hatte nie vergessen, wie in ihrer frühen Kindheit das Essen knapp gewesen war und die kleine Familie das Schlafzimmer tagsüber vermieten musste, damit sie über die Runden kamen, bis es Almas Vater endlich gelang, seine Bilder zu verkaufen. Von ihrer Mutter hatte sie das Wirtschaften gelernt, weshalb Gustav ihr die Verantwortung über die Finanzen der Familie nur zu bereitwillig überlassen hatte. Und so war sie bei den Verhandlungen über seine Engagements stets anwesend gewesen, hatte auf den pünktlichen Eingang der Gagen geachtet und es nach und nach geschafft, nicht nur den Schuldenberg abzutragen, sondern auch ein nicht geringes Vermögen aufzubauen. Davon konnte sie nun mit ihrer Tochter anständig leben und ein Haus nach ihren Vorstellungen bauen lassen.

Natürlich hätte sie ohne Gustavs Fähigkeiten und Talent nichts gehabt, mit dem sie hätte wirtschaften können, aber genauso wenig hätte er es eben ohne ihre Unterstützung geschafft, seine Musik an den Mann zu bringen.

Zu Hause in Wien fing Alma an, wieder öfter ihre Freunde zu sehen und hin und wieder einen Salon auszurichten, auch wenn Oskar das missbilligte. Er hätte lieber die Zeit mit ihr allein verbracht, doch sie überzeugte ihn, dass es für ihre eigene und auch seine Inspiration wichtig war, am gesellschaftlichen Leben teilzunehmen. Und damit verschaffte sie sich zugleich den Abstand von Oskar, den sie dringend brauchte.

Und während er inzwischen ein weiteres Bild begonnen hatte, für das sie manchmal Modell saß, *Die Windsbraut*, erkannte Alma langsam, aber sicher, was sie wollte. Oskar war es nicht.

Als das Haus in Breitenstein im Frühling 1914 fertiggestellt war, schrieb sie wieder an Walter. Die letzten Monate über war sie so mit sich selbst und dem Bau beschäftigt gewesen, dass sie keine Zeit dazu gefunden hatte. Vielleicht hatte sie auch einfach Angst gehabt, ihm zu schreiben, wie es ihr ging, hatte es selbst nicht recht gewusst. Doch nun hatte sie endlich einmal wieder selbst etwas auf die Beine gestellt und fühlte sich näher bei sich selbst. Als hätte sie sich wiedergefunden unter all den Trümmern, die ihr Leben waren.

Und so nah Oskar ihr in manchen Momenten auch gewesen sein mochte, der ständige Streit, die lauten Worte, die überschäumenden Gefühle hatten ihren Tribut gefordert. Um sich selbst wieder zu fühlen, sich zu finden, hatte sie sich von ihm distanzieren müssen. Und nun spürte sie umso stärker die Lücke, die Walter in ihrem Herzen hinterlassen hatte. Der Mann, der ihr gezeigt hatte, dass sie mehr war als Frau Mahler. Bei dem sie das Gefühl gehabt hatte, eine freie Frau an der Seite eines erfolgreichen Mannes sein zu können. Der sie und ihre eigene Kunst gefördert hätte, mit dem sie ihre eigenen Talente und die seinen entdecken und ausleben hätte können.

Sie schrieb Walter von dem Haus in Breitenstein, dass sie es ihm gern zeigen und seine Meinung dazu hören wolle. Und dass sie zu sich gefunden habe, reifer sei, freier.

Nun weiß ich, dass ich nichts mehr suchen muss, denn ich habe alles gefunden, was ich brauche. Und wenn Du nichts anderes von mir willst, so biete ich Dir meine Freundschaft. Ich möchte so gern mit Dir sprechen, Dir beweisen, dass ich nur auf Dich warte, nur von Dir träume und nur an Dich denke. Ich glaube, Menschen wie wir, die zusammen so Schö-

nes erlebt haben, die sollten sich nicht verlieren. Komm her,
wenn es Dir Freude macht und Du die Zeit aufbringen kannst.
Ich warte auf Dich.
Deine Alma

KAPITEL 35

Breitenstein / Wien, August 1914

Alma beschloss, dass es eine weitere große Veränderung in ihrem Leben geben müsse. Sie wollte die Wohnung in der Pokornygasse kündigen, so angenehm die Nähe zum Haus ihrer Mutter und des Stiefvaters auch gewesen sein mochte, nun war es für sie und Anna an der Zeit, weiterzuziehen. In der Elisabethstraße im ersten Bezirk fand sie eine Zehn-Zimmer-Wohnung, die in der Nähe der Oper lag, sehr zentral, und die sogar einen Telefonanschluss hatte. Was für ein Luxus! Aber Alma wollte mit der Zeit gehen. Außerdem – hatte nicht Walter auch einen? Wie es wohl wäre, seine Stimme einmal zu hören?

Den Sommer verbrachte Alma mit Ida und Anna in Breitenstein, sie genossen herrliche Tage an der frischen Luft, und wenn Alma nach Gesellschaft war, traf sie entweder Lilly, die nun ihre Nachbarin geworden war, oder sie ging ins Kurhotel auf einen Kaffee oder einen Tanz. Und je mehr Zeit sie ohne Oskar verbrachte, desto sicherer war sie sich, dass es die richtige Entscheidung war, sich von diesem Mann loszusagen und ihren Weg als selbstständige Frau weiterzugehen. Allein der Gedanke an Walter ließ Alma nicht los, sie schrieb ihm weiterhin Briefe, die er jedoch nicht beantwortete. Sie hoffte, dass er sie wenigstens las.

Bei einem ihrer Aufenthalte in Wien ging Alma mit Lilly zu einer Einladung im Haus von Karl Reininghaus, einem Industriellen, Brauereibesitzer und Mäzen, der unter anderem Gustav Klimt förderte, der ebenfalls anwesend war. Mit Josef Strzygowski, dem Kunstforscher, fanden sie sich in einer Viererrunde zusammen und ließen alte Zeiten aufleben. Alma fühlte sich sofort geborgen. War es früher nicht immer so gewesen? Sie mitten unter den Künstlern, Malern, Komponisten Wiens als gleichwertiges Wesen. Sie sprachen auch über Mahler, was in Alma ein wenig Wehmut aufkommen ließ, als Strzygowski sagte: »Mahler war ja immer menschlich in allem, was er sagte. Er war nie nur logisch, er zeigte Gefühl. Und wenn Sie, liebe Alma, mit ihm waren, dann war es, als wäre er heller, leuchtender. Sie dürfen nicht vergessen, wie groß Ihr Anteil an seinem Werk ist.«

Sie fühlte, wie sich ihre Wangen vor Freude röteten. Denn natürlich wusste sie genau, wie sehr sie Mahler in seinem Schaffen unterstützt und immer wieder von Neuem inspiriert hatte – das aber von jemandem bestätigt zu finden, dem die Materie vertraut war, war eine besondere Freude.

Wenige Tage später ging sie zu ihrer Mutter, wo auch Gustav Klimt und der Künstler Koloman Moser zu Besuch waren. Sie saßen im Moll'schen Garten; obwohl die Sonne schon untergegangen war, blieb der Abend lau und angenehm. Und während Alma noch darüber nachdachte, wie es sich für sie anfühlte, ihren einstigen Geliebten Klimt wiederzusehen, der inzwischen deutliche Spuren des Alters trug, diskutierte die Runde, was gerade in Sarajevo geschehen war: Franz Ferdinand, der österreichische Thronfolger, und seine Frau Sophie waren bei einem Anschlag in der bosnischen Stadt ermordet worden.

Ihr Stiefvater ergriff das Wort. »Ich bin der Meinung, dass

wir in Serbien hart durchgreifen müssen«, sagte Carl Moll, und die anderen Männer nickten. »Es geht nicht, dass diese Bande von Mördern einfach davonkommt.«

»Stand in der Zeitung nicht, der Attentäter, wie hieß er noch … Princip oder so ähnlich … sei längst gefasst worden?«, warf Alma ein.

»Das ist er«, erklärte Klimt. »Aber es gibt eine ganze Geheimorganisation, die hinter ihm stand. Die Schwarze Hand nennen sie sich.«

»Die müssen natürlich alle gefangen werden, das ist richtig.«

»Das ist mehr als einfach nur richtig, mein Kind. Es ist notwendig, um den Frieden wieder herzustellen. Nur leider blockiert die bosnische Regierung eine polizeiliche Untersuchung.«

Alma sah Klimt überrascht an. »Das dürfen sie?« Fast hätte sie über die väterliche Art geschmunzelt, mit der Klimt sie anredete. Dabei war sie eine erwachsene Frau. Als er ihr noch den Hof machte, war ihm der Altersunterschied offensichtlich weniger aufgefallen, denn damals war sie erst siebzehn Jahre alt gewesen.

Carl Moll schüttelte energisch den Kopf. »Das ist ja eines der Probleme. Natürlich dürfen sie es nicht, aber sie weigern sich, zu kooperieren. Vermutlich sind sie sich der serbischen und damit der russischen Unterstützung sicher.«

»Ach geh«, sagte Klimt, »wir sollten durchgreifen. Das sind praktisch Barbaren, nicht einmal zehn Jahre ist es her, dass sie sich von der osmanischen Herrschaft befreit haben. Dankbar sollten sie sein, dass Österreich-Ungarn ihnen nun die europäische Kultur und Zivilisation ins Land bringt.«

»Ich denke, es wird nicht lange dauern, bis es losgeht«, sagte Koloman Moser bedächtig, der bisher ganz still dagesessen hatte. »Ich habe vorhin im *Abendblatt* gelesen, dass der deutsche Kaiser Wilhelm unserem Kaiser Franz Joseph eine Art Blankoscheck gegeben hat.«

Ins aufkommende beifällige Gemurmel der Männer hinein fragte Alma: »Wie meinen Sie das?«

Klimt ergriff wieder das Wort. »In diesem Fall heißt es, dass uns der deutsche Kaiser seine Unterstützung zugesagt hat, ganz gleich, was passiert.«

Einen Moment lang war es so still, dass man das Knistern der Glut hören konnte, als Klimt an seiner Zigarre zog.

»Also wird es Krieg geben?« Das erste Mal an diesem Abend meldete sich ihre Mutter zu Wort. Sie klang ängstlich, wunderte sich Alma. Bei den Männern hatte sie bisher nur Zuversicht gespürt, ja, die pure Überlegenheit hatte aus ihren Worten gesprochen.

»Es ist unabdingbar, dass der Kaiser hart durchgreift, um die Bestrebungen Serbiens, einen großslawischen Staat zu schaffen, zu beenden. Man stelle sich nur vor: Wenn jede Volksgruppe ihren eigenen Staat hätte, wie weit würde uns das zurückwerfen. Und was würde aus Österreich-Ungarn werden? Es gibt jetzt schon immer wieder Schwierigkeiten mit den Ungarn. In Budapest würde man das als Einladung ansehen, die Abspaltung zu betreiben.«

»Also wird es Krieg geben?«, wiederholte Alma die Frage ihrer Mutter, denn sie hatte darauf keine Antwort gehört.

»Ja«, sagte Klimt und zog noch einmal an seiner Zigarre. Dann stieß er den Rauch aus, sah der Wolke hinterher und sagte: »Es wird vielleicht sogar ein Weltkrieg sein. Aber wir werden unser Land und unsere Werte verteidigen. Und wir werden unsere Macht ausweiten.«

Alma wandte sich ihrer Mutter zu und erkannte, wie besorgt sie war. Musste auch sie, Alma, sich Sorgen machen? Sie schob den Gedanken beiseite. Krieg, so viel wusste sie, bedeutete Tod und Verzweiflung und immer Stillstand in der Kultur, auch wenn ihr Stiefvater und seine Freunde das anders sehen mochten. Am liebsten hätte sie nichts mehr gehört von Krieg. Tote hatte es in ihrem Leben mehr als genug gegeben. Warum um Himmels willen hießen diese Männer das Gerede von Krieg gut, wenn es doch nur noch mehr Tote geben würde? Andererseits hatten sie sich so zuversichtlich, so siegesgewiss angehört, und vielleicht würde doch alles gut gehen.

Und so beschloss Alma, dass sie Politik und Krieg ignorieren würde, soweit es ihr möglich war.

KAPITEL 36
Berlin, Juli/August 1914

Der Sommer in Berlin war traumhaft. Die Sonne schien, es war warm, die Menschen verbrachten so viel Zeit wie möglich draußen, tanzten, lachten, feierten.

Seit etwas über einem Jahr wohnte Walter nun im Stadtteil Tiergarten in einer repräsentativen Wohnung mit fünf Zimmern, von denen eines als Arbeitszimmer von ihm und seinem Kollegen Adolf Meyer genutzt wurde. Ein weiteres hatte er für seine neuen Mitarbeiter eingerichtet, denn das Geschäft lief so gut, dass er mehrere junge Architekten hatte einstellen können. Er hatte alles sehr ansprechend eingerichtet, modern und funktional, und doch machten die Räumlichkeiten etwas her, wenn einmal ein Auftraggeber zu einem Termin kam und im Salon empfangen wurde. Diese Synthese von Funktionalität und Schönheit strebte Walter in allem, was er gestaltete, an, zuletzt bei den Arbeiterunterkünften, die er letztes Jahr in Ostelbien realisiert hatte. Stets legte er Wert darauf, dass bei seinen Bauten Praktisches und Ästhetisches Hand in Hand gingen. Außerdem versuchte er dabei, seine Idee der wiederkehrenden Planung weiterzuentwickeln, die er in seinem Konzept für die Arbeiterwohnungen für Behrens zum ersten Mal formuliert hatte, auch wenn sie leider nicht umgesetzt worden war. Nun entwarf er mit seinen Mitarbeitern drei Haustypen, die an die grundlegenden Bedürfnisse ihrer Bewohner angepasst waren. Bei einem Projekt in Frankfurt an der Oder konnte das Konzept dann endlich verwirklicht werden: Vierundvierzig Häuser in drei verschiedenen Typen wurden gebaut. Der Bauherr war hochzufrieden, weil durch die Normierung der Arbeitsschritte nicht nur die Kosten für Baustoffe gesenkt, sondern auch die Bauzeit reduziert werden konnte.

Danach war das Fagus-Werk entstanden, auf das er immer noch stolz war. Die klare Fassade aus Glas, Stahl und Ziegeln setzte einen klaren Gegenpol zu dem in der Architektur immer noch verbreiteten Jugendstil, mit dem Walter nichts anzufangen wusste. Er hatte immer das Gefühl, von all den Schnörkeln und Verzierungen vom Wesentlichen abgehalten zu werden. Osthaus hatte vor einigen Jahren dafür gesorgt, dass Walter in den Deutschen Werkbund, eine Vereinigung von Künstlern, insbesondere Architekten, und Vertretern der Wirtschaft, aufgenommen wurde, und hier fand er Gesinnungsgenossen, die ebenso zukunftsorientiert dachten wie er und die zudem solide und vermögend genug waren, um gute Ideen auch umzusetzen.

Walter hatte in den letzten Jahren einige Artikel beitragen können, und nun stand etwas wirklich Großes an: ein Bürogebäude auf dem Ausstellungsgelände des Werkbunds in Köln. Bei dieser Ausstellung konnten Architekturbüros aus dem gesamten deutschsprachigen Raum ihre Entwürfe in Originalgröße zeigen. Seit Monaten waren sie mit der Planung beschäftigt. Walter hatte durchgesetzt, dass statt mit billiger Holzständerbauweise, die sonst bei diesen temporären Gebäuden, die eigens für die Messe errichtet wurden, üblich war, mit wertigen Materialien, also Stein, Stahl und Glas, gebaut wurde, denn seine Gebäude sollten so authentisch wie beständig sein.

Walter war einunddreißig Jahre alt, und er fühlte sich bereit, der Welt zu zeigen, was er konnte. Sein Entwurf war wuchtig und filigran zugleich. Dachaufbauten machten ihn hochmodern, das hatte man bisher kaum gesehen. Walter hatte oben auf das rechteckige Gebäude drei flache Quader gesetzt, die Licht in das Haus ließen und gleichzeitig die monumentale Erscheinung des Baus auflockerten. Glasfassaden gliederten das Gebäude, gaben ihm eine einzigartige Struktur. Es erinnerte an einen altägyptischen Tempel und wirkte gleichzeitig ultramodern.

Die Ausstellung des Werkbunds war im Mai eröffnet worden. Hermann Muthesius, der Präsident des Werkbunds, hatte zur Eröffnung eine Liste von Leitlinien herausgegeben. Und obwohl Walter selbst an das Potenzial von Typen in der modernen Architektur glaubte, also Protobauten, die nachgebaut werden konnten, fand er, dass die in diesem Programm geforderte generelle Typisierung zu weit ging. Und während Meyer und die anderen Mitarbeiter damit beschäftigt waren, weitere Prototypen für Wohnprojekte zu entwickeln, hatte Walter es sich zum Ziel gesetzt, innerhalb des Werkbunds die Diskussion mit Muthesius zu suchen. Zusammen mit einigen Verbündeten trat er für eine künstlerische Freiheit ein, die die Typisierung miteinschlösse, sie aber nicht über alles setzte, was bei einer Versammlung fast zur Absetzung von Muthesius geführt hätte. Schließlich einigte man sich, aber da Walter und seine Mitstreiter sich als besonders innovativ hatten präsentieren können und dabei zugleich als Verteidiger der Schönheit, wurde Walter in den Vorstand des Werkbunds gewählt. Es war ein Triumph für ihn, ein Meilenstein in seiner Karriere, den er, wie er merkte, gern mit Alma geteilt hätte. Er erinnerte sich noch genau, wie sie ihn bei seinen Ausführungen über moderne Architektur stets auf die ästhetischen Fragen hingewiesen hatte. Der Gedanke gab ihm einen Stich, was er sogleich zu verdrängen versuchte.

Aber dann war am 1. August der Krieg ausgebrochen und die Ausstellung in Köln vorzeitig für beendet erklärt worden. Die Ausstellungsgebäude in Köln waren vom Militär beschlagnahmt worden. Walter verstand, dass es nötig war. Er kannte den Schlieffen-Plan, er wusste, dass der Westen durch eine schnelle militärische Offensive in Frankreich unterworfen werden sollte, noch bevor Russland in der Lage wäre, seine Armee nach Serbien zu ziehen.

Der bevorstehende Krieg versetzte ihn in eine euphorische Aufregung, er hatte das Gefühl, diese Auseinandersetzung auf dem Schlachtfeld böte ihm einen Neuanfang, etwas wie eine natürliche Fortsetzung seines Erfolgs. Endlich könnte er dazu beitragen, Deutschland zu der Größe zu verhelfen, die es verdiente. Natürlich hatte er beruflich große Erfolge gehabt in den letzten Jahren, und er wäre diesen Weg gern einfach weitergegangen. Aber sein Herz, seine Seele, sein Innerstes hatte eine junge Österreicherin gebrochen. Und es sah nicht so aus, als würde es in absehbarer Zeit heilen.

Als Walter vom Kriegsbeginn gehört hatte, hatte er sofort ein Telegramm an seine Einheit bei den Wandsbeker Husaren geschickt, das Regiment, bei dem er vor zehn Jahren seine militärische Ausbildung absolviert hatte, bei dem er den Rang eines Feldwebels erlangt hatte. Die Uniform hing in seinem Schrank bereit, die Stiefel waren poliert, als hätten sie die letzten Jahre nur auf diesen Tag und diesen Einsatz gewartet. In Walters Bauch machte sich eine unvergleichliche Aufregung bemerkbar. Er wollte ein großer, ein großartiger Architekt sein, und er war auf dem besten Weg dahin. Aber da war noch der andere Traum, der ihm, wie so vielen Männern seiner Generation, innewohnte: Er wollte alles, was er zu geben vermochte, für sein Vaterland opfern, wollte ein Held sein, indem er dafür einstand, woran er glaubte. Und so meldete er sich freiwillig zum Kriegsdienst, informierte Meyer darüber, dass das Büro für Design für unbestimmte Zeit geschlossen sei, und schickte seiner Mutter, die am Timmendorfer Strand im Ferienhaus der Familie weilte, ein Telegramm:

Heute Abend Abmarsch Frankreich, beste Stimmung. Tausend Grüße. Adresse so bald wie möglich.

Während er schrieb und dann einige Dinge in eine kleine Reisetasche packte, konnte Walter vom Ku'damm die Parade hören. Hunderte Soldaten marschierten dort, gestern hatte er noch selbst der Parade beigewohnt, die vom Stadtschloss zum Brandenburger Tor geführt hatte. Überall auf den Straßen traf man Soldaten, Freiwillige, die lachten und scherzten und sich in freudiger Erwartung aufmachten, den »Franzmännern« zu zeigen, wo der Hammer hing. Walter hatte sich keine Sekunde darüber Gedanken machen müssen, ob er in den Krieg ziehen wollte oder nicht. Es war sofort und ohne Zögern klar gewesen. Und so ging es vielen seiner Freunde und Bekannten. Alle freuten sich auf das, was bevorstand, auf die Erneuerung, die stattfinden würde, auf die Energie, die man jetzt schon spürte.

Walter selbst hörte, wie sehr ihn dieses Abenteuer rief. Endlich würde er sich beweisen können, für etwas, das größer war als alles bislang Dagewesene.

Und schon am nächsten Tag fuhr er mit dem Zug nach Hamburg, um sich dort bei den Wandsbeker Husaren zu melden. Nach dem Abitur in Berlin war Walter zuerst unsicher gewesen, was er nun machen wollte. In den Schulferien war er oft bei seinem Onkel gewesen, dem ein großes Landgut gehörte, wo Walter seine Begeisterung für das Reiten entdeckt hatte. Von seinem Onkel hatte er auch gelernt, wie man mit einer Waffe auf Hasen schoss, und auch den einen oder anderen Wildbraten hatte er dort erlegt, obwohl er nicht viel älter als ein Junge gewesen war. All diese maskulinen Tugenden hatten großen Reiz auf ihn ausgeübt, ebenso wie die militärische Haltung des Onkels, der ihn wie einen Sohn behandelte. Ihm nacheifernd, hatte Walter schließlich beschlossen, dass er die Grundausbildung bei den Husaren in Wandsbek machen wollte. Da er das Abitur hatte, durfte er seinen Wehrdienst innerhalb eines Jahres ableisten, was ein Glück war, denn der Aufenthalt in Hamburg, die wunderschöne Uniform, das Pferd, die Stiefel und all die anderen Ausgaben, die dieses Unterfangen mit sich brachte, waren teuer gewesen. Immer wieder hatte er die Mutter um weitere Finanzspritzen anbetteln müssen, damit nicht auffiel, was für einen bürgerlichen Hintergrund er zwischen all den anderen Soldaten, die aus dem Adel oder aus sehr vermögenden Familien stammten, hatte. Doch die Stärke, die er durch die Ausbildung erlangte, die Zeit mit den Pferden, das Kameradentum, all das machte die Anstrengung und die Kosten wett. Zumindest hatte er sich das eingeredet, denn es war eine Herausforderung gewesen, unter all den Hochwohlgeborenen seinen Mann zu stehen. Aber er hatte es geschafft. Und nun war es ihm gelungen, trotz seines jungen Alters zu den besten deutschen Architekten gezählt zu werden. Er fuhr mit einer anderen Haltung nach Hamburg als damals, als er abgereist war, nachdem seine Grundausbildung beendet gewesen war. Damals war er fast noch ein Junge gewesen, nun war er ein Mann. Aufgeregt zwar, sein Herz schlug bis hinauf in den steifen Kragen der Uniform, doch gereift. In den Gesichtern der Kameraden in der Kaserne erkannte er dann, was er selbst fühlte: eine ungeheure Aufregung, die Erwartung eines kurzen Feldzugs, eines schnellen Siegs lag in der Luft. Für einen Moment fröstelte Walter trotz der Sommerhitze, konnte sich der Frage nicht erwehren, ob dieser Krieg wirklich eine gute Idee sei. Er würde Menschenleben kosten, nicht nur auf der Seite der Franzosen. Er fühlte, wie sich Druck auf sein Herz legte, die Geräusche um ihn herum wurden leiser, sein Hals wurde eng, der dringliche Wunsch ergriff ihn, nach Hause zu fahren. Aber das war keine Option, nicht für einen Mann, wie er es sein wollte. Walter atmete tief durch, bis die Enge in seiner Brust nachließ, er wieder atmen konnte. An das, was passieren konnte, durfte man nicht denken, wenn man in den Krieg zog. Daran nicht.

Noch am Abend stieg der Vizefeldwebel Gropius mit seinen ehemaligen und neuen Kameraden in den Zug ins achthundert Kilometer entfernte Lothringen. Anders als die einfachen Soldaten, die in ihren feldgrauen Uniformen mit den roten Nähten in den Güterabteilen fuhren, hatte es Walter bequem im Abteil mit den anderen Offizieren. Er strich über die blau melierten Hosen, rückte die Uniformjacke in schimmerndem Dunkelblau zurecht, die mit weißen Schnüren besetzt war und seine Erscheinung, wie er selbst fand, eindrucksvoll wirken ließ. Die Zeit für Helden war angebrochen. Er betrachtete die vor dem Fenster dahinziehende Landschaft, lauschte den Gesängen und Hurra-Schreien aus den Güterabteilen und verfasste einen Brief an seine Mutter.

Ganz bestimmt, schrieb er, *sind wir spätestens zu Weihnachten wieder zu Hause. Und dann feiern wir unseren Sieg!*

Im Stillen betete er, dass er recht behielte.

KAPITEL 37
Wien, September 1914

Es war ein wunderschöner Septembervormittag, der Himmel blau, die Luft klar. Doch Almas Stimmung wollte so gar nicht dazu passen. Sie hatte schlecht geschlafen und litt noch immer unter einer bösen Erkältung, die Anna und sie sich eingefangen hatten, vielleicht auf dem Breitenstein. Sie hatte Kopfschmerzen, und selbst die neue Wohnung konnte ihre Laune nicht heben.

Mit der Morgenpost war ein Brief aus Berlin angekommen, aber natürlich nicht von Walter, sosehr sie das auch für ein oder zwei innige Sekunden gedacht haben mochte. Arnold Schönberg hatte geschrieben. Alma stand in regelmäßigem Briefkontakt mit ihm, seit er nach Berlin gezogen war, und noch mehr, seit sie dafür gesorgt hatte, dass die Gustav-Mahler-Stiftung ihn monatlich mit fünfhundert Kronen unterstützte. Doch was sie heute lesen musste, beunruhigte sie sehr.

Liebe, verehrte Freundin,
meinen allerherzlichsten Dank für all Deine Liebenswürdigkeit, und den meiner Frau dazu. Ich hoffe sehr, dass wir Deiner Einladung nachkommen können, im Moment sieht es allerdings nicht danach aus. Ich muss damit rechnen, bald zum Kriegsdienst eingezogen zu werden, in den Landsturm. Wäre ich allein, hätte ich mich natürlich längst freiwillig gemeldet. Doch bin ich das nicht, ich muss an meine Familie denken und

wie ich sie versorgen kann. Darf ich Dich also fragen, ob die Gelder der Mahler-Stiftung auch im Kriegsfall regelmäßig jeden Monat bezahlt werden und ob sie an meine Frau geschickt werden könnten? Und wäre es für die verbleibende Zeit der Zuwendung möglich, dass meine Frau, sobald ich eingezogen werde, sofort die monatlichen Bezüge bekommen könnte, obwohl eine Auszahlung ja erst im Oktober wieder ansteht? Es tut mir so leid, dass ich Dich damit belästigen muss. Aber wenn man damit rechnet, in den Krieg zu ziehen, will man seine Angelegenheiten regeln und die Familie, so gut es geht, versorgt wissen.

Es kommt mir alles so unwirklich vor, ich kann gar nicht glauben, dass nun Krieg ist. Und doch merke ich jeden Tag, dass es so ist. Die wenigen Schüler, die ich hatte, wurden eingezogen und sind schon an der Front. Die Zahlungen, die mir eigentlich aus London zustehen, sind eingefroren, seit England im August in den Krieg eingetreten ist. Ich habe kein Einkommen mehr, gar keines.

Denkst Du, liebe Alma, Du findest irgendeinen reichen Gönner, der mir wenigstens einen Teil der Summe monatlich zahlt? Am besten durch Überweisung auf mein leeres Konto bei der Deutschen Bank-Filiale in Berlin, Steglitz, da die Post Geld nicht mehr befördert. Vielleicht sollte ich besser nach Wien zurückkommen, obwohl ich das ja nicht wollte. Aber vielleicht kennst Du dort jemanden, der eine bezahlte Arbeit für mich hätte? Ich bin zu allem bereit, zu Büroarbeit oder was auch immer es sein mag. Zu allem.
Dein ergebener
Arnold Schönberg

Alma ließ den Brief sinken und rieb sich über die schmerzende Stirn. In was für Zeiten lebte sie nur? Musste wirklich alles so furchtbar, so zerstörerisch sein, damit etwas Neues sich entwickeln könne? Sie hatte gelesen, dass manche Philosophen diese Theorie vertraten. Aber selbst wenn es so war, warum musste ein so begabter Dirigent und Komponist wie Arnold Schönberg jeder Lebensgrundlage beraubt werden? Musik, Kunst, das Schöne – das war es doch, was gerade in den dunklen Stunden wichtig war und von den hellen Seiten des Lebens zu künden wusste. Und doch spielte es auf einmal keine Rolle mehr.

Es war klar, dass sie Schönberg helfen würde. Er wusste das genauso gut wie sie selbst, andernfalls hätte er sich wohl kaum getraut, sie so offen zu bitten. Und selbst wenn er nicht ihr Freund gewesen wäre, seit sie ihn damals bei Zemlinsky kennengelernt hatte und von seinem wachen Geist und seiner spitzen Zunge sofort begeistert gewesen war, hätte sie ihn Gustavs Andenken zu Ehren unterstützt. Denn auch ihr Mann hatte Schönbergs Genie erkannt und ihm, wo auch immer es ihm möglich gewesen war, geholfen. Irgendwo hatte Alma sogar noch zwei oder drei Bilder, die Gustav ihm anonym abgekauft hatte, ohne zu wissen, ob sie je etwas wert sein würden.

Sie musste sich also darum kümmern, wie sie Geld nach Berlin senden konnte, und zwar so, dass es möglichst bald und sicher ankäme. Und als Nächstes um die Frage, wo Schönberg mit Frau und Kindern in Wien unterkommen könne.

Sie erhob sich, es war einiges zu tun.

Einige Tage später erreichte sie der nächste Brief aus Berlin, wieder von Schönberg, in dem er sich für das Geld bedankte, das sie ihm hatte senden können. Sie nahm erleichtert zur Kenntnis, dass die Sendung mit der Post funktioniert hatte. In seinem Brief schrieb Schönberg auch von seinem Bedauern, Künstler zu sein, den schlaffen Körper eines Schreibtischmenschen zu haben und nicht recht zum Soldaten zu taugen. Unwillkürlich musste Alma an Walter denken, der zwar ebenfalls ein Schreibtischmensch war, aber wahrlich keinen schlaffen Körper hatte. Ob er sich schon zum Dienst gemeldet hatte? Sie wusste, wie stolz er auf seine militärische Ausbildung war. Vielleicht sollte sie nach Berlin fahren. Sie könnte Schönberg die nächste Rate seines Stipendiums überbringen und vielleicht sogar Walter treffen.

KAPITEL 38

Lothringen, November 1914

Liebe Mutter,
wir sind vorangestürmt, als gäbe es keine Franzosen in Frank-
reich, und haben mit Champagner auf den nächsten Angriff
angestoßen.

Zu gern würde ich Dir das Eiserne Kreuz zeigen, das ich
Ende September verliehen bekommen habe. Ich stehe hier mei-
nen Mann, so viel kann ich Dir versprechen. Vorher war ich
mir nicht sicher, ob ich mich bewähren würde, nun weiß ich,
dass ich es kann, dass ich den Herausforderungen des Krieges
gewachsen bin. Dabei ging mir zunächst alles so leicht von
der Hand. Ich fühlte mich besser als je zuvor, kein Durchfall,
keine Erkältung plagte mich, im Gegensatz zu manch anderem
Soldaten, von denen schon zu viele die Lazarette füllen.

Aber nun ist alles anders, der Vormarsch ist gestoppt. Wir
liegen seit Tagen an derselben Stelle im Feuer, Gräben sind
ausgehoben worden, und ich weiß, dass es auf der Seite un-
serer Gegner genauso aussieht. Zwischen den Gräben ein
Niemandsland, ein Streifen brauner Erde, der öd und voll
verschossener Munition daliegt und den doch jede Seite unbe-
dingt erobern möchte. Darüber hängt der Geruch von Tod und
Blut, er fährt einem in die Nase und unter die Haut.

Mein Pferd ist schon lang verschwunden, ich darf gar nicht
darüber nachdenken, ob es die Soldaten vielleicht aufgeges-
sen haben. Es war ein treuer Kamerad, und der Gedanke

schmerzt. Und nun sitzen wir hier fest. Das weiche Bett habe ich mit einer Erdhöhle getauscht, die Gesänge der Soldaten, die siegessicher lachten, wurde abgelöst vom andauernden Donnern der Geschütze, die in einer solchen Geschwindigkeit gezündet werden, dass man die einzelnen nicht voneinander unterscheiden kann. Und sobald das Trommelfeuer der Waffen einmal Pause macht, hört man die Schreie der Verwundeten, die ihrem Verderben entgegengehen. So viele Menschen sind in dieser kurzen Zeit schon gestorben, es wird mir angst und bange. Es fühlt sich unwirklich an nach den Wochen, in denen es so aussah, als würden wir nur einen Wimpernschlag brauchen, um Paris einzunehmen, um Frankreich zu besiegen. Als wäre alles ganz einfach. Doch nun verstehe ich, dass es nicht so ist. Die Realität ist bitter, grausam und kalt ist das Dasein hier auf diesem Schlachtfeld.

Ich hoffe, um Weihnachten herum einen Fronturlaub genehmigt zu bekommen, und hoffe, Dich dann in Berlin zu sehen. Ich will endlich wieder als Architekt arbeiten, wenn dieser elende Krieg nur bald vorbei ist.

Bis bald, liebe Mutter, bleib wohlauf und schreib mir!
Dein Walter

KAPITEL 39
Wien, Herbst 1914

Alma sehnte sich nach Walter, wie gern hätte sie ihn wiedergesehen. Auf ihre drei letzten Briefe hatte er nicht geantwortet, aber das hieß schließlich nicht, dass er mit dem nächsten
ebenso verfahren würde. Wenn es eines gab, dessen sie sich
gewiss war, dann die Überzeugung, dass sie mit diesem Mann
mehr verband als ein kurzer Flirt während ihres Kuraufent-
halts. Schon vier Jahre war das her, und an ihren Gefühlen
hatte sich nichts geändert. Walter war anders als alle Männer,
die sie zuvor gekannt hatte, auch anders als die, die sie seither kennengelernt hatte. Er strahlte Größe und Aufrichtigkeit
aus, und obwohl er bei ihrer Begegnung erst am Anfang seines
Wegs stand, ruhte er so in sich, als wäre er schon ein welt-
berühmter Architekt. Und er gab ihr etwas, wovon sie bis zu
diesem Moment nicht gewusst hatte, dass sie es suchte: das
Gefühl, sie selbst zu sein.

Ein anderer Brief traf ein, von dem Komponisten Hans Pfitzner. Er war ein Freund Mahlers gewesen, und Alma hatte ihm
schon einmal dabei geholfen, für eine seiner Opern Förderer zu
finden. Nun bat er von Neuem um ihre Unterstützung für ein
Werk, das er *Palestrina* nennen wollte. Dabei ging es einerseits
um finanzielle Hilfe, aber er wolle auch ihre Meinung hören,
wie er schrieb, ersuche sie um ihren Rat, was das Arrangement
der Oper betreffe. Sie hatte ihm ihre Hilfe versprochen, und so
kündigte er nun seinen Besuch in Wien an.

An besagtem Tag allerdings lag Alma mit einer Halsentzündung und Fieber im Bett und konnte ihn nicht vom Bahnhof abholen. Sie ließ ein Zimmer für Pfitzner im Grand Hotel reservieren, schickte einen Droschkenkutscher mit einer Nachricht an den Bahnsteig und hoffte, ihn dann am nächsten Tag empfangen zu können. Allerdings hatte sie die Rechnung ohne Pfitzner gemacht, der Oskar in Sachen Exaltiertheit in nichts nachstand. Alma war gerade eingeschlafen, als das Mädchen an ihre Tür klopfte und aufgeregt berichtete, ein Herr mitsamt Gepäck sei angekommen und ließe sich nicht überzeugen, dass die gnädige Frau ihn nicht empfangen könne. Alma stöhnte, aber da sie diesen sturen Mann kannte, gab sie nach.

»Richte bitte eins der Gästezimmer her«, bat sie das Mädchen, »und dann bring einen Tee und etwas zum Essen in den Salon, Herr Pfitzner wird nach der Zugfahrt hungrig sein.«

Sie stand auf, kleidete sich an und ging dann hinüber in den Salon. Da stand er, der Pfitzner. Sein dunkelblondes Haar fiel ihm in etwas zu langen Strähnen in die Stirn, wobei ihm die kleine runde Brille auf der großen Nase ein strenges Aussehen verlieh. Dennoch war er für seine fünfundvierzig Jahre sehr ansehnlich.

»Alma!« Sein Ton war etwas theatralisch, er breitete die Arme aus und sank ihr dann zu Füßen, ergriff ihre Hand und küsste sie. »Ich habe fast erwartet, du würdest dich verleugnen lassen.«

Alma musste lachen. »Ach geh, Hans. Du weißt doch, dass ich das nicht täte. Ich lag im Bett, es ist mir nicht gut.«

»Aber du siehst aus wie das blühende Leben, Alma. Ich

glaube dir kein Wort. Du wolltest mich nicht sehen. Und ich bin den ganzen Weg von Straßburg bis nach Wien gefahren, nur für dich.« Er erhob sich immerhin, und Alma wollte auf dem Sofa Platz nehmen; ein bisschen Tee und etwas zu essen würden auch ihr guttun.

»Aber wo willst du denn hin?«, sagte Hans. »Ich muss dir etwas vorspielen. Wo ist dein Klavier?«

Und dann spielte Pfitzner Alma seine Ideen für eine neue Oper vor.

Am Abend, nachdem Anna ins Bett gebracht worden war und sie diniert hatten, nahm Alma mit Pfitzner auf dem Sofa im Salon Platz. Pfitzner, der sie schon den ganzen Tag über mit Komplimenten bedacht hatte, nahm ihre Hand, während er weiter über seine Zeit in Straßburg plauderte. Was er erzählte, war interessant, Alma fühlte sich gut unterhalten, die Kopfschmerzen hatten etwas nachgelassen, und so ließ sie ihn gewähren. Aber dann sank Pfitzners Kopf auf ihre Schulter, schließlich noch tiefer, so dass er auf ihrem Dekolleté lag. Wie sollte sie reagieren? Alma fühlte sich frei, Kokoschka hatte sie schon lange nicht gesehen, und sie wollte ihn auch nicht mehr sehen. Sie war ungebunden, Pfitzner war es auch. Was sie hier taten, war nicht schicklich, aber wen störte das? Niemand würde es je erfahren. Sie hob die Hand und streichelte seinen Nacken, fuhr mit den Fingern in das dichte Haar auf seinem Hinterkopf. Dann hob Pfitzner den Kopf. »Küss mich, Alma.«

Alma küsste ihn – auf die Stirn. Sie mochte diesen Menschen, ja. Sie bewunderte sein Potenzial, ja. Aber mehr …? Warum verlangte er das?

Wiederum hob er den Kopf, fing an sie zu berühren, zu streicheln, über ihre Beine, die nur von einem dünnen Abendkleid bedeckt waren, über ihren Bauch und ihre Brüste. Almas Verwirrung nahm zu, sie vergaß, wie unwohl sie sich gefühlt hatte. Wollte sie das? War sie nicht eher zufrieden als Pfitzners Mäzenin, als dass sie seine Geliebte werden wollte?

Sie küsste ihn wieder, und doch stellte sich keine Empfindung bei ihr ein. Ihr Körper gab ihr kein Zeichen, dass er diesen Mann wollte, wie er es bei Walter tat oder bei Kokoschka getan hatte. Im Gegenteil, sie wollte, dass er aufhörte.

»Alma«, seine Stimme klang belegt, »wie sollen wir diesen Abend ausklingen lassen? Ich habe eine gute Idee, die beste.«

Alma zögerte, bis er weitersprach.

»Ich werde dich besitzen, Alma. Heute, hier und jetzt.« Damit begann er heftiger über ihren Körper zu streichen, doch ihr wurde die Berührung immer unangenehmer. Sie setzte sich auf, schob Pfitzner von sich weg.

»Nein«, sagte sie.

Seine Augen verengten sich. »Was?«

»Nein. Ich möchte das nicht.« Und genauso fühlte es sich an, sie wollte es nicht, und deswegen würde es nicht passieren.

Ein Lächeln zeichnete sich auf Pfitzners Gesicht ab. »Natürlich möchtest du.« Er versuchte wieder, sie zu küssen, doch Alma stemmte sich gegen ihn und stand auf.

Sie atmete heftig, vielleicht weil sie sich gegen den größeren Mann hatte durchsetzen müssen, vielleicht weil ihr Herz raste. Was sollte sie tun, wenn Pfitzner ihr Nein nicht akzeptierte?

»Sie gehen jetzt besser zu Bett, Herr Pfitzner«, sagte sie und versuchte, ihrer Stimme einen festen Klang zu geben.

Er stand ebenso auf und sah sie mit verständnisloser Miene an. »Was ist los, was hast du denn?«

»Nichts ist los, ich möchte das nicht.«

Sein Gesicht wurde starr. »Was? Gerade eben noch, schon den ganzen Tag über hast du mir sehr deutlich zu verstehen gegeben, dass du genau das willst, wankelmütiges Weib!«

Alma starrte ihn nur stumm an und kreuzte die Arme über der Brust. Was war das nur, dass die Männer meinten, sie dürften über sie bestimmen? Eine Anmaßung.

»Alma, du spielst mit mir. Tu das nicht.«

Sie schüttelte den Kopf, fühlte, wie Wut in ihr aufstieg. »Ich spiele nicht. Und ich werde jetzt zu Bett gehen.« Damit ließ sie ihren Gast im Salon stehen. Sie ging auf direktem Weg auf ihr Zimmer und verschloss sorgfältig die Tür hinter sich. Mit klopfendem Herzen ließ sie sich auf ihr Bett fallen. Was war in Pfitzner gefahren? Sie hatte ihm gern helfen wollen, an seiner Musik zu arbeiten, den Komponisten unterstützen. Aber sie wollte den Mann nicht, wie konnte er das missverstehen?

Am nächsten Morgen betrat Pfitzner den Frühstückssalon, als sie gerade eine Tasse Kaffee zu sich nahm. In der Gewissheit, am Abend die richtige Entscheidung getroffen zu haben, hatte sie gut geschlafen und fühlte sich wieder besser.

Der Komponist hingegen sah schlecht aus, blass und unausgeschlafen. Vermutlich hatte er den Wein ausgetrunken, den sie am Vorabend serviert hatte.

»Ich habe sehr schlecht geschlafen wegen dir, Alma«, wagte er, ihr vorzuwerfen.

Doch Alma blitzte ihn an. Sie hatte sich selbst versprochen, dass sie ihn, Talent hin oder her, sofort hinauswerfen würde, sollte er es noch einmal wagen, sich ihr zu nähern. Sie würde nicht mehr einfach tun, was ein Mann von ihr verlangte, egal ob es um seine Kunst ging, um seine Person oder was auch immer.

Und prompt verstummte Pfitzner.

Am Abend, nachdem er tagsüber seine Bekannten in Wien besucht hatte, saßen sie wieder zusammen auf dem Sofa. Jeder allerdings in einer Ecke, es war ein ruhiges Gespräch über Musik. Alma atmete auf, denn als Komponisten schätzte sie Pfitzner, wenn auch nicht mehr. Es hätte ihr leidgetan, einen langjährigen Freund des Hauses verweisen zu müssen. Und als er am nächsten Morgen abreiste, war der Abschied kühl, aber höflich. Und Alma hatte das Gefühl, einen Sieg errungen zu haben. Nicht über Pfitzner, nein, über sich selbst, über den Drang, dem nachzugeben, was Männer von ihr verlangten. Sie war Alma, eine Frau, die viel Inspiration und Wissen zu bieten hatte. Und die selbst bestimmte, wem sie all das zur Verfügung stellte.

KAPITEL 40

Irgendwo in den Vogesen, Neujahr 1915

Eine gespenstische Stille lag in der Luft, alles wartete auf das Zeichen zum Sturm. Walter suchte den Blickkontakt zu seinen Kameraden, die wie er in dem engen schlammigen Graben hockten. Sie lagen vor einer kleinen Anhöhe, und das Ziel für den heutigen Tag war klar: Es galt die fünfzig Meter, vielleicht waren es hundert, zu überwinden und den Gipfel des Hügels unter deutsche Kontrolle zu bekommen.

Dann ertönte das Signal. Unter Kampfgeschrei stürmten die Soldaten los, Walter mit ihnen, doch ihr Vorstoß wurde sofort mit Artilleriefeuer erwidert, so dass er den Impuls in sich unterdrücken musste, auf dem Absatz kehrtzumachen und schnurstracks nach Berlin zu fahren. Oder nach Wien. Oder Tobelbad, egal, irgendwohin, wo kein Krieg war, wo es ihm gut gehen würde und wo niemand direkt neben ihm von Kugeln zerfetzt würde. Almas Bild tauchte vor seinen Augen auf, das Antlitz einer Göttin, pures Licht. Die Erinnerung an sie hielt ihn aufrecht, an die Zeit, die er mit ihr verbracht hatte, damals, als noch alles gut gewesen war. Nun wusste er, dass es wohl die schönsten Augenblicke seines Lebens gewesen waren, er hatte sich selten so lebendig, so frei und in der Gegenwart verankert gefühlt. Alma konnte einem das Gefühl geben, dass man der wichtigste Mensch auf der Welt war, dass die Sterne greifbar nah waren. Und dass man die Chance hatte, eine wirkliche Chance, das, wonach man strebte, auch zu erreichen. Alma –

wenn er sie nur wiedersehen könnte, in seine Arme schließen, für alle Zeit.

Ein Knall riss Walter aus den Gedanken, es ging los. Dicht vor ihm fiel sein Hauptmann in den matschigen Lehm, Walter sah, dass er ins Herz getroffen worden war. Und nun brach das Höllenfeuer mit aller Macht los. Rauch stieg auf, es blitzte und donnerte. Er konnte vier Artilleriegeschütze ausmachen, die mit Gegenfeuer beschossen wurden. Weiter, immer weiter ratterten die Maschinengewehre. Der Lärm war ohrenbetäubend, in seinem Kopf summte etwas. Immer wieder machten sie ein paar Meter gut, dann mussten sie innehalten, doch der Kampf ging weiter. Immer weiter. Stundenlang, wie es ihm schien, aber irgendwann verlor er jedes Gefühl für Zeit und Ort. Es gab nichts mehr auf der Welt als Lehm und Staub und Rauch und Feuer. Und dieses Rauschen in seinen Ohren, zu dem sich die vielen Schreie der verwundeten Soldaten vereinten, deutsche, französische, der Sensenmann machte keine Unterschiede. Walter wartete nur darauf, jeden Moment selbst getroffen zu werden. Nie in seinem Leben hatte er sich weniger als Held gefühlt als in diesem Augenblick. Wie naiv war er gewesen, als er noch vor ein paar Wochen geglaubt hatte, in Siegerpose und ohne einen Kratzer nach Hause zurückkehren zu können. Ach, wenn er doch nur die Frau, die er liebte, wiedersehen könnte. Nur einmal noch. Dann sank ein Offizier neben ihm zu Boden, von einem Granatsplitter getroffen. Er hatte den Mann gemocht, aber jetzt, inmitten des hämmernden Lärms der Artillerie, empfand er gar nichts. Walter fuhr sich mit der schmutzigen Hand über die Augen, wischte den Schweiß fort, oder waren es Tränen? Es wurde dunkel, um ihn herum lagen mehrere seiner engsten Kameraden. Tot. Wollte er noch immer ein Held sein? Die Frage stellte sich nicht, es gab kein Zurück. Weiter, sie mussten weiter vorrücken, der Befehl war klar, und es spielte keine Rolle, ob er dabei vor Entsetzen heulte. Er hob sein Gewehr und feuerte eine Salve ab. Für Angst oder Zweifel blieb hier kein Raum. Eine Granate schlug in der Nähe ein, sein Herz stockte. Dann eine weitere Granate, direkt neben ihm. Und dann wurde es still.

Als Walter die Augen wieder aufschlug, sah er einem Arzt ins Gesicht. Er konnte nicht richtig verstehen, was der Mann zu ihm sagte, alles klang so dumpf. Ganz leise. Er schloss die Augen, aber hinter seinen Lidern warteten der Lärm der Geschütze und die Toten, all die Toten um ihn herum. Walter spürte, wie ihm die Tränen übers Gesicht liefen, aber er konnte es nicht verhindern. Genauso wenig, dass er am ganzen Leib zitterte. Er hatte wohl die Kontrolle über seine Gliedmaßen verloren, er schaffte es einfach nicht, seine Arme ruhig zu halten, sosehr er sich auch anstrengte. Almas Bild erschien wieder vor seinen Augen. Er war nicht religiös, aber in diesem Moment betete er, dass er sie wiedersehen dürfe. Er musste all das überstehen, um Alma sagen zu können, dass er einen schrecklichen Fehler gemacht habe, als er ihre Briefe nicht beantwortete. Sie war seine Frau, sie war alles für ihn. Walter lag da, zitterte, heulte und konnte sich nicht dagegen wehren, was seine Verzweiflung steigerte, bis er erschöpft einschlief.

Als er erwachte, heulte er von Neuem, zitterte, schlief wieder ein.

Und wieder.

Und wieder.

Was sich änderte, war sein Gehör. Es mussten Tage vergangen sein, aber langsam kehrten die Geräusche der Welt zurück. Und wieder war sie da, Alma. Als hätte sie ihm den Weg aus dem Schrecken zurück in die Welt gezeigt.

Und dann geschah etwas, mit dem er nicht gerechnet hatte: Ein Brief von Alma erreichte ihn in dem Lazarett, das nur einige Kilometer hinter der Front lag. Wie hatte sie nur herausbekommen, wo er sich befand? Egal, wichtig war allein, dass sie es geschafft hatte, und er diesen kostbaren Brief in der Hand halten konnte.

Seine Hände zitterten noch, aber auch das wurde jeden Tag weniger. Er hatte auf Anraten des Arztes Fronturlaub beantragt, um sich vollends erholen zu können. Zwar wurde er bei seiner Einheit dringend zurückerwartet, aber dazu musste er erst wieder einsatzfähig sein. Und nun dieser Lichtblick. Er ließ sich Zeit dabei, den Brief zu öffnen. Ein zarter Duft stieg ihm in die Nase, als er ein eng beschriebenes Blatt aus dem Umschlag zog. Als er las, was Alma ihm schrieb. Und mit einem Mal fühlte er, was sie immer beteuert hatte und auch dieses Mal nicht zu erwähnen vergaß. Dass sie zusammengehörten. Alma und er.

KAPITEL 41

Wien, Januar 1915

Alma wollte es nicht glauben: Walter war verletzt, lag in irgendeinem Feldlazarett irgendwo in Frankreich. Konnte das wahr sein? Was tat dieser Krieg? Wollte er ihr alles nehmen, was ihr noch an Hoffnung geblieben war?

Es war schon einige Wochen her, dass sie Walter wieder einmal einen Brief geschrieben hatte. Sie hatte ihren Besuch in Berlin angekündigt in der Hoffnung, dieses eine Mal eine Antwort zu erhalten. Und aus irgendeinem Grund hatte sie eine kurze Notiz an Walters Assistenten beigefügt. Eine gute Entscheidung, denn dieser Meyer hatte ihren Brief an Walter weitergeleitet und ihr die richtige Adresse für die Feldpost mitgeteilt. Hätte Walters Mutter den Brief in die Hände bekommen, wüsste Alma heute sicher nichts davon, was der Krieg ihr zu nehmen gedroht hatte.

Und so hielt sie einen kurzen, aber sehnsuchtsvollen Brief in Händen, in dem Walter von seiner Verletzung schrieb und dass er im Februar nach Berlin reisen werde, um vollends zu genesen. Und er schrieb, er würde sich freuen, sie zu treffen. In Alma stieg ein warmes Gefühl auf. Endlich würde alles gut werden. Walter war ihr Schicksal, ihr Mann, und nun würden sie zusammengehören. Endlich.

Alma schickte eine Nachricht an Lilly. Sie würde sicher mit ihr zusammen nach Berlin reisen, einem kleinen Abenteuer war sie ja nie abgeneigt. Dann schrieb sie einen Brief an Schönberg, in dem sie ihren Besuch ankündigte. Und bevor sie für den Nachmittagstee mit Anna zu ihrer Mutter fuhr, um sie zu bitten, ein paar Tage auf das Kind aufzupassen, Ida war ja auch noch da, schrieb sie noch einen letzten Brief, den wichtigsten.

Sie schrieb Walter, dass sie kommen würde.

KAPITEL 42
Berlin, Anfang 1915

Als Walter in Berlin eintraf und seine Wohnung betrat, die ihm unnatürlich leer und still vorkam, erwartete ihn ein weiterer Brief Almas, in dem sie ihm erneut ihrer Liebe versicherte. Seit er noch im Lazarett begonnen hatte, ihr zu antworten, wechselten sie fast täglich Briefe. In Almas Worten wurde für ihn das Gefühl, sie in seinen Armen zu halten, der Duft ihrer Haut spürbar, und für einen kleinen Moment gelang es ihm, die Erinnerung an die Gewalt, an krachende Panzerfäuste und splitternde Granaten zu verdrängen. Almas bloße Existenz, ihre Liebe für ihn, ließ ihn den Glauben an die Menschheit, an das Gute nicht verlieren. Vielleicht war das der Grund, warum er unentwegt an sie dachte. Doch wenn er abends in seinem Bett lag und die Augen schloss, dann war er innerhalb von Sekunden zurück auf dem Feld. Allein der Gedanke an Alma rettete ihn.

Er verbrachte einige Tage in seiner Wohnung in Berlin, schaffte es jedoch nicht, zur Ruhe zu kommen, in der Stille den ohrenbetäubenden Lärm in seinen Ohren auszuhalten. Er saß mit einem Glas Whiskey am Kamin, las Almas Briefe wieder und wieder und zwang sich, seine Gedanken auf sie zu richten, um dem ewigen Kreisen um die Erinnerungen Einhalt zu gebieten. Er solle sich in einem Kurbad erholen, in einem Sanatorium, hatte der Feldarzt ihm geraten. Und so gern Walter einem solchen Rat gefolgt wäre, so sicher war er sich doch, dass

Wassertreten und Ruhe nichts gegen den Krieg in seinem Kopf ausrichten konnten. Schließlich versuchte er zu arbeiten, aber er schaffte es nicht, länger als ein paar Minuten Konzentration aufzubringen. Er war so müde und gleichzeitig so leer, trank einen Schluck Whiskey, der in seiner Kehle brannte. Er fragte sich, ob er nach Wien fahren solle, doch dann tauchte sofort das Bild dieses Malers, Kokoschka hieß er, vor seinem inneren Auge auf. Wenn er nach Wien führe, reihte er sich dann nicht hinter diesem Maler ein? Das kam nicht in Frage. Er konnte sich zwar gut vorstellen, dass Alma die Heilung seiner Nerven ein gutes Stück voranbringen würde, aber dazu musste er sich sicher sein, dass es ihr ernst war, dass ihre Worte auf dem Papier eine Bedeutung hatten. Sie musste nach Berlin kommen, und er glaubte, sie würde kommen. Der Gedanke löste ein vorfreudiges Kribbeln in ihm aus. Aber bis es so weit wäre, würde er in das Sommerhaus seiner Familie am Timmendorfer Strand fahren.

Es dauerte einen halben Tag, mit der Bahn von Berlin an die Ostsee zu reisen, aber es lohnte sich, wie Walter wieder einmal feststellte, als er aus dem Fenster der Villa auf das stürmische Meer blickte. Seine Großtante Auguste hatte sich nur wenige Meter vom Strand entfernt diese sehr hübsche, große Villa von dem Architekten Hans Grisebach bauen lassen. Zu verspielt für Walters Geschmack; mit dem Türmchen und den Bogenfenstern, hatte das Haus entfernte Ähnlichkeit mit einem Märchenschloss, was ihn jedoch nie davon abgehalten hatte, hier viel Zeit zu verbringen. Auguste hielt immer ein oder zwei Zimmer für ihn frei, und er wusste, dass auch seine Mutter gern dort war, sogar im Winter bei kalter Witterung. Und auch er selbst kannte wenig Schöneres als den Blick auf die See, wenn der Wind einem alle Gedanken aus dem Kopf blies und man sich endlich auf das konzentrieren konnte, was im Leben von Bedeutung war. Natur, Schönheit, Liebe. Familie.

Gleich würde er hinuntergehen und eine heiße Tasse Grog mit seiner Mutter trinken. Seine Familie – das waren seine Schwester und vor allem seine Mutter – war wichtig für Walter. Es war eine gute, traditionsreiche Familie, in der er eine gute Kindheit hatte haben dürfen. Seit dem Tod von Walters Bruder Georg und dem des Vaters vor wenigen Jahren war Walter das Familienoberhaupt. Eine Aufgabe, die er mit Ernst und Würde auszufüllen gedachte, wie es sein Vater getan hatte.

Walters Mutter hatte ihn immer unterstützt, schon als er noch Student gewesen war und in ein vielversprechendes Geschäft investiert hatte, das leider mit Pauken und Trompeten gescheitert war. Sie hatte seine Ideen stets dem Vater gegenüber verteidigt und zu ihm gehalten, als er das Architekturstudium abgebrochen hatte, weil er zu der Überzeugung gekommen war, ein Mann der Tat und nicht der Bücher zu sein. Außerdem war es ihm so unsinnig vorgekommen, zu einer jüngeren Ausgabe seiner Professoren erzogen zu werden, denn das war alles, was man dort lernte. Etwas genau so zu tun, wie es schon immer gemacht worden war. Walter war nicht der einzige Architekt, der sein Studium nicht beendet hatte, es war nicht zwingend notwendig, ein Diplom vorzuweisen, um in diesem Beruf zu arbeiten. Er war seiner Mutter dankbar für ihre immerwährende Unterstützung und wusste, dass er auch dank ihr so weit gekommen war. Doch nun sehnte er sich nach

einer Frau, in deren Gegenwart er sich immer wieder daran erinnerte, dass er die Sterne erreichen konnte, wenn er nach ihnen griff. Es war ein verdammtes Wunder, dass er diese Frau
getroffen hatte. Ihre unfassbare Energie schien alle Zellen in
seinem Körper sich nach ihr ausrichten zu lassen. Sie war wie
ein Fixstern, eine Orientierung, Leben, Wärme, Nähe, Freiheit,
alles zugleich.

Alma.

KAPITEL 43
Berlin, Februar 1915

Berlin würde wohl immer bleiben, wie es war – kalt und grau und ungemütlich von Oktober bis Mai. Dazwischen gab es eine kurze Phase, in der die Stadt annehmbar war, vermutlich konnte man die aber leicht bei einem Besuch von zehn bis vierzehn Tagen Dauer mitnehmen. Es war Alma schleierhaft, warum so viele hier sein wollten. Was sie am meisten störte, waren die unzähligen Menschen, von denen es überall, in jeder Straße, auf jedem Platz zu viele gab, um sich wohlzufühlen. Berlin war eine schier endlose Ansammlung von Dörfern und Kleinstädten, von Gebäuden, die ihre Bewohner in sich aufsaugten, die darin schliefen oder arbeiteten, manchmal auch aßen. Kein Vergleich zu ihrem Wien, wo jeder jeden kannte und alles von Musik und Kunst geprägt war.

Und doch übte dieser Moloch von einer Stadt eine unglaubliche Anziehung auf so viele aus, was Alma einfach nicht begreifen konnte. Auf Walter natürlich ebenfalls, aber der war ja hier geboren, also musste man ihn wohl entschuldigen. Selbst Schönberg, den Lilly und sie heute Nachmittag in Zehlendorf besuchen wollten, war ganz angetan von der großen Stadt, die doch eigentlich keine war.

Lilly und Alma hatten sich nach einer langen Zugreise in der Pension Steinplatz in Charlottenburg eingemietet und sich eine Weile von der langen Reise erholt. Dann waren sie am Abend über den Ku'damm geschlendert, hatten sich das bunte

Treiben angesehen und in einem Restaurant gegessen. Alma wollte Zeit mit Lilly verbringen, gleichzeitig war sie ziemlich nervös, weil sie nun endlich bald auf Walter treffen würde.

Heute Morgen hatten sie sich vorgenommen, nach Zehlendorf zu fahren, um Schönberg zu besuchen. Sie nahmen die Straßenbahn und mussten einmal umsteigen, um so weit in den Süden der Stadt zu gelangen. Schönberg hatte aus der Villa Lepcke ausziehen müssen, weil die Zahlungen, die er von der Stiftung bekam, für die Miete nicht mehr ausgereicht hatten. Als sie vor dem Mietshaus standen, war Alma geradezu entsetzt, weil es so schäbig aussah. Bevor sie eine Türklingel gefunden hatten, wurde schon die Haustür geöffnet. Schönberg begrüßte sie herzlich und bat sie ins Haus, führte sie in die Wohnung.

»Schönberg, das ist ja winzig!« Alma sah sich staunend um. »Eine Puppenstube!«

Leichte Röte überzog sein Gesicht. Verlegen sah er sich um, bat sie, auf einem kleinen Sofa Platz zu nehmen, und rückte für sich selbst den Klavierhocker heran. Mathilde kam aus dem Raum nebenan, der, wie Alma bemerkte, die Küche sein musste, und brachte eine Kanne auf einem Tablett herein. Sie tranken Tee und plauderten eine Weile, wobei Alma den Raum betrachtete, das Klavier, an dem sicher nur selten Schüler saßen. Aber trotz der wenigen Mittel, die Schönberg und seiner Frau zur Verfügung standen, hatten sie sich angenehm und hübsch eingerichtet. Schönberg bastelte gern und gut, er hatte dieses große Zimmer mit Holzwänden aufgeteilt, die er mit Rupfenstoff bezogen hatte. Daran hingen Bilder, die er offensichtlich selbst gemalt hatte. Es gefiel ihr, aber das hätte sie sich denken können. Schönberg war ein kluger und erfinderischer Mann, der auch in schlechten Zeiten den Kopf über Wasser halten würde und sich zu helfen wusste. Allein Mathilde tat ihr ein bisschen leid. Sie war mehr gewohnt und hatte Besseres verdient.

Alma stellte ihre Tasse auf dem kleinen Tisch vor dem Sofa ab. »Ich habe eine Idee, die ich mit euch besprechen wollte.« Alle Augen richteten sich erwartungsvoll auf sie. »Wie wäre es, wenn du, Schönberg, im April in Wien ein Konzert dirigierst?« Alma sah, wie Schönbergs Augen aufleuchteten.

Mathilde klatschte in die Hände. »Fahren wir dann zurück nach Wien? Können wir nach Hause?«

Alma suchte Lillys Blick, die ganz ruhig und nachdenklich wirkte, dann sagte sie: »Ich finde, das ist eine großartige Idee. Und ich würde mich freuen, wenn ich Ihnen eine Unterkunft in Wien überlassen könnte.«

Mathilde errötete vor Freude, und auch Schönberg schien glücklich. Alma schlug vor, dass Beethovens neunte Symphonie aufgeführt werden solle, und zwar mit den Änderungsvorschlägen, die Gustav hinzugefügt habe. Lilly versprach, für das Konzert zu garantieren, damit auf jeden Fall alle Orchestermitglieder und Sänger ihre Gage bekommen würden. Der Nachmittag war ein voller Erfolg.

Als Alma am nächsten Tag aufwachte, klopfte ihr Herz. Heute war es endlich so weit. Heute würde sie endlich Walter treffen. Wie würde es sein? War es nach so langer Zeit nicht, als würden sie sich zum ersten Mal begegnen? Es gab nichts mehr, was zwischen ihnen stand, aber würden sie anknüpfen können an die Leidenschaft, die sie gespürt hatte, wann immer Walter ihr nahe gewesen war? Sie wünschte es sich so sehr.

Das Borchardt war seit langen Jahren das Berliner Spitzenlokal schlechthin und damit, wie Alma fand, dem Anlass angemessen. Mit klopfendem Herzen betrat sie zur Mittagszeit das große Restaurant und fand sich in einem vollen Gastraum wieder, der viele Jugendstilelemente hatte, aber trotzdem rein und klar wirkte. Ein Ober geleitete sie an einen Tisch, an dem Walter schon saß. Alma zögerte, sie wäre gern kurz stehen geblieben, um seinen Anblick auszukosten, sein Bild in ihrem Herzen einzuschließen. Dann hob Walter die Augen und lächelte sie an. Und wie viel Glück in diesem Augenblick lag. Er stand auf, begrüßte sie mit einem angedeuteten Handkuss und wartete, bis sie sich gesetzt hatte. Dann bestellte er Wein und etwas zu essen, Alma bekam gar nicht recht mit, was, so aufgeregt, wie sie war. Wie lange hatte sie diesem Augenblick entgegengefiebert. Wie war es ihm ergangen, hatte er auch nur an sie beide denken können?

»Wie geht es dir?«, fragte sie und musterte ihn genau, auf der Suche nach den Spuren seiner Verletzung.

Walter verzog den Mund zu einem schiefen Lächeln, beim Gedanken an das Geschehene legte sich ein Schatten über sein Gesicht. »Den Umständen entsprechend, nennt man das wohl. Der Krieg ist …« Er zögerte, seufzte. »Lass uns nicht darüber sprechen. Es gibt so viel schönere Dinge, über die wir uns unterhalten können. Und sag mir zuerst, Alma, wie geht es dir?« Dazu lächelte er.

Sie nickte, sie würde ihn nicht drängen, wenn er nicht darüber sprechen wollte, was passiert war. Vielleicht würde er es später tun. Stattdessen begann sie zu plaudern, erzählte von ihrem Leben in Wien, der neuen Wohnung, dem Haus am Breitenstein und schließlich davon, wie sie mit Lilly zusammen Schönberg unterstützen würde.

Als sie den Komponisten erwähnte, zogen sich Walters Augenbrauen zu einer steilen Falte zusammen, war er etwa eifersüchtig? Vorsichtshalber betonte Alma: »Und er wird mit seiner lieben Frau Mathilde und ihren beiden entzückenden Kindern bei Lilly in einer ihrer Stadtwohnungen leben, ist das nicht großzügig von ihr? Manchmal wünschte ich, ich wäre vermögend genug, um ebenso großzügig sein zu können.«

»Ich glaube nicht, dass das notwendig ist, Alma. Ich weiß, wie sehr du dich immer dafür einsetzt, dass andere ihre Kunst oder ihre Profession leben können. Du bist ebenso sehr eine Antreiberin, wie du als Muse inspirierst. Du holst das Beste aus den Menschen heraus, weil es sich in deiner Gegenwart so anfühlt, als wäre das Beste gerade gut genug für dich. Und weil man das Gefühl hat, dass niemand die Exzellenz der eigenen Arbeit besser verstehen kann als du. Das scheint ebenso für die Musik zu gelten, für die Architektur trifft es jedenfalls zu.«

Alma sah ihn an, sprachlos ob dieses Ausbruchs, der ihrer Seele wohltat und die Art ihres Lebens, ja ihr ganzes Dasein wertschätzte. Doch war es nicht auch selbstverständlich, dass der Mann, der sie so anzog, derjenige war, der ihre Fähigkeiten, ihre Lebenseinstellung intuitiv begriffen hatte?

Sie redeten lange, es wurde Nachmittag, dann Abend, und immer noch saßen sie in dem Restaurant, das sich nach einem weiteren Ansturm an Gästen nun langsam leerte. Walter bestellte zwei weitere Gläser Wein, dann versanken sie wieder in ihre Zweisamkeit, bis Alma von einem krachenden Geräusch aufgeschreckt wurde. Sie sah sich um und bemerkte, dass die Kellner angefangen hatten, die Stühle auf die Tische zu stellen, damit der Boden gewischt werden konnte. Und Walter und sie waren die letzten verbliebenen Gäste.

»Ich fürchte, wir müssen gehen«, stellte Walter fest. Er winkte einem Kellner, der sofort herankam, und bezahlte. »Wollen wir aufbrechen?«

Alma nickte und erhob sich, Walter trat an ihre Seite, und sie hakte sich bei ihm ein. Als sie vor das Lokal traten, war es bitterkalt und schon dunkel geworden. Leiser Schneefall hatte eingesetzt, und eine weiße Zuckerschicht erhellte die Straße unter den modernen Gaslaternen.

»Ich …« Walter zögerte, räusperte sich, bevor er weitersprach. »Wenn du möchtest, bringe ich dich zu deinem Hotel. Es ist nicht weit.«

Alma sah ihn nur an. Sie wusste, dass das nicht das war, was er wirklich wollte. Und auch nicht das, was sie selbst wollte.

»Oder …«, wieder zögerte er, nahm Almas Hand und hauchte einen Kuss darauf, »oder du kommst mit zu mir.«

Nun war es heraus, er hatte es gesagt. Alma horchte in sich hinein, doch alles in ihr schien »Ja, ich will!« zu rufen. Ihr Hals war trocken, noch einmal suchte sie Walters Augen, dann nickte sie. »Ja, lass uns zu dir gehen.«

Hatte sie das gerade wirklich gesagt? Sie hatte. Und mit Recht und Bestimmtheit. Alma würde mit Walter gehen, denn vor dem Himmel war sie doch längst seine Frau.

Kurz darauf war sie auch körperlich seine Frau geworden, endlich wieder. Sie lag in Walters Armbeuge gekuschelt neben ihm und genoss die Wärme, die sein Körper unter der Daunendecke abstrahlte. Es fühlte sich alles so gut an. So richtig.

Walters Hand glitt über ihre Taille und verursachte einen wohligen Schauer.

»Wenn es nur immer so bliebe«, seufzte Alma leise. War das nicht das Gefühl, das sie jedes Mal hatte, wenn sie mit Walter zusammen war? Als ob sie ein großes kostbares Glück in ihren Händen hielt, das sie festhalten wollte.

»Heirate mich. Es wird für immer so bleiben.« Walters Stimme war dunkel, samtig.

Alma glaubte erst, sich verhört zu haben, konnte er wirklich das gesagt haben, was sie sich seit so langer Zeit heimlich wünschte? Ihren innersten Wunsch ausgesprochen haben? Ihr Blick verfing sich in seinem, die Zeit stand still. Da war nur noch Liebe.

»Ja«, sagte sie fest. »Ich heirate dich, Walter Gropius.«

Als Alma am nächsten Morgen die Augen aufschlug, brauchte sie einen Moment, um sich zu orientieren. Sie kannte dieses Bett, diesen Raum nicht. Aber dann, natürlich, sie war bei Walter. Bei ihrem Verlobten.

Er lag neben ihr und atmete leise, vermutlich noch erschöpft, denn sie hatten ihre Verlobung in aller Intimität gefeiert, sich endlos lange aneinander festgehalten. Nun fühlte es sich an, als wäre sie im Himmel, selbst wenn es zunächst nur ein kleiner Vorgeschmack war. Erst einmal musste Alma zurück nach Wien, Schönbergs Konzert vorbereiten, und natürlich wartete

Anna auf sie. Und Walter musste noch heute zu seiner Mutter fahren, die ihn sehen wollte, bevor er an die Front zurückkehrte. An die Front. Alma ertrug den Gedanken kaum. Wer wusste schon, wie lange Walter dort gebraucht wurde? Ob er wieder verletzt oder sogar getötet werden würde?

Walter regte sich neben ihr, schlug die Augen auf. Sein Mund verzog sich zu einem Lächeln, und er presste Alma ganz nah an sich, so dass sie spüren konnte, wie sein Begehren von Neuem erwachte. Walter küsste sie, sie schmiegte sich an ihn, überall wollte sie ihn spüren, ihn nie wieder verlieren, nie wieder weggehen lassen. Ihre eigene Erregung wuchs im Takt mit dem Pochen seiner Erektion. Sie umfasste Walter, so fest sie konnte, presste sich an ihn, ihr Kuss würde nie mehr enden. Auch Walter umfasste, knetete ihren Po, und dann suchten seine Finger von hinten ihre feuchte Mitte, erkundeten die Höhle, bis sie keinen anderen Wunsch mehr hatte, als ihn wirklich in sich zu spüren. Alma ließ ihn los, schaffte ein paar Zentimeter Platz zwischen ihm und ihr, strich über seine Brust und ließ die Hand weiter nach unten gleiten, wo sie endlich seinen heißen harten Penis fand. Alma stöhnte leise vor Verlangen, was Walter dazu animierte, mit seinen Küssen ihren Hals hinabzuwandern, über ihr Dekolleté ihre Brüste zu erreichen und dann leicht in die harte Warze zu beißen. Gleich darauf umschlossen seine Lippen ihre Brust, und er saugte, was ein heißes Ziehen in ihr auslöste. Gott, wie sie diesen Mann wollte. Jetzt, sofort. Sanft drehte sie ihn auf den Rücken und setzte sich auf. Das geliebte Gesicht, die starke Brust. Er war eine Pracht, doch ihn anzusehen allein, reichte ihr nicht, sie musste ihn besitzen, also kletterte sie über ihn und setzte sich auf ihn, ließ ihn in sich gleiten. Wie gut sich das anfühlte. Langsam begann Alma sich auf und ab zu bewegen, bemerkte, dass auch er nichts mehr als sie und ihre Lust im Sinn hatte. Sie waren im Hier und Jetzt, wo Alma immer sein wollte, wo sie wirklich das Glück fand. Mit Walter. Sie rieb sich an ihm, was für ein Gefühl, sie war unersättlich danach geworden. Ihr Atem ging schneller, sie spürte, dass Walter noch nicht so weit war, aber sie konnte nicht warten, nicht mehr, bäumte sich auf, rang nach Atem, rief seinen Namen, dann sank sie auf ihn hinab, begrub ihn unter ihren Brüsten. O Himmel. So sollte es immer sein, so würde es immer sein.

Walter gab ihr einen Moment, dann drehte er sie beide, so dass Alma auf dem Bett lag und er auf ihr. Seine Härte war nicht weniger geworden, er küsste wieder ihre Brüste, dann drang er von Neuem in sie ein und stieß zu. Alma schnappte nach Luft. Was war das für ein Mann, der sie mit einer kleinen Bewegung wieder anfachen konnte. Wieder stieß er zu, hielt ihren Blick fest. Wieder und wieder. Alma fühlte sich ihrer Lust fast ausgeliefert und zugleich begehrenswert wie nie zuvor, sie wünschte sich jeden Stoß herbei, immer schneller, immer heftiger. Ihr Atem beschleunigte sich wieder, auch Walter keuchte, schneller, nun spürte sie ihn in sich, ja, das war die Stelle, die ihr solche Wonne bereitete. Sie sah in seine Augen, die vor Verlangen glänzten, schneller und schneller wurden die Stöße, und dann kam Alma noch einmal, und gleichzeitig stöhnte Walter auf. Dann sank auch er auf sie herunter, ihrer beider Körper nass vor Schweiß. Alma war im absoluten Glück.

Den Vormittag verbrachten sie im Bett. Walter musste am frühen Nachmittag zum Bahnhof, und Alma beschloss, ihn zu begleiten. Sie sandte eine kurze Nachricht an Lilly, obwohl sich die Freundin vermutlich denken konnte, was passiert war. In Ermangelung frischer Garderobe kleidete sich Alma in die gleichen Sachen, die sie am Vortag getragen hatte. Sie tranken Kaffee, den Walter selbst in einer riesigen elektrischen Kaffeemaschine braute und der neue Lebensgeister in ihnen weckte. Den ganzen Tag konnten sie die Hände nicht voneinander lassen. Für Alma war es ein fast lebenswichtiges Bedürfnis, Walter immer wieder zu spüren, und ihm schien es nicht anders zu gehen. Dann machten sie sich schweren Herzens auf den Weg zum Bahnhof, auf dem wie immer geschäftiges Treiben herrschte. Der Zug stand schon am Gleis, als sie eintrafen, die Dampflok schnaufte, lang würde es bis zur Abfahrt nicht mehr dauern. Walter suchte den Wagen mit dem gebuchten Sitzplatz, dann verschwand er kurz im Inneren, um seine Tasche abzulegen. Gleich darauf tauchte er wieder in der Tür auf.

»Gib mir deine Hand, Alma. Für immer sollst du mein sein. Ich will dich noch einmal küssen.«

Alma lachte, reichte ihm aber ihre Hand. Doch in diesem Moment ertönte ein Pfiff des Schaffners. Die Lok schnaufte, und der Zug setzte sich langsam in Bewegung. Alma hielt immer noch Walters Hand, ging ein paar Schritte mit, bereit, loszulassen und zu winken.

Doch Walters starke Arme umschlossen sie, hoben sie in den fahrenden Zug, der nun immer schneller rollte. Alma lachte, halb amüsiert, halb erschrocken.

Walter hielt sie fest umschlungen.

»Verzeih mir«, raunte er. »Ich konnte dich einfach nicht gehen lassen.«

Und so fuhr Alma nach Hannover.

KAPITEL 44
Wien, März 1915

Auf der Fahrt zurück nach Wien musste sie Lilly jede Einzelheit berichten. Wie sie unversehens ohne Koffer oder ihre Garderobe mit nach Hannover gefahren war. Wie sie die Zeit mit Gropius genossen hatte, so verliebt, wie sie waren. Nur den Heiratsantrag behielt Alma für sich. Den Gedanken an ihre Verlobung musste sie erst eine Weile in sich bewahren, ihn auskosten und, ja, sich auch erst sicher sein, ob sie wirklich mochte, wie er sich anfühlte. Wollte sie Frau Gropius sein?

Sie war sich sicher.

Als Alma zu Hause angekommen war, Anna von ihrer Mutter abgeholt hatte und sich erschöpft aufs Sofa fallen ließ, wollte sie eigentlich nichts anderes mehr tun, als ihrer Tochter zu lauschen, die mit ihrem Puppenhaus spielte und dabei mit verstellten Stimmen mit sich selbst sprach. Alma fühlte sich körperlich und emotional mehr als erschöpft und wollte nur noch Zeit mit ihrem Kind verbringen. Doch die erhoffte Ruhe war ihr nicht vergönnt. Es klingelte, Ida öffnete die Tür, und Alma stöhnte leise auf, als sie Kokoschkas Stimme erkannte. O nein. Wie sollte sie sich in diesem Moment mit ihm auseinandersetzen? Sie musste sich doch erst einmal über die Reise nach Berlin und deren Konsequenzen klarwerden. Am liebsten hätte sie sich unsichtbar gemacht. Da das nun einmal nicht ging, rutschte sie noch tiefer auf dem Sofa, so dass sie dalag, als wäre sie krank. Und wenn sie in sich hineinhorchte, fühlte sie sich tatsächlich völlig überfordert. Alma legte eine Hand an die Stirn, als hätte sie Kopfschmerzen oder Weltschmerz oder beides. Doch da betrat Kokoschka den Raum. Sie würde Ida die Anweisung geben müssen, ihn nicht mehr einfach hereinzulassen, ohne nachzufragen. Diese Zeiten waren vorbei, und als ihr das bewusst wurde, überkam sie fast so etwas wie Wehmut.

Alma hörte, wie er auf sie zustürmte, und zwang sich, die Augen geschlossen zu halten und eine leidende Miene aufzusetzen. Vielleicht könnte sie auf diese Weise einer Auseinandersetzung mit ihm aus dem Weg gehen.

Kokoschka kniete sich vor sie hin und ergriff ihre Hand.

»Alma, liebste Alma, endlich bist du wieder hier, wo du hingehörst. Bei mir.« Er begann, ihre Hand mit Küssen zu bedecken, arbeitete sich dann weiter ihren Arm hinauf.

Sie gehörte ihm? Was dachte er sich eigentlich?

»Oskar«, stöhnte sie. »Bitte lass das.« Sie entzog ihm die Hand und rückte von ihm ab. »Was machst du überhaupt hier? Habe ich dich eingeladen? Ich kann mich nicht erinnern.« Jetzt richtete sie sich ganz auf.

Er sah sie mit zusammengekniffenen Augen an. »Alma, ich wollte nach dir sehen, sobald du zurück bist. Einladungen für mich? Das meinst du nicht ernst. Du bist müde.«

Immerhin schien ihm ihre Mattigkeit nicht verborgen geblieben zu sein. Und ganz abgesehen davon, war sie tatsächlich müde. Schließlich hatte sie zwei Nächte nacheinander kaum geschlafen und danach die lange Reise unternommen. Aber Kokoschka war kein Mensch, der auf ihre Befindlichkeiten Rücksicht nehmen würde, so war es nie gewesen. Hauptsächlich hatte er wohl Ansprüche an sie. Wieder einmal spürte sie angesichts seiner Anmaßung Wut in sich aufsteigen. Warum fiel es ihr nur so schwer, ihm klarzumachen, dass es vorbei war? Dass sie ihn nicht mehr wollte, weil sie einen anderen liebte? Warum verstand er nicht, was sie ihm sagte? Nun musste sie es ihm in aller Deutlichkeit mitteilen, auch wenn sie ihn nicht verletzen wollte.

Kokoschka stand auf und ragte damit, obwohl er kein Riese war, fast bedrohlich vor ihr auf. »Alma, ich muss dich zur Frau haben. Du musst mich beleben, du bist der Quell, aus dem meine Kunst entspringt.«

Sie stöhnte und richtete sich auf. »Du kannst nicht einfach über mich verfügen, wie es dir beliebt, Oskar. Ich habe meine Freunde, ich habe die Stiftung, ich bin auch ein Mensch, sogar einer, der noch vieles vorhat auf dieser Welt.«

Kokoschka schien zu verstehen. Er setzte sich rasch neben sie und sprach in ruhigem Tonfall weiter: »Alma, Liebes. Ich brauche dich gar nicht am Tage aus deinen Kreisen wegzunehmen. Triff, wen du möchtest, arbeite, komponiere. Auch ich kann den ganzen Tag arbeiten, wenn ich dann von der Kraft und Eingebung zehre, die du nur mir in der Nacht geschenkt hast.«

»Und warum sollte ich, Oskar«, sie spürte, wie sich in ihr Widerstand regte, »warum sollte ich ausgerechnet ein Quell der Energie für dich sein wollen? Warum sollte ich diese Energie nicht selbst für mich verwenden? Warum denkt ihr eigentlich alle, ich wäre so was wie eine Vorratskammer, aus der man sich nach Lust und Laune bedienen kann?« Sie rang nach Luft, diese Worte waren geradezu aus ihr herausgebrochen.

»Du bist mein«, schrie er. »Du gehörst mir, weil ich dich brauche, weil du die bist, für die ich male, für die ich atme!«

Sie sprang auf, jetzt wurde sie wirklich wütend. »Ich gehöre nur mir! Niemandem sonst und vor allem nicht dir. Oskar, du gehst jetzt besser. Ich möchte nicht, dass Anna dich so schreien hört.«

»Das kannst du nicht tun, Alma! Schick mich nicht fort.« Von einem Augenblick auf den nächsten war Kokoschkas Ton wieder flehentlich, was sie nur noch mehr aufregte.

»Du wagst es, hier aufzutauchen und über mich verfügen zu wollen, während die besten Männer Leib und Leben aufs Spiel setzen, weil Krieg ist. Was bist du für ein Mensch, Oskar?« Damit schien sie ihn getroffen zu haben.

Er erstarrte.

»Ich melde mich freiwillig«, sagte er, seine Stimme rau. Er drehte sich auf dem Absatz um und verließ die Wohnung.

Alma spürte große Erleichterung, weil er endlich gegangen war. Aber was hatte sie getan? Hatte sie ihn in den Krieg getrieben? Sollte sie ihn aufhalten?

Sie eilte ans Fenster, sah Kokoschka über die Straße davoneilen, mit schnellen energischen Schritten.

Tränen stiegen in ihr auf. Sie wollte doch nichts anderes, als dass endlich niemand mehr über sie zu bestimmen versuchte. Wollte glücklich sein. Mit Walter.

Kokoschka würde eine andere Muse finden, es gab jüngere und schönere Mädchen in Wien. Doch der Gedanke, dass er sich wirklich freiwillig melden könnte, machte ihr Angst.

KAPITEL 45
Wien, März 1915

An diesem Nachmittag erwartete Alma Gäste, die sie fürstlich bewirten wollte, und sie ließ es sich nicht nehmen, selbst auf den Markt zu gehen, um einen Strauß Blumen für die Tafel zu besorgen. Vermutlich würde Gerhart Hauptmann keinen Blick dafür haben, seine Frau Grete aber schon.

In den letzten Wochen war die Stadt mit Menschen aus Galizien und der Bukowina schier überschwemmt worden, die vor dem Krieg fliehen mussten. Zunächst hatte es so ausgesehen, als liefe die Ankunft dieser Menschen ordentlich und zivilisiert ab, der Bürgermeister hatte für Aufnahmestellen gesorgt, wo die Leute zu essen bekamen, medizinisch versorgt wurden und ihnen, wenn möglich, sogar ein Dach über dem Kopf vermittelt wurde. Alma hatte einige Kleider von Anna und sich selbst aussortiert und auch etwas Geld gespendet. Doch der Strom an Flüchtlingen riss nicht ab, immer mehr und mehr kamen, bis weder der Bürgermeister noch der Kaiser oder irgendjemand sonst noch wusste, wie man mit den Menschenmengen umgehen sollte. Seither schienen jegliche Bemühungen, sich der Flüchtlinge anzunehmen, kaum noch wirksam, denn jedes Mal, wenn Alma auf die Straße trat, stolperte sie unweigerlich über irgendeinen bettelnden Menschen in Not, der nicht Wienerisch sprach. Einerseits hätte Alma gern geholfen, andererseits waren es aber so unendlich viele geworden, dass sie nichts ausrichten konnte. Was hätte sie auch tun können? Sie kümmerte sich um Künstler wie Schönberg und Pfitzner, versuchte, Anna eine gute Mutter zu sein, organisierte Konzerte und spielte Klavier, aber mehr vermochte sie nicht zu bewirken.

Auf dem Marktplatz angekommen, fiel es ihr schwer, ihre bevorzugte Blumenfrau auszumachen, also stürzte sie sich ins Getümmel. Doch wie sich herausstellte, waren die meisten der Menschen, die sich in den Gängen zwischen den Ständen drängten, nicht gekommen, um einzukaufen. Alma konnte kaum einen Schritt tun, ohne angebettelt zu werden. Mütter trugen ihre Kinder auf dem Arm und streckten ihr die Hände entgegen, Kinder hängten sich an ihren Rock. Alma umklammerte ihren Beutel, in dem sie ein paar Heller für die Blumen dabeihatte. Endlich gelang es ihr, zu den Ständen durchzudringen. Viel war hier allerdings nicht im Angebot. Der Winter neigte sich dem Ende zu, ebenso wie die Vorräte der Stadt. Alma hatte sich schon lange nicht mehr darum kümmern müssen, Lebensmittel einzukaufen, aber die Preise für ein paar mickrige Kartoffeln kamen ihr horrend vor. Kein Wunder, dass die Leute betteln mussten. Sie hastete an den Ständen vorbei, bis sie schließlich auf einer Kirchentreppe eine Blumenfrau kauern sah, die ein paar dünne Sträuße Osterglocken anbot. Das leuchtende Gelb der Blüten zog Alma magisch an. Sie eilte auf die Frau zu, drückte ihr ein paar Münzen in die Hand, wahrscheinlich zu viel, und dann eilte sie so schnell wie möglich nach Hause, fort von all diesem Leid, das ihr fast das Herz brach.

Hauptmann hatte die großen blauen Augen eines unschuldigen Kindes, fand Alma, als sie ihn und Grete an diesem Abend zur Begrüßung umarmte. Am Tisch saß er ihr gegenüber, und sie betrachtete ihn eingehend. Er war vierundfünfzig Jahre alt, drei Jahre älter, als Gustav geworden war. Wie dieser hatte er eine hohe Stirn und ebenso ungebändigte Haare, auch wenn sich die Ähnlichkeiten damit schon erschöpften. Alma schüttelte den Gedanken ab. Was war denn das für ein Unsinn, diese Erinnerungen an Gustav hatten hier wirklich nichts zu suchen. Hauptmann hatte 1912 den Literaturnobelpreis bekommen und verdiente für einen Schriftsteller gutes Geld, wobei er hin und wieder durchaus aneckte, wie 1913, als ein Stück von ihm in Breslau abgesetzt wurde, weil es als zu pazifistisch und antimilitärisch empfunden worden war. Alma mochte seine Art des Schreibens, sie hatte alle seine Bücher in ihrer Bibliothek und natürlich auch alle gelesen. Sie nahm einen Löffel vom Steckrübeneintopf, den die Köchin nicht nur ganz exquisit zubereitet hatte, es war ihr auch gelungen, Würste als Einlage zu ergattern, nachdem Alma sie darum gebeten hatte, für die Gäste ein besonderes Mahl zuzubereiten.

»Sie müssen uns bald einmal besuchen kommen«, sagte Grete nun.

Alma errötete, da sie ja gerade erst in Berlin gewesen war und sicher so schnell wie möglich wieder hinfahren würde, sobald Walter das nächste Mal Fronturlaub bekäme. Aber das sagte sie lieber nicht. Stattdessen lächelte sie freundlich. »Natürlich, sehr gern. Ich freue mich schon darauf, auch den Rest der Familie bald wiederzusehen.«

Gretes Blick verdüsterte sich, sie schien zu schlucken. Hauptmann antwortete an ihrer Stelle: »Da werden Sie leider mit uns vorliebnehmen müssen, liebe Alma. Unsere Söhne sind alle zum Militärdienst eingezogen worden.«

»O nein«, brach es aus ihr heraus, »alle drei? Wie schrecklich.« Grete nickte bekümmert.

»Aber gnädige Frau. Froh sollen wir sein und tanzen. Endlich
wird der alte Mief aus diesem Europa verjagt, der Krieg macht
die Menschen frischer und stärker. Hier bahnt sich eine Erneuerung an, die dringend notwendig war. Lassen Sie uns an-
stoßen auf den deutsch-österreichischen Sieg und den neuen
Wind, der wehen wird!«

Alma musste an ihren Ausflug zum Markt denken und
was der Krieg diesen Menschen für Leid gebracht hatte. Dann
dachte sie an Kokoschka, von dem sie gehört hatte, dass er sein
bitteres Versprechen wahr gemacht hatte – er war nun ebenfalls an der Front. Und Walter, der ihr kaum etwas von seinen
Erlebnissen erzählt hatte, weil es ihm zu schwerfiel, darüber
zu sprechen. Alles, was sie wusste, war, dass er dort Tag für Tag
dem Tod näher war als dem Leben. Meinte Hauptmann ernst,
was er da sagte? Drei Söhne in Lebensgefahr und dann noch
Begeisterung? Sie sah ihn zweifelnd an, hob dann jedoch ihr
Glas, um mit ihm und Grete anzustoßen.

Später kamen auch Hans Pfitzner, der sich neuerdings ausgesprochen korrekt Alma gegenüber benahm, Lilly Lieser und
ein paar weitere Freunde. Der Abend wurde lang und immer
lauter, Wein war zum Glück genügend da.

Irgendwann geriet Pfitzner mit Hauptmann in ein Streit-
gespräch über Kritik, von der er fand, sie sei der notwendige
Dünger, um die Kunst wachsen zu lassen.

»Wenn sie fundiert und an der Sache orientiert wäre, dann
mögen Sie recht haben, Pfitzner«, sagte Hauptmann. »Aber
ich werde so lange schon von den selbsternannten Kritikern

von oben herab behandelt, dass es mir ein Rätsel ist, wie das mein Werk verbessern sollte. Ich möchte endlich als Autor so angenommen werden, wie ich bin, und nach den Kriterien beurteilt werden, die man an eine Literatur wie die meine anlegen sollte.« Hauptmann war ein Vertreter des Naturalismus, der sich auf die genaue Abbildung der Konflikte seiner Zeit fokussierte. Alma wusste, dass Hauptmann nicht nur in seinem eigenen Verhalten stets authentisch war und auf Konventionen wenig Wert legte, auch die Figuren in seinen Theaterstücken waren immer der Welt verhaftet und echt. Seine Helden waren keine Phantasiegestalten, sondern Bahnwärter und Fabrikarbeiter.

Doch Pfitzner war anderer Ansicht: »Sie müssen andere Themen wählen, mit Verlaub, Hauptmann. Bei Ihrem Talent sollten Sie über großartige Menschen schreiben, die dem deutschen Volk als Vorbild dienen können.«

»Nein«, sagte Hauptmann nur. »Ich glaube nicht, dass das notwendig oder mein Thema ist. Früher war es so, dass man über Ideale schrieb, aber diese Zeiten sind längst vorbei. Wir leben in der Moderne. Kunst entwickelt sich weiter, und heute muss die Kunst den Blick auf die Wirklichkeit richten. Heldengesänge liegen mir nicht, Pfitzner, da müssen Sie sich einen anderen suchen. Oder Sie nehmen mich, wie ich bin.«

»Zum Teufel mit allen, die Sie nicht nehmen, wie Sie sind, Hauptmann«, sagte Alma und erntete ein herzliches Lachen für ihre Wortwahl.

Hauptmann grinste breit: »Sie sind ein Prachtweib, Alma. Im nächsten Leben möchte ich ein Kind von Ihnen.«

Grete schlug ihm leicht auf den Arm. »Sei nicht so ungezogen, Gerhart. Du musst dir auch keine Hoffnungen machen. Alma Mahler hat so viele Verehrer, die reichen ihr bis ins nächste Leben.«

Alma war nicht sicher, ob sie da eine Spur Kritik heraushörte, aber sie lachte laut mit den anderen über den Scherz.

Pfitzner lachte nur gehemmt, aber er verkniff sich immerhin einen unangenehmen Kommentar. Stattdessen tat er weiterhin seine Meinung über Literatur kund. »Vielleicht sollten Sie, Herr Hauptmann, einfach mehr auf die Verbindung zwischen den Figuren und der Handlung Ihrer Werke achten. Nehmen Sie zum Beispiel Goethe. Ein verehrter Dichter, der sein Augenmerk auf die Figuren, die Personen und ihre Eigenarten in seinen Stücken legte. Die Handlung seiner Dichtung baute er darum herum, er ging vom Menschen und seinen Eigenschaften aus und beobachtete, was passiert, wenn man unterschiedliche Charaktere mit unterschiedlichen Zielen aufeinandertreffen lässt. Das merkt man auch, finden Sie nicht? Schiller hingegen tat genau das Gegenteil, er entwickelte gute Handlungsstränge, vernachlässigte jedoch die Ausarbeitung der Charaktere, über die er schrieb. Einzig Shakespeare war in der Lage, Figuren und Handlung in ein ausgewogenes Verhältnis zu bringen.« Damit hatte er seine Rede wohl beendet, denn er nahm sein Glas und trank einen Schluck.

Alma fand, dass seine Worte nach einer recht plumpen Kritik an Hauptmann klangen, doch dieser schien zu gute Laune zu haben, um sich darüber zu ärgern. Er lachte nur wieder. »Pfitzner, haben Sie nicht Angst, nach einer solchen Lobpreisung eines Engländers für unpatriotisch gehalten zu werden? Sie haben wohl mitbekommen, gegen wen wir Krieg führen?«

»Auch über Patriotismus können wir sprechen, wenn Ihnen der lieber ist als die Literaturkritik, obwohl das doch alles zusammenhängt«, antwortete Pfitzner.

Alma hielt den Atem an. Sie hatte schon bemerkt, dass Pfitzner immer mehr dazu neigte, jegliche Kunst daran zu messen, wie patriotisch sie sei, was ihr völlig widersinnig erschien.

»Meine Söhne sind an der Front«, entgegnete Hauptmann, »ich selbst habe das Manifest der Dreiundneunzig mitunterzeichnet, in dem ich erkläre, dass Deutschland an diesem Krieg keine Schuld trifft. Ich zermartere mir den Kopf, um ein Stück zu schreiben, das sowohl patriotisch als auch intelligent als auch gewinnbringend für die Kunst ist. Und ich glaube, lieber Pfitzner, damit ist für diesen Abend der Patriotismus zur Genüge besprochen.«

Alma hob ihr Glas, um die Stille, die auf Hauptmanns entschlossene Worte einsetzte, nicht zu lang werden zu lassen. »Dann trinken wir. Auf den Patriotismus, auf die Söhne und auf die Kunst!«

Sie meinte, die Erleichterung der Abendgesellschaft zu spüren. Versöhnlich fragte sie nun Pfitzner, wie er mit der Arbeit an seiner Oper vorankomme.

Es war schon fast Morgen, als Alma ihre durchaus angetrunkenen Gäste hinausbegleitete. Hauptmann und seine Frau wohnten natürlich im Hotel, Pfitzner diesmal in einer Wohnung von Lilly, die er nach Hause brachte.

Mit einem kleinen Knall schloss Alma die Tür hinter ihnen und lehnte sich gegen die kalte Wand. Ihr Kopf dröhnte, und die plötzliche Stille rauschte in ihren Ohren. Trotz der heiklen Themen hatte sie den Abend überaus genossen. Doch jetzt, als sie noch mit erhitzten Wangen an der Tür stand, musste sie an Walter denken. Lebte er? War er unverletzt, oder lag er in einem kalten Lazarett und bangte gerade um sein Leben? Alma schloss die Augen und legte eine Hand auf ihr klopfendes Herz. Sie versuchte sich zu beruhigen, nahm ein paar lange Atemzüge. Nein. Es ging ihm gut. Alles andere würde sie spüren, denn es gab eine Verbindung zwischen ihnen, die nun nicht mehr abreißen würde.

KAPITEL 46
Wien, April 1915

Wie gut, dass Alma in diesen Tagen, in denen alles knapp wurde, zumindest das Briefpapier nicht ausging. Jeden Tag schrieb sie an Walter in der Hoffnung, ihn an der Front ein wenig aufzumuntern, vielleicht abzulenken von allem, was dort passierte. Was das war, wusste sie nicht genau, denn Walter berichtete nur vage von seinen Erlebnissen. Alma verstand, dass er sie damit schützen wollte, dennoch hätte sie gern mehr darüber erfahren, was er tat und wie es ihm damit ging, und erwartete jeden einzelnen seiner Briefe sehnsuchtsvoll. Im Gegenzug schrieb sie ihm aufs Genaueste, was sie zu tun hatte, wen sie traf und mit wem sie sprach. Um sich intensiver mit seinem Metier auseinanderzusetzen, hatte sie sich auch an Bekannte in New York gewandt, die ihr einige Bücher über amerikanische Architektur geschickt hatten. Eins davon sandte sie an Walter in der Hoffnung, ihn von diesem schrecklichen Krieg und den schlaflosen Nächten, von denen er ihr berichtet hatte, ablenken zu können. Der Krieg, das war ihr nun klarer als je zuvor, war der Feind der Kunst, der Kultur und jeder Entwicklung, ja der Feind der Menschheit überhaupt. Wie sollten denn neue Opern und Gebäude und Bücher entstehen, wenn alle jungen Männer damit beschäftigt waren, einander die Schädel einzuschlagen? Immer dringlicher hoffte sie auf ein schnelles Ende dieses Gemetzels.

Walter hatte sich für das Buch bedankt, auch wenn er nicht

versprochen hatte, es zu lesen. Vielleicht war es doch keine gute Idee gewesen, ein Buch an die Front zu schicken, fragte sie sich nun. Dabei hoffte sie nichts mehr, als sich um die Zeit nach diesem vermaledeiten Krieg Gedanken machen zu dürfen.

Regelmäßig stand sie auch in Briefkontakt mit Schönberg; noch hatte sich der Umzug nach Wien nicht ergeben, aber das Konzert sollte schon in den nächsten Tagen stattfinden. Lilly, die sich in Breitenstein erholte, schrieb eine Postkarte und versprach, rechtzeitig zu Schönbergs Auftritt wieder in Wien zu sein. Und dann kam noch ein Brief – von Kokoschka. Er kämpfte im Osten, in Galizien, und schrieb davon, wie sehr er gedrillt und gehasst wurde in seinem Regiment, die Kameraden machten sich über ihn lustig, es schien der blanke Horror, den er nun erlebte.

Er tat Alma leid. Sie hatte ihn nicht mehr lieben können, und es war ihr schwergefallen, ihm das verständlich zu machen. Aber sie hatte nie gewollt, dass er leiden musste, und wollte sich gar nicht vorstellen, was ihm in dieser Situation alles passieren konnte.

An diesem Nachmittag tagte der Vorstand der Gustav-Mahler-Stiftung, und es wurde beschlossen, den diesjährigen Preis an Julius Bittner zu vergeben. Bittner hatte schon mehrmals Almas Rat gesucht, er hatte gerade eine Cello-Sonate komponiert, die von zwei sehr talentierten Künstlerinnen aufgeführt worden war und großen Anklang gefunden hatte, auch bei Alma. Doch sie verspürte ein schlechtes Gewissen, dass Schönberg den Preis in diesem Jahr nicht bekommen

würde, da sie wusste, wie sehr er auf jede Unterstützung angewiesen war.

Die Gäste blieben bis in den Abend, und schließlich schickte
Alma nach Bittner und seiner Frau, um ihnen die gute Nachricht mitzuteilen. Tatsächlich erschienen beide kurz darauf, ließen sich feiern und stießen dankbar mit allen an. Dann aber
zog Frau Bittner Alma beiseite. »Ich wollte mich noch einmal
ausdrücklich bei Ihnen bedanken, Frau Mahler. Aber ich weiß,
dass Sie den Preis der Stiftung ursprünglich ins Leben gerufen
haben, um Schönberg zu helfen. Wir sind nicht reich, und wir
freuen uns sehr, verstehen Sie mich nicht falsch. Aber wollen
Sie nicht die Hälfte des Preisgelds an Schönberg geben? Ich
weiß, er braucht es mehr als wir.«

Alma starrte die Frau nur an. Was für eine Großmut. Sie
bezweifelte, dass Schönberg in der umgekehrten Situation
genauso gehandelt hätte. Aber Frau Bittner hatte recht, die
Schönbergs brauchten das Geld dringend.

Dankbar drückte sie Frau Bittners Hand. »Wenn Sie es wünschen, Frau Bittner, dann werde ich das in die Wege leiten.
Schönberg kann tatsächlich jeden Heller gut gebrauchen, den
wir ihm senden können. Aber Ihr Mann hat den Preis mit seinem Können und seiner Leistung ehrlich verdient. Sind Sie
sich sicher?«

Frau Bittner warf ihrem Mann einen Blick zu, der ihr ein
warmes Lächeln schenkte. Dann sah sie Alma wieder an. »Ja.
Bitte tun Sie es, teilen Sie den Preis auf.«

Alma schenkte sich und Frau Bittner Wein nach, dann stießen sie auf ein halbes Preisgeld und eine ganze Portion Groß-
herzigkeit an.

Kurz darauf traf Schönberg mit Grete und den Kindern in Wien ein. Alma hatte sich entschieden, die Familie diesmal bei sich unterzubringen. Anna freute sich über die Gesellschaft und Alma ebenso, auch wenn es nur ein paar Tage waren. Die Nachricht, dass er wenigstens die Hälfte des Preises der Mahler-Stiftung bekommen werde, versetzte Schönberg in Hochstimmung. Er genoss die Zeit in Wien offensichtlich, freute sich, dass Alma an jedem Abend Gäste einlud, und kümmerte sich beängstigend wenig um die Vorbereitung des Konzerts. Stattdessen erklärte er Alma und jedem, der es wissen wollte, immer wieder, wie sein Zwölftonsystem funktionierte. In all seinen Stücken wandte er es nun als kompositorische Technik an, nur selten wich er einmal davon ab. Beeindruckt von dem kreativen Potenzial dieser neuen Musik, war Alma aufgeregt und geschmeichelt zugleich, als Schönberg ihr erzählte, dass er ihr ein Klavierstück widmen wolle. Sobald er es fertiggestellt habe, natürlich. Trotz alldem wäre es ihr jedoch lieber gewesen, er hätte wenigstens hin und wieder für die Aufführung geprobt. Sie hatte ihm ihre, also eigentlich Gustavs, bearbeitete Partitur der neunten Symphonie von Beethoven gegeben, doch er dachte offensichtlich gar nicht daran, sich vorzubereiten. Bei der Orchesterprobe wäre Alma, die ganz hinten im Saal saß, dann am liebsten im Boden versunken. Schönberg war vollkommen ahnungslos! Die Orchestermusiker merkten das natürlich, und es gab ordentlich Streit. Auch die Veranstalter waren nicht begeistert, und Alma musste für das Konzert bürgen.

Sie hoffte, dass Schönberg daraus seine Lehren gezogen habe, doch am Abend des Konzerts stellte sich heraus, dass diese Hoffnung vergeblich gewesen war. Wie konnte das sein? Was ritt diesen Mann nur? Das Konzert war so erbärmlich, dass Alma schließlich unauffällig ihre Loge verließ und sich in einer Ecke im Entrée des Saals verbarg, um Schönberg wenigstens durch ihre Unruhe nicht noch zusätzlich aus dem Konzept zu bringen. Als die letzten Töne verklungen waren, konnte sie keinen Applaus hören, und die wenigen Besucher, es waren ohnehin nicht viele gekommen, verließen eilig das Konzerthaus. Es war eine Katastrophe. Schönberg war ein festes Honorar zugesagt, wie auch den Musikern, dazu hätte er aber vom Überschuss aus den Kartenverkäufen noch etwas bekommen sollen. Doch am nächsten Vormittag, als Alma zur Abrechnung ins Konzerthaus ging, stellte sich heraus, dass es einen Verlust von zweitausend Kronen gab. Seufzend stellte sie einen Wechsel aus. Dieser Versuch, Schönberg aus der finanziellen Patsche zu helfen, war ordentlich schiefgegangen. In Gedanken versunken, trat Alma auf die Straße, wo zu allem Überfluss noch ein sehr unangenehmer Kerl auf sie zukam.

»Sind Sie Alma Mahler?«

Sie nickte, machte aber Anstalten weiterzugehen, sie würde sicher mit diesem Menschen auf der Straße kein Gespräch anfangen. Doch der Mann trat ihr in den Weg und hielt ihr eine ihrer Visitenkarten unter die Nase. *Arnold Schönberg bittet, Herrn Russel aus dem Erlös des Konzerts hundert Kronen auszuzahlen,* las sie und wich zurück. »Es tut mir leid, Herr … Russel. Das Konzert hat ein Defizit erwirtschaftet. Es gibt keinen Gewinn, aus dem ich Ihnen etwas auszahlen könnte«, sagte sie, so abweisend sie konnte. Dann raffte sie ihre Röcke und ging davon, ihr Schritt viel sicherer, als sie sich fühlte.

Bei nächster Gelegenheit, als Mathilde sie nicht hören konnte, sprach sie Schönberg darauf an und bemerkte, wie er sich unter ihrem Blick wand.

»Ich … es tut mir leid, dass dich dieser Mensch belästigt hat, Alma. Ich kümmere mich darum.«

Sie nickte. »Ich danke dir.«

KAPITEL 47

Wien/Berlin, Mai 1915

Es regnete, aber endlich stiegen die Temperaturen, so dass man auf den Sommer zu hoffen beginnen konnte. Alma stand am Fenster und starrte hinaus in die Bindfäden, als die Post gebracht wurde. Mit einem seltsamen Gefühl im Bauch, einer gewissen Unruhe, sah sie sich die Briefe an. Einer war von Schönberg, der vermutlich gut in Berlin angekommen, aber schon wieder knapp bei Kasse war. Hauptmann hatte ebenfalls geschrieben.

Dann entdeckte Alma einen Brief von Walter, und ihr Herz tat einen kleinen Sprung. Sie legte den Rest der Post auf ihren Schreibtisch und machte es sich in ihrem Lesesessel bequem, denn besondere Absender verdienten besondere Aufmerksamkeit. Und nach diesem hier sehnte sie sich sehr. Sie öffnete den Umschlag vorsichtig.

Geliebte Alma,

geht es Dir gut? Du weißt nicht, wie sehr ich mich nach Dir sehne. Die Kämpfe haben eine neue Intensität erreicht, und unsere Reihen lichten sich mehr als angenommen. Aber seit ich hinter der Frontlinie eingesetzt werde, fühle ich mich etwas sicherer. Es gibt große Neuigkeiten: Ich habe Briefpost bekommen von Henry van de Velde, er ist der Direktor der Großherzoglich Sächsischen Kunstgewerbeschule – und Belgier, weshalb er die Leitung nun abgeben muss. Er hat zwar mit dem Krieg nichts zu schaffen, aber es bleibt ihm wohl nichts anderes übrig. Er hat sich ausbedungen, selbst nach einem Nachfolger zu suchen, und da hat er an mich gedacht. Ich habe ihm gleich zurückgeschrieben, dass ich Interesse hätte. Meinst Du nicht, dass das eine großartige Möglichkeit für mich wäre, mich weiterzuentwickeln? Und noch eine gute Neuigkeit habe ich: Ich bekomme drei Tage Urlaub! Willst Du mich in Berlin treffen? Ich freu mich so auf Dich, liebste Alma.

Dein Walter

Alma ließ den Brief sinken, schloss die Augen und stellte sich Walter vor. Wie er vor ihr stand, ihr in die Augen blickte und sie dann in die Arme nahm. Fast konnte sie es spüren. Sie wollte so sehr, dass dieser Wunsch Wirklichkeit wurde. Ach, wenn er doch nur bei ihr wäre und nichts mehr mit diesem vermaledeiten Krieg zu tun hätte. Wenn er nach Berlin käme, wollte er vermutlich auch seine Mutter besuchen, aber das würde Alma nicht abhalten. Im Geist ging sie die Liste der Dinge durch, die vorzubereiten waren. Sie schaute auf das angegebene Datum und begriff, dass sie eigentlich sofort abreisen musste. Morgen spätestens. Dann würde sie besser ohne Lilly reisen, es waren ja nur zwei Tage, vielleicht einer mehr, den sie bei Schönbergs verbringen würde. Und während Alma eine kleine Tasche packte, dachte sie darüber nach, was Walter ihr geschrieben hatte. Eine Stelle als Leiter einer Kunstschule wäre eine gute Chance für ihn, seine Ideen umzusetzen. Wie oft hatten sie darüber gesprochen, dass Kunst und Handwerk zusammengehörten. Sie musste ihn fragen, was genau in einer

Kunstgewerbeschule gelehrt wurde. Und dann würden sie zusammen überlegen, wie er seine Vorstellungen umsetzen konnte. Sie freute sich so darauf!

Es war nicht zu glauben. Das Wetter war in Berlin viel besser als in Wien, wo es bei Almas Abfahrt noch immer geregnet hatte. Wann war jemals etwas in der deutschen Hauptstadt schöner als in ihrer Heimat gewesen? Vom Anhalter Bahnhof nahm Alma eine Droschke nach Charlottenburg, sie hatte vor, wieder am Steinplatz ein Zimmer zu buchen. Walter würde sie am Nachmittag dort abholen, sobald er selbst in Berlin eingetroffen war. Diesmal hatte Alma niemandem davon erzählt, dass sie nach Berlin fuhr. Sie reiste zwar viel und oft, aber auch das hatte der Krieg mehr eingeschränkt, als ihr lieb war, und vermutlich hätte es Fragen aufgeworfen, wenn bei ihren Freunden bekannt geworden wäre, dass sie allein nach Berlin reiste. Aber was ging ihr Glück andere an?

Ein paar Stunden später stand ihr Glück dann endlich vor ihr, Walter in seiner Uniform, die ihn noch beeindruckender wirken ließ als seine eleganten Anzüge. Er bot ihr galant den Arm, und sie spazierten in Richtung des Kurfürstendamms.

»Stell dir vor, Alma. Es hat sich noch mehr ergeben.« Sie hörte an Walters Stimme, wie begeistert er war, und nickte, während sie mit der rechten Hand beiläufig über seinen Arm strich. Weimar. Wie weit war das wohl von Wien entfernt?

»Ich habe vom Oberhofmarschall des Großherzogs von Sachsen-Weimar-Eisenach die Aufforderung erhalten, eine formale Bewerbung einzureichen. Er will die Kunstgewerbeschule umorganisieren, van de Veldes Abgang zu einer Erneuerung nutzen, und deshalb möchte er, dass ich dem Großherzog darlege, wie man die Schule gänzlich neu ausrichten könnte. Ist das nicht großartig?«

Alma strahlte. Eine solche Gelegenheit, neue künstlerische Ideen in einer Institution umzusetzen, war auf jeden Fall großartig!

»Stell dir vor, Alma: keine Grenzen mehr zwischen Kunst und Handwerk. Die Schüler lernen zuerst das Handwerk, als Basis. Und wenn sie Talent haben, dann führen wir sie weiter. Die Schulen legen wir zusammen. Wer ein Künstler wird, wird vorher ein Kunstgewerbe gelernt haben, und damit werden wir die Grenze zwischen Kunst und Handwerk aufheben. Wir werden die Kunst nicht mehr nur als schmückendes Beiwerk für eine Form sehen, die Form wird Kunst sein. Und gleichzeitig wird die Form der Funktion folgen. Das wird eine ganz neue Art der Ausbildung, die ganz neue Gestalter hervorbringen wird. Etwas noch nie Dagewesenes.«

»Ich freue mich so für dich«, antwortete Alma, und sie wusste, dass es stimmte, auch wenn sie eine gewisse Verunsicherung in sich spürte.

Sie würde Walter heiraten, damit wäre ihr Schicksal mit dem seinen für immer verbunden. Wie würde sie sich fühlen in dieser fremden kleinen Stadt, von der sie nicht viel wusste, davon abgesehen, dass sie Schriftsteller wie Goethe und Schiller hervorgebracht hatte?

Sie aßen in einem kleinen Restaurant, dann spazierten sie weiter, bis sie fast wie zufällig vor dem Haus standen, in dem

Walter wohnte. Es dämmerte schon, aber der Abend war noch warm.

Walter zog Almas Hand an die Lippen und küsste sie. »Würdest du mir die Ehre erweisen, mit nach oben zu kommen, Frau Gropius?«

Frau Gropius? Hörte sich das nicht schön an aus seinem Mund? Alma tat, als würde sie sich umsehen. »Und wenn wir beobachtet werden, Herr Feldwebel?« Sie kicherte.

Walter beugte sich zu ihr und flüsterte ihr ins Ohr, was ihr eine Gänsehaut über den Arm jagte: »Ich werde Sie verteidigen, gnädige Frau. Bis auf den letzten Tropfen Blut gebe ich mein Leben für Sie.«

»Ich will doch nicht hoffen, dass das nötig sein wird, Herr Gropius. Lebendig sind Sie mir lieber.« Alma hätte ihn gern geküsst in diesem Moment, aber sie standen ja noch auf der Straße.

Leise lachend schloss Walter die Haustür auf, und Hand in Hand stiegen sie die Treppen zu seiner Wohnung hinauf, immerhin noch darauf bedacht, dass niemand sie sehen konnte. Dann verschwanden sie in der Wohnung und brachten die blütenweißen Laken in Walters Bett mehr als durcheinander. Sie liebten sich inniglich, lagen danach eng aneinandergekuschelt da und malten sich eine gemeinsame Zukunft aus, wobei Walter ihren Körper fürsorglich zudeckte. Bis sie schließlich beide völlig übermüdet einschliefen.

Es musste der nächste Morgen angebrochen sein, als Alma von einem Geräusch wach wurde. Sie schälte sich vorsichtig aus Walters Umarmung. Er schlief selig, und sie brachte es nicht übers Herz, ihn zu wecken. Wieder dieses Geräusch. War da jemand in der Wohnung? Alma schwang sich ein Betttuch um die Hüften und nahm leise den Schürhaken vom Kaminbesteck. Dann schlüpfte sie durch die Tür und schlich auf Zehenspitzen in Richtung Küche, woher die Geräusche kamen. Würde sie einen Einbrecher überraschen?

Alma stieß die Tür mit Schwung auf, um den ganzen Raum einsehen zu können. Leider konnte dadurch auch Manon Gropius, Walters Mutter, sie, Alma, sehen, wie sie barbusig, nur mit einem Leintuch umhüllt und einem Schürhaken in der Hand dastand.

Frau Gropius ließ vor Schreck die Porzellantasse fallen, die sie gerade in der Hand gehalten hatte.

Verdammt, fluchte Alma innerlich. Diese Begegnung würde ihr Verhältnis zu Walters Mutter sicherlich nicht verbessern. Und richtig. Frau Gropius stieß einen Schrei aus. »Sie! Sie Dirne! Was tun Sie hier!«

An ihren weit aufgerissenen Augen konnte Alma erkennen, dass es keinen Sinn hatte, in diesem Augenblick mit ihr zu diskutieren. Der Schreck, eine nahezu fremde Person bei ihrem Sohn zu finden, noch dazu in ihrem Aufzug, war der Frau offenbar bis in die Knochen gefahren. Alma stellte den Schürhaken in der Zimmerecke ab und zog das Leintuch höher, um sich zu bedecken. Sie hatte zwei Möglichkeiten: Sie konnte sich wortlos ins Schlafzimmer zurückziehen und Walter bitten, seine Mutter aus seiner Wohnung zu entfernen. Oder sie konnte seiner Mutter klarmachen, dass sie sich von ihr nicht beschimpfen ließ. Wenn sie sich in ihrer Position als Walters Frau behaupten wollte, durfte sie nicht so schnell klein beigeben. Und obwohl Alma den starken Drang verspürte, im nächsten Mauseloch zu verschwinden, kam Rückzug nicht in Frage. Sie setzte ein Lächeln auf und trat einen Schritt auf Manon Gropius zu. Mit einer Hand hielt sie das Leintuch über ihrer Brust fest, mit der anderen strich sie sich die Haare aus dem Gesicht. Dann schaute sie schnuppernd zur Kaffeemaschine. »Ah, Sie haben Kaffee für uns gemacht? Wie nett von Ihnen.« Sie lächelte Walters Mutter freundlich an, die erschrocken vor ihr zurückwich. Leider unternahm sie keine Anstalten, den Kaffee einzugießen. Aber das machte nichts. Alma kam noch näher, wobei sie Acht gab, nicht mit den nackten Füßen auf das zersplitterte Porzellan zu treten. Sie goss Kaffee in eine der Tassen, die auf dem Küchentisch standen, und zog sich damit in den Salon zurück, wo sie sich auf dem Sofa niederließ. Manon Gropius sagte keinen Mucks mehr und wagte offensichtlich nicht, ihr zu folgen.

In diesem Moment öffnete sich die Tür zum Schlafzimmer und Walter trat heraus. Er hatte eine Hose an und ein Hemd übergeworfen, er musste mitbekommen haben, dass sie nicht mehr allein waren.

Auf Walters fragenden Blick sagte sie: »Guten Morgen, Liebling. Deine Mutter hat Kaffee für uns gemacht, möchtest du sie nicht begrüßen? Ich glaube, sie steht noch in der Küche.«

Walter riss die Augen auf und stürzte ohne ein Wort los. Alma hörte, wie er in der Küche beruhigend auf seine Mutter einredete, dann wurden die Scherben auf dem Boden aufgekehrt. Alma trank ihren Kaffee. Diese modernen Maschinen bereiteten wirklich sehr guten Kaffee zu. Vielleicht sollte sie in Wien auch eine anschaffen.

Schließlich stellte sie die Tasse ab und ging hinüber ins Schlafzimmer, um sich etwas anzuziehen. Nachdenklich schlüpfte sie in ihre Bluse. Walters Mutter hatte großen Einfluss auf ihren Sohn, das hatte Alma schon gemerkt. Auch war ihr nicht verborgen geblieben, dass Manon Gropius sie nicht mochte, obwohl Alma ihr nichts getan hatte. Und sie hatte sogar einen Schlüssel zur Wohnung ihres Sohnes. Gut, Almas Mutter hatte auch einen Schlüssel zu ihrer Wohnung, aber die betreute schließlich regelmäßig Anna.

Alma hörte Stimmen aus der Küche, was sagte Walter seiner Mutter wohl? Stand er zu Alma? Würde er zu ihr halten, wenn seine Mutter nicht gut über sie sprach? Und was sollte sie tun, wenn es nicht so war? Rasch zog Alma sich fertig an und ging wieder ins Wohnzimmer, gerade in diesem Moment öffnete sich die Küchentür, und Walter kam mit seiner Mutter heraus. Er lächelte sie an, führte seine Mutter jedoch am Arm in Richtung Tür.

»Meine Mutter kann leider nicht bleiben, Alma«, sagte er.

»Wie schade«, antwortete Alma, »aber vielen Dank für den Kaffee, Frau Gropius, er war köstlich.«

Walters Mutter warf ihr nur einen kurzen Blick zu, sagte allerdings nichts und verließ die Wohnung. Walter kam zu Alma, nahm sie in die Arme und küsste sie ohne ein Wort.

Auf der Fahrt zurück nach Wien dachte Alma über zwei Dinge nach. Zum einen fragte sie sich, wie es ihr nach dieser Episode gelingen solle, Walters Mutter von sich zu überzeugen. Denn ihr war keinesfalls daran gelegen, dieser Frau, auf die Walter große Stücke hielt, den Krieg zu erklären.

Und zum anderen fragte sie sich, ob sie wohl, nachdem sie zwei Tage fast rund um die Uhr mit Walter im Bett verbracht hatte, womöglich schwanger sein könne.

Was würde sie dann tun?

KAPITEL 48
Wien/Franzensbad, Juni 1915

Nach ihrer Zeit in Berlin, die sich angefühlt hatte wie ein Blick ins Paradies, fühlte Alma sich in Wien wie eingesperrt. Nichts bereitete ihr Vergnügen, sie vermisste Walter mehr als je zuvor.

Dann traf ein langer Brief von Kokoschka ein. Es war ein regelrechter Liebesbrief, in dem er Alma beschwor, zu ihm zurückzukommen, er brauche ihre Anwesenheit, um arbeiten zu können. Alma spürte in sich hinein, doch die Gefühle für Kokoschka, die sie einst gehabt haben mochte, hatten keinen Raum mehr in ihr. Er war ihr so fern wie nie zuvor. Ganz abgesehen davon, dass er irgendwo in Galizien an der Front war und sicher ohnehin nicht malte. Sie würde ihm nicht zurückschreiben, er musste verstehen, dass ihre Beziehung vorbei war.

Danach hing sie wieder ihrer Sehnsucht nach Walter nach, die all ihr Denken dominierte. Sie wusste nichts anderes mit sich anzufangen, als Briefe an ihn zu schreiben, in denen sie ihm versicherte, wie sehr sie ihn vermisse. Aber auch das heiterte sie nicht auf. Sie war so schwermütig, dass sie zu nichts Lust hatte und sich nur mit Mühe zu den Dingen, die sie tun musste, aufraffen konnte.

Wer sie schließlich aufmunterte, war Lilly. Sie kam vorbei, trank mit Alma Tee und schlug ganz beiläufig vor: »Was hältst du denn davon, nach Franzensbad zu fahren? Zur Erholung?«

Alma war sich fast sicher, dass sie nicht noch mehr Erholung brauchte, sondern eher ein bisschen Abenteuer, ein neues Erlebnis. »Franzensbad?«, fragte sie skeptisch.

»Du hast doch schon von dem Kurort gehört? Sie haben sich auf Frauen spezialisiert.«

Alma zog eine Augenbraue hoch. Nur Frauen? Sie wusste, dass Lilly sich unter Frauen am wohlsten fühlte. Mit ihr sah das zwar anders aus, aber sie war Walter versprochen, wozu also sollte sie Männern begegnen?

»Es ist eins der wenigen Kurbäder, die man im Moment besuchen kann, weil es noch nicht vom Krieg in Mitleidenschaft gezogen ist. Und das Beste: Wir waren noch nicht da. Es ist etwas ganz Neues für uns beide.« Lilly grinste.

Alma musste lachen. »Du kennst mich wirklich zu gut. Ja, wenn ich ehrlich bin, könnte ich Abwechslung dringend gebrauchen.«

So löste Lilly das Problem ihrer Einsamkeit und fuhr mit Alma und Anna nach Franzensbad. Es war wunderschön dort, das Wetter zeigte sich von der besten Seite, und der Ort war sehr pittoresk. Alma genoss die Umgebung, der tägliche Spaziergang durch den Ort machte ihr Spaß, und auch die Anwendungen waren angenehm. Vor allem aber machte ihr Anna große Freude, wenn sie mit Feuereifer immer neue Dinge entdeckte und im Wasser planschte. Abends verwandelte sie sich mit Almas Unterstützung in eine elegante junge Dame, so dass Alma ihr bald ein paar neue Kleider kaufte. Doch weder ihre reizende Tochter noch Lillys freundliche Konversation schafften es, Alma über ihre Sehnsucht nach Walter hinwegzutrösten. Ihr Herz war bei ihm und ihre Gedanken auch. Und je länger sie nichts von ihm hörte, desto trauriger wurde sie, auch wenn es kaum anders zu erwarten war, da ihre Post ja aus Wien nachgesandt werden musste. Abends schrieb sie sich ihren Kummer in ihrem Tagebuch von der Seele:

Ich weiß nicht, wie es weitergehen soll. Ich vermisse Walter unendlich. Wenn er mich genug liebt, dann wird sich alles lösen. Und wenn er mich nicht genug liebt, dann werde ich wohl weiter allein meinen staubigen Weg durchs Leben gehen müssen.

Es war am siebten Tag ihres Aufenthalts, als ein Stapel Briefe aus Wien geliefert wurde. Alma saß mit Lilly und Anna gerade beim Frühstück. Lilly schnappte ihr die Post vor der Nase weg und sortierte grinsend ihre eigenen Briefe aus. »Hier ist einer für dich. Schönberg. Und noch einer. Ach, Kokoschka schreibt dir immer noch?«

Alma warf ihr einen bösen Blick zu. Ja, Kokoschka schrieb, selbst wenn sie ihm nicht antwortete.

»Und hier ist einer von … oh, ich glaube, auf den wartest du?« Lilly hielt den Brief Alma hin; als diese danach greifen wollte, zog sie ihn wieder weg. »Wirklich? Hast du sehr gewartet?« Sie lachte und gab Alma den Brief.

Alma warf einen Blick auf den Absender. Von Walter. Endlich. Am liebsten hätte sie sofort den Umschlag aufgerissen und hastig in sich aufgenommen, was ihr Geliebter ihr schrieb.

Sie steckte den Brief zusammen mit den anderen in ihre Tasche und beendete in aller Ruhe das Frühstück. Sie hatte nicht vor, unter Lillys Argusaugen zu lesen. Nachdem das Essen beendet war, versorgte sie Anna mit einem Buch und bat sie um ein bisschen Geduld. Dann zog sie sich in ihr Zimmer zurück und begann ihr gewohntes Ritual. Sie nahm den Brief, setzte sich hin und öffnete ihn sorgfältig, ohne den Umschlag zu zerstören. Dann zog sie das Blatt heraus und las. Langsam und ehrfürchtig, denn jeder Brief aus Walters Feder war eine kleine Kostbarkeit, wertvoll wie nichts anderes auf der Welt.

Doch als sie gelesen hatte, was da stand, war es auf einen Schlag vorbei mit ihrer Ruhe. Almas Herz raste, ihre Wangen röteten sich. Walter bekam ein weiteres Mal für ein paar Tage Urlaub.

Hochzeitsurlaub!

KAPITEL 49

Berlin, 18. August 1915

Auch von dieser Reise nach Berlin erzählte Alma zu Hause in Wien niemandem, und diesmal mietete sie sich nicht in der Pension ein, die ihr schon fast zum zweiten Zuhause in Berlin geworden war. Die Stadt begrüßte sie wieder mit strahlendem Sonnenschein, im Norden sah Alma Rauch am Himmel, der aus den zahlreichen Schornsteinen stammte, die Berlin wie eine gewaltige Maschine anzutreiben schienen. Und wie jedes Mal, wenn sie herkam, fragte sie sich, ob sie diese Stadt eigentlich mochte oder nicht. Wenn Wien eine gemütliche, aber freundliche, kluge Salonnière war, dann war Berlin ein junges Ding, nicht unbedingt hübsch, doch immer voller Tatendrang und Übermut, bei dem man noch nicht genau wusste, ob es zur Königin oder zur Hure werden würde. Diese Unentschlossenheit, die Berlin ausstrahlte, verunsicherte Alma bisweilen, selbst wenn sie der Charme der rauen, dynamischen Stadt auch immer wieder in ihren Bann zog. An einem Tag wie heute besonders. Sie fuhr mit einer Droschke vom Bahnhof nach Charlottenburg zu Walters Wohnung. Mit klopfendem Herzen stieg sie aus, nahm ihre Reisetasche in die Hand und betrat das Haus, stieg die Treppen hinauf, eine Stufe nach der anderen.

Noch hätte sie umkehren können, eine Droschke zurück zum Bahnhof und den nächsten Zug in Richtung Süden nehmen. Sie könnte versuchen, Walter zu vergessen, Kokoschka erhören oder einen anderen. Sie hatte die freie Auswahl, sie war Alma Mahler, eine strahlende Persönlichkeit, die in ihrer Stadt alle kannte, die Rang und Namen hatte, an der man nicht vorbeikam. Und nun stand sie hier in einem dunklen Treppenhaus in einem Vorort von Berlin und sollte noch an diesem Nachmittag Walter Gropius, den Architekten, heiraten. Und sie wusste, sie würde es tun, denn sie liebte Walter von Herzen, er war der Mann, mit dem sie ihr Leben verbringen wollte und von dem sie sich Kinder wünschte. Es klang für sie selbst seltsam, aber genauso war es. Seit dem Tod ihrer ältesten Tochter war sie der Meinung gewesen, sie wolle nie wieder ein Kind bekommen, weil sie es nicht ertragen könne, Maria zu ersetzen. Sie hatte mehrmals ihr Leben aufs Spiel gesetzt, um spätere Schwangerschaften abzubrechen. Aber mit Walter war es anders. Mit ihm würde sie es noch einmal wagen, eine richtige Ehe einzugehen, eine Familie zu gründen. Mit ihm glaubte sie, das innige Zusammensein eines Paares, die verbindliche Einheit noch einmal erleben zu können, die erst die Sicherheit schuf, in der man Kinder großziehen konnte. Mit ihm und für ihn würde sie zu seiner Ehefrau werden. Für ihn und für diesen Traum würde sie aufhören, Frau Mahler zu sein, auch wenn es sie ihre Witwenpension kosten würde.

Sie hatte die Stufen bis in den ersten Stock erklommen. Hier war sie also. Wenn sie übermorgen nach Wien zurückführe, wäre sie Frau Alma Gropius. Sie klopfte an die Tür, die sofort aufgerissen wurde, als hätte Walter dahinter gewartet. Alma warf sich ihm in die Arme, und er drückte sie an sich, als wollte er sie nie wieder loslassen.

<><><>

Am Nachmittag liefen sie Hand in Hand zum Standesamt in Charlottenburg. Bevor sie es betraten, warf Walter noch einen Blick auf die Papiere, aber sie hatten alles beisammen. Fast.

Walter schlug sich gegen die Stirn. »Die Trauzeugen!«

Alma riss die Augen auf. »Trauzeugen? Es ist doch nur ein Standesamt.«

»Die brauchen wir trotzdem.« Walter sah sich hektisch um. »Unser Termin ist gleich. Wir müssen schnell sein. Komm, wir fragen einfach jemanden.«

Alma brach in Lachen aus. Dennoch drehte sie sich um und hielt einen vorbeigehenden Mann am Ärmel fest.

Walter tat es ihr gleich. »Verzeihen Sie, könnten Sie uns aus der Patsche helfen? Wir brauchen dringend einen Trauzeugen.« Der Mann schaute ihn mit leeren Augen an, als wäre Walter verrückt geworden, befreite sich und ging seiner Wege. Da bemerkte Walter einen Pionier auf der anderen Straßenseite und ging zügig hinüber. Dieser Mann war glücklicherweise leicht zu überzeugen, vor allem, als Walter ihm ein kleines Honorar in Aussicht stellte. Er drehte sich um. Wo war Alma? Da, ein oder zwei Häuser vom Standesamt entfernt, wurde gebaut, und Alma sprach mit einem der Arbeiter. Walter bedeutete dem Pionier, er hieß Erich Subke, was Walter sicherlich bald wieder vergessen würde, ihm zu folgen und trat auf der anderen Straßenseite zu Alma, die den Maurer Richard Munske im Schlepptau hatte. Der Mann schien etwas verwirrt, vielleicht hatte er nicht alles verstanden, was Alma gesagt hatte, manchmal verfiel sie in ein breites Wienerisch, dessen Klang Walter zwar sehr liebte, das er selbst aber nur zum Teil verstand.

Die erste Hürde war genommen, nun galt es, den Standesbeamten zu überzeugen, und danach wäre die Frau, die er liebte, endlich die seine.

Die Trauung selbst dauerte nur wenige Minuten, zwei Unterschriften und eine sehr kurze Ansprache des Beamten später war es getan. Walter sah Alma an. Seine Frau. Er zog sie an sich und küsste sie, bis der Standesbeamte mit einem Räuspern auf sich aufmerksam machte.

»Damit wäre es geschafft. Herr Gropius, Frau Gropius, ich gratuliere Ihnen beiden.«

Das war wohl eine höfliche Variante eines Rauswurfs, aber heute konnte nichts mehr Walters Laune trüben. Sie drehten sich um und mussten sich an der nächsten Hochzeitsgesellschaft, die erheblich größer war, vorbeidrücken. Als sie aus dem Haus traten, schien es, als strahlte die Sonne wärmer, als wäre der Himmel blauer als je zuvor. Er drückte den Trauzeugen jeweils ein paar Mark in die Hand, woraufhin sich beide in unterschiedliche Richtungen aus dem Staub machten. Dann wandte er sich an Alma. »Wir sollten diesen Tag feiern, ich habe einen Tisch im Borchardts reserviert. Aber vorher möchte ich dich ganz für mich allein haben.«

Alma lächelte. »Jetzt sind wir vereint, wie wir es immer erträumt haben.«

Er winkte einer Droschke.

Die nächsten beiden Tage verbrachten sie in Walters Bett, nur wenn sie Hunger hatten, verließen sie die Wohnung, um schnell etwas in einem der kleinen Restaurants zu essen, die es überall in der Nähe gab.

Doch gleich einem Damoklesschwert, schwebte Walters Abreise über ihnen, schon in wenigen Stunden würde es so weit sein. Alma wusste, dass sie sich freuen sollte, Walters Nähe so lange wie möglich auszukosten, das Glück dieses Augenblicks zu genießen, damit sie es mitnehmen und daheim in Wien davon zehren konnte. Am liebsten hätte sie nicht dieses Gefühl, sondern ihn selbst mitgenommen. Was waren das für Zeiten, die Liebende so brutal auseinanderrissen? Sie hätten zusammenbleiben müssen, denn nun waren sie nichts anderes als Mann und Frau. Sie spürte, wie ihr Tränen in die Augen traten, Tränen der Traurigkeit, vermischt mit Wut über die Ungerechtigkeit des Krieges.

Walter küsste ihr die Tränen fort. »Alles wird gut, geliebte Alma. Nun kann uns nichts mehr trennen.«

KAPITEL 50
Wien, September 1915

N*un kann uns nichts mehr trennen,* dachte Alma, als sie im Zug nach Wien saß, nach diesen wenigen gestohlenen Stunden.

Immer wieder in den nächsten Wochen dachte sie an diese Worte zurück. Fast konnte sie nicht glauben, dass es wirklich passiert war, dass sie nun auf ewig zusammengehörten. Einzig Lilly vertraute sie sich an, ihr hatte sie das Versprechen abgerungen, zu schweigen, bis … ja, bis es so weit war, dass diese Ehe kein Geheimnis mehr sein musste.

»Seit über einem Monat bin ich verheiratet, aber es ist die merkwürdigste Ehe, die man sich vorstellen kann«, sagte sie zu Lilly, als sie sich im September eines Nachmittags zum Kaffee trafen. »Es fühlt sich so unverheiratet an. Als wäre ich frei und doch gebunden. Dabei möchte ich so gern, dass es sich so anfühlt, als wäre ich für alle Zeit in den Hafen eingelaufen. Endlich angekommen.«

»Wenn man einen Hafen braucht, ist der Gropius sicher nicht der schlechteste.«

»Wir schreiben«, Alma musste lächeln, »wir schreiben uns, sooft es geht, und wenigstens weiß ich so, dass er an mich denkt.«

Lilly drückte ihre Hand. »Ach, Alma. Es ist doch nur der Krieg, der ihn davon abhält, bei dir zu sein. Wenn ich mir anschaue, was dieser Mann schon alles angestellt hat, um dich zu bekommen. Und jetzt hat er dich endlich geheiratet. Und du ihn. Bist du glücklich?« Alma sah ihre Freundin nachdenklich an. »Bin ich glücklich? Das ist eine sehr gute Frage. Was ist denn das überhaupt? Ich weiß, dass ich glücklich bin, wenn ich mit Walter zusammen bin. Das sind die schönsten Momente überhaupt. Aber es sind eben nur Momente. Aber jetzt gerade, hier in Wien, allein? Nein, ich glaube nicht, dass ich in diesem Moment glücklich bin.« Alma spürte, wie ihr der Hals eng wurde. Nein, sie würde nicht weinen. Lilly war ihre Freundin, aber es gab Grenzen, bis zu denen man sich gehen lassen konnte. Und die würde sie heute nicht überschreiten. Sie atmete tief durch. »Ich wollte mich bei dir noch einmal bedanken, dass du den Schönbergs ermöglichst, bei dir zu wohnen.«

Lilly ließ Almas Hand los und machte eine abwehrende Handbewegung. »Ach, das ist nichts. Die Wohnung in der Gloriettegasse steht leer, und ich könnte mir keine besseren Bewohner vorstellen als diese vier entzückenden Menschen.« Sie hielt inne. »Bekomme ich noch einen Schluck Kaffee?«

Erschrocken schaute Alma auf ihre Tassen. War sie in ihrer Einsamkeit eine so schlechte Gastgeberin geworden? Sie nahm die Kanne und schenkte nach. Sollte sie nach Ida rufen, damit sie noch mehr Kaffee brachte? Oder mehr Kuchen? Die erneute Trennung von Walter, die Unmöglichkeit, ihr neues Glück zum Alltag werden zu lassen, nahm sie so mit, dass es ihr zunehmend schwerfiel, in Gesellschaft so zu agieren, als wäre alles ganz normal.

»… aber du hast sicher schon gelesen, was passiert ist. Es tut mir leid.«

Was? Alma schüttelte den Kopf. Sie war so in Gedanken gewesen, dass sie nicht verstanden hatte, was Lilly gesagt hatte, irgendwas mit Kokoschka?

Lilly schien ihr die Verwirrung anzusehen. »Oh, du hast es noch nicht gehört. Es tut mir leid, Alma – Kokoschka ist gefallen.«

Alma sah die Freundin ungläubig an. Sie konnte nicht glauben, was sie gesagt hatte. »Oskar?« Sie rang nach Luft. »Gefallen?«

Ja, sie hatte sich von Kokoschka getrennt, weil sie nichts mehr für ihn empfunden hatte und immer nur Walter gewollt hatte. Umso mehr schockierte sie nun diese Nachricht. Trug sie etwa die Schuld an seinem Tod, weil sie ihm im Streit vorgeworfen hatte, dass er sich nicht gemeldet habe? Sie rang nach Luft, die Brust war ihr eng geworden, Tränen stiegen ihr in die Augen. Ein paar Minuten saß sie nur da, ließ ihren Tränen freien Lauf, wie betäubt.

»O Liebes. Ich sehe, wie nahe dir das geht.« Lilly redete leise und beruhigend auf sie ein. »Soll ich läuten, damit Ida etwas Stärkeres bringt?«

Alma schüttelte den Kopf. »Nein, jetzt nicht. Ich danke dir.« Es fühlte sich alles leer an, sinnlos. Kokoschka tot? Das durfte doch nicht wahr sein. Er hätte nicht sterben dürfen, das war ungerecht. Wer ließ so etwas zu? Ein junger, talentierter Mann wie er. Vor Almas Augen tauchte sein Bild auf, er vor der Leinwand, wo er sie so oft gemalt hatte. Dann wusste sie, was sie wollte.

»Würdest du mit mir hinüber in sein Atelier gehen? Ich glaube, das ist der richtige Ort, um sich von ihm zu verabschieden.«

Eine halbe Stunde später sperrte Alma unter dem missbilligenden Blick der Vermieterin die Tür zu Kokoschkas Atelier auf. Den Schlüssel hatte sie bisher nicht zurückgegeben, warum, wusste sie selbst nicht so genau. Zusammen mit Lilly, die ihre Hand hielt, betrat sie den Raum. Überwältigt blieb Alma stehen. Alles sah so aus, als wäre Kokoschka nur kurz ausgegangen und würde jede Minute zurückkommen. Der junge Maler, der hier eben noch gearbeitet hatte, sollte tot sein? Das war doch ganz und gar unmöglich. Überall standen Bilder, Porträts zumeist, in denen er mit schnellen, klaren Strichen die Seele der Porträtierten eingefangen zu haben schien. Manche Körper schienen aus Formen zu bestehen, andere hatten eine frappierende Ähnlichkeit mit dem Modell. Es waren expressionistische Bilder, die den Jugendstil hinter sich gelassen hatten. Modern und seelentief. Alma atmete tief durch und ging auf den Schreibtisch zu, der ebenfalls mit Zeichnungen und dazu mit Gedichten übersät war. Kokoschka war auch ein guter Dichter gewesen, auch wenn Alma ihn hauptsächlich als Maler erlebt hatte. Sie zog die Schublade des Schreibtischs auf und bemerkte einen ganzen Stapel Briefe, die sie Kokoschka geschrieben hatte. Sie würden, wie alles hier, nun Kokoschkas Mutter in die Hände fallen. Dieser Frau ausgerechnet, die Alma nur einmal getroffen hatte, die aber ihre Abneigung so deutlich gemacht hatte, wie man es nur konnte.

Alma spürte, wie Lilly neben sie trat und neugierig in die Schublade spähte.

»Denkst du, ich kann die Briefe an mich nehmen? Ich möchte nicht, dass sie jemand liest, den sie nichts angehen.«

»Natürlich kannst du das.« Lilly wandte sich um, blickte auf die Berge von Zeichnungen und Gemälden, die überall in Kokoschkas typischer chaotischer Weise herumlagen.

»Ich denke auch, du kannst dir ein paar Zeichnungen mitnehmen. Er hätte das gewollt.« Sie hielt eine Zeichnung hoch, auf der ein Akt von Alma zu sehen war, und betrachtete sie interessiert.

Alma nahm ihr das Blatt aus der Hand. Sie wurde nicht rot, nein, dafür hatte sie zu oft Modell gestanden, nicht nur für Kokoschka, aber ein bisschen unangenehm war es ihr doch. Wo sie sich auch umsah im Atelier, welche Skizze, welches Gemälde Lilly auch hervorzog, auf fast allen war Alma zu sehen.

»Aber du kannst unmöglich alle mitnehmen, auf denen du zu sehen bist«, sagte Lilly, und Alma wusste, dass sie natürlich recht hatte. Sie konnte sich und ihre Spuren nicht aus Kokoschkas Leben entfernen, auch wenn der Gedanke verführerisch war. Letztendlich war es sein Leben gewesen, und sie war nicht die Einzige, die Anspruch auf ein Stück davon erhob.

»Alma!«, rief Lilly nun und hielt sich in gespieltem Entsetzen die Hand vor den Mund. Dabei hob sie eine Zeichnung hoch, auf der Alma nackt und in mehr als eindeutiger einladender Pose zu sehen war. »Hier sind ja noch mehr dieses Kalibers.« Lilly kicherte und schob einen Stapel Blätter über den Tisch.

»Lilly, lass das. Ich bin jetzt eine verheiratete Frau. Ich glaube nicht, dass Walter sonderlich erbaut wäre, wenn er diese Zeichnungen sehen würde.«

»Ich fürchte, dann musst du sie mitnehmen. Das ist praktisch Pornographie. Am Ende findet sie noch irgendein Schmierfink von Reporter und druckt sie. So würde dein Walter sie auf jeden Fall früher oder später zu sehen bekommen. Aber ich finde sie übrigens sehr interessant.« Lilly hielt sich das Blatt Papier dicht vors Gesicht.

»Du bist ein Biest, Lilly Lieser«, stellte Alma fest. »Aber du hast recht. Ich muss ein paar dieser Werke verschwinden lassen.«

Zusammen mit Almas Briefen packten sie die skandalösesten Skizzen auf einen Haufen und verschnürten das Ganze mit Paketschnur. Es war ein beträchtlicher Stapel, aber in der Flut der Zeichnungen im Atelier fiel es wahrscheinlich gar nicht auf, dass einzelne fehlten. Und wem hätte es auffallen sollen? Kokoschka allein hätte gewusst, was Alma mitgenommen hatte, aber sicher hatte niemand sonst einen Überblick.

Mit schmerzendem Herzen und einem großen Stapel Papier kehrte Alma nach Hause zurück.

KAPITEL 51

Berlin, Oktober 1915

Das Gute im Schlechten war, dass Walter alle paar Wochen für wenige Tage nach Hause fahren durfte, um sich um sein Büro zu kümmern. Osthaus, den er zu den Weimarer Angelegenheiten befragt hatte, hatte ihm noch einmal bestätigt, dass van de Velde in Weimar nicht weiterbeschäftigt werde und daher dringend ein Nachfolger gesucht werde. Mittlerweile hatte sich auch Fritz Mackensen an Walter gewandt, der Direktor der Kunsthochschule in Weimar, der einen Leiter für eine neu einzurichtende Abteilung für Architektur und Kunst suchte. Walter war nach Berlin gekommen, um für beide Positionen die notwendigen Unterlagen zusammenzustellen. Mit so einer Position, zusammen mit einigen Privataufträgen, die er nicht ausschlagen würde, würde er sich nicht nur eine hervorragende Ausgangsposition für seine weitere Karriere schaffen, sondern auch in der Lage sein, seine neue kleine Familie, seine Frau, seine Stieftochter und hoffentlich bald auch eine ganze Schar eigener Kinder standesgemäß zu versorgen. Außerdem, und dieser Gedanke war ihm sofort gekommen, als er von der zweiten Position erfahren hatte, war die Kombination der beiden Schulen doch eine hervorragende Möglichkeit, seine Vorstellung von der Kombination von Handwerk und Kunst in die Wirklichkeit umzusetzen. In Weimar wäre alles da, was er brauchte, um seine Ideen wahrwerden zu lassen. Nun musste er nur noch die Verantwortlichen von seinem Plan überzeugen.

Er hatte Alma am Morgen vom Bahnhof abgeholt, wieder hatte sie die Reise nach Berlin angetreten, was er sehr schätzte, umso mehr, als er wusste, dass sie die deutsche Hauptstadt bei Weitem nicht so liebte wie er. Er verfolgte das rasante Wachstum Berlins stets auch mit den Augen des Architekten, der die Stadt gestalten wollte. Und nicht alles, was gebaut wurde, gefiel ihm. Zu oft wurden die Fassaden noch mit verspieltem Stuck überzogen, die eigentlich durchaus gut geplanten Häuser am Ende noch »verschönt«. Als wäre eine unnatürliche Verzierung dieser Art etwas Schönes, Walter konnte darüber nur den Kopf schütteln. In dieser brodelnden Stadt war offensichtlich, dass schnell und auf praktikable Weise viel Wohnraum für Menschen geschaffen werden musste. Und nicht nur das, auch die Arbeitsstätten, die Manufakturen und Fabriken brauchten ein anderes, praktischeres Design. Die Zeit des verspielten Stucks würde bald ein für alle Mal vorbei sein. Schon jetzt wurden Häuser nach Standardplänen blank und schnell hochgezogen, aber zum Abschluss, als Sahnehäubchen sozusagen, erhielten sie dann doch noch eine Stuckfassade – zu süßliche Sahne für seinen Geschmack.

Nun genoss er vor allem die Aussicht auf ein paar Stunden nur mit seiner Alma. Dazu bemühte er sich, auch den Krieg, diesen ungeliebten Fremden, der sein Denken viel zu sehr vereinnahmte, aus seinem Geist auszuschließen, und selbst die Gedanken an die Arbeit zu verbannen. Es blieb wohl beim Versuch, denn so sehr er sich auch bemühte, konnte Walter nicht verhindern, dass in seinem Kopf das wütende Gebrüll des Geschützfeuers im Hintergrund donnerte. Auch jetzt, während sie Arm in Arm den Ku'damm entlangspazierten und überlegten, wo sie zu Mittag essen sollten. Ob er je wieder einfach den Tag genießen und nichts tun können würde?

Am Nachmittag nahmen sie eine Droschke zu einem Geschäft, in dem sich Militärangehörige ausstatten konnten. Walter brauchte neue Reitstiefel und ließ sich verschiedene Ledermuster zeigen. Alma musste grinsen, weil sich sein Sinn für Mode und für Qualität auch hier zeigte. Walter prüfte Materialien immer genau, wandte dafür Zeit und Muße auf. Sie selbst hätte schnell und ungeduldig entschieden, es wäre ihr langweilig geworden, hätte sie so lange über so etwas Profanes wie Leder sprechen müssen. Er hingegen … das konnte noch lange dauern. Sie sah sich in dem Laden um, aber es gab darin natürlich rein gar nichts, was ihr gefallen hätte oder was sie wenigstens gern betrachtet hätte. Zudem nahm sie den derben Geruch des Leders und des Wachses immer stärker wahr und spürte, wie sie Kopfschmerzen bekam.

»Ich warte draußen, lass dir Zeit. Es ist nicht kalt«, sagte sie zu ihrem Ehemann. Wie wunderbar sich das anfühlte – ihr Ehemann. Sie lächelte in sich hinein und verließ den Laden.

Unschlüssig stand Alma nun auf der Straße, sie hätte sich in die wartende Kutsche setzen können, doch die Sonne schien, der Himmel war blau, der Tag war viel zu schön, um ihn in der Kutsche zu verbringen. Während sie vor dem Militärgeschäft auf und ab spazierte, bemerkte sie ein Klingeln. Ein alter Mann zog einen Karren voller Bücher, offenbar ein fahrender Buchhändler, der mit einer Glocke auf sich aufmerksam machte.

Was für ein Glück! Alma winkte den Mann heran und machte sich daran, seine Ware zu begutachten. Ein Buch nach dem anderen nahm sie heraus, betrachtete es, überlegte, ob sie es lesen sollte, ob sie den Autor kannte, ob sie in ihrer Bibliothek schon Werke von ihm hatte.

Sie hätte Stunden damit verbringen können, doch irgendwann brummte der Händler: »Frollein, wenn Sie was lesen wollen, dann kaufen Sie es. So viel kosten die Bücher nun auch nicht.«

Alma legte schnell das Buch weg, in das sie gerade ihre Nase gesteckt hatte. Dann fiel ihr Blick auf eine Ausgabe der *Weißen Blätter*, eine monatlich erscheinende Zeitschrift, in der expressionistische Literatur veröffentlicht wurde. Max Brod, Robert Musil, Thomas Mann, von denen wusste sie. Aber da waren noch viele mehr. Diese Zeitschrift wäre auf keinen Fall ein Fehlkauf. Sie drückte dem Mann ein paar Münzen in die Hand und stand dann glücklich mit der Zeitschrift in der Sonne. Ein Blick in den Laden, aber Walter war noch nicht fertig mit seiner Anprobe.

Schließlich setzte Alma sich doch in die wartende Kutsche und freute sich an den Texten, wobei ihr besonders ein Gedicht gefiel. *Die Erkennende* von einem gewissen Franz Werfel. Alma nahm sich vor, sich diesen Namen zu merken, denn beim Lesen war in ihrem Kopf sofort eine passende Melodie ertönt. Vielleicht würde sie sich, sobald sie zu Hause in Wien war, ans Klavier setzen und endlich wieder komponieren. Sie las es von Neuem:

Menschen lieben uns, und unbeglückt
Stehn sie auf vom Tisch, um uns zu weinen.
Doch wir sitzen übers Tuch gebückt
Und sind kalt und können sie verneinen.

Was uns liebt, wie stoßen wir es fort
Und uns Kalte kann kein Gram erweichen.
Was wir lieben, das entrafft ein Ort,
Es wird hart und nicht mehr zu erreichen.

Und das Wort, das waltet, heißt: Allein,
Wenn wir machtlos zueinanderbrennen.
Eines weiß ich: nie und nichts wird mein.
Mein Besitz allein, das zu erkennen.

Alma fühlte, wie sehr diese Worte ihr Inneres trafen. Wie sehr wünschte sie sich, aus vollem Herzen zu lieben, jemand wiederzulieben, der sie liebte. Sie hoffte aus ganzem Herzen, dass sie mit Walter die Chance dazu haben würde. Das Gefühl, allein zu sein, kannte sie nur zu gut. Aus ihrer Ehe, aus der Zeit danach. Nichts war ihr vertrauter als das Gefühl, selbst inmitten von Menschen, selbst neben ihrem ihr angetrauten Ehemann, völlig allein zu sein auf der Welt.

KAPITEL 52
Wien, Weihnachten 1915

Der Dezember hatte keinen Schnee mitgebracht, nur Regen, Matsch und eine unangenehm feuchte Kälte. Der Krieg dauerte nun schon länger als ein Jahr, viel länger, als Alma und all ihre Bekannten je erwartet hätten. Nicht nur durch die vielen Flüchtlinge, Alma hatte gehört, es sollten jetzt über hunderttausend Menschen sein, die ihre Heimat verloren hatten und auf der Suche nach Zuflucht waren. Darum und aus vielen anderen Gründen war die Versorgung mit Lebensmitteln für alle schwierig geworden. Seit dem Sommer war der Krieg immer näher gekommen, in den Bergen kämpften jetzt Österreicher gegen Italiener. Alma war schon so oft in ihrem Leben in Italien gewesen, sie liebte Venedig und das Meer, das ganze Land, die freundlichen Leute, die jetzt unter dem Krieg litten. So viele waren schon gestorben, und aus welchem Grund? Und noch eine schlimme Nachricht hatte es gegeben: Auch Arnold Schönberg war nun zum Militär einberufen worden. Alma hatte ihm so gewünscht, dass dieser Kelch an ihm vorüberginge, aber wie so oft in letzter Zeit war ihre Hoffnung enttäuscht worden.

Doch all das hielt sie nicht davon ab, dieses Weihnachtsfest zum ersten Mal seit Gustavs Tod wieder groß zu feiern. So schwer es ihr auch fallen mochte, sie wollte Zuversicht verbreiten und Hoffnung. Heute, am 24. Dezember, erwartete sie Walter, der ein paar Tage bei ihr verbringen würde, am ersten Feiertag hatte sie ihre Mutter und Carl Moll eingeladen, um mit ihnen und Walter und Anna zusammen ein Familienfest zu feiern. Das erste von hoffentlich vielen. Und am 26. Dezember plante sie ein Abendessen mit ihren Freunden. Lilly, die Schönbergs, alle eben. Einmal den Krieg vergessen und das Zusammensein genießen. Das erforderte einiges an Planung und Raffinesse, denn es war eine Herausforderung, an genügend Essen für so viele Leute zu kommen, überall in der Stadt waren die Lebensmittel knapp geworden. Und teuer. Alma hatte bisher gut leben können, sie war ja nicht arm. Aber selbst sie musste mittlerweile den größten Teil ihres Einkommens für Nahrungsmittel aufwenden und merkte, dass es an der Zeit war, sorgsam zu wirtschaften. Doch nicht heute, nicht an Weihnachten. Alles sollte perfekt sein, wenn sie Walter offiziell als ihren Ehemann vorstellen würde, und für so etwas hatte Alma ihre Quellen, dazu war Ida eine geschickte Verhandlerin. Sie war die letzte der Hausangestellten, die Alma behalten konnte, und sie hätte Ida um nichts in der Welt hergegeben.

Gestern hatte Alma sie losgeschickt, um auf dem Land Mehl und, wenn möglich, Fleisch zu kaufen, und Ida hatte tatsächlich das Gewünschte mitgebracht. Da man im Moment auch keinen guten Wein bekam, war Alma bei ihrer Mutter gewesen, um ihr aus dem großen Weinkeller einige Flaschen abzuschwatzen. Und nun war sie endlich wieder zu Hause und wartete im Kerzenschein auf die Ankunft ihres Ehemanns.

Es wurde ein wunderbarer Weihnachtsabend, an dem Walter und Alma zusammen mit Anna und Helene und Alban Berg einen protestantischen Gottesdienst besuchten. Die Kirche, weder die protestantische noch die katholische, hatte bisher für

Alma keine besonders große Rolle gespielt, aber die Opulenz, mit der Feste wie Weihnachten und Ostern dort gefeiert wurden, liebte sie ebenso wie die Gemeinschaft, die man spürte, wenn das ganze Kirchenschiff zusammen *Stille Nacht* sang. Noch schöner fand sie es allerdings in dieser Nacht, nach dem Kirchgang und nachdem sie Anna zu Bett gebracht hatte, noch in ihrem Esszimmer zu sitzen und bei einem Glas Wein mit Walter und den Bergs zu feiern. Dann verabschiedeten sich die Bergs, um durch den Nieselregen nach Hause zu gehen, und Alma war mit Walter allein.

Sie saßen aneinandergeschmiegt auf dem Sofa im Salon, in dem ein gemütliches Feuer im Kamin brannte.

»Ich bin so froh, dass du hier bist, Walter, immer wenn du nicht in meiner Nähe bist, fehlst du mir so sehr, dass ich es manchmal kaum ertragen kann.« Alma sagte es leise, starrte dabei in die Flammen und wurde melancholisch. Dabei hätte sie doch ausgerechnet in diesem Augenblick das höchste Glück empfinden müssen, denn genau jetzt war doch alles so, wie sie es sich erträumt hatte.

Walter küsste zärtlich ihren Scheitel. Es fühlte sich so gut und sicher an, in seinem Arm zu liegen. Wie lange hatte sie das entbehrt. Und doch spürte sie tief in ihrem Herzen ein Weh, einen Schmerz, der wohl von der drohenden Trennung genährt wurde. Dieser Moment war so schön, aber er würde bald vorübergehen, Walter würde wieder in die Vogesen fahren müssen, um in diesem sinnlosen Krieg sein Leben zu riskieren. Alma spürte, wie sie wütend wurde, und richtete sich auf, löste sich aus der Umarmung. Sie musste etwas tun, um auf andere Gedanken zu kommen.

»Warte einen Augenblick«, bat sie Walter. Dann ging sie hinüber in ihr Büro und zog das Geschenk für ihn aus einer der Schubladen im Schreibtisch. Mit einem Lächeln kehrte sie zu ihm zurück, das Geschenk hinter dem Rücken verborgen.

»Wenn du mir einen Kuss gibst, dann zeige ich dir vielleicht dein Weihnachtsgeschenk«, neckte sie ihn.

Walter stand auf, zog sie an sich und küsste sie ausgiebig. Dann küsste er ihr Ohr und ihren Hals, während seine Hände nach dem Geschenk griffen. Alma, vom angenehmen Kribbeln abgelenkt, ließ kichernd das Päckchen los.

»Danke«, raunte Walter in ihr Ohr und jagte ihr einen weiteren Schauer über den Rücken.

Leider ließ er sie dann los, setzte sich wieder und sah erst sie und dann das Geschenk erwartungsvoll an.

»Na los, pack es aus.« Alma war gespannt, was er sagen würde. Es war das erste Mal, dass sie sich etwas schenkten.

Walter öffnete vorsichtig die Verpackung und nahm das Buch heraus, das sie ausgesucht hatte.

»Paul Claudel. Den kenne ich noch nicht. *Ruhetag* heißt es?«, sagte er und sah Alma an. »Wenn du wüsstest, wie sehr ich mir einen Ruhetag wünsche. Mehrere davon.« Er lächelte sanft, so zärtlich, dass ihr ganz warm ums Herz wurde.

»Gefällt es dir?«, fragte sie und setzte sich neben ihn aufs Sofa.

»Absolut. Ich werde es bald lesen und dir schreiben, wie ich es finde.« Er küsste sie. »Hoffentlich beginnt bald die Zeit, in der wir immer zusammen sein können. Ich habe so lange auf dich gewartet, das reicht für die Ewigkeit.«

Alma rückte nah an ihn heran und schlang die Arme um ihn. »Für zwei Ewigkeiten.«

Walter küsste sie kurz, dann blätterte er in dem Buch und fand vorn ihre Widmung. »*Sichtbare Zeichen einer unsichtbaren Macht.* Wie schön du es formuliert hast. Diese unsichtbare Macht namens Liebe ist es doch, die uns bislang an so vielen Tagen am Leben gehalten hat und es auch zukünftig tun wird.« Noch ein kurzer Kuss, viel zu kurz für Almas Geschmack, dann rückte Walter von ihr ab. »Warte, Liebes, jetzt soll es auch für dich Bescherung geben.«

Gleich darauf kam er zurück und hatte zwei Päckchen in der Hand. Alma setzte sich auf, doch etwas aufgeregt.

Mit feierlicher Miene übergab Walter ihr das erste Geschenk, das größere. Alma riss die Verpackung auf, es war auch ein Buch. Sie drehte es um und erkannte, dass es ein Gedichtband war von Else Lasker-Schüler. Liebesgedichte.

»Oh, danke, mein Liebster. Ich werde sie lesen und an dich denken.« Sie lächelte und fühlte, wie Zärtlichkeit ihr Herz überschwemmte.

Walter schien sich über ihre Worte zu freuen. Er räusperte sich. »Ich hoffe, auch mein zweites Geschenk lässt dich an mich denken, solange ich nicht bei dir sein kann.« Er übergab ihr eine flache Schachtel.

Als Alma sie anfasste, merkte sie sofort, dass es eine Schmuckschatulle war. Sie warf ihm einen kurzen Blick zu, woraufhin er lächelte und ihr zunickte. Auch diesmal schaffte sie es nicht, das Paket langsam und ordentlich auszupacken, sondern riss einfach das Papier herunter. Die Schatulle war mit rotem Samt bezogen, und Alma öffnete sie. Darin lag eine lange schmale Halskette mit einem Medaillon als Anhänger, das ganz zart gearbeitet war. Das ganze Schmuckstück war elegant und weiblich und wunderbar. Behutsam öffnete Alma das Medaillon und sah, dass auf der linken Seite ein Bild von Walter eingearbeitet war. Der kleine Rahmen auf der rechten Seite war leer.

»Ich …«, Walter kratzte sich verlegen am Kopf, »ich dachte, vielleicht möchtest du da irgendwann ein Bild von unserem Sohn oder unserer Tochter aufbewahren. Dann ist unsere kleine Familie immer beisammen.« Seine Stimme war rau, als er es sagte, aber sie traf Alma ins Herz.

»Das werde ich, ich werde sie immer tragen.« Alma küsste ihn. Dann legte sie die Kette um.

»Sie steht dir sehr gut.« Er zog sie in seine Arme und küsste sie.

Alma küsste ihn zurück, dann jedoch befreite sie sich sanft. »Ich, ich habe noch etwas für dich vorbereitet.« Alma merkte, dass sie zu stottern anfing, wie albern von ihr, aber nun wurde sie erst richtig nervös. Sie räusperte sich. »Würdest du mit mir nach nebenan kommen? Ans Klavier?« Sie nahm Walters Hand, und zusammen gingen sie hinüber.

Dort setzte sie sich ans Piano und versuchte, ihrer Nervosität Herr zu werden. Eigentlich spielte sie inzwischen wieder regelmäßig, aber es war lange her, dass sie etwas vorgespielt hatte, das sie selbst komponiert hatte.

Sie atmete ein und begann mit einem leisen Vorspiel. Und dann sang sie dazu:

Wenn es nur einmal so ganz stille wäre.
Wenn das Zufällige und das Ungefähre
verstummte und das nachbarliche Lachen,
wenn das Geräusch, das meine Sinne machen,
mich nicht so sehr verhinderte am Wachen –:
Dann könnte ich in einem tausendfachen
Gedanken bis an deinen Rand dich denken
und dich besitzen (nur ein Lächeln lang),
um dich an alles Leben zu verschenken
wie einen Dank.

Alma verstummte. Sie spürte, dass ihre Wangen sich gerötet hatten, und hob den Blick. Walter strahlte sie an, die Augen voller Liebe.

»Es ist von Rilke, aber die Melodie habe ich für dich komponiert«, sagte sie.

»Wunderschön. Das Gedicht, das Lied, die Komponistin.« Walter trat auf sie zu und zog sie in seine Arme. »Meine schöne, wunderbare Alma«, flüsterte er.

Und dann, endlich, verließen sie Hand in Hand den Salon und zogen sich ins Schlafzimmer zurück, wo im Kamin ein Feuer brannte und sie diese Nacht auf andere Art weiterfeierten.

KAPITEL 53

Weimar, Januar 1916

Die Landschaft, die am Zugfenster vorbeizog, war von strahlendem Weiß überzuckert. Alma tastete mit ihrer Hand nach Walters. Viel zu lange hatte sie ihn vermisst, Wochen waren vergangen seit den wundervollen Weihnachtstagen, die ihr wie der Beginn ihres neuen Lebens vorgekommen waren. Gestern war sie nach Berlin gereist, hatte Walter in der Berliner Wohnung getroffen, und heute saßen sie nun zusammen in einem Abteil in der Bahn nach Weimar.

Er war ungewöhnlich still, dabei war Alma in freudiger Erwartung, endlich diese Stadt zu sehen, in der Walter einen Neuanfang wagen wollte. Und den Hofmarschall natürlich. Vielleicht war das das Problem, hatte Walter vielleicht Lampenfieber? Sie drückte seine Hand, die warm und weich in ihrer lag. Er trug seine Ausgehuniform, die der Wandsbeker Husaren, und sah so stark und unbeugsam aus, dass Alma ihn die ganze Zeit über hätte anstarren mögen.

Nun schien Walter von weit weg wieder aufzutauchen, er sah sie an, ein Lächeln überzog sein Gesicht. »Na, meine Liebe? Bald müssten wir ankommen.« Er holte seine Taschenuhr hervor, warf einen Blick darauf.

»Bist du aufgeregt?«, fragte sie.

Er schüttelte den Kopf. »Wie kommst du darauf?«

Sie sah ihn forschend an. »Du wirkst ein bisschen abwesend.«

»Ist das so? Entschuldige bitte, Alma. Ich wollte nicht versäumen, dir die angemessene Aufmerksamkeit zu schenken.« Walter gab ihr einen Kuss auf die Wange.

»Das nennst du angemessen?«, scherzte sie. »Das ist doch höchstens ein Anfang.«

Walters Lächeln wuchs sich zu einem Grinsen aus. »Nichts als ein schäbiger Anfang?« Sein Gesicht näherte sich ihrem. Seine Stimme wurde samtig. »Möchtest du mehr?« Damit biss er sie leicht ins Ohr, was Alma einen Schauer über die Arme jagte.

Sie rückte ein bisschen ab und blitzte ihn herausfordernd an. »Sind Sie denn in der Lage zu mehr, Herr Gropius?«

Walter beugte sich über sie und küsste sie in die Halsbeuge. Dann arbeitete er sich erst über ihren Nacken, Himmel, was für ein wunderbares Gefühl, bis zurück zu ihrem Ohr, und dann, als sie schon zuckte vor Vergnügen, küsste er sie heftig auf den Mund. Sie war kurz davor, aufzustöhnen, als er sich leicht von ihr löste und fragte: »Ist es denn so recht, Frau Gropius?«

»Sehr recht, Herr Gropius«, antwortete Alma und zog ihn wieder an sich. Sie küssten sich.

Dann aber löste sich Walter von ihr. »Wir sind da.«

Walter wusste sich sehr gut zu verkaufen, vermutlich war das sogar eines seiner größten Talente. Und dennoch war er heute mehr als dankbar, Alma an seiner Seite zu haben.

Sie wurden im Stadtschloss zunächst vom Hofmarschall begrüßt, einem dünnen, schon etwas älteren Herren mit grauen Haaren und einem gewaltigen Schnurrbart, der an den Enden gezwirbelt war, was ihm ein etwas lächerliches Aussehen gab. Walter verbeugte sich und beobachtete dann, wie Alma den Mann mit Grandezza begrüßte. Kaum hatte sie das Schloss betreten, schon umgab sie die Aura einer Königin. Almas Rücken war schnurgerade, ihre Haltung hätte jeden General begeistert. Sie plauderte ein paar Sätze mit dem Hofmarschall, fragte nach dessen Gemahlin und den Kindern, als kennte sie ihn schon seit Urzeiten. Dann erklärte der Hofmarschall noch einmal genau, wie sich seine Exzellenz Großherzog Wilhelm Ernst die Position des Direktors der Kunsthochschule vorstelle.

»Oh«, sagte Alma, »was für ein Glück, dass Sie meinen Mann für den Posten interessieren konnten. Ich nehme an, Sie haben schon gehört, wie begeistert man im Deutschen Werkbund von ihm spricht?«

Walter saß daneben und hörte zu, lächelte still in sich hinein und beobachtete fasziniert, wie der Hofmarschall vor Alma gleichsam dahinschmolz.

Es schien ihn ein wenig Überwindung zu kosten, als er sich nun Walter zuwandte. »Herr Gropius, also, darf ich Ihnen noch mitteilen, welche Summe als Ihr Gehalt vorgesehen ist?«

Er nannte eine Summe, die Walter gar nicht übel erschien. Doch bevor er etwas sagen konnte, fühlte er Almas Hand auf seinem Arm.

»Das ist die Summe, die für eine der beiden Stellen vorgesehen ist, nicht wahr, Hofmarschall?« Alma lächelte ihn liebenswürdig an. »Aber mein Gatte wird ja zwei Posten übernehmen, er trägt damit doppelt so viel Verantwortung, muss mit doppelt so vielen Angestellten und Studenten umgehen. Ich gehe also davon aus, dass er das Salär jeweils für beide Stellen bekommt?« Wieder warf sie dem Hofmarschall ein strahlendes Lächeln entgegen.

Der Mann schluckte, räusperte sich, blätterte in seinen Unterlagen, machte sich eine Notiz und richtete sich dann auf. »Ich denke, das ist so, da haben Sie ganz recht, verehrte Frau Gropius.«

Walter glaubte seinen Ohren nicht zu trauen. Mit wenigen Sätzen hatte seine Frau sein Gehalt verdoppelt zu einer Summe, die wirklich fürstlich war.

Schnell unterschrieb er den Vertrag.

Der Hofmarschall indes schien sich ein wenig überrumpelt zu fühlen, sein Lächeln wirkte etwas gezwungener, dafür war Walters umso befreiter. Denn nun, nachdem die Formalien erledigt waren, sollte er seinen zukünftigen Arbeitgeber persönlich kennenlernen. Oder vielmehr der ihn.

Alma verwandelte sich in dem Moment, in dem die Tür aufging, zu dem hingebungsvollsten Eheweib, das man sich vorstellen konnte. Keine Spur mehr von der selbstsicheren harten Verhandlerin von zuvor. Ganz liebevolle, treusorgende Gattin.

Großherzog Wilhelm Ernst trug selbst eine Uniform, ebenfalls eine der Husaren, womit Walter wusste, dass sie ihn auf ihrer Seite haben würden. Er plauderte mit ihm über die Husaren, über Pferde, dann versicherte er dem Großherzog noch, dass sie die Franzosen bald besiegt haben würden.

Zum Abschied bat der Hofmarschall ihn noch, bei nächster Gelegenheit ein Konzept einzureichen, wie er sich genau die

Umgestaltung der beiden Hochschulen vorstelle. Und dann waren Alma und er entlassen.

Auf der Rückfahrt nach Berlin sah Walter seine Frau liebevoll an. Alma saß neben ihm im Abteil, hatte den Kopf an seine Schulter gelegt und schien eingeschlafen zu sein. Er liebte sie schon lange, seit er sie zum ersten Mal gesehen hatte. Aber wahrscheinlich hatte er sie nie so sehr geliebt wie heute. Was sie nicht wusste, was er ihr niemals in aller Offenheit bekannt hatte, war, dass selbst in diesem Moment der Harmonie, in dem er der Frontlinie für kurze Zeit hatte entfliehen können, in seinem Kopf das Geschützfeuer unentwegt weiterhämmerte. Es wollte nicht aufhören, auch wenn er alles dafür geben wollte, Alma vor diesem dunklen verwundeten Teil in ihm zu schützen. Der Lärm des Schlachtfelds, die Schreie der verwundeten Kameraden, all das tobte in seinem Kopf, was es ihm oft schwermachte, Gesprächen zu folgen, sich seinen Gefühlen für sie gänzlich hinzugeben. Bisher hatte er sein Leiden gut verstecken können, umso dankbarer hatte er heute bei diesem so wichtigen Termin ihre Hilfe angenommen.

Es schien eines der wesentlichen Talente seiner Frau zu sein, das Talent anderer Menschen zu erkennen, es überzeugend in Worte zu fassen, und dann unmissverständlich zu erklären, dass dafür auch bezahlt werden müsse. Er hatte Ähnliches bei ihr schon beobachtet, wenn es um die Vermarktung von Mahlers Werk ging. Aber auch um ihren Freund Schönberg kümmerte sie sich in dieser Weise. Und sicher noch um eine ganze Menge anderer Komponisten und Musiker in Wien. Und nun war er selbst in den Genuss ihrer Fähigkeiten gekommen.

Walter wurde müde, das Klackern der Bahnschienen ver-
schmolz mit dem Tosen in seinem Kopf zu einem gleichmäßi-
gen Rauschen. Er schloss die Augen und fiel in einen leichten
Schlaf.

KAPITEL 54

Breitenstein, Juli 1916

Diese Schwangerschaft war anders, hatte Alma schon oft gedacht in den letzten Wochen. Es war ihre dritte, also die dritte, die sie sich gewünscht hatte. Alma fühlte sich rundum zufrieden und glücklich. Sie trug das Kind unter dem Herzen, nach dem sie sich schon lange sehnte, das Kind ihrer großen Liebe, ihres Ehemanns. Sie hätte ewig in diesem Zustand bleiben mögen.

Sie war mit Ida und Anna nach Breitenstein gefahren, wo sie plante, den ganzen Sommer zu verbringen. Sie war schließlich eine verheiratete Frau, deren Mann für das Vaterland kämpfte, weshalb es nur angemessen war, sich um die Familie zu kümmern, statt in Wien Gäste zu empfangen und über die neuesten Opern zu schwätzen.

Lilly hatte sie angesehen, als hätten sie alle guten Geister verlassen. »So lange willst du wegbleiben aus Wien? Kein Theater, keine Konzerte, kein gar nichts? Was willst du denn tun, den ganzen lieben langen Tag? Alma Mahler … oh, Verzeihung, Alma Gropius, ich glaube, du weißt nicht recht, was du da vorhast.«

Sie lächelte bei der Erinnerung an die empörte Freundin. Immerhin hatte Lilly versprochen, sie oft besuchen zu kommen.

Ein anderer Gast würde heute ankommen, eine Frau, die noch vor einiger Zeit nicht unbedingt willkommen gewesen wäre. Aber mittlerweile, und das erstaunte Alma selbst, freute sie sich auf den Besuch ihrer Schwiegermutter. Sie war Almas erste Schwiegermutter, Gustavs Eltern waren schon gestorben gewesen, als Alma ihn geheiratet hatte. Nach der Hochzeit hatte sie begonnen, Manon Gropius zu schreiben, schließlich sorgten sie sich nun beide um den gleichen Mann. Und Alma hatte ihr auch geschrieben, dass sie ein Enkelkind bekommen würde. Und sie eingeladen. Zu Almas Überraschung und Freude hatte Manon Gropius ihre Begeisterung kundgetan und sofort zugesagt, sie in den Bergen zu besuchen. Also würde sie heute mit der Bahn ankommen. Anna war schon aufgeregt, die neue Stiefgroßmama kennenzulernen, sie hatte sogar eine kleine Zeichnung für Manon Gropius angefertigt. Und Ida war deutlich anzumerken, dass der vornehme Besuch aus Berlin sie nervös machte. Alma fand allerdings, dass Ida da übertrieb. Alles würde gut werden, schließlich waren sie jetzt eine Familie.

Alma stand im Garten der Villa. Ursprünglich hatte sie geplant, einen üppigen Blumengarten anzulegen, ein kleines Rasenstück, auf dem die Kinder spielen konnten und einige hübsche Bäume zu pflanzen, in deren Schatten man sitzen konnte. Der Krieg hatte ihre Meinung geändert. Statt Blumenrabatten hatte sie mit Idas Hilfe Gemüse, Tomaten, Kartoffeln, Karotten und vieles andere angebaut, und sie war heilfroh, dass der große Kirsch- und der Apfelbaum die Bauarbeiten überstanden hatten. Jetzt, wo alle Nahrungsmittel knapp und teuer waren, war das ein großer Vorteil, wenn es auch viel Arbeit bedeutete. Alma kniete sich nieder und begann, das Unkraut aus den Beeten zu rupfen.

Die Sonne brannte heiß, als sie ihre Arbeit unterbrach, weil Anna und Ida von ihrem Waldspaziergang zurückkamen. Spaziergang war eigentlich das falsche Wort, Ida war eine ausgezeichnete Pilzkennerin und hatte mit Anna für das Abendessen sorgen wollen. Semmelknödel und Rahmschwammerl, um den Gast nicht zu enttäuschen. Alma richtete sich auf und drückte den schmerzenden Rücken durch. Nicht mehr lange bis zu ihrem siebenunddreißigsten Geburtstag. Ihre letzte Schwangerschaft war zwölf Jahre her, sie hatte ganz vergessen, wie anstrengend es sein konnte, ein Kind in sich wachsen zu lassen. Vielleicht hatte sie sich auch etwas zu viel zugemutet, weil sich doch eigentlich alles so gut anfühlte.

Anna kam auf sie zugerannt, einen Korb in der Hand, in dem die Pilze im Takt ihres Laufs hüpften. Lachend fiel sie Alma in die Arme, wofür sie von Ida, die ihr keuchend folgte, gerügt wurde: »Nicht so stürmisch, junge Dame, nimm Rücksicht auf deine Mutter.«

Alma drückte Anna an sich. »Lass nur, ist schon gut. Habt ihr beiden unser Abendessen gejagt?«

»Ja, Mama, schau!« Anna hielt stolz den Korb hoch.

»Wunderbar, darauf freue ich mich schon. Das habt ihr großartig gemacht.«

»Hallo, die Damen!«

Alma blickte zur Straße, wo der Briefträger mit einem Stapel Briefe winkte, im Schlepptau eine ältere Dame. Manon Gropius! Um Himmels willen, was machte die denn schon hier? War es schon so spät? Alma war sich fast sicher, versprochen zu haben, sie am Bahnhof abzuholen. Ach herrje. Hoffentlich gab ihr Versäumnis kein böses Blut. Sie wischte sich die Hände an der Schürze ab, um sie wenigstens vom gröbsten Erddreck zu befreien, und eilte an die Straße. Der Briefträger drückte ihr die Umschläge in die Hand, grüßte und zog weiter.

»Frau Gropius! Ich freue mich so, dass Sie hier sind. Herzlich willkommen auf dem Breitenstein. Ida, nimmst du unserem Gast bitte das Gepäck ab?« Alma schüttelte die Hand ihrer Schwiegermutter, und Ida tat wie geheißen.

Manon Gropius lächelte. Dann sah sie sich um, betrachtete das Haus, den Garten. »Ich freue mich, hier zu sein, liebe Schwiegertochter. Und keine Sorge, es war ein angenehmer Spaziergang vom Bahnhof hierher. Meinen Koffer bringt ein Gepäckträger der Kurklinik. Er hätte mich mitgenommen, aber ich wollte nicht so lange warten, bis er die Gäste am Kurhaus abgesetzt hat.«

Alma fiel ein Stein vom Herzen. Manon Gropius war nicht böse, dass sie vergessen hatte, zur rechten Zeit am Bahnhof zu sein.

»Und darf ich Ihnen meine große Tochter Anna vorstellen?« Alma drehte sich zu Anna um, die brav knickste.

»Ich setze Wasser auf.« Ida machte sich mit dem Gepäck in der Hand auf den Weg ins Haus, Anna folgte ihr mit dem Korb.

»Ich freue mich wirklich sehr, dass Sie es zu uns geschafft haben, Frau Gropius. Ich hoffe, Sie hatten eine angenehme Fahrt. Wollen wir ins Haus gehen? Sie möchten sich vielleicht frisch machen?«

»Es war eine lange Fahrt, aber das wissen Sie ja selbst am besten, meine Liebe.« Manon Gropius' aufmerksamer Blick ruhte einen Augenblick auf Alma. »Gut sehen Sie aus. Ich freue mich, Sie nun in der Familie zu haben.«

Alma errötete leicht. »Sie sind sehr freundlich.«

»Wissen Sie, Alma, ich hätte meinem Sohn sicher nicht dazu geraten, ausgerechnet Sie zu seiner Frau zu wählen. Aber nun, da er es getan hat, werde ich seine Entscheidung natürlich respektieren. Und ich denke, wir sollten das Beste daraus machen.«

Alma schluckte. Klare Worte, aber ganz andere Töne als die, die sie zuletzt von ihr gehört hatte. Und vielleicht eine ehrliche Grundlage, um eine gute Beziehung aufzubauen.

»Kommen Sie herein, ich zeige Ihnen Ihr Zimmer. Ich habe das Haus nach meinen Vorstellungen bauen lassen, ich hoffe, es gefällt Ihnen. Aber das Schönste sind die wunderbare Umgebung und die gute Luft. Sicher werden Sie sich gut bei uns erholen.«

Damit führte Alma ihre Schwiegermutter ins Haus.

Nachdem sie Manon Gropius ihr Zimmer gezeigt hatte, lief Alma in ihr Zimmer, um sich selbst frisch zu machen. Sie wusch sich den Dreck aus dem Gesicht, reinigte die Hände und ließ sich in einen Sessel fallen, um wieder zu Atem zu kommen. Dann nahm sie die Briefe zur Hand. Einer war von Walter, den öffnete sie gleich. Ein Brief war immer eine gute Nachricht, er bedeutete, dass der Absender noch lebte. Es ging ihm gut, sie war erleichtert, das zu lesen. Denn das war die zweite Hürde. Der Brief hieß, er lebte. Man musste ihn jedoch lesen, um sich zu vergewissern, dass der Absender an der Front auch unverletzt war. Sie würde ihm später schreiben und von der Ankunft seiner Mutter berichten. Und auch darüber, wie gut sie sich verstanden. Wenn das nicht ebenfalls eine gute Neuigkeit war!

Auch Schönberg hatte geschrieben. Er war in einen Ort namens Bruck an der Leitha gerufen worden und absolvierte dort einige Wochen lang eine militärische Ausbildung, um darauf vorbereitet zu werden, an irgendeiner Front Kanonenfutter abzugeben. Alma konnte es noch immer nicht fassen. Es war schlimm genug, dass Walter kämpfen musste, aber der hatte sich immerhin freiwillig gemeldet. Schönberg war nicht glücklich, das las sie aus seinen Worten heraus, auch wenn er sich nicht offen beklagte. Der Drill war schwer zu ertragen für einen Freigeist wie ihn. Und seine Angst, in diesem Krieg zu sterben und seine Frau und seine Kinder zurückzulassen, war groß. Er bat Alma, dafür zu sorgen, dass seine Familie versorgt würde, falls er nicht zurückkommen sollte. Ob es möglich wäre, dass Mathilde in diesem Fall das Stipendium der Mahler-Stiftung direkt ausbezahlt bekäme. Alma stieß den Atem aus, natürlich würde sie dafür sorgen. Das war das Wenigste, was sie tun konnte. Aber gebe Gott, dass sie ihm das Geld persönlich aushändigen könnte.

Auch der dritte Brief kam von einem Soldaten. Lange betrachtete Alma den Absender, die vertraute Schrift Kokoschkas. Im ersten Moment hatte sie gemeint, das Herz würde ihr stehen bleiben. Dabei hatte sie schon von Lilly gehört, dass er lebte. Er hatte seine schweren Verletzungen wie durch ein Wunder überlebt. Seitdem sie das wusste, war die dunkle Last der Schuld für sie ein wenig leichter geworden. Wie oft hatte sie den Tag verflucht, an dem sie ihm vorgeworfen hatte, dass er noch nicht an der Front sei. Sie hätte viel dafür gegeben, diesen Streit ungeschehen zu machen und Kokoschka in Wien in Sicherheit zu wissen. Alma riss den Umschlag auf und las.

Kokoschka berichtete von seiner Verletzung, er hatte einen Kopfschuss erlitten, und ein Bajonett hatte seine Lunge durchbohrt. Ein Schauer überlief Alma. Hätte sie ihm das ersparen können? All die Qualen, die er durchlitten haben musste. Wie durch ein Wunder hatte er es zu seiner Truppe zurückgeschafft, war halbwegs genesen und wieder zurück in Wien. Befreit vom Kriegsdienst war er jedoch nicht. Alma schüttelte beim Lesen den Kopf, dieser Krake Krieg war wirklich nicht zufriedenzustellen. Als Nächstes sollte Kokoschka als Maler in den Alpen dienen. Er hatte die Aufgabe, die Kriegshandlungen möglichst heroisch abzubilden, triumphale Bilder von den Schlachten zu malen, die sowohl die Soldaten als auch die Daheimgebliebenen motivieren sollten. Im Gegensatz zur Fotografie, die inzwischen auch für militärische Zwecke eingesetzt wurde, war es mit dieser Form der gemalten Dokumentation möglich, dem Künstler vorzugeben, welche Stimmung er zu transportieren hatte.

Ich weiß, Alma, Du gehörst jetzt einem anderen. Ich weiß es, meine Freunde sagen es mir immer wieder, aber verstehen will und kann ich es nicht. Wie soll ich ohne Dich, meine Muse, meine Almschi, wie soll ich ohne Dich weitermalen? Komm, bitte. Komm zu mir, sei bei mir, sei das Licht, das mir die Leinwände erhellt. Ich flehe Dich an, Alma. Rette mich, steh mir bei. Keine Minute des Tages denke ich an etwas anderes als nur an Dich. Und nachts bist Du in meinen Träumen. Komm her, Alma, komm schnell.

Du bist alles, was ich vermisse.
In Liebe, Oskar

Alma ließ den Brief sinken. Sie betrachtete den Ring an ihrer Hand, dann strich sie sich über den Bauch, der langsam größer wurde, weil ein kleines Wunderwesen, ihr Kind, darin heranwuchs. Natürlich konnte und würde sie nicht an irgendeinen namenlosen Ort in die Berge fahren, um dort zuzusehen, wie sich Österreicher und Italiener die Köpfe einschlugen, und dem Ruf dieses so leidenschaftlichen, aber so besitzergreifenden jungen Mannes zu folgen. Sie wünschte Kokoschka das Beste, ein langes Leben und eine neue Muse. Ihr Platz war hier. Bei ihrer Familie und hoffentlich bald auch wieder an der Seite Walters.

KAPITEL 55
Wien, Oktober 1916

Alma saß am Fenster und sah hinaus auf ihre Stadt, die ihr so farblos und eintönig erschien. Den ganzen Sommer hatte Alma am Breitenstein verbracht, es waren ruhige, fast idyllische Monate gewesen. Walter hatte sie besucht, ebenso seine Mutter, Lilly. Alma hatte im Gemüsegarten gearbeitet, mit Anna und Ida Klavier gespielt und viel gelesen. Es war eine Zeit des stillen Glücks gewesen, vor allem im Gegensatz zu den Tagen, die sie nun mit dem schreienden kleinen Bündel Mensch auf dem Arm verbrachte, was ein sehr lautstarkes, fast überwältigendes Glück war. Erst vor zwei Wochen war sie mit der kleinen Manon Gropius – sie hatte beschlossen, ihr Kind nach der Schwiegermutter zu nennen, was zum einen die Familienbande stärkte, zum anderen gefiel ihr der Name – in die Wiener Wohnung heimgekehrt. Walter hatte am Vormittag nach der Geburt gleich wieder abreisen müssen, mehr als zwei Tage Fronturlaub hatte sein Kommandant ihm nicht zugestanden, Geburt hin oder her. Alma vermisste ihn nun umso mehr, war der Platz eines Vaters nicht hier an ihrer Seite, bei Frau und Tochter? Manon Alma Anna Justine Caroline Gropius, so hatten sie das kleine Zauberwesen genannt.

Ida umsorgte das Kind wie ein Schatz, und Anna war eine sehr süße große Schwester. Wenn nur Walter hier gewesen wäre. Dann wäre es nicht so grau in grau gewesen. Und selbst wenn sich die Sonne genauso hinter Wolkenbergen versteckt hätte, wäre das Grau draußen geblieben und hätte sich nicht in Alma hineingeschlichen, nicht in ihr ausgebreitet, so dass sie sich nicht einmal mehr aufraffen konnte, Manon in ihrem Kinderwagen im Park spazieren zu fahren. Das tat nun Ida, wofür Alma ihr dankbar war, was hätte sie nur ohne dieses Mädchen tun sollen. Sie selbst fühlte sich vollkommen unnütz. Fühlte sich überfordert von den Anforderungen des Kriegsalltags, war ratlos, wie sie die wenigen Lebensmittelmarken, die ihnen zustanden, am besten einsetzen konnte. Wäre Walter hier gewesen, hätte er gewiss noch zusätzliche bekommen, schließlich war er ein hochdekorierter Kriegsheld. Sie war so unendlich traurig, dass er nicht bei ihr und ihrem Kind war, dass sie ihr Kummer manchmal fast lähmte. Alles schien dann so hoffnungslos, der Krieg würde nie aufhören, Walter würde nie nach Hause kommen. Alles würde für immer grau bleiben.

Es klingelte an der Tür, Alma hörte, wie Ida kurz mit jemandem sprach und dann die Tür wieder geschlossen wurde. Also kein Besuch, sie atmete auf. Woher hätte sie die Kraft nehmen sollen, für einen Besucher zu lächeln?

Ida kam ins Zimmer, ein riesiges Paket mit sich schleppend. »Gnädige Frau, das ist für Sie abgegeben worden. Es ist vom gnädigen Herrn.«

Alma stand auf. Post von Walter? Ein Geschenk etwa? Vorsichtig übergab sie die kleine Manon an Ida. »Halt sie bitte.«

Dann machte Alma sich daran, das Paket auszupacken. Eindeutig ein Bild, so viel konnte sie sagen. Sie riss vorsichtig das Papier herunter und trat einen Schritt zurück.

»Ida, schau. Hast du das gesehen?« Vor Freude röteten sich

ihre Wangen. »Das ist von Edvard Munch. Das Bild heißt: *Eine Sommernacht am Strand*. Ist es nicht wunderbar?«

Manon auf dem Arm, musterte Ida das Gemälde mit zusammengekniffenen Augen. Es zeigte einen Strand, das Meer, in dem sich die Sonne spiegelte, den Himmel, und all das in berückend schönen Farben. »Ja, es ist ganz schön zum Anschauen.«

»Ganz schön, Ida? Es ist wunderbar! Für einen Munch sogar ziemlich heiter. Aber auf jeden Fall ein Kunstwerk, das man nicht so oft zu sehen bekommt. Wie hat Walter das nur geschafft?«

Ida sah sie verständnislos an.

Alma lächelte. »Er muss es einem Sammler abgekauft haben, dem Reinighaus. Ich kenne das Bild nämlich, und Walter hat sich wohl gemerkt, wie sehr es mir gefallen hat. So ein schönes Geschenk!«

Ida bückte sich vorsichtig. »Hier ist noch eine Karte dabei, gnädige Frau.«

Alma nahm die Karte, las Walters Liebesbotschaft und war glücklich.

Doch ihr Glück währte nicht lange. Im herbstlichen Wien fiel es ihr viel schwerer als im sommerlichen Breitenstein, sich als vorbildliche Ehefrau zu geben und gegen all das Grau innen und außen anzukämpfen. Der Krieg hatte jegliche Möglichkeit, sich abzulenken, ohnehin schon eingeschränkt, dazu verbot Alma es sich, selbst die wenigen stattfindenden Salons und Musikaufführungen zu besuchen, solange Walter nicht in Wien war. Stattdessen las sie. Schon immer hatte sie viel gelesen, aber nun verschlang sie die Bücher geradezu. Als ihr das Theaterstück *Goldhaupt* von Paul Claudel in die Finger kam, war sie verzaubert. Es ging um eine Königstochter, deren Vater ermordet wird. Der Henker Goldhaupt vertreibt sie von ihrem Thron, sie irrt durch ihr Reich, will die Macht über das Land zurückerobern, wird jedoch verletzt und, um Hilfe bittend, von einem Soldaten an einen Baum gefesselt. Dort findet Goldhaupt sie, selbst verwundet in der Schlacht. Er befreit die Königstochter, und bevor er stirbt, gibt er ihr die Macht zurück. Ein unerhörtes Stück, fand Alma. Sie hatte selten ein Stück gelesen, das eine Frau als Heldin zeigte und sie dann auch noch am Ende überleben ließ. Sie machte den Wiener Verleger ausfindig und bestellte zehn Exemplare des Buchs. Sie würde ihren besten Freunden eins schenken, so dringend war ihr Bedürfnis darüber zu reden, was sie gelesen hatte. Es dauerte nur bis zum nächsten Tag, da klopfte es an der Tür, Alma öffnete selbst, da Ida mit den Kindern beschäftigt war. Ein Mann stand da und brachte die Bücher.

»Gestatten, dass ich mich vorstelle? Jakob Hegner, Verleger.«

Alma starrte ihn kurz verwirrt an, gerade hatte sie sich noch gefragt, wie viel Trinkgeld man einem älteren Herrn gab, der als Botenjunge arbeitete. Er war der Verleger? »Verzeihen Sie, ich bin Alma Gropius. Ich habe die Bücher bestellt.«

»Das dachte ich mir. Ich war neugierig, wer so begeistert vom alten Claudel sein könnte, wissen Sie.«

Alma war immer noch verdattert, doch sie bat den Mann herein und kochte Tee. Dann unterhielt sie sich ausgiebig mit Hegner, der eine Reihe bekannter Namen zu seinen Autoren zählte. Eigentlich saß sein Verlag in Berlin, im Moment allerdings arbeitete er im Kriegspressequartier in Wien. Was auch sonst. Der Krieg machte vor niemandem Halt.

Alma genoss es so sehr, sich seit langer Zeit zum ersten Mal wieder mit einem intellektuellen Gegenüber auszutauschen, dass sie es Hegner sogar sagte.

»Aber, Frau Gropius, ich muss wirklich sagen, dass Sie sich und Ihren Verstand nicht zu Hause verstecken sollten. Sie merken doch, wie schwer es Ihnen fällt.«

Alma seufzte. »Wissen Sie, mein Mann ist im Krieg, wie so viele andere, daher gehe ich nicht viel aus. Es käme mir unpassend vor, Amüsement zu suchen, während er sein Leben riskiert.«

»Aber Sie müssten doch gar nicht ausgehen. Laden Sie doch die Menschen einfach zu sich ein. Der Kultur zu entsagen, hilft Ihrem Mann auch nicht, und Sie wären gewiss die geborene Salonnière.«

Wäre sie das? Natürlich. Alma musste weder kokettieren noch abstreiten. In dem Moment, in dem Hegner es ausgesprochen hatte, wusste sie, dass er recht hatte. Wenn sie aus dem grauen Morast, der ihr Leben überzogen hatte, herauswollte, dann musste sie ihr Leben wieder aufnehmen.

Lilly behauptete später, sie hätte die Idee schon viel früher gehabt, Alma hätte nur nicht auf sie hören wollen. Ihre Freundin war natürlich ein ständiger Gast bei Almas Salons, die sie nun jeden Sonntag ausrichtete. Sie lud Hegner ein, der einen gewissen Franz Blei mitbrachte, einen Dichter, Herausgeber und Übersetzer, der mit Robert Musil befreundet war. Auch die alten Freunde lud sie ein, jedenfalls die, die in Wien und nicht an der Front waren. Mathilde Schönberg kam und schien dankbar für die Zerstreuung. Von nun an war sonntags Leben in Almas Wohnung, ihr Salon war binnen Kurzem zu einer festen Größe in Wien geworden. Die Leute schienen auf eine Gelegenheit, sich über die Fragen der Kunst auszutauschen, wie es seit Beginn des Krieges kaum mehr möglich war, nur gewartet zu haben. Dabei war Almas Salon nicht der einzige, es gab mehrere Damen, die ihre Wohnungen öffneten, für intellektuelle oder künstlerische Unterhaltungen oder um politische oder philosophische Fragen zu besprechen.

Als Walter das nächste Mal Fronturlaub hatte und ebenfalls teilnehmen konnte, schien er sehr zufrieden zu sein. Er unterhielt sich den ganzen Abend über mit Franz Blei, und als sie spätnachts vollkommen übermüdet, aber glücklich ins Bett fielen, sagte er: »Ich bin froh, dass du diese Möglichkeit, interessanten Menschen zu begegnen, gefunden hast, Alma. Es war ein wunderschöner Abend, und du bist die geborene Gastgeberin.«

Alma freute sich über das Kompliment, sie hätte gern länger über den Abend gesprochen, aber Walter war wie so oft vollkommen übermüdet, er drehte sich um und schlief sofort ein.

Wenn Walter nicht so genau gewusst hätte, wie schwer Alma daran trug, dass er nicht bei ihr sein konnte, wäre er wohl eifersüchtig geworden beim Gedanken, dass nun die Wiener Gesellschaft beziehungsweise das, was der Krieg davon übriggelassen hatte, bei ihr ein und aus ging. Viele kluge und talentierte Herren waren darunter, die dem Charme seiner Frau nur schwer widerstehen konnten. Was gäbe Walter darum, wenn dieser elende Krieg endlich vorbei wäre. Alma brauchte ihn, er brauchte Alma; und alles, was die Welt ihnen zugestand, waren Briefe. Wenn er wie auch jetzt wieder allein in seinem Feldbett lag und versuchte, trotz des ununterbrochenen Geschützfeuers in der Ferne Schlaf zu finden, dann hatte er sich nicht immer unter Kontrolle, und die Trennung von ihr setzte ihm besonders zu. Er war so müde. Dieser beständige Lärm zerrte an seinen Nerven, auch wenn er sich seiner privilegierten Position nur zu bewusst war, denn er musste immerhin nicht mehr in vorderster Front sein Leben riskieren. Er sollte versetzt werden, würde bald in Namur, einer Stadt in Belgien, Hunde abrichten. Alma hatte verwirrt reagiert, als er es ihr geschrieben hatte. Ihr war nicht klar, was das Abrichten von Hunden mit dem Krieg zu tun hatte. Hauptsächlich wurden sie dazu gebraucht, schnell Meldungen zwischen verschiedenen Einheiten zu transportieren, manche wurden auch als Wachhunde eingesetzt. Dazu mussten die Tiere schnell und ausdauernd sein, schussfest und intelligent. Walter, der auf dem Gut seines Onkels in Ostelbien mit Hunden Erfahrung gesammelt hatte, auch wenn es Jagdhunde gewesen waren, hatte sich um den Posten beworben und war dankbar, dass er ausgewählt worden war. Alma mochte alles andere als eine Hundeliebhaberin sein, er selbst jedoch freute sich auf die Zeit mit seinen neuen Schützlingen, während die Menschen an der Frontlinie ihm zu sehr zu wilden Tieren verkommen waren. Immer neue Soldaten wurden in die Schlachten geschickt, so viele von ihnen fielen, und dabei ging es immer nur um wenige Meter Landgewinn. Seit zwei Jahren tobte dieser Krieg nun, doch weder ein Sieg noch eine gnädige Niederlage waren in Sicht, und ihm schien das ganze Unterfangen immer sinnloser, immer barbarischer. Und derweil, und das war das Schlimmste, spürte Walter immer deutlicher, wie ihm die Zeit davonlief, seine Liebe zu Alma endlich auf die Weise zu leben, die eine Frau wie sie verdiente.

KAPITEL 56
Wien, Anfang 1917

Alles würde gut werden, da war Alma sich sicher. Am sichersten war sie sich dessen sonntags, wenn sie all ihre Freunde um sich scharen konnte. Die Schönbergs kamen, Alban Berg und seine Frau Helene, die Alma eine gute Freundin geworden war, Arthur Schnitzler, Gustav Klimt, Hugo von Hofmannsthal und viele mehr. Nicht immer waren alle anwesend, aber hin und wieder kamen auch neue Freunde dazu.

An diesem Sonntag brachte Franz Blei einen jungen Schriftsteller Ende zwanzig mit, der sich als Franz Werfel vorstellte. Alma lächelte ihn an, er war ein kleiner, etwas rundlicher Mann, dem man sofort anmerkte, dass er aus gutem Hause kam.

»Herzlich willkommen in unserer kleinen Runde, lieber Herr Werfel. Ich freue mich, dass Sie zu uns gefunden haben.«

»Ich bedanke mich für die Einladung, sehr verehrte Frau Gropius. Ich habe schon so viel Gutes über Ihren Salon gehört, dass ich unbedingt einmal herkommen wollte.«

»Wirklich? Das freut mich sehr zu hören.« Alma errötete. Es gab eine Handvoll anderer Salons in Wien, nicht mehr, das verhinderte der Krieg, aber es machte sie stolz, dass sie einen Namen hatte, der bekannt für eine gute Veranstaltung war. Denn ein Salon stand und fiel mit einer gelungenen Auswahl der Gäste, und es war wichtig, eine Atmosphäre zu schaffen, in der sich alle wohl fühlten. Aber sagte ihr der Name Werfel nicht etwas?

»Kann es sein, dass ich etwas von Ihnen gelesen habe?«, fragte sie nach.

Nun erschien ein Lächeln auf Werfels Gesicht, und zwei kleine Grübchen zeigten sich auf seinen Wangen, die ihn auf gewisse Weise charmant aussehen ließen. »Das kann sein. Das eine oder andere Gedicht habe ich wohl schon geschrieben.«

Alma erinnerte sich an das Gedicht in Berlin, das ihr so gut gefallen hatte, dass sie eine Melodie dazu entwickelt hatte. *Die Erkennende* hieß es, genau. Manchmal, wenn sie Walter besonders vermisste, spielte sie das Lied, es war eine melancholische leise Weise, die sie sehr mochte.

Werfel erzählte, dass er wie so viele Schriftsteller im Kriegspressequartier arbeitete. Blei unterbrach ihn: »Ja, eine Schande ist es. Dabei gilt der junge Mann seit der Veröffentlichung seines letzten Gedichtbands als einer der führenden Köpfe des literarischen Expressionismus. Ein großes Talent.«

Alma nickte anerkennend, doch dann fuhr Blei fort: »Allerding lässt er es sich recht gut gehen in Wien. Stellen Sie sich vor, Frau Gropius, er ist zu faul, eine eigene Wohnung zu führen, und logiert als Dauergast im Hotel Bristol.«

Werfel protestierte nicht, er grinste nur.

Man konnte schlechter wohnen, dachte Alma. Sie war erst skeptisch gewesen, ob Werfel, der deutlich die Attitüde eines Lebensmanns zur Schau trug, sich in ihren Kreis einfügen würde, aber das tat er. Er war sogar ziemlich unterhaltsam, und als Alma sich an diesem Abend ans Klavier setzte, um ein wenig musikalische Unterhaltung zu bieten, kam er zu ihr und begleitete sie. Überrascht nahm Alma zur Kenntnis, wie er jeden Ton traf. Seine Tenorstimme war wunderschön und beeindruckte sie zutiefst. Als sie nun zu ihm aufsah, fielen ihr seine strahlenden großen blauen Augen und die sehr sinnlichen Lippen auf.

Hatte sie gerade gedacht, wie anziehend sie ihn fand? Alma schüttelte still den Kopf über sich und spielte ein anderes Stück.

Lilly kam zu ihr. »Na, wie findest du unseren Neuzugang?«, fragte sie.

»Recht nett, denke ich. Wir werden sehen, wie er sich macht.«

»Ich finde, er ist klein und hässlich, fast ein bisschen fett, möchte man sagen. Aber charmant. Sehr charmant.« Lilly kicherte, und Alma stimmte mit ein.

Tatsächlich erwies Werfel sich als guter Unterhalter, da hatte Lilly recht. Und er war sehr konstant in seinen Besuchen, in den letzten drei oder vier Monaten hatte er keinen Sonntag verpasst. In seiner Gegenwart fühlte Alma sich fast wie früher. Lebenslustig und gespannt. Bunt, nicht grau. Wieder einmal war ihr Spürsinn für Talent angesprungen.

So wagte Alma, ihn zu fragen, ob er sie zu einem Konzert begleiten wolle. Willem Mengelberg, ein alter Freund Gustavs, den auch Alma schon lange kannte, würde nach Wien kommen, um ein Konzert zu geben. Walter war natürlich nicht da, nun waren es Hunde statt Kanonen, die ihn davon abhielten, bei ihr in Wien zu sein. Wenigstens war die Gefahr für ihn nun geringer, verletzt oder getötet zu werden. Und das war ein Fortschritt, wenn auch noch kein Grund zur Freude. Um sie glücklich zu machen, hätte man Walter aus dem Kriegsdienst entlassen und nicht nur versetzen müssen. Immer noch war er weg, immer noch gehörte sein Leben dem Krieg. Und sie, Alma war einsam. Einsamer, als sie es für möglich gehalten hatte, zwischen als den Menschen, die sie nun um sich scharte, immer sonntags. Natürlich verbrachte sie die Tage mit Anna und der süßen kleinen Manon. Doch es fehlte ihr jemand, mit dem sie das Erlebte teilen konnte. Und es fehlte ihr zu oft eine zärtliche Umarmung, wenn sie abends in ihr kaltes Bett kroch.

Schönberg musste seinen Dienst inzwischen in einer Militärkapelle ableisten. Gab es etwas Demütigenderes für einen Künstler?

Zu Almas freudiger Überraschung sagte Werfel zu, mit ihr das Konzert zu besuchen. Sie würde also endlich wieder einmal einen Kunstgenuss mit einem Menschen teilen.

Sie hatten einen wunderbaren Abend voller Musik und gingen danach in ein Restaurant, wo sie lachten, sangen und Wein tranken. Und dann machte sich Alma auf den Heimweg, trotz des schönen Abends den Kopf voll düsterer Gedanken.

Einzig Lilly konnte sie sich bei einer Tasse Tee am nächsten Tag anvertrauen, dass etwas mit ihr passiert war. Dieser kleine, kluge Mann zog sie an, mehr, als gut war. Mehr, als er sollte und mehr, als sie wollte. Und doch war da ein aufregendes Gefühl in ihrem Bauch, das dafür sorgte, dass sie sich heute besonders wach und wunderbar fühlte.

»Ach, Lilly. Ich weiß genau, dass es falsch ist. Ich sollte mich nicht so gut fühlen, so leicht und beschwingt, fast wie ein Schmetterling.«

»Ich kann dir sagen, was das ist, Alma. Ich habe dich schon öfter so gesehen. Du bist verliebt.« Lilly lächelte ausnahmsweise nicht, als sie das sagte. »Liebe muss frei sein, damit sie atmen kann. Und du und Walter, ihr seid gefangen in einem Krieg, den ihr euch nicht ausgesucht habt, der aber keine Gnade kennt. Es ist kein Wunder, wenn du dich in jemand anderen verliebst.«

Alma schloss kurz die Augen. »Sag das nicht; wenn du es nicht aussprichst, dann wird es nicht wahr. Ich sollte das nicht sein, und ich will es auch nicht. Aber ich will endlich wieder lachen und glücklich sein. Ich bin wie toll, und Werfel ist es auch, das spüre ich. Wenn ich zwanzig Jahre jünger wäre, würde ich alles hinwerfen und mit ihm gehen. Aber es gibt die Kinder, es gibt Walter, und so muss ich mitansehen, wie er seines Weges geht. Es wird vorbeigehen.« Sie spürte Lillys Blick auf sich, aber die Freundin sagte nichts mehr, und Alma versuchte, die Gedanken an Werfel zu verdrängen. Sie wollte nicht verliebt sein, sie liebte Walter. Aber wenn sie an ihren Mann dachte, dann war da die Angst um ihn, und sofort holte sie die Düsternis wieder ein.

Später, am Nachmittag, überfiel Alma eine Unruhe, der sie nichts entgegenzusetzen wusste. Sie nahm ein Buch in die Hand, legte es wieder weg. Sie setzte sich ans Klavier, doch dann hatte sie keine Lust zu spielen. Sie ging über den Flur zum Kinderzimmer. Durch die halb geöffnete Tür sah sie, wie Ida sich rührend um Manon kümmerte und Anna aus ihrer Fibel vorlas. Gern wäre sie hineingegangen, aber plötzlich hatte sie das Gefühl, dass sie diese traute Zweisamkeit stören würde. Sie zog sich wieder in den Salon zurück, setzte sich in ihren Lieblingssessel am Fenster und starrte hinaus.

Dann stand sie auf, suchte eines von den restlichen Exemplaren Claudels heraus. Sie schalt sich eine Närrin, aber sie

nahm das Buch, ihren Mantel und sagte Ida, dass sie noch ausgehen werde. Und dann machte sie sich auf den Weg ins Hotel
Bristol.

KAPITEL 57

Wien, Winter 1917

Es war eine Affäre. Nicht mehr. Alma wusste es. Sie ging nun jede Woche ins Hotel Bristol, und jedes Mal war der Ablauf der gleiche wie an dem ersten Nachmittag. Sie klopfte, Werfel öffnete die Zimmertür. Er ließ sie eintreten, nahm ihr Buch und Mantel ab. Und dann, ohne ein Wort, küssten sie sich. Damit war das Feuer entzündet, es brannte unausweichlich, sie zogen sich gegenseitig aus. Er zog sie behutsam auf sein Bett, streichelte sie, küsste ihre Brüste. Und dann liebten sie sich, umklammerten sich dabei wie Ertrinkende. Danach stand Alma auf und zog sich an. Er lag auf dem Bett und sah ihr zu, bis sie die Arme in die Seiten stemmte und sagte: »Los, Herr Werfel. Es ist Zeit zu arbeiten. Setzen Sie sich an den Schreibtisch, schreiben Sie.«

Werfel grinste, doch er kam ihrer Aufforderung nach. Und sobald er sich an die Arbeit gesetzt hatte, verließ sie das Hotel.

Ende November hatte Walter ein paar Tage frei, die er in Wien verbringen konnte. Alma fieberte seiner Ankunft entgegen, endlich würde sie ihn wieder in ihre Arme schließen können. Sie freute sich auch auf Zeit allein mit ihm, wollte ihm von allen Fortschritten berichten, die Manon machte, wollte, dass sie zusammen das wunderhübsche Kind bewunderten, das nur ihnen gehörte und dem viele folgen würden, wenn es nach Alma ginge. Sie wollte ihn bei sich haben und jede Sekunde mit ihm in sich aufsaugen, denn sie wusste ja, dass er wieder wegmusste. Und ja, auch ein schlechtes Gewissen wegen Werfel plagte sie. Vielleicht war dies die Chance, dieses unselige Verlangen nach dem jungen Dichter in ihr zu ersticken.

Aber Walter schlug vor, Franz Blei und Franz Werfel zu einem Abendessen einzuladen, und Alma wusste nicht, wie sie das hätte verhindern sollen. Vielleicht sollte es so sein, vielleicht war das die Strafe für ihr Verhalten. Es wurde doch ein amüsanter Abend, zu viert tranken, sangen und lachten sie, es wurde immer später. Alma gähnte hinter der vorgehaltenen Hand, einmal musste dieser Abend doch enden, damit sie endlich Zeit mit Walter hätte.

Blei schien sie beobachtet zu haben. »So, Werfel. Es ist Zeit für uns. Lassen Sie uns aufbrechen und unseren Gastgebern ihren wohlverdienten Schlaf gönnen.«

Werfel schien zu zögern, dann sagte er: »Natürlich.« Und stand auf.

Walter und Alma begleiteten die beiden zur Tür, aber als Walter die Tür öffnete, wütete draußen ein Schneesturm. Der Wind peitschte die Flocken ums Haus, kleine eisige Flocken, die wie kleine Nadeln in die Haut stachen.

Walter machte die Tür wieder zu. »Sie können jetzt unmöglich gehen. Da lassen wir Sie nicht hinaus.«

Alma musste ihm recht geben. Dabei wäre es ihr lieb gewesen, wenn Werfel möglichst bald verschwunden wäre. Sie fühlte seinen Blick auf sich ruhen. »Nein, seien Sie unsere Gäste. Es ist ein bisschen eng, Sie müssen sich das Gästezimmer teilen. Bitte warten Sie doch kurz mit Walter im Salon. Ich richte es eben her.«

Damit wandte sie sich um und richtete selbst das Bett her, denn Ida schlief natürlich längst, und andere Bedienstete hatte Alma schon länger nicht mehr.

Als sie kurz darauf neben Walter in ihrem kalten Schlafzimmer lag, hätte sie sich nichts mehr gewünscht als eine zärtliche Umarmung von ihm. Doch er schlief, und er hatte ihr den Rücken zugedreht. Alma musste daran denken, wie abwesend er manchmal schien, wenn er von der Front zurückkehrte. Als beschäftigte er sich mit etwas, das er jedoch nicht mit ihr teilte, das er ihr vorenthielt. Als kehrte er ihr auch im wachen Zustand den Rücken zu. Während sie das leichte Zucken ihres schlafenden Ehemanns beobachtete und den unruhigen Lauten lauschte, die er vor sich hin murmelte, kam ihr die warme Nähe in den Sinn, die sie in Werfels Armen gespürt hatte, die stille Innigkeit. Zwar hörte sie auch in diesen Momenten nie auf, sich nach Walter zu sehnen. Aber nun war er zurückgekehrt, und doch fühlte sie sich an seiner Seite einsam.

Alma schwirrte der Kopf. Sie spürte, wie die Tränen ihren Weg ihre Wangen hinab suchten, bis der Schlaf sich ihrer endlich erbarmte und sie in seine Arme schloss.

KAPITEL 58

Wien, Dezember 1917

Nachdem Walter abgereist war, zögerte Alma lange, ob sie noch einmal zu Werfel gehen sollte. In ihr war so große Einsamkeit, gepaart mit einer ungekannten Traurigkeit, die nur noch diese flüchtigen Momente in Werfels Armen zu lindern können schienen. Es kam ihr vor wie eine Medizin, auch wenn sie wusste, dass diese Medizin giftig war. Am folgenden Mittwoch hielt sie es nicht mehr aus und besuchte Werfel doch im Hotel, mit einem schlechteren Gewissen und schwereren Herzen als je zuvor. Doch während der einen Stunde, die sie in seinen Armen verbrachte, fühlte sie sich endlich wieder gut.

Die Weihnachtsfeiertage verhießen ihr schließlich eine längere Zeit des Glücks, denn wieder kam Walter nach Hause. Stolz schob er Manon im Kinderwagen durch die Gegend – ein Anblick, den man nicht oft sah, ein Mann mit einem Kinderwagen –, Alma lief neben ihm, hinter ihnen folgten Anna und Ida. Die Luft war kalt und frisch, der Himmel strahlte hellblau, und ihre Tage waren fast schon zu idyllisch. Die Kinder lachten und waren gut gelaunt, es war kaum zu glauben, so friedlich war alles. Man hätte meinen können, der Krieg wäre vorbei und alles gut. Aber nachts, da entfaltete sich die Gewalt des Schlachtfeldes mit voller Wucht in ihrem Bett. Walter schlief schnell ein, lag dann aber unruhig, schreckte oft hoch und riss die Augen auf, als hätte er eine Granate splittern gehört. Dann wieder drängte er sich an sie, ohne aufzuwachen, und umklammerte sie so fest, als drohte er zu ertrinken. Alma hatte Schwierigkeiten, sich zu befreien, und wenn es ihr gelang, streichelte sie sanft über seinen Kopf, bis er wieder ruhig schlief.

Wenn sie Walter jedoch morgens darauf ansprach, was er in seinen Träumen erlebte, was er überhaupt im Krieg erlebte, das ihn des Nachts in solche Panik versetzte, antwortete er ihr nur kühl, dass er sich an nichts erinnern könne, und wandte sich ab. Alma spürte, dass er sie nicht an seinen Kummer heranlassen wollte, und sein mangelndes Vertrauen in sie kränkte sie zutiefst. Und trotz der scheinbar harmonischen Zweisamkeit fühlte sie sich einsamer als je zuvor.

Dann musste er wieder fort, zurück an die Front, und Alma wusste kaum, was sie von ihren Gefühlen halten sollte. Zwar war sie froh, endlich einmal durchschlafen zu dürfen, und fühlte sich nicht mehr von Walter zurückgewiesen. Doch zugleich übermannte sie wieder die alte Schwermut, und sie vermisste die gemeinsame Familienzeit. Schließlich tröstete sie sich erneut, indem sie zu Werfel ins Hotel ging, es war wie eine Sucht, der sie sich nicht entziehen konnte.

Aber als sie an diesem Mittwoch ins Bristol kam, war irgendetwas anders. Wie immer schliefen Werfel und sie miteinander, doch als Alma aufstehen wollte, hielt er sie zurück.

»Alma, ich muss dir etwas sagen. Ich werde aus Wien weggehen.«

Sie sah ihn überrascht an. »Warum? Wohin? Wie ...«

»Ich soll in der Schweiz einige Vorträge halten, es geht um Propaganda, ich soll für den Krieg werben, Geld sammeln.

Alma, ich habe keine Wahl. Ich bin jung und ungebunden, ich kann mich einem Befehl nicht widersetzen, und es klingt nach einem interessanten Auftrag.«

Wie kalt er das sagte. Der nächste, den sie an den Krieg verlieren würde. Sie zwang sich zu einem Lächeln. »Interessant? Das hoffe ich für dich. Trotzdem solltest du bei der ganzen Propaganda das Schreiben nicht vergessen. Es ist wichtig, dass du nicht aufhörst. Hast du mich verstanden?«

Damit stand sie auf und raffte ihre Kleider zusammen. Sie musste fort, fort aus diesem Raum, fort von diesem Mann. Hastig zog sie sich an, richtete sich das Haar und wollte gehen, da hielt Werfel sie zurück. »Auf Wiedersehen, schöne Alma. Vielleicht sehen wir uns irgendwann wieder.«

Er wollte sie küssen, doch sie machte sich los und floh aus dem Hotel.

KAPITEL 59

Berlin/Breitenstein, Ende März 1918

So sehr sie es sich auch wünschte, sie konnte sich nicht darüber freuen. Alma war erneut schwanger, doch dieses Mal fehlte jegliches Gefühl der Euphorie, das sie ergriffen hatte, als sie gemerkt hatte, dass sie Walters Kind unter dem Herzen trug. Denn diesmal konnte sie sich nicht sicher sein, ob es wirklich das Kind Walters war. Dieser Gedanke bereitete ihr schlaflose Nächte, in denen sie seitenweise in ihr Tagebuch schrieb. Natürlich hätte sie noch einmal das Risiko einer Abtreibung eingehen können. Aber wenn es doch Walters Kind war, das sie unter dem Herzen trug? Er wünschte sich viele Kinder, und sie hatte sich immer eine große Familie mit ihm erträumt. Konnte sie einem Kind das Recht zu leben absprechen, einem Kind, das sie sich wünschte, bloß weil sie sich nicht sicher war, wer sein Vater war? Was hatte sie nur getan? Schließlich beschloss sie, dass dieses Kind nichts anderes als ihr Kind war und damit auch Walters, immerhin waren sie verheiratet. So würde die Welt es sehen, so würde also auch sie es sehen.

Sie fuhr nach Berlin, wo sie sich mit Walter, der einige Tage frei bekommen hatte, treffen konnte, um ihm von ihrer Schwangerschaft zu erzählen. Er war überglücklich. Und Alma freute sich, weil er sich freute.

Als sie zurück nach Wien kam, packte sie ihre Sachen gleich von Neuem ein und fuhr mit Ida, Anna und Manon auf den Breitenstein. Sie brauchte Ruhe und Frieden und wollte niemanden sehen, wollte keinen Salon abhalten, es fehlte ihr die Lust dazu, aber vielleicht wollte sie sich mit dieser freiwilligen Isolation auch selbst bestrafen für das verbotene Vergnügen, das sie genossen hatte, in einer Art Buße. Denn Alma hatte beschlossen, sich ihre Familie zurückzuholen, darum zu kämpfen, ihrem Mann mit derselben reinen Liebe gegenübertreten zu können, die ihr doch so kostbar war. Und glücklicherweise war sie die Einzige, die wusste, welch schrecklichen Fehler sie gemacht hatte.

Von Werfel hörte sie nicht viel, er hatte geschrieben, dass er sich in der Schweiz gut amüsiere, agitatorische Vorträge über die Rechte von Arbeitern hielt, anstatt Geld für die Kriegskasse einzusammeln, wie es sich seine Auftraggeber vorgestellt hatten, und dass er wenig zum Schreiben komme. Alma antwortete ihm nur kurz und erinnerte ihn daran, dass er Schriftsteller sei und kein Politiker.

Lilly reiste ebenfalls an, bezog zwar ihr Haus nebenan, war jedoch ständig bei Alma zu Besuch. Sie erzählte, dass die Schönbergs nun eine Wohnung in Mödling gefunden hätten, was Alma zum Anlass nahm, sie zu einem Besuch einzuladen.

Es blieben ruhige Wochen. Sie arbeitete viel in ihrem Gemüsegarten, Ida und Alma sammelten Pilze und Kräuter, auch Reisig, weil langsam das Holz zum Heizen knapp wurde. Anna hatte endgültig genug von ihrem alten Spitznamen Gucki, den Alma bisweilen immer noch gern verwendete, und verlangte, ausschließlich Anna genannt zu werden. Sie war nun eine junge Dame von vierzehn Jahren, hochgewachsen und sehr hübsch, die ihre Freizeit mit Büchern oder dem Malen verbrachte. Auch die zweijährige Manon sorgte für viele schöne

Momente. Eines Tages hatte sich Alma dabei ertappt, sie Putzi zu nennen, weil sie so süß und putzig war, doch dann hatte sie erschrocken die Hand vor den Mund geschlagen und sich geschworen, dass ihr das nie wieder passieren würde. Putzi war der Spitzname ihrer verstorbenen Tochter Maria, und so würde es bleiben. Niemand sonst durfte ihn benutzen.

KAPITEL 60

Breitenstein, Ende Juli 1918

Es war das schönste Sommerwetter, und Alma erwartete einen besonderen Besucher. Werfel hatte sich angekündigt.

Sie sah ihm entgegen, als er den Weg zum Haus heraufmarschierte. Er sah gut aus, frisch, erholt, als hätte er in der Schweiz Urlaub gemacht. Alma fuhr sich mit der Hand über den Bauch. Sie war über den siebten Monat ihrer Schwangerschaft hinaus, langsam begann alles, schwer zu werden. Aber auch ihr hatten die Ruhe und der Frieden auf dem Breitenstein in den letzten Wochen gutgetan, und nun freute sie sich auf den Besuch Werfels als den eines Freundes, als eine willkommene intellektuelle Abwechslung. Mehr nicht.

Alma erhob sich aus dem Stuhl auf der Terrasse und winkte ihm zu, der scheinbar unschlüssig vor dem Gartentor stehen geblieben war.

»Der Herr Werfel. Was für eine Freude. Kommen Sie doch herein.«

Werfel hob den Kopf, und als er Alma erkannte, breitete sich ein Lächeln auf seinem Gesicht aus. Er öffnete das Gartentor und eilte über den Rasen zur Terrasse. »Frau Gropius, wie schön, Sie zu sehen! Gut sehen Sie aus.« Er blieb vor ihr stehen und musterte sie.

Alma wusste, dass sie gut aussah, was für ein Strahlen ihr die Schwangerschaft verlieh. Und sie widerstand dem Impuls, sich darüber zu freuen, dass es Werfel offensichtlich aufgefallen war. Sie waren gute Freunde, zwischen denen es eine kurze Affäre gegeben hatte, mehr nicht, wiederholte sie für sich. Das durfte sie nicht vergessen. Alles wäre so viel leichter, wenn Walter endlich zu Hause gewesen wäre und sie ihr Familienleben so hätten führen können, wie sie es sich wünschte – ohne unruhige Nächte, ohne Geheimnisse voreinander.

Sie bat Werfel ins Haus, zeigte ihm sein Zimmer, und nachdem er sich frisch gemacht hatte, nahmen sie zusammen im Schatten auf der Terrasse Platz. Anna saß ein paar Meter entfernt und zeichnete, Manon spielte mit ihren Bauklötzen auf dem Boden, während Werfel von seinen Erlebnissen in der Schweiz berichtete. Er hätte vor Arbeitern in Zürich eine agitatorische Rede über den Krieg halten sollen, hatte jedoch stattdessen über kommunistische Prinzipien, über Arbeiterrechte und gerechte Entlohnung gesprochen. Als die Dienststelle des Kriegspressequartiers, der Werfel immer noch unterstellt war, in Wien davon erfuhr, hatte man wutentbrannt seine sofortige Rückkehr gefordert. Allerdings war der Vortrag ein so großer Erfolg gewesen, dass er ihn in Bern und Davos wiederholte, bevor er der Anweisung folgte und nach Wien zurückkehrte. Er hatte mit einer Strafe gerechnet, aber es passierte: nichts.

Alma amüsierte sich über seine Geschichten, später speisten sie dann zusammen mit Ida und den Kindern und saßen danach wieder draußen, auch noch, als es schon lange dunkel geworden war. Den Nachmittag über hatte sich die alte Vertrautheit eingestellt zwischen ihr und Werfel, die Alma einzulullen begann. In seiner Nähe fühlte sie sich wohl. Sie hätte nur gewünscht, dass es Walter wäre, der hier saß und sie unterhielt. Es gab noch immer keinen Tag und keine Stunde, da sie ihn nicht vermisste. Noch immer schrieb sie ihm, noch immer wartete sie sehnlichst auf jede Nachricht. Selbst wenn sie zu ahnen begann, dass Walter nicht mehr der gleiche Mann war, der er vor dem Krieg gewesen war und den sie sich innig zurückwünschte.

Im Schein der Kerze auf dem Tisch zwischen ihnen sah Alma nun das Begehren in Werfels Augen aufscheinen. Sein Blick war so intensiv, dass sie sich ihm nicht entziehen konnte.

Kurz darauf löschten sie die Kerze, gingen ins Haus, verschlossen die Türen und schlichen zusammen hinauf in Almas Zimmer. Als sie dann in seinem Arm lag und ihr Bauch zwischen ihnen aufragte, sagte sie: »Es ist vielleicht deins.«

»Meins? Mein Kind?« Er streichelte ihr über den Bauch, fast ehrfurchtsvoll. Und dann liebte er sie. Sanft, aber drängend. Voller Kraft und Leidenschaft. Lange lagen sie danach eng umschlungen da, bis Alma ihn in sein Zimmer schickte.

Als sie am nächsten Morgen erwachte, lag Alma in ihrem Blut. Sie wollte aufstehen, doch ihr wurde schwindlig, sie sank wieder zurück auf das Bett und rief nach Ida, die sie glücklicherweise hörte, obwohl ihre Stimme keine Kraft hatte. Jegliche Energie schien aus ihr herauszubluten.

Als Ida ins Zimmer kam und das Blut sah, schrie sie auf und fiel neben Almas Bett auf die Knie. »Himmel, was ist denn passiert, wie …? Was … Bitte nicht! Sie dürfen nicht sterben.«

Alma nahm Idas Hand. »Nein, ich sterbe nicht, jetzt nicht. Aber ich glaube, wir brauchen einen Arzt. Weck den Werfel und schick ihn ins Dorf, schaffst du das?«

Ida nickte, wischte sich die Tränen aus dem Gesicht und verschwand aus der Tür. Etwas später kam Anna mit sorgenvollem Gesicht herein und wollte wissen, was mit ihrer Mutter los sei. Alma versuchte, sie zu beruhigen. Dann fiel ihr ein, wie das Mädchen durchaus helfen könne. »Anna, lauf ins Telegrafenamt und schick Walters Regiment eine Nachricht. Wir brauchen ihn jetzt hier.«

Anna schien froh zu sein, etwas Sinnvolles tun zu können, und rannte gleich los.

Eine Stunde später etwa brachte Werfel einen älteren Doktor aus dem örtlichen Sanatorium zu Alma. »Grüß Gott, ich bin Doktor Lehner. Wie geht es unserer Patientin denn?«

Alma sah ihn stirnrunzelnd an. »Sind Sie ein Frauenarzt?«

Lehner schüttelte den Kopf. »Ich bin auf Nierenleiden spezialisiert, muss ich zugeben. Frauenärzte haben wir nicht im Sanatorium in Breitenstein. Da müssen Sie schon mit mir Vorlieb nehmen.«

Alma sah ihn zweifelnd an. Ein Nierenarzt? »Ich blute, werde aber nicht in den nächsten Minuten verbluten. Bitte gehen Sie. Ich glaube nicht, dass Sie mir helfen können.« Alma wusste, dass sie einen Frauenarzt brauchte, am besten einen, der sich mit schwierigen Geburten auskannte, wenn sie das Kind unter ihrem Herzen retten wollte. Sie sah zu Werfel, der ängstlich im Türrahmen verharrte. »Ich danke Ihnen, Herr Werfel, dass Sie sich die Mühe gemacht haben. Allerdings werde ich nach Wien fahren und dort ein Krankenhaus aufsuchen, wo man sich mit Schwangerschaften auskennt. Seien Sie mir nicht böse, Doktor Lehner, ich ziehe die Behandlung bei einem Spezialisten vor.«

Der Arzt sah erleichtert aus. »Ja, dann …«

»Ida? Würdest du den Doktor bitte hinausbegleiten?«

Kaum waren Hausmädchen und Arzt verschwunden, stürzte Franz an Almas Bett. Sie glaubte, Tränen in seinen Augen zu sehen. Und sie war ja selbst beunruhigt, mehr als das. Aber sie war umgeben von Menschen, die sie schützen musste, allen voran Anna und Manon. Sie musste stark sein.

»Bitte, bitte verzeih, Alma. Wir hätten das nicht tun sollen, es ist alles ganz allein meine Schuld.« Er kämpfte mit den Tränen.

Doch Alma antwortete: »So ein Blödsinn, Franz. Mach dir keine Vorwürfe. Ich bin genauso schuld.«

Da tauchte Anna in der Zimmertür auf. »Ich habe Walter telegrafiert, wie du gesagt hast, Mama. Geht es dir besser?«

Alma lächelte. »Vielen Dank, mein Schatz. Es geht mir ein bisschen besser. Würdest du mit dem Herrn Werfel in den Garten gehen? Ich muss mich jetzt ausruhen. Und dann muss ich irgendwie nach Wien kommen.«

KAPITEL 61
Wien, 2. August 1918

Alma hatte gewusst, dass sie sich auf Walter verlassen konnte. Er hatte sofort zurücktelegrafiert und sie gebeten, im Bett zu bleiben, bis er bei ihr sei. Sie hatte aufgehört zu bluten, also fügte Alma sich. Der Arzt, den Walter mitbrachte, war ein Frauenarzt. Professor Halban führte sogleich eine erste Notoperation durch, um zu verhindern, dass das Kind zu früh auf die Welt kam, und setzte ihr vorläufig eine Cerclage ein. Danach ordnete er allerdings an, Alma nach Wien zu transportieren. Im Wagen und im Zug liegend, wurde sie nach Wien gebracht.

Ida versorgte die beiden Kinder zu Hause, während Walter nun bei ihr am Bett im Sanatorium Löw saß. Wie dankbar Alma war, dass er da war. In regelmäßigen, viel zu kurzen Abständen überrollten sie die Schmerzen, so heftig, dass es ihr die Luft abschnürte. Sie wusste, dass es Wehen waren, aber es war doch viel zu früh für eine Geburt, nicht einmal ganz acht Monate waren es. Nein, nein, nein, das durfte einfach nicht sein, sagte sie sich immer wieder, nur um im nächsten Moment von einer neuen Welle des Schmerzes mitgerissen zu werden.

Die Tür zum Krankenzimmer wurde aufgestoßen, zwei resolut aussehende Schwestern kamen herein, sie hatten ein rollbares schmales Bett dabei, auf das sie Alma betteten.

»Sind Sie der Vater?«, fragte die eine. Und als Walter nickte, sagte sie: »Wir können die Geburt nicht mehr aufhalten. Sie können hier warten, aber es kann unter Umständen mehrere Stunden dauern.«

Mehrere Stunden? Alma hatte solche Schmerzen, dass sie nicht richtig begreifen konnte, was die Frau gesagt hatte. Geburt einleiten? Sie konnte das Kind doch jetzt noch nicht bekommen, es war noch gar nicht an der Zeit. Dann überrollte eine weitere Wehe sie, und ihr blieb nichts anderes übrig, als sich in ihr Schicksal zu fügen. Sie würde alles tun, damit diese Schmerzen aufhörten, am liebsten hätte sie die Augen geschlossen und sich in eine tiefe Dunkelheit hinabfallen lassen, doch die Schwester rüttelte sie. »Bleiben Sie bei uns, Frau Gropius. Nicht wegtreten.«

Alma wusste nicht, ob sie noch bei Bewusstsein war oder nicht, alles was sie wusste, war, dass da nur noch Schmerz war, nichts anderes fühlte sie. Im Nachhinein konnte sie sich an kaum noch etwas erinnern, abgesehen davon, dass ihr irgendwann jemand ins Ohr geflüstert hatte, sie habe einen Jungen geboren. Dann ließ sie los, ließ sich in die Dunkelheit gleiten, es war ihr egal, was mit ihr passierte. Später glaubte sie zu hören, wie Walter mit dem Arzt sprach. Er sorge sich um ihr Leben. Eine schwere Geburt, sagte der Arzt. Das Kind lebt, Ihre Frau auch. Beide brauchen Ruhe, wir müssen die nächsten Tage abwarten. Dann wurde alles wieder schwarz. Nur Walter fühlte sie an ihrer Seite, ein Kraftspender, eine unbeirrbare Säule im Strudel ihres Lebens. Und wieder schlief Alma ein.

KAPITEL 62

Wien, August 1918

Als Alma die Augen aufschlug, wusste sie erst nicht, wo sie war. Dann erkannte sie das Krankenzimmer, und alles fiel ihr wieder ein. Das Kind, viel zu früh. Wo war es? Lebte es? In ihr war nur Schmerz, sie betastete ihren Bauch, der ihr nicht kleiner vorkam als am Tag zuvor, war das Kind noch darin? Alles tat so weh, und die Erinnerung an den Schmerz während der Geburt potenzierte alles nur. Sie hatte Durst, spürte nur Schmerz, und wo war denn nur das Kind? Sie drehte den Kopf und konnte im Krankenzimmer nichts entdecken. War es tot? Gerade als der Schmerz in Alma übermächtig zu werden drohte, öffnete sich die Zimmertür und ein Bettchen wurde hereingeschoben. Gefolgt von einer dicklichen Schwester, die sie lächelnd ansah. »Dachte ich mir doch, dass Sie inzwischen wach sein könnten. Ich bringe Ihnen Ihren Buben.«

»Meinen Buben?« Almas Stimme war nur ein Krächzen. »Ich hab einen Buben, nach all den Mädchen?«

»Ja, einen echten Buben, ein bisschen klein, aber es ist alles dran.« Die Schwester war mit dem Bettchen bis zu Alma gekommen. Nun griff sie hinein und holte ein winziges Bündel, in weiße Tücher gewickelt, heraus. Sie hielt es Alma hin. »Schaun'S, das ist Ihr Bub.«

Alma streckte die Arme aus, die Schwester legte ihr das Kind hinein, das überhaupt nicht aussah wie ein richtiges Baby. Statt rund und drall war das Kind dürr und faltig. Es sah aus wie ein kleiner Erwachsener, gar nicht kindlich. Trotzdem füllte sich Almas Herz sofort mit Liebe für das zerbrechliche kleine Wesen in ihrem Arm. Sie küsste es vorsichtig auf die Stirn, die aus irgendeinem Grund gerötet war, wie das ganze Kind eine unnatürliche Farbe zu haben schien.

Die Schwester sah sie zufrieden an. »So ist es richtig, Frau Gropius. Es wird ein Stück Arbeit werden, aber Sie werden den Bub schon groß bekommen.«

Ein paar Tage später fühlte Alma sich besser. Sie durfte zwar noch nicht aufstehen, geschweige denn nach Hause, aber es kam ihr so vor, als wäre sie einen großen Schritt weiter auf dem Weg der Genesung. Das Kind war klein und unnatürlich still. Es trank nur wenig, doch immerhin, es trank. Es wurde Zeit, dem Jungen, ihrem Sohn, einen Namen zu geben. Heute würde Walter sie besuchen kommen, um über diese Frage zu beraten. Was aber, wenn sie sich irrte, und Werfel der Vater war?

Sie nahm den Telefonhörer ab, wählte die Nummer des Hotels Bristol und ließ sich zu Werfel durchstellen. An seiner Stimme hörte sie sofort, wie sehr er sich über ihren Anruf freute.

»Ich bin so froh, dass es dir besser geht, Liebste. Was macht mein Sohn?«

Alma lächelte. »Es geht ihm ganz gut, dem Kind, im Moment. Aber er ist immer noch so still. Franz, er braucht einen Namen. Heute ist es an der Zeit, ihm einen zu geben.« Einen Moment blieb es still am anderen Ende. Dann hörte Alma, wie Werfel die Luft ausstieß. »Das ist richtig, einen

Namen braucht er. Wie wäre es mit Rudolf? So hieß mein Vater.«

»Rudolf? Nein, das gefällt mir nicht.« Das hörte sich doch zu sehr nach einem Fabrikanten an, nicht nach dem Sohn eines Dichters. Oder eines Architekten, je nachdem. Alma schwirrte der Kopf. »Hast du nicht noch einen anderen Vorschlag?«

»Martin. Martin Werfel.«

Alma lachte leise. »Werfel wird er nicht heißen, aber Martin, das gefällt mir. So nennen wir ihn.«

In diesem Moment öffnete sich die Tür des Krankenzimmers, und Walter stand in der Tür, in der Hand einen riesigen Blumenstrauß. O Gott. Hatte er ihre letzten Worte gehört? Alma legte schnell den Hörer auf die Gabel.

Walter kam einen Schritt auf sie zu. Und an seinem kalkweißen Gesicht konnte sie ablesen, dass er alles gehört haben musste.

»Er ist dein Liebhaber, dieser Werfel, habe ich recht?« Walters Stimme war tonlos, ganz ruhig.

Was sollte sie sagen? Alma war selbst wie versteinert. Sie wollte etwas erwidern, wollte es abstreiten, aber es kam kein Laut über ihre Lippen. Ein Schmerz, stärker als alles, was sie bisher gespürt hatte, brannte in ihrer Brust. In Walters Augen sah sie eine unermessliche Verletzung, an der sie allein die Schuld trug. Wie gern hätte sie es ungeschehen gemacht. Sie brachte noch immer kein Wort heraus, und in Walters Augen las sie, dass es zu spät war.

Walter wusste nicht, wie er weiterleben sollte. Innerhalb weniger Minuten war seine Welt zusammengebrochen, alles, woran er geglaubt, wofür er gelebt hatte, war fort. Zerstört von einem kleinen Du, mit dem seine Frau diesen Schriftsteller am Telefon angesprochen hatte. Eine Anrede, die ihm alles verraten hatte, ja förmlich vor die Füße gekippt. Dieser Schmierfink, diesen Schimpfnamen musste er sich erlauben, auch wenn es nicht seine Art war, seinen Mitmenschen Namen zu geben. Nicht einmal die Franzosen, gegen die er nun seit vier Jahren Krieg führte, hatte er jemals mit Schimpfworten bedacht, auch wenn er es von seinen Kameraden oft anders gehört hatte. Aber Walter konnte nicht anders, als sich verraten zu fühlen. Werfel war bei ihm, vielmehr bei Alma, ein und aus gegangen. Sie hatten zusammen Abende verbracht und gelacht, getrunken und gesungen. Wie hätte er sich nicht verraten fühlen sollen? Aber das war nicht das Schlimmste. Das Schlimmste war, dass sein Herz gebrochen war und er fassungslos vor den Scherben seiner Liebe stand.

Er hatte nicht bei Alma im Krankenhaus bleiben können, also lief er durch die Straßen. In diesem Krankenhaus, in dem Alma nun lag, war seine Tochter geboren worden. Und in ebendiesem Krankenhaus erfuhr er nun, dass ein jüngerer Mann ihm seine Alma wieder genommen hatte. Er musste fort, fort von diesem Gebäude. Er schwor sich, niemals ein Krankenhaus zu bauen, wenigstens keines wie dieses. Dann hätte er beinahe über sich selbst gelacht, wie albern, das zu denken. Ihm war viel eher danach, etwas zu zerstören, als etwas Neues entstehen zu lassen.

Walter lief durch die Straßen, nach Hause, wo er zwar Anna und Manon fand, die mit Ida spielten, aber keine Ruhe. Er konnte nicht bleiben, sosehr er seine Tochter auch liebte, sosehr er auch Alma noch liebte. Zu allem Übel musste er zurück an die Front. Er wusste, was niemand laut zu sagen wagte: Dieser Krieg war verloren und kurz vor seinem Ende. Trotzdem würde man ihn auch jetzt noch als Deserteur verurteilen, wenn er nicht an seinen Platz zurückkehrte. Walter packte seine Sachen.

Danach setzte er sich an den Schreibtisch, von dem er wusste, dass schon Mahler daran seine Briefe geschrieben hatte. Er verfasste eine kurze Notiz an Werfel.

Ich bitte Sie, hören Sie mich an. Ich werde versuchen, Sie nicht zu verdammen, Ihnen nichts nachzutragen. Ich muss weg, zurück an die Front. Ich bitte Sie, um Gottes willen, seien Sie gut und freundlich zu Alma. Es kann immer noch ein Unglück geschehen. Was für eine Aufregung, wenn uns (uns!) das Kind stürbe. Ich bitte Sie. Für mich, für Sie, für Alma und das Kind.

Diesen Brief würde er auf dem Weg zum Bahnhof im Hotel Bristol abgeben. Er hatte nicht genau gewusst, was er für den kleinen Wurm von einem Kind empfinden sollte, vielleicht hatte er geahnt, dass es nicht sein Sohn war. Sondern Werfels. Der wie ein Freund bei ihnen aufgenommen worden war. Der Verrat krallte sich bitter in sein Herz.

Dann atmete er tief durch und schrieb einen zweiten Brief.

Geliebte Alma,
für immer wirst Du die Frau in meinem Herzen sein. Ich konnte nicht bei Dir sein, konnte Dich nicht so lieben, wie Du

es verdient gehabt hättest, wie es hätte sein müssen. Aber ich liebte Dich immer, ob ich fern war oder nah.

Trotzdem werde ich Dich freigeben, wenn es Dein Wunsch ist. Ich möchte und werde Dich nicht zwingen, mit einem ungeliebten Mann zusammenzuleben. Nur eine einzige Sache bedinge ich mir aus: Ich werde Manon mit mir nehmen, Du wirst das Sorgerecht an ihr aufgeben. Was mit dem Jungen ist, weiß ich nicht, vielleicht ist er gar nicht mein Sohn, so sollst du ihn behalten. Doch Manon kommt mit mir.

Ich muss nun fort, auch wenn ich so viel lieber hier wäre und all diese Zeit, die wir getrennt waren, die Dir weh getan haben muss, wettmachen würde. Aber das ist nicht möglich. Und selbst wenn wir unsere Liebe nie so leben konnten, wie wir es uns beide gewünscht hätten, wird sie für mich niemals enden. Ich werde Dich immer lieben, Alma. Vom ersten Augenblick, als ich Dich in Tobelbad im Zimmer des Klinikdirektors gesehen habe, bis in alle Ewigkeit.

Ich liebe Dich.

Walter

KAPITEL 63

Wien, November 1918

Alma hatte sich mit ihren drei Kindern in ihre Wohnung in Wien zurückgezogen. Martin, das Baby, war kränklich und musste regelmäßig von Ärzten untersucht werden. Sie wusste nicht recht, was sie mit diesem seltsam stillen Kind anstellen sollte, so stillte und versorgte sie es, so gut es eben ging. Anna und Manon waren das Licht, das sie in dieser dunklen Zeit aufrechthielt.

Was sie so lange ersehnt hatte, war endlich geschehen: Der Krieg war vorüber. Und doch war nichts so, wie sie es sich gewünscht hatte. Sie hätte alles dafür gegeben, wenn sie die letzten vier Jahre an Walters Seite hätte sein können, wenn sie zusammen mit Anna und Manon und vielleicht auch dem kleinen Martin als kleine Familie gelebt hätten. Doch die Jahre der Kämpfe hatten alles zerstört, was sie sich erhofft hatte. Selbst ihre Gefühle für Walter waren nicht mehr die des Anbeginns. Das Feuer von einst, das Gefühl, nach den Sternen greifen zu können, wenn sie nur zusammen wären, all das hatte der Krieg erstickt. Er trug die Schuld an ihrem Unglück. Alma war so dumm gewesen, ihre Sehnsucht nach Liebe, ja überhaupt nach einem Gefühl des Glücks, in den Armen eines anderen stillen zu wollen, aber das hatte ihr nichts Gutes gebracht. Im Gegenteil. Alma hatte in ihrem Leben schon so viel Leid erlebt, den Tod von Maria, Gustavs viel zu frühes Dahinscheiden, sie hatte sich als alleinerziehende Mutter behaupten müssen, hatte die

Kriegsjahre irgendwie überstanden und es geschafft, dass ihre Kinder, Ida oder sie selbst nie hatten hungern müssen. Sie hatte ihr Bestes gegeben, um Gustavs Werk zu bewahren, hatte versucht, eine Ehefrau zu sein für einen Mann, der nie an ihrer Seite gelebt hatte, der in ihrer Liebe bisweilen ein Geist geblieben war und sich ihr nicht geöffnet hatte. Sie hatte getan, was sie gekonnt hatte, und dennoch war sie keine gute Ehefrau gewesen, das wusste sie. Der kleine Martin war vielleicht nicht der Beweis, aber doch eine Mahnung daran; jedes Mal, wenn sie ihn ansah, wurde sie daran erinnert. Und dass er so klein war, scheinbar weder wachsen noch schreien wollte, wie es ihre Mädchen doch so ganz von allein getan hatten, schien ihr eine permanente Anklage. Trotzdem spürte sie eine innige Verbindung zu diesem Kind, das jetzt in ihrem Arm lag, wo es am liebsten zu sein schien.

Alma saß in einem Sessel am Fenster und schaute hinaus auf die Straße. Es war ein trüber Novembertag, der so unentschlossen und unscheinbar war, dass es nicht einmal regnete. Sie hatte zu nichts Lust, nicht einmal dazu, ein Buch zu lesen oder Klavier zu spielen, alles schien ihr zu kraftraubend. So saß sie nur da und grübelte, dachte immerfort an Walter und fragte sich, wie es hatte geschehen können, dass ihre Liebe, an die sie doch so sehr geglaubt, für die sie so lange gekämpft hatte, gescheitert war. Warum war es ihr nicht gelungen, dieses kostbare Gefühl zu schützen? Und gab es wirklich keine Möglichkeit, das, was zwischen ihnen gewesen war, wieder ins Leben zurückzuholen, ihre Liebe zu retten?

Ihre Gefühle zu Werfel waren in keiner Weise mit denen für Walter vergleichbar. Zwar dachte sie jeden Tag an ihn, was sich nicht vermeiden ließ, da Martin ja immer bei ihr war und sie das schmale Babygesicht nach Ähnlichkeiten absuchte. Aber in ihrem Herzen regte sich nichts. Sie wollte Werfel weder sehen noch mit ihm sprechen. Es kostete sie all ihre Kraft, jeden Tag aufzustehen und mit Idas Hilfe die Tage für sie selbst und ihre Kinder zu überstehen. Vielleicht, so dachte Alma manchmal, brauchte sie einen starken Mann an ihrer Seite, der ihr die Verantwortung abnahm und ihr sagte, was sie tun und lassen sollte. Vielleicht, wenn Walter zu ihr gesagt hätte, dass er ihr vergebe, dass sie zusammengehörten und dass sie Werfel nie mehr wiedersehen dürfe, vielleicht wäre das die Lösung gewesen. Aber so war Walter nicht, und so war auch ihre Liebe niemals gewesen.

Alma nahm auf der Straße eine Bewegung wahr, zwei Männer kamen die Straße herunter auf ihr Haus zu. Und dann erkannte sie, wer es war. Walter. Er trug einen Wintermantel, hatte aber kein Gepäck dabei. Offenbar hatte er nicht vor, ihr zu vergeben, und wieder hier zu wohnen. Sie atmete tief ein. Sie würden miteinander sprechen, vielleicht gab es eine Möglichkeit, vielleicht war nicht alles verloren.

Dann sah sie, dass Werfel ein paar Schritte hinter ihm ging. Er hatte den Kopf zwischen die Schultern gezogen und wirkte klein und wenig beeindruckend hinter Walters aufrechter Statur, dem der Krieg zumindest die Haltung nicht hatte nehmen können. Werfel wollte sie doch gar nicht sehen, dachte Alma, der hatte doch nichts mit ihrem Leben zu tun.

Sie stand leise auf, wiegte den kleinen Martin, der aufzuwachen drohte, und ging hinüber ins Mädchenzimmer, wo Ida mit den Mädchen über einem Korb mit Flickwäsche saß.

»Es tut mir leid, Ida, dass ich euch stören muss. Besuch kommt. Könntest du dich um Martin kümmern?« Alma übergab ihr das schlafende Kind, das Ida mit einem liebevollen Lächeln entgegennahm.

Was hätte Alma nur ohne sie getan? Daran mochte sie nicht denken. Wenn sie eins gelernt hatte, dann die Tatsache, dass viele der Männer, denen sie begegnet war, vor allem ihren eigenen Vorteil suchten, während die wenigen Menschen, denen Alma wirklich vertrauen konnte, Frauen waren. Ida zählte dazu. Wie sehr hätte sie sich gewünscht, dass Walter sie mit der Sorge um den kleinen Martin nicht allein gelassen hätte. Sie hätte ihn gebraucht, hier an ihrer Seite.

»Ich muss mich um die Herren kümmern, würdest du bitte darauf achten, dass die Kinder uns nicht stören?« Alma warf einen Blick auf Manon, und Ida, die ihrem Blick gefolgt war, nickte.

»Natürlich, das mache ich.«

Dann ging Alma zur Wohnungstür und atmete tief durch, bevor sie öffnete. Walter und Werfel kamen gerade die letzten Stufen herauf. Kurz fragte sie sich, ob sie die beiden einfach sofort wieder wegschicken sollte.

Sie hielt, ohne ein Wort zu sagen, die Wohnungstür auf und ließ die beiden eintreten. Wie gern wäre sie in diesem Augenblick weit weg gewesen. Keiner sagte etwas, also ergriff Alma selbst das Wort: »Am besten geht ihr wieder, beide und sofort.«

»Alma, ich …«, fing Walter an, doch sie unterbrach ihn.

»Du willst mich doch jetzt wohl nicht auffordern, eine Entscheidung zwischen euch zu treffen? Geht. Geht beide.« Sie warf Werfel einen bösen Blick zu, dann Walter. »Und meine

Kinder gehören zu mir, wage es nicht, etwas anderes zu denken.« Wenn sie nur beide endlich gehen würden. Oder wenn Walter zur Vernunft käme.

Werfel wandte sich zur Tür, aber bevor er den Raum verlassen hatte, stürzte Walter auf Alma zu. Er griff nach ihrer Hand und küsste sie. »Es ist alles mein Fehler. Ich werde gehen. Werfel kann bleiben. Deswegen habe ich ihn mitgebracht, er soll sich um dich kümmern.« Dabei sah er kalt aus und hart.

Alma stockte der Atem. Wer war dieser Mann? Wo war ihr Ehemann, ihr Gatte, der wie ein Fels erschienen war? Der sie auf Händen getragen hatte. Warum sagte er ihr nicht, dass er sie wollte, trotz allem? Warum befahl er ihr nicht, seine Frau zu sein und bei ihm zu bleiben? Liebte er sie überhaupt noch? Sie schlug die Hände vors Gesicht, auch sie konnte die Tränen nicht zurückhalten.

»Nein, Walter, ich will Werfel nicht. Ich möchte, dass alles wieder so wird, wie es war«, schluchzte sie.

Walter schien ungerührt. »Das hättest du dir überlegen sollen, bevor du mit einem anderen eine Familie gründest.«

Almas Herz drohte entzweizubrechen.

Werfel räusperte sich, kam zu ihnen heran. »Ich … ich weiß, ich bin sicher nicht der beste Ratgeber, den es in dieser Situation geben kann. Aber, Herr Gropius, vielleicht sollten wir beide Alma für den Augenblick in Ruhe lassen. Ich fürchte, sie ist außer sich.« Er berührte Walter an der Schulter, der unter der Berührung zusammenzuckte, als hätte Werfel ihn geschlagen. Mit einem letzten Blick auf Alma verließ er den Raum, Werfel folgte ihm.

Als die Tür hinter den beiden ins Schloss gefallen war, sank Alma auf einen Sessel und ließ den Tränen freien Lauf. Tiefe Trauer hatte sie erfasst, es fühlte sich an, als wäre jemand gestorben, der oder die ihr sehr nahegestanden hatte. Ihre Liebe war am Ende, sie konnte das Schluchzen nicht aufhalten und gab sich ihrem Schmerz hin.

Almas Welt war auseinandergebrochen, und es schien, als wäre das nicht mehr zu retten. Sie weinte um Walter, um ihre Liebe, um die Familie, die sie hätte haben können. Sie hörte wohl, dass Ida einmal ihren Kopf ins Zimmer streckte, doch dann zog sich das Mädchen lautlos wieder zurück und ließ Alma in Ruhe.

Als die Tränen langsam verebbten, verstand Alma, dass sie es nicht hatte wahrhaben wollen, aber dass die schreckliche Wahrheit nicht länger zu leugnen war. Was sie für die Liebe ihres Lebens gehalten hatte, was alles hätte sein sollen, dieses übermächtige Gefühl, die größte Himmelsmacht, geschmiedet für die Ewigkeit, war nichts weiter als ein Haufen Scherben, in so kleine Stücke zerschmettert, dass niemand mehr etwas halbwegs Brauchbares daraus hätte zusammensetzen können.

KAPITEL 64
Wien, November 1918

Ein paar Tage später begann Walter, sie und Manon und natürlich auch Anna jeden Nachmittag zu besuchen. Am ersten Tag stand er ein bisschen steif in der Tür, räusperte sich und fragte: »Kann ich Manon für ein paar Minuten sehen?«

Alma hielt seinen Besuch für ein gutes Zeichen, freute sich fast, dass er da war. Doch er ging gleich ins Kinderzimmer, sprach kurz mit Ida und Anna und las dann Manon etwas vor. Exakt eine Stunde später kam er wieder heraus.

»Möchtest du eine Tasse Kaffee mit mir trinken?«, fragte sie mit klopfendem Herzen.

Er schüttelte nur den Kopf und ging.

Immerhin kam er am nächsten Tag wieder. Und am übernächsten.

Alma wusste, dass es an der Zeit war, eine Entscheidung zu treffen, wie es mit ihnen weitergehen sollte, dass sie nicht ewig in so einem Schwebezustand verharren konnten, aber es fehlte ihr die Kraft, es anzusprechen, dazu wirkte Walter einfach zu kalt und abweisend.

An diesem Vormittag kam Werfel, gekleidet in eine Uniform, in der sie ihn, den Pazifisten und Kriegsgegner, nie gesehen hatte. Was hatte dieser Aufzug zu bedeuten?

»Alma«, sagte er in feierlichem Ton, »es ist so weit. Der Krieg ist aus, und die Tage der Monarchie sind gezählt. Ich werde für ein neues Österreich, eine Republik Österreich, ohne Kapitalisten, ohne Monarchisten, kämpfen. Die Zeit für eine andere Staatsform ist gekommen. Der Kommunismus ist die Zukunft. Wünsch mir Glück!«

Alma starrte ihn an. Waren denn alle verrückt geworden? Wollte er wirklich, kaum war der eine Krieg beendet, einen neuen beginnen? Sich und andere in Lebensgefahr bringen, wo er doch vorher noch behauptet hatte, kein Interesse an sinnlosem Töten und Sterben zu haben?

Sie öffnete den Mund, um ihm genau das ins Gesicht zu schleudern, dann schloss sie die Lippen wieder. Sie atmete kurz durch. »Tu, was du nicht lassen kannst. Aber komm nicht auf den Gedanken, dich erschießen zu lassen, Franz Werfel.«

Und damit zog Werfel los, das Vaterland zu revolutionieren. Das Ganze dauerte, wie Alma hörte, nur wenige Tage. Er hatte versucht, die Revolutionäre, die ihren Protest gegen die Monarchie richteten, davon zu überzeugen, die Banken zu stürmen und auch die Kapitalisten niederzuwerfen. Doch er war mit seinen Forderungen so gut wie allein geblieben und schneller, als er es wohl selbst erwartet hatte, eingesperrt worden.

Als Walter am Nachmittag zu ihr kam, um Manon zu sehen, berichtete sie ihm von Werfels Gebaren.

Walter sah sie lange an.

»Alma, du weißt, dass ich dich immer lieben werde, auch wenn du es nicht mehr tust. Du bist meine Frau, die Mutter meiner Tochter, und ich werde alles dafür tun, dass es dir gut geht, auch wenn du mich nicht willst.« Damit drehte er sich um und verließ das Zimmer, bevor sie etwas erwidern oder ihn zurückhalten konnte.

Alma hörte, dass er sich von Manon im Kinderzimmer verabschiedete und ihr versprach, bald wiederzukommen. Konnte ihr Herz denn noch schwerer werden? Stimmte es denn, dass er sie noch liebte? Warum ließ er dann nicht mit sich reden? Warum hörte Walter sie nicht an? Hatte er längst beschlossen, dass ihre Ehe am Ende war? Jedenfalls wiederholte er es in einem fort.

Walter war das Herz so schwer. Er hatte einen Krieg überstanden, in dem sich herausgestellt hatte, dass er alles andere als ein Held war. In einem Krieg wie diesem gab es keine Helden, nichts Heroisches war daran gewesen. Er war mehrmals verwundet worden, mal schwer, mal weniger schwer, und hatte erlebt, wie ihn die Angst übermannte und jedes andere Gefühl in den Schatten stellte. Vermutlich war er ein Feigling, doch was zählte das noch? Vor allem wollte er nun wieder Architekt sein, denn in seinen jetzt fünfunddreißig Lebensjahren hatte er längst noch nicht so viel erschaffen, wie er es sich gewünscht und vorgestellt hatte. Fast konnte er Alma verstehen. Sie hatte ihn gesehen, an ihn geglaubt, und nun hatte sie den Glauben an ihn verloren.

Walter schritt kräftig aus, die Bewegung in der kalten Luft tat ihm gut, brachte wieder Leben in ihn. Er musste sich besinnen auf das, was er konnte, was er war.

Zunächst würde er diesen Werfel aus dem Gefängnis holen.

Auch wenn Walter dem Krieg zu lange in die toten Augen geblickt hatte und wusste, dass er nichts wert war, für die Außenwelt galt er mit seinem Eisernen Kreuz und der Tatsache, dass er noch lebte, als so etwas wie ein Held. Er würde bürgen für diesen übermütigen Dichter und ihn aus der Haft holen.

Und dann würde er nach Berlin fahren und arbeiten, damit er endlich Alma das Leben bieten konnte, das sie sich wünschte. Vielleicht in Weimar. Und vielleicht, ja vielleicht hatten sie dann doch noch eine Chance.

KAPITEL 65
Wien, Anfang 1919

Noch immer wusste Alma nicht, wie es weitergehen sollte oder wie sie weiterleben sollte. Walter hatte auf sehr zurückhaltende Art und Weise das Weihnachtsfest mit ihr und den Kindern verbracht, war dann jedoch wieder abgereist, weil er sich auf den Beginn seiner Tätigkeit in Weimar vorbereiten wollte. Außerdem war das Schweigen zwischen ihnen sehr hartnäckig geworden. Alma wünschte, es wäre anders. Sie hätte so gern mit Walter gesprochen, den Mann von damals zurückgeholt, den sie geheiratet hatte. Sie hatte in langen Nächten, in denen sie allein mit einem Glas Wein vor dem Kamin gesessen hatte, darüber nachgedacht. Sie wusste, dass sie keine Vorstellung hatte, was Krieg wirklich bedeutete. Denn Walter war nach diesen Kriegsjahren ein anderer Mann als zuvor. Auf der einen Seite schien er weicher geworden zu sein, zeigte Gefühle, die er früher stets verborgen hatte. Doch andererseits war er in manchen Reaktionen, in seinem Urteil über andere härter geworden. Es tobte ein Sturm in ihm, den Alma fast körperlich spüren konnte, auch wenn er kein Wort darüber verlor, was ihn quälte, und ihr seinen Schmerz immer noch vorenthielt. Wie gern hätte sie ihm geholfen, doch der Graben zwischen ihnen schien unüberwindbar geworden zu sein. Hatte ihn die Zeit wirklich so sehr verändert? Oder hatte sie sein wahres Wesen einfach nie erkannt? Nun aber kam ihr Walter vor wie eine leere Hülle, farb- und tonlos, ohnmächtig.

Aber auch Werfel wollte sie nicht um sich haben. Nachdem Walter ihn aus dem Arrest befreit hatte, was sie ihm hoch anrechnete, war schnell klar geworden, dass der gescheiterte Revolutionär in Wien nicht wohlgelitten war. Alma hatte ihm vorgeschlagen, sich in das Haus am Breitenstein zurückzuziehen, und ihm aufgetragen, so viel wie möglich an seinen Texten zu arbeiten. Wenn er seine antikapitalistische Eskapade vergessen machen wollte, dann musste er etwas leisten, etwas Beeindruckendes schreiben. Begeistert war er nicht gewesen, aber er hatte sich gefügt. Immerhin schien er verstanden zu haben, dass er davon profitierte, wenn er tat, was Alma ihm vorschlug.

Nun war es Januar geworden, und Alma hatte alle Hände voll damit zu tun, den kleinen Martin zu versorgen. Er war immer noch sehr still und kränklich, trank wenig, sie machte sich immer Sorgen um ihn, kämpfte um jeden Tropfen Milch, den er zu sich nahm. Manchmal glaubte sie beinah, das Leiden des Kindes sei eine Bestrafung für sie, weil sie nicht sicher wusste, wer sein Vater war. Dann schwoll auch noch sein kleiner Kopf auf unnatürliche Weise an. Alma rief einen Arzt, der Martin untersuchte und ihr mitteilte, dass er ihn mit ins Krankenhaus nehmen müsse. Er habe einen Wasserkopf, der punktiert werden müsse. Alma starrte den Arzt an. War das ein unbarmherziger Scherz? Sollte diesem kleinen Kind tatsächlich etwas so Unfassbares angetan werden? Sie schluckte.

Der Arzt legte ihr eine Hand auf den Arm. »Wenn wir es nicht tun, wird der kleine Kerl entsetzlich leiden und vielleicht bald sterben.« Seine besorgte Miene gab den Ausschlag.

Alma fasste sich ein Herz und brachte ihren Sohn in das Krankenhaus, in dem sie ihn entbunden hatte. In dem sie schon ihren ersten Mann verloren hatte. Sie stimmte der Operation zu, allerdings unter der Voraussetzung, dass das Kind vorher getauft würde. Es war eine kleine stille Zeremonie, bei der Walter, der vor dem Gesetz immer sein Vater bleiben würde, nicht dabei war. So wie er in ihrer Ehe eben fast nie da gewesen war.

Dann wurde Martin Carl Johannes Gropius für die Operation vorbereitet und Alma nach Hause geschickt. Sie konnte nichts für ihr Kind tun.

KAPITEL 66

Berlin, Mai 1919

Berlin begrüßte Alma mit Sonnenschein. Wie oft war sie hierhergekommen, mit klopfendem Herzen und erfüllt von Liebe für Walter. Für diesen Mann, den es nicht mehr zu geben schien. Heute hielt sie die kleine zweieinhalbjährige Manon an der Hand, die quirlig und neugierig die Umgebung betrachtete, nachdem sie im Zug lange geschlafen hatte. Alma betrachtete sie liebevoll. Das Mädchen sah aus wie ein kleiner Engel mit den blonden Locken, der Stupsnase und den tiefblauen Augen. Im Gegensatz zu ihrem kränklichen kleinen Bruder, den sie im Krankenhaus in Wien hatten zurücklassen müssen, strotzte Manon geradezu vor Gesundheit und Selbstvertrauen. Alma hatte Mühe, sie im Trubel auf dem Bahnsteig nicht zu verlieren, dabei musste sie gleichzeitig das Gepäck beaufsichtigen und nach einem Träger Ausschau halten.

Leider schien keiner in der Nähe zu sein, stattdessen sah sie Walter über den Bahnsteig herankommen. Wie immer hielt er sich aufrecht, und doch wirkte sein Anblick auf Alma nur wie eine Erinnerung an eine vergangene Zeit. Er war ein guter Ehemann, zuverlässig, gütig und rechtschaffen, der sie zu nichts zwingen würde, was sie nicht wollte, und das konnte man wahrlich nicht von allen Männern behaupten. Und dennoch war er nicht mehr der Mann, den sie liebte.

Alma hob ihre Hand und winkte, da bemerkte Walter sie und ging zügig auf sie zu. Er sah ihr in die Augen, nahm aber zuerst Manon in seine Arme, herzte und küsste sie. Erst dann begrüßte er Alma mit zwei Küsschen auf die Wangen.

Walter pfiff einmal kurz auf den Fingern, und schon eilte ein Dienstmann heran, der sich Almas Gepäck annahm. Walter lächelte Alma an, er hatte Manon noch immer auf dem Arm, und zwinkerte ihr zu. »Na dann, werte Frau Gropius, lassen Sie uns den Heimweg antreten.« Damit wandte er sich um und schritt über den Bahnsteig, auf dem sich die Menschenmenge vor ihm teilte. Alma folgte ihm mit einem Lächeln auf den Lippen.

Mit einer Droschke fuhren sie zu Walters Wohnung, wo er Alma und Manon das Gästezimmer zuwies. Das war sicher gut gemeint, und sie wollte es ja auch so, dennoch verspürte sie einen Stich. Sie räumte ihren Koffer aus und hörte, wie Walter im Salon mit seiner Tochter scherzte und lachte. Es war, nach allem was passiert war, eine fast unwirkliche Familienidylle. Hätte es sein können. Mutter, Vater, Kind. In einer geschmackvollen großen Wohnung in Berlin. Sie könnten hier wohnen, Anna herholen, vielleicht auch Ida. Auch in Berlin gab es Musik und Schriftsteller. Sie könnte die Vergangenheit hinter sich lassen, noch einmal neu anfangen mit Walter, vielleicht noch ein Kind bekommen. War das wirklich möglich? Walter würde nicht mehr lange in Berlin wohnen, und er hatte sie nicht gefragt, ob sie mit ihm nach Weimar gehen wolle. Der Gedanke schnürte ihr die Kehle zu.

So verbrachten sie die nächsten Tage in einer Eintracht, die Alma nicht für möglich gehalten hätte. Sie machten Spaziergänge mit Manon, kauften ihr einige entzückende Kleidchen, besuchten zahlreiche Buchhandlungen, in denen Alma stundenlang hätte stöbern können. Das Wetter war herrlich, und Alma genoss die Harmonie zwischen ihnen und wie Walter sich um sie bemühte.

An diesem Abend gingen sie zu zweit aus, erst in ein Restaurant, danach ins Theater, und schließlich lud Walter sie noch in eine Bar ein.

Als sie aus dem Lokal traten, war Alma ein bisschen aufgedreht und etwas wackelig auf den Beinen. Walter bot ihr galant den Arm, und sie nahm ihn. Dann fiel die Tür des Lokals hinter ihnen zu, und es war ganz still. Es war eine herrlich klare Nacht, und über ihnen funkelten die Sterne. Arm in Arm schlenderten sie durch die Straßen, ohne etwas zu sagen. Es war, als wären sie Jahre in der Zeit zurückkatapultiert. Plötzlich stolperte sie, er fing sie auf und hielt sie fest. Dann war sie ihm ganz nah, roch seinen herben Duft und spürte diese Anziehung zwischen ihnen, die sie schon verloren geglaubt hatte. Sie sah in Walters Augen, versank fast darin, und dann senkten sich seine Lippen auf die ihren, und er küsste sie. Und Alma küsste ihn zurück, stellte sich auf die Zehenspitzen und schlang die Arme um ihn. Auf einmal waren alle Bedenken verschwunden. Sie wollte nichts mehr als diesen Mann. Jetzt sofort. Ihn festhalten und nie mehr loslassen.

Hand in Hand liefen sie zurück zur Wohnung, kicherten beide, als Walter die Haustür nicht sofort aufbekam. Dann schwang die Tür auf, sie prustete los, doch er legte einen Finger auf die Lippen, so dass sie die Lippen aufeinanderpresste. Sie schlichen zusammen die Treppen hoch, Walter öffnete die Wohnungstür, und sie betraten auf Zehenspitzen die Wohnung, um die beiden Manons, Großmutter und Enkelin, nicht zu wecken. Alma legte ihren Hut und den Mantel ab, und als sie sich umdrehte, zog Walter sie in seine Arme. Er hob sie hoch und trug sie hinüber in sein Zimmer, auf sein Bett.

Alma wurde wach, weil die Sonne ins Zimmer schien. Walter lag neben ihr, hatte seinen Kopf auf die Hände gebettet und schlief. Sie betrachtete ihn, das kantige Gesicht, seine klaren, ehrlichen Gesichtszüge. Gestern Abend, als sie so ausgelassen gefeiert hatten, als wäre all das Schlimme in ihrem Leben nie geschehen, hatte Alma etwas von dem alten Feuer in Walter erkannt. Vielleicht konnten sie es doch. Vielleicht konnte sie mit ihm und den Kindern leben. Eine Zukunft haben.

Leise stand sie auf. Sie schlich hinüber ins Gästezimmer, nahm sich einen Schal und sank vor dem Bett, in dem ihre Tochter noch selig schlummerte, auf die Knie. Wie schön sie war. Was für ein Geschenk dieses Kind war. Alma strich zärtlich über das Haar ihrer Tochter. Für immer würde sie sie beschützen, das kleine Feenkind.

Sie musste eingeschlafen sein, denn sie wachte auf, weil Walter sie am Arm berührte. Sie hockte noch immer vor Manons Bett auf dem Boden, alles tat ihr weh, und ihr war kalt. Sie sah Walter an, bemerkte den Ausdruck blanker Fassungslosigkeit in seinem Gesicht.

»Was ist geschehen?«

Er reichte ihr eine Hand, sie ergriff sie, und er half ihr auf und machte ein Zeichen, mit ihm das Zimmer zu verlassen, denn wie durch ein Wunder schlief Manon immer noch.

Walter zog sie in sein Büro, bat sie, sich zu setzen. »Ein Brief ... ein Eilbrief aus Wien ist gerade gekommen. Nachricht aus dem Krankenhaus.« Walter sah sie an, Mitleid in den Augen.

»Ist ... ist etwas mit Martin?« Alma fragte, doch sie sah die Antwort schon in seinem Gesicht. Martin war tot. Ihr einziger Sohn. Ihr liebes Kind. Trauer übermannte sie, Schuld, Hilflosigkeit, grenzenloser Kummer schnürte ihr den Hals zu, und in ihrem Bauch, da, wo das Kind gewesen war, das nun tot war, bäumte sich ein gewaltiger Schmerz auf. Alma krümmte sich, fühlte sich in einen Strudel aus Schwärze und Düsternis gerissen. Sie spürte, dass Walter zu ihr stürzte, doch sie driftete weg, hatte keine Kraft, sich in der Realität zu halten, und gab einfach nach, als ihr Körper den Dienst versagte.

Als Alma wieder zu sich kam, lag sie in ihrem Bett im Berliner Gästezimmer. Ein älterer Herr beugte sich über sie.

»Da sind wir ja wieder, Frau Gropius.«

Alma war verwirrt. Was war passiert? Dann fiel es ihr ein. Martin.

Der Mann kramte in einer Tasche, die neben ihrem Bett stand, und hielt ihr dann ein Fieberthermometer vors Gesicht, wartete anscheinend, dass sie den Mund aufmachte.

»Verlassen Sie mein Zimmer, wer auch immer Sie sind«, brachte sie hervor, wobei sie darauf achtete, die Zähne fest zusammengebissen zu lassen, damit sie der Scharlatan nicht überrumpeln konnte. Mit aller Macht hielt sie die Tränen zurück, die in ihr aufstiegen.

Es klopfte an der Tür, die sofort aufschwang und den Blick

auf Manon freigab. Gefolgt von Walter kam sie ins Zimmer und schaute Alma besorgt an.

»Es tut mir leid zu stören. Die Kleine hat Stimmen gehört.« Walter sah sie an. »Sie macht sich solche Sorgen um dich.«

Alma ließ Manon zu sich unter die Bettdecke schlüpfen. »Komm her, mein Schatz. Du musst dir keine Sorgen machen, Mama geht es gut, ich bin nur traurig.«

Sie hörte, wie Walter sagte: »Doktor Lohmüller, wie geht es meiner Frau?« Dann entfernten sich die Schritte der beiden Männer.

»Erzählst du mir eine Geschichte?«, fragte Manon leise und schmiegte ihren kleinen Kinderkörper an Alma. An ihr Herz, wo dieser entsetzliche Schmerz wütete.

»Was für eine Geschichte möchtest du hören, mein Schatz?« Und dann erzählte sie Manon alle Märchen, die sie kannte.

Später kam Walter zu ihr und brachte ihr Tee, den er neben dem Bett abstellte. Dann drehte er sich um, doch bevor er hinausging, sah er sie noch einmal an. »Es tut mir leid, das mit Martin. Aber sieh es mir nach, dass ich es nicht schaffe, dich zu trösten, weil du das Kind eines anderen verloren hast.« Damit ließ er Alma allein.

KAPITEL 67
Wien, Juni/Juli 1919

Im Juni kamen sie endlich zu Hause in Wien an, Walter begleitete sie und nahm sich ein Zimmer in einem Hotel in der Nähe ihrer Wohnung. Am folgenden Tag brachten sie Martins Beerdigung hinter sich. Es war ein strahlender Tag, wie geschaffen für Kindergelächter und ausgelassene Spiele. In Alma war nur Dunkelheit. Sie war zu einer treuen Begleiterin geworden, die alles überschattete, auch wenn Alma darauf achtete, sie nicht mehr übermächtig werden zu lassen.

Nur zu zweit standen sie mit dem Pfarrer auf dem Friedhof, Walter und sie. Alma hatte ihre Mutter gebeten, auf Manon und Anna zu achten. Die Schwestern hatten ihren Bruder kaum gekannt und nur selten gesehen. Ohnehin war er doch nur der Schatten eines Babys gewesen und hatte kaum auf sich aufmerksam gemacht. Aber er war ihr Sohn gewesen, und sie hatte ihn geliebt.

Walter reiste am gleichen Nachmittag ab, er musste nach Weimar. Alma wünschte ihm Glück, wenngleich sie ihn innerlich beinah zum Teufel gewünscht hätte. Und dann hätte sie ihn am liebsten angefleht, sie nicht allein zu lassen. Warum machte er nur alles so kompliziert.

Doch nach seiner Abreise und einigen Wochen, die Alma allein mit Ida und ihren Mädchen verbracht hatte, merkte sie, wie sie allmählich wieder frei atmen konnte. Dass das Leben weiterging, ob sie es wollte oder nicht. Sie verabredete sich mit Lilly für einen Theaterbesuch, und im Anschluss saßen sie bei Alma im Salon, jede ein Glas Wein in der Hand. Die Türen zum Balkon standen weit offen, und die laue Nacht floss ins Zimmer, das nur durch einige Kerzen erhellt wurde.

»Hier und jetzt, da muss man leben«, sagte Lilly.

Alma zog die Stirn kraus. »Was meinst du damit?«

Ihre Freundin wies mit dem Glas in der Hand in die Nacht hinaus. »Es gibt Tage und Nächte, die sind voller Erlebnisse, voller Lachen und Gesang, voller Kunst und Kultur, voller Menschen. Und dann gibt es Abende wie diesen, wenn es still ist, man allein oder mit einem einzigen Menschen ist. Und dann zeigt die Nacht, dass sie die wahre Herrscherin ist über unser Leben. In ihr fließt alles zusammen, vereinigt sich in einer Stille, die nicht leise ist, sondern erfüllt von all dem, was das Leben zu bieten hat.«

Alma sah Lilly an, die einen merkwürdigen Gesichtsausdruck hatte, wie sie fand. Dann blickte sie hinaus in die Nacht und mit einem Mal fühlte sie, was Lilly gemeint hatte. Es gab Augenblicke, in denen das Leben eine neue Wendung nahm, in denen man sich innerhalb eines Atemzugs in einen anderen Menschen verwandelte.

Leise sagte sie: »Vielleicht können Männer auch gar nicht verstehen, wie eine Frau liebt. Oder es liegt daran, dass andere Menschen grundsätzlich nicht verstehen können, was in einem vorgeht.«

Lilly nickte langsam. »Aber wenn das Herz nicht mehr dabei ist, Alma, dann ist alles nichts.«

Alma spürte, dass ihr wieder die Tränen in die Augen zu

treten drohten. »Es waren einfach zu viele Enttäuschungen. Ich habe Fehler gemacht. Und Walter … er ist ein anderer geworden.«

Sie saßen noch lange zusammen, irgendwann verabschiedete Lilly sich, gab Alma einen Kuss auf die Wange und hielt sie dann etwas zu lang im Arm. »Wenn du jemals auf die Idee kommst, dich von den Männern abzuwenden, sag mir Bescheid, liebe Alma.« Damit verschwand sie.

Alma seufzte. Seit ihrer Scheidung von dem Fabrikanten hatte Lilly keine Beziehungen mehr zu Männern gehabt, zu Frauen allerdings schon. Doch Alma konnte sich beim besten Willen nicht vorstellen, sich in eine Frau zu verlieben. Es war mit den Männern schon kompliziert genug.

Almas Herz würde für immer Walter gehören, auch wenn er es nicht haben wollte, kaputt und geschunden, wie es war. Sie hatte ihm wehgetan, das wusste sie, er würde ihr nicht verzeihen, nicht dieser andere Walter, der er geworden war. Sie war vierzig Jahre alt, hatte gelebt, geliebt und gelacht und viel gelitten. Von vier Kindern waren nur zwei ihr geblieben, die sie mehr liebte als alles andere auf der Welt. Sie war zweimal verheiratet gewesen und hatte dabei ihr Glück nicht gefunden.

Sie war frei, ob sie es wollte oder nicht.

KAPITEL 68

Timmendorfer Strand, November 1920

Walter ging den Strand entlang, ein frischer Wind wehte, fuhr bis unter seine Kleidung, so dass ihn fröstelte. Er fühlte sich frei. In seiner neuen Position als Direktor des Staatlichen Bauhauses in Weimar – ein Name, den er sich selbst ausgedacht hatte und auf den er mehr als stolz war – hatte er sich etabliert. Er wusste, dass er an einem wichtigen Punkt seiner Karriere angekommen war, auch wenn er spürte, dass noch Größeres vor ihm lag. Es war nur eine Frage der Zeit, bis sein Name in aller Welt bekannt sein würde.

Er hielt inne und blickte aufs Wasser. Die Ostsee zeigte heute, dass sie ein echtes Meer war, Wellen schlugen an den Strand, es war ein einziges Tosen und Toben. Doch Walter war so ruhig wie schon lange nicht mehr. Das ewige Dröhnen der Granateneinschläge, das ihn in den letzten Jahren immer begleitet hatte, war leiser geworden. Aus dem einst stolzen Soldat Gropius war ein Professor geworden, der Direktor einer Hochschule. Es hatte eine Zeit gegeben, da fürchtete er, dass der Krieg von ihm nichts als ein wimmerndes Häufchen Elend übrig gelassen hätte. Und viel mehr war er wohl tatsächlich nicht gewesen, als er Alma geheiratet hatte, nicht der geradlinige, aufrechte Lebenspartner, den sie sich gewünscht hatte. Und so war es nicht verwunderlich, dass Alma mit diesem anderen Mann, den der Krieg aus ihm gemacht hatte, nicht hatte zusammen sein können. Sie waren einander fremd geworden, auch wenn er Alma nie vergessen würde. Und er würde nie aufhören, sie zu lieben, selbst wenn das Schicksal sich gegen sie entschieden hatte.

Walter schlug den Kragen hoch und ging weiter am Strand entlang. Es war Zeit, zur Villa zurückzukehren, denn er erwartete einen Gast. Lily Hildebrandt, eine Malerin, die er vor Kurzem in Stuttgart kennengelernt hatte, hatte sich eine Weile von ihrem Ehemann loseisen können, und nun würden sie eine ganze Woche zusammen verbringen. Spazierengehen, zeichnen, essen und trinken. Aufs Meer blicken, den Wind spüren und die Kälte. Und sich im Bett aneinander wärmen.

Als junger Mann hatte er sich vorgestellt, wie er einst reich und berühmt wäre und mit seiner Frau und vielen Kindern in einem großen Haus lebte. Immerhin eines dieser beiden Ziele hatte er erreicht, auch wenn sein Traum von einem glücklichen Leben mit Alma gescheitert war. Und wer wusste schon, was die Zukunft noch bringen würde.

Hinter dem Deich kam die Villa Gropius in Sicht. Sein geliebter Ort am Meer. Seine Seelenheimat.

NACHWORT

Alma Mahler also. Alma ist eine Frau, über die sehr viel Schlechtes geredet und geschrieben wurde. Sie sei ein Monster, »Witwe im Wahn« lautet sogar der Titel einer Biographie. Es werden ihr Machtgier und Liebestollheit unterstellt. Würde aber ein Mann, der sich ähnlich verhalten hätte, auch ähnlich verurteilt?

Dann sah ich die Aufzeichnung eines Zoom-Gesprächs, unter anderem mit Marina Mahler, Almas Enkelin, und Nuria Nono-Schönberg, der Tochter Arnold Schönbergs. Beide Frauen haben Alma persönlich gekannt und erlebt und zeichnen ein anderes Bild. Ja, Alma mag exzentrisch gewesen sein, aber sie war auch eine faszinierende Großmutter und eine sehr gute Freundin für Arnold Schönberg. Eine Frau, der die Kunst am Herzen lag, die ein unglaubliches Charisma hatte und Schönheit ausstrahlte, auch als sie lange schon nicht mehr schön war.

Im Gegensatz dazu stehen sehr bekannte Persönlichkeiten, die sich abfällig über Alma äußerten. Wie kann das sein? Wieso scheiden sich an dieser Frau die Geister? Viele Menschen scheinen regelrecht wütend auf Alma zu sein, ohne sie wirklich gekannt zu haben. Als Romanbiographin versuche ich, in die Haut, den Kopf, und, wenn es gut läuft, auch das Herz meiner Schützlinge zu schlüpfen. Ich möchte gern zeigen, was sie gedacht und gefühlt haben. Und vielleicht kann man Alma dann ein bisschen besser verstehen, ihre Handlungen nachvollziehen, oder ihr wenigstens ein bisschen Nachsicht entgegenbringen.

Alma war eine talentierte Pianistin und Komponistin, sie war schön und eine Herzensbrecherin, überaus charmant und klug. Aber sie war auch ein Kind ihrer Zeit, ist mit Restriktionen und gesellschaftlichen Normen aufgewachsen, die uns heute glücklicherweise weit weg erscheinen. Aber vielleicht sind sie es bei näherer Betrachtung gar nicht. Überall findet man scheinbar genüsslich gesammelte Bonmots von Zeitgenossen, die sich abfällig über Alma äußern. Würde man so von ihr sprechen, wenn sie ein Mann gewesen wäre?

Sie war ein Menschenkind auf der Suche nach dem Glück. Sie glaubte es in Walter Gropius zu finden. Ein junger Mann mit viel Potenzial, einer, der durch seine preußische Erziehung Zuverlässigkeit ausstrahlte. Einer, von dem sie sich viel erhoffte. Der zur rechten Zeit am rechten Ort gewesen war, aber dann kam der Erste Weltkrieg, und wer weiß, was aus ihrer Liebe geworden wäre, wenn Walter nicht über vier Jahre an der Front gewesen wäre?

Ich möchte mich bei meiner Freundin Claudia bedanken, die mich auf den Gedanken brachte, über Alma zu schreiben. Bei meiner Lektorin Stefanie Werk, die mich ermuntert hat, es auch zu tun. Ich bedanke mich bei meinen Testleserinnen Carla, Uli und Dorrit für die guten Tipps.

Nicht zu vergessen meine wunderbaren großen Söhne, die sich wohl nach wie vor ab und zu fragen, was ich eigentlich den ganzen Tag am Schreibtisch mache.

Vielen Dank, liebe Leserin, lieber Leser, auch an Sie und Dich.

PERSONENVERZEICHNIS
(Alphabetisch)

ALBAN BERG (1885–1935) war ein äußerst talentierter Komponist und ein Schüler und enger Freund Arnold Schönbergs. Zur Aufführung gelangten seine Stücke erst nach dem Ersten Weltkrieg, während dem er wegen seines Asthmas als Schreiber im Kriegsministerium in Wien arbeitete. Er war seit 1911 mit Helene Nahowksa verheiratet, der nachgesagt wurde, eine uneheliche Tochter des Kaisers Franz Joseph I. zu sein, und die eine gute Freundin für Alma wurde. Nach 1933 wurde Alban Bergs Musik als »jüdisch« bezeichnet (obwohl er selbst es gar nicht war) und nicht mehr aufgeführt, so dass er in finanzielle Schwierigkeiten geriet, die schließlich zu seinem Tod führten. Die Bildhauerin Anna Mahler, Gustavs und Almas Tochter, nahm Alban Berg die Totenmaske ab.

JOSEPH FRAENKEL (1867–1920) studierte Medizin in Wien, 1888 machte er dort seinen Abschluss. Er emigrierte in die USA, wo er zunächst in Armenvierteln als Arzt tätig war. Dann bekam er eine Stelle im Montefiori-Hospital, das er später leitete. 1909 gründete er das Neurological Institute New York, wurde dann erfolgreicher Neuroendokrinologe. Er traf die Mahlers bei ihrem Aufenthalt in New York. Nach Mahlers Tod kam er nach Wien, um um Almas Hand anzuhalten, was diese jedoch ablehnte. Trotzdem blieben die beiden befreundet. 1916 heiratete er Ganna Walska, eine polnisch-stämmige

US-amerikanische Gesellschaftsdame, die auch mit Alma befreundet war.

WALTER GROPIUS (1883–1969) leitete ab 1919 die Großherzogliche-Sächsische Hochschule für Bildende Kunst in Weimar, die er in Staatliches Bauhaus Weimar umbenannte. Er heiratete nach Alma noch ein zweites Mal, nämlich die Journalistin Ise Frank. 1933 stürmten Polizisten das Bauhaus, das zu dieser Zeit in Dessau war, und verhafteten Hunderte Studenten, da das Bauhaus als Quelle »entarteter Kunst« galt. Gropius dachte zunächst, dass er sich als Architekt der Politik fernhalten könne, und trat der Reichskammer für Bildende Künste bei. Er beteiligte sich auch an einem Wettbewerb der nationalsozialistischen Deutschen Arbeiterfront. Als er jedoch begriff, was in Deutschland passierte, distanzierte er sich von den Nazis. 1934 emigrierten er und Ise zunächst nach London, 1937 gingen sie in die USA, wo er als Professor in Cambridge an der Havard University arbeitete. Almas und Walters Tochter Manon starb in ihrem achtzehnten Lebensjahr an Kinderlähmung. Ise und Walter adoptierten Beate Forberg, die Tochter von Ises verstorbener Schwester. Zu Alma hielt Walter bis an ihr Lebensende Kontakt.

MANON GROPIUS (1916–1935) war die Tochter von Alma Mahler und Walter Gropius. Wie ihre Mutter in ihrer Jugend galt auch sie als gefeierte Schönheit. Sie steckte sich 1934 siebzehnjährig in Venedig mit Kinderlähmung an. Obwohl Alma sofort alle möglichen Ärzte konsultierte, sie mit nach Wien nahm, und Gropius gerufen wurde, um ihr beizustehen, starb sie im

Jahr darauf an den Folgen der Kinderlähmung. Alban Berg widmete ihr ein Violinkonzert »Dem Andenken eines Engels«. Sie war das dritte Kind, das Alma verlor.

MANON GROPIUS (1855–1933) hieß auch die Mutter von Walter Gropius, zu der er ein enges Verhältnis hatte, während die Beziehung zwischen ihr und Alma immer schwierig blieb.

PAUL KAMMERER (1880–1926) war ein österreichischer Biologe, der zugleich ein begabter Klavierspieler war, komponierte und von Gustav Mahler besessen war. Als er Alma nach dessen Tod kennenlernte, übertrug sich diese Besessenheit in Form einer stürmischen Verliebtheit auf sie, obwohl er verheiratet war. Er holte Alma für einige Wochen an die biologische Versuchsanstalt in Wien, wo sie tatsächlich als seine Assistentin gearbeitet hat. Kammerer droht in diesem Roman, sich umzubringen, sollte Alma ihn nicht erhören, und tatsächlich erschoss sich Paul Kammerer im September 1926, allerdings lange nach der Begegnung mit Alma. Er war durch Vererbungsversuche an Geburtshelferkröten zu Ruhm gelangt, für kurze Zeit galt er als der berühmteste Biologe der Welt. Allerdings wurde ihm auf dem Höhepunkt seines Erfolgs Betrug vorgeworfen, worüber er so verzweifelte, dass er sich umbrachte. Bis heute ist nicht geklärt, ob Paul Kammerer wirklich betrügerische Methoden genutzt hat.

OSKAR KOKOSCHKA (1886–1980) war Maler und Grafiker der Wiener Moderne und des Expressionismus. Er musste wie Walter in den Krieg ziehen, allerdings in den Osten, wo er Verletzungen durch einen Bajonettstich in die Lunge und einen Kopfschuss erlitt. Wie durch ein Wunder schaffte er es zurück zu seiner Truppe, überlebte und wurde wieder gesund. Er musste noch einmal zurück an die Front im heutigen Slowenien, dort konnte er jedoch als Maler seinen Dienst tun. Zurück in Wien, wollte er von Alma nicht ablassen, die allerdings in der Zwischenzeit Walter Gropius geheiratet hatte. Er ließ sich eine lebensgroße Alma-Puppe anfertigen, die er auch malte und schließlich mit Rotwein übergoss und verbrannte, was eine (kurze) polizeiliche Ermittlung nach sich zog. 1917 ging er nach Dresden, wo er 1919 bis 1926 als Professor an der Kunsthochschule lehrte. 1931 kehrte er nach Wien zurück, musste jedoch 1935 ins Exil nach Prag fliehen. Seine Werke wurden von den Nazis als »entartete Kunst« bezeichnet, was schließlich dazu führte, dass er 1938 weiter nach England flüchten musste. 1953 ging er in die Schweiz, wo er als Maler sehr erfolgreich war, bis er 1980 in Montreux starb.

LILLY LIESER (1875–1943), eigentlich Henriette Amalie Lieser, geborene Landau, stammte aus reichem Hause und war mit dem Unternehmer Justus Lieser verheiratet, mit dem sie zwei Töchter hatte. 1905 ließ sie sich von Lieser scheiden. Sie war eine Salonnière und Mäzenin der Wiener Kunstszene und zwischen 1910 und 1915 mit Alma Mahler befreundet. Die Sommerhäuser beider Frauen in Breitenstein in Niederösterreich lagen direkt nebeneinander. Lilly unterstützte unter anderem Alban Berg und Arnold Schönberg. Nach dem Anschluss Österreichs an das nationalsozialistische Deutschland wurde ihr Besitz arisiert und Lilly selbst nach Riga deportiert. Sie starb

1943 entweder in Riga oder in Auschwitz. Vor ihrem ehemaligen Wohnhaus in der Argentinischen Straße in Wien erinnert ein Stolperstein an sie.

ALMA MAHLER (1879–1964) heiratete Franz Werfel 1929, obwohl sie eigentlich nie wieder hatte heiraten wollen, wie sie immer beteuerte.

Werfel stieg in dieser Zeit zum gefeierten und vermögenden Schriftsteller auf. Zunächst waren er und Alma sich der steigenden Gefahr durch die Nazis nicht bewusst. 1938, während des Anschlusses Österreichs an Deutschland, reisten Alma und Werfel gerade durch Italien. Alma kehrte allein nach Wien zurück, um sich der Lage zu vergewissern. Sie traf auf zwei Lager: euphorische Anhänger der Nazis und deren Gegner, die allerdings zuversichtlich waren, dass sich alles zum Guten wenden würde. Alma traute dem Frieden jedoch nicht. Sie ging zur Bank, hob so viel Geld ab, wie sie konnte, und nähte es in einen Gürtel ein, damit Ida, das Hausmädchen, es in die Schweiz schmuggeln könnte. Alma packte das Nötigste zusammen, unter anderem Mahlers Manuskripte. Ihre Kunstgegenstände vertraute sie ihrem Stiefvater Carl Moll an. Dann überredete sie ihre Tochter Anna, nun vierunddreißig Jahre alt und als Tochter Gustav Mahlers, eines Juden, hochgefährdet, mit ihr am nächsten Tag abzureisen. Es eilte, denn Hitlers Ankunft in Wien stand unmittelbar bevor. Sie nahmen den erstbesten Zug und fuhren über Umwege nach Mailand, wo sie Werfel trafen. Zu dritt reisten sie weiter nach Zürich und trafen Ida, der es tatsächlich gelungen war, das Geld in Sicherheit zu bringen. Dann ging die Reise für die vier Flüchtlinge weiter über

Paris nach London, wo Alma die Verzweiflung Vertriebener befiel, sie vermisste ihr Haus, ihre Bücher, ihr Leben. Doch ihre Flucht war noch nicht zu Ende. Sie zogen wieder nach Frankreich, bemühten sich um die Ausreise in die USA. Und schließlich trafen sie auf Varian Fry, der den Auftrag hatte, bekannten deutschen Flüchtlingen zu helfen. Er schmuggelte sie zusammen mit Thomas Manns Sohn Golo, Heinrich Mann und seiner Frau Nelly über die Grenze nach Spanien. Sie mussten lange Strecken laufen, alles war langwierig und strapaziös. Es ging weiter nach Portugal, wo sie schließlich ein griechisches Schiff nach New York besteigen konnten. Wie viele andere Emigranten ließen sie sich in Los Angeles nieder. Alma hatte immer noch einen Teil von Mahlers Vermögen bei einer New Yorker Bank, so dass sie immerhin keine Geldsorgen hatten. Dennoch setzte sich Werfel sofort an den Schreibtisch und schrieb einige Bestseller. Aber auch er war gezeichnet von der Flucht und seinem verlorenen Ruhm. Er erlitt einen Herzanfall und starb im August 1945 mit nur fünfundfünfzig Jahren. Alma war zum zweiten Mal Witwe. Sie war einundsechzig Jahre alt, hatte drei Kinder verloren und zwei Ehemänner, und nun war sie wieder allein. Um ihren Lebensunterhalt brauchte sie sich nicht zu sorgen, denn auch Werfel hatte ihr die Einnahmen seiner Bücher hinterlassen. Sie spielte Klavier und trank zu viel. 1947 unternahm sie einen Versuch, ihr Vermögen und ihre Kunstgegenstände in Wien zurückzubekommen, was scheiterte und ihr den Vorwurf einbrachte, sie sei selbst schuld, warum habe sie auch zwei Juden geheiratet. Wütend schwor sie sich, nie mehr nach Wien zurückzukehren. Alma zog nach New York, kaufte sich drei Wohnungen, lebte in einer und vermietete die anderen, versorgt von Ida. Alma beschäftigte sich damit, weiterhin den Nachlass Mahlers zu verwalten, der nach dem Krieg wieder viel gespielt wurde, und den Nachlass Werfels, der allerdings kaum mehr gelesen wurde. Sie wurde zu Konzerten eingeladen, hatte viele Freunde und war noch immer eine gute Ratgeberin für kreative Geister. Am 11. Dezember 1964 starb sie an den Folgen einer Lungenentzündung.

GUSTAV MAHLER (1860–1911) war der Sohn jüdischer Eltern, die in Kalscht eine Weinbrennerei und einen Gasthof betrieben. Gustav war das zweite von vierzehn Kinder, von denen sechs früh starben. Gustavs Eltern starben, als Gustav noch keine dreißig Jahre alt war, woraufhin er für seine jüngeren Geschwister sorgen musste. Sein musikalisches Talent war schon früh zu erkennen. Mit zehn Jahren trat er zum ersten Mal als Pianist auf, mit zwölf gab er Konzerte, bei denen er auch technisch sehr anspruchsvolle Stücke spielte. Bevor er Alma heiratete, hatte er mehrere Beziehungen zu Sängerinnen und Künstlerinnen. Und obwohl er in seiner Kunst und bei seiner Arbeit und Lebensweise sehr diszipliniert war, konnte er offensichtlich nicht gut mit Geld umgehen. Erst mit Alma konsolidierte sich sein Vermögen, so dass er sie nicht unversorgt zurückließ.

ANNA JUSTINE MAHLER (1904–1988) heiratete mit sechzehn Jahren im November 1921 den Komponisten Rupert Koller, den Sohn der Malerin Broncia Koller-Pinell, doch die Ehe scheiterte nach wenigen Monaten. Anfang 1921 verließ Anna ihren Ehemann, zog nach Berlin und schrieb sich an der Kunstakademie in Charlottenburg ein. Später heiratete sie Paul Zsolnay und bekam mit ihm eine Tochter namens Alma. Diese Ehe scheiterte ebenfalls, und die Tochter blieb beim Vater. 1938 musste Anna vor den Nazis nach London fliehen. Dort heiratete sie einen russischen Dirigenten, Anatole Fistoulari, und bekam mit ihm eine weitere Tochter, Marina. Nach dem Zweiten Weltkrieg lebte sie in der Nähe ihrer Mutter in Kalifornien. Ab 1951 war sie mit Albrecht Joseph zusammen, der unter anderem der Sekretär Franz Werfels und Thomas Manns war, von dem sie sich mit über achtzig Jahren trennte, um sich ganz ihrem künstlerischen Werk zu widmen. Anna Mahler hat viele Büsten von Künstlern und Musikern angefertigt, für ihre Kunst ist sie allerdings nie berühmt geworden.

ANNA SOFIE BERGEN SCHINDLER-MOLL (1857–1938) war eine österreichische Sängerin und Schauspielerin. Sie heiratete den Landschaftsmaler Emil Schindler und bekam während der Ehe zwei Kinder: Alma und Margarete, die möglicherweise das Kind des Mitbewohners der Familie, Julius Berger, war. Als es der Familie finanziell besser ging und sie eine eigene Wohnung beziehen konnte, endete das Verhältnis mit Berger. Allerdings fing Anna dann eine Beziehung mit dem Schüler ihres Mannes, Carl Moll, an. Diesen heiratete sie nach dem Tod Emils und bekam mit ihm noch eine weitere Tochter, Maria, die Alma allerdings ablehnte. Alma sah in der erneuten Verheiratung ihrer Mutter einen Verrat am Vater.

CARL MOLL (1861–1945) war Almas Stiefvater und außerdem ein österreichischer Maler, der der Epoche des Jugendstils zu-

392

geordnet wird. Er war unter anderem Schüler von Emil Jakob Schindler, der Almas leiblicher Vater war und der 1892 starb. 1895 heiratete er Almas Mutter. Carl Moll war Mitglied und Gründer der Künstlervereinigung der Wiener Secession, wodurch in seinem Haus viele Künstler verkehrten, Schriftsteller, Maler und Architekten, aber auch Musiker. Er malte sowohl selbst, förderte aber immer schon andere Maler. In den 1930er Jahren entwickelte sich Moll zu einem überzeugten Nationalsozialisten. Zusammen mit seiner Tochter Maria und seinem Schwiegersohn nahm er sich im April 1945 das Leben.

ADOLF MEYER (1881–1929) war Architekt, Möbelbauer und Designer. Während er bei Peter Behrens arbeitete, lernte er Walter Gropius kennen, der durch die Vermittlung von Karl Ernst Osthaus ebenfalls in dem Architekturbüro arbeitete. Er war hervorragend ausgebildet, zielstrebig, genau und arbeitsam und damit der ideale Partner für Gropius, der beim Zeichnen und der technischen Seite der Architektur immer Unterstützung brauchte. Später lehrte er auch am Bauhaus in Weimar. Heute wird oft gemutmaßt, dass Meyer für viele der neuen Ideen, die Walter Gropius zugeschrieben werden, verantwortlich war.

KARL ERNST OSTHAUS (1874–1921) war Erbe einer Bank und hatte einen Plan: Er wollte aus seiner kleinen Heimatstadt Hagen ein Zentrum für Kunst und Kultur machen. Dazu beschäftigte er Architekten und Designer, sammelte Kunst und gründete das Folkwang-Museum. 1916 wurde Osthaus zum Kriegsdienst eingezogen und schwer verletzt. An den Folgen starb er schließlich 1921 in Meran.

Hans Pfitzner (1869–1949) war ein Komponist und Dirigent. Seine Opern wurden unter anderem in Wuppertal und in Wien unter der Leitung Gustav Mahlers aufgeführt. Er heiratete eine Tochter seines Klavierlehrers und bekam mit ihr drei Kinder. 1903 wurde er Kapellmeister am Berliner Theater des Westens, 1907 und 1908 war er Dirigent des Kaim-Orchesters in München. Im Ersten Weltkrieg meldete er sich freiwillig, wurde aber zurückgestellt. Er arbeitete danach weiter als Komponist und Dirigent. Keines seiner Kinder überlebte den Zweiten Weltkrieg. Heute ist er wegen seiner antisemitischen und deutschnationalen Haltung umstritten. Er starb an den Folgen eines Schlaganfalls.

Arnold Schönberg (1874–1951) ist einer der bedeutendsten Komponisten des 20. Jahrhunderts und die zentrale Figur der Zweiten Wiener Schule. Schönberg entwickelte die theoretische Formulierung der Zwölftonmusik und trug zur Entstehung der Neuen Musik bei. Er lernte Alexander Zemlinsky kennen, als er 1895 mit ihm in einem Orchester spielte, und heiratete dessen Schwester 1901. Er arbeitete als Dirigent und Komponist in Wien, auch als Lehrer. Im Ersten Weltkrieg diente er in einer Militärkapelle. Zwischen den Kriegen komponierte er die ersten Werke in der Zwölftontechnik und unterrichtete viele später bekannte Musiker. Nach einer Station in Paris emigrierte er 1933 in die USA, wo er wie viele andere Emigranten in der Nähe von Los Angeles wohnte. Er komponierte und schrieb auch musiktheoretische Werke. 1951 starb er an einem Herzleiden.

FRANZ SCHREKER (1878–1934) entwickelte sich zu einem der meistgespielten österreichischen Komponisten seiner Zeit. 1920 bis 1931 war er Direktor der Berliner Akademischen Hochschule für Musik (heute die Universität der Künste). Später arbeitete er noch als Leiter einer Meisterklasse für Komposition. 1934, kurz nach seiner von den Nazis veranlassten Versetzung in den Ruhestand, starb der Sohn eines jüdischen Hoffotografen und einer Angehörigen des altsteirischen Adels an einem Herzinfarkt.

BRUNO WALTER (1876–1962) war deutsch-jüdischer Komponist und Dirigent und arbeitete unter anderem als Kapellmeister des Leipziger Gewandhauses, als Chefdirigent der New Yorker Philharmoniker und ständiger Gastdirigent der Wiener Philharmoniker. 1894 war er in Hamburg Gustav Mahlers Assistent und Schüler. Später hatte er selbst einige Schüler und Protegés, unter anderem als er dafür sorgte, dass der bis dahin noch unbekannte Leonard Bernstein als Dirigent der New Yorker Philharmoniker für ihn einspringen durfte. Bruno Walter ist heute mehr als Dirigent denn als Komponist bekannt. Er starb 1962 in Beverly Hills.

FRANZ WERFEL (1890–1945) war ein österreichischer Lyriker, der zu seiner Zeit für einen Dichter ausgesprochen erfolgreich war. Bis er Alma traf, bestand sein Erfolg allerdings eher in der Theorie, das heißt, er verdiente kein Geld damit. Alma überredete ihn, längere Formen auszuprobieren, so dass er auch noch ein sehr erfolgreicher, gefeierter Romancier wurde, was sich auch in entsprechenden Honorareinnahmen niederschlug. Während dieser Zeit führte Alma ein großes Haus, in dem alles, was in Wien Rang und Namen hatte, ein und aus ging. Weil er Jude war, wurde Werfel unter den Nationalsozialisten aus der Preußischen Akademie der Künste ausgeschlossen. Seine Bücher wurden verboten, und später musste er zusammen mit Alma aus Österreich fliehen; sie emigrierten in die USA.

ALEXANDER ZEMLINSKY (1871–1942) war ein österreichischer Dirigent und Komponist. Er fiel schon früh wegen seines Talents auf und besuchte das Konservatorium der Gesellschaft der Musikfreunde in Wien, wo er nach drei Jahren ein Stipendium bekam. Er studierte Klavier und Komposition, und nach Ende des Studiums trat er als Solist auf. Er war recht klein und dünn und wurde wegen seiner Statur als kriegsuntauglich eingestuft. Er arbeitete unter anderem in Prag, Berlin und Wien. Seine erste Frau Ida starb 1929, danach heiratete er seine Geliebte Louise. Das Klima für den Sohn einer jüdischen Mutter wurde zwischen den Kriegen immer schwieriger. 1938 emigrierte er mit seiner Frau in die USA, allerdings war seine Gesundheit zu diesem Zeitpunkt schon stark angegriffen. Er starb 1942.

ZITATE UND LITERATUR

ZITATE:

Seite 5: »*Ich bin zwei: Ich weiß es. (…)* Zitiert nach: Alma Mahler-Werfel: Tagebuch-Suiten 1898–1902, Seite 752, Frankfurt am Main 2002

Seite 56ff: *Gustavs Brief* an Alma aus dem Dezember 1901 (vor der Hochzeit) ist gekürzt und in eine moderne Sprache übertragen worden. Die Vorlage findet sich unter anderem in: Susanne Rode-Breymann: Alma Mahler-Werfel, Muse – Gattin – Witwe. Eine Biografie, Seite 80 ff, München 2014

Seite 107: *Momentan ist meine Empfindung wie erstarrt (…)* Zitiert nach: Susanne Rode-Breymann: Alma Mahler-Werfel, Muse – Gattin – Witwe. Eine Biografie, Seite 178, München 2014

Seite 299: *Franz Werfel: Die Erkennende*, zitiert nach https://www.oxfordlieder.co.uk/song/1955, abgerufen am 13.12.2021, wo Alma als Komponistin des gleichnamigen Lieds geführt wird

Seite 306: *Wenn es nur einmal so ganz stille wäre.* Zitiert nach: Rainer Maria Rilke: Gesammelte Werke, Seite 210, Köln 2013

LITERATUR:

Susanne Rode-Breymann: Alma Mahler-Werfel, Muse – Gattin – Witwe. Eine Biografie. München 2014

Bernd Polster: Walter Gropius, der Architekt seines Ruhms. München 2019

Alma Mahler-Werfel: Mein Leben. Biografie. Frankfurt am Main 2018

Alma Mahler-Werfel: Tagebuch Suiten 1898–1902. Frankfurt am Main 2002

Alma Mahler – Arnold Schönberg: Ich möchte so lange leben, als ich Ihnen dankbar sein kann. Der Briefwechsel, herausgegeben von Haide Tenner, Wien 2012

Ursula Muscheler: Mutter, Muse und Frau Bauhaus, Die Frauen um Walter Gropius. Berlin 2018

Winfried Nerdinger: Walter Gropius, Architekt der Moderne, 1883–1969. München 2019

Oliver Hilmes: Witwe im Wahn. Das Leben der Alma Mahler-Werfel. München 2004

Caroline Bernard: Die Muse von Wien. Aufbau Taschenbuch Verlag, Berlin 2020

Friedrich Weissensteiner: Die Frauen der Genies. Wien / Frankfurt 2001

Françoise Giroud: Alma Mahler oder die Kunst, geliebt zu werden. München 2006

Christian Brandstätter: Wien 1900. Kunst und Kultur, Fokus der Europäischen Moderne. München 2015

Reinhold Happel, Birgit Schulte: Karl Ernst Osthaus, Walter Gropius. Der Briefwechsel 1908–1920. Essen 2019

Sylvia
Frank

GALA &
DALI

DIE UNZERTRENNLICHEN

Roman

atb

KAPITEL 1

Cadaqués, 1929

»Es riecht nach Fisch!«

Widerstrebend stieß Gala die Autotür auf, und ihr Blick folgte dabei ihrem rechten Fuß. Er steckte in einem eleganten Samtpumps, dessen Spann mit einem Goldmedaillon verziert war. Es gab ein scharrendes Geräusch auf dem unebenen Pflaster, als sie mit dem Hacken einen sicheren Stand suchte. Dann erhob sie sich vom Polster des Sitzes, zupfte die Jacke ihres eleganten schwarzweißen Reisekostüms zurecht und schaute sich um, das Gesicht von der breiten Krempe ihres Hutes beschattet.

Sie seufzte.

Allein die Fahrt im Automobil war eine einzige Tortur gewesen. Im französischen Teil Kataloniens hatte sie sich wenigstens noch an den prachtvollen Farben der Weinberge und der Pfirsich- und Aprikosenplantagen erfreuen können. Aber nachdem sie die Grenze hinter sich gelassen hatten, schienen sie nicht nur ein anderes Land, sondern auch eine völlig veränderte Landschaft zu durchqueren. Die Ausläufer der Pyrenäen waren in eine endlose, von Hügelketten durchzogene Hochebene übergegangen, die sich ihr schroff, eintönig und auf eine unerklärliche Weise abweisend und herrisch in der glühenden Sonne darbot.

Ihrem Mann Paul, der mit zusammengekniffenen Augen das Lenkrad umklammert hatte, schienen die brütende Hitze und der Motorenlärm nichts auszumachen. Die hochgekrempelten Hemdsärmel gaben seine gebräunten Arme frei. Sie hatte sein ebenmäßiges Profil betrachtet. Seine Augen und die geschwungenen Lippen verliehen ihm trotz seiner vierunddreißig Jahre immer noch etwas Jungenhaftes. Sowieso hatte er sich in seinem Aussehen in den letzten Jahren kaum verändert. Dieselben eng stehenden blauen Augen, die gerade, fast aristokratisch anmutende Nase und der melancholische Zug um den Mund.

Nur der Scheitel, den er vor sechzehn Jahren bei ihrem Kennenlernen in der Lungenheilstätte in Clavadel in der Schweiz noch getragen hatte, war inzwischen einem höheren Haaransatz gewichen.

Gala hatte während der Fahrt das Fenster geöffnet, und mit dem Staub war der schwere Geruch von trockener Erde zu ihr hereingedrungen. An den Berghängen ließen sich Terrassen erkennen, befestigt durch niedrige Steinmauern, an denen kupferfarbenes Moos klebte und auf denen einst Wein angebaut worden war. Doch die Reblaus hatte die Bestände vernichtet, und die Böden verwahrlosten zusehends. Man überließ sie solchen Pflanzen, die darauf überleben konnten: Disteln, Fenchel und knorrigen Olivenbäumen.

Angestrengt hatten sie die ganze Zeit über nach dem Meer Ausschau gehalten, und immer, wenn sie glaubten, es entdeckt zu haben, erwies sich der Fetzen Blau als ein

Stückchen Himmel, eingeklemmt zwischen kargen, schuppigen Hügeln.

Manchmal gelang es ihnen, ein Gehöft zu erspähen. Unweit der Straße duckten sich die Natursteinhäuser Schutz suchend in eine Senke, erschöpft von der Glut und vom Bergwind gepeinigt.

Als sie an der Küste den Abstieg mit seinen steilen Kurven hinter sich gebracht hatten und der schmalen Straße zum Meer gefolgt waren, hatte Gala sich eingestehen müssen, dass ihr die Gegend nicht unbedingt besser gefiel.

Nun hob sie die Augen vom Pflaster und sah sich auf dem winzigen Platz um, dessen einziger Reiz aus einem Spalier halb verdorrter Bäume bestand. Daran anschließend gab es einen schmalen zerfurchten Sandweg, der ansatzlos in einen steinigen Strand überging.

Es war heiß, und kein Mensch war auf der Straße. Der Ort schien verlassen. Nur einige Fischerboote lagen auf den rund gewaschenen Kieseln, dahinter in der Bucht, weiträumig eingeschlossen von zwei flachen Landzungen, flimmerte das Mittelmeer.

Gala drehte den Kopf. Sie vermutete, dass dort drüben, wo sich die weiß getünchten Häuser im gleißenden Licht auf einem Felsvorsprung drängten, die Altstadt lag. Sie konnte von hier aus den Glockenturm der Kirche erkennen. Im Vergleich zu Paris wirkten die Gebäude wie ineinander verschachtelte Miniaturbauten. Auf seltsame Weise fremdartig. Gala empfand sie wie Bilder in einem Traum, als wären sie eine Erinnerung, etwas, das längst vergangen war.

Sie presste die Lippen aufeinander. Wie trostlos, dachte sie. Ein wahrhaft gottverlassener Ort. Sie spürte, wie Wut in ihr aufstieg, und sie warf Paul einen gereizten Blick zu.

Warum hatte sie sich von ihm überreden lassen, ausgerechnet in so einem Kaff am Ende der Welt die Ferien zu verbringen? Sie sollte jetzt in Locarno in einem schicken Café sitzen oder am Nordufer des Lago Maggiore die Promenade entlang flanieren.

Gala zog an ihrer Handtasche und ließ die Autotür zufallen. Sie war kurz davor, ihrem Ärger Luft zu machen, doch sie hielt sich zurück.

Selbstverständlich kannte sie die Gründe, die zu dieser Reise geführt hatten. Paul hatte es ihr in ihrer gemeinsamen neuen Wohnung am Montmartre lang und breit auseinandergesetzt. Er hatte erklärt, dass vor allem ihr aufwendiger Lebensstil schuld an der Misere sei. Er zielte damit auf seine teure Kunstsammlung und ihre luxuriöse Garderobe ab. Ihr beider Unvermögen, sich den neuen Umständen anzupassen, lag aus seiner Sicht darin, dass sie einfach keine sparsamen Menschen waren.

Sie wusste jedoch, dass seine Argumente nur zur Hälfte der Wahrheit entsprachen. Den wesentlichen Anteil daran, dass sein Vermögen so gewaltig geschrumpft war, hatte die Wirtschaftskrise, die den Wert seiner Aktien und Wertpapiere über Nacht halbiert hatte.

Deshalb hatte sie sein Gerede vom ausschweifenden Luxusleben und dem dadurch fehlenden Geld auch als Kränkung empfunden, als regelrechte Ungezogenheit.

Aufgebracht fischte sie den Lippenstift aus der Tasche, öffnete die goldene Fassung und beugte sich zum Seitenspiegel hinab. Die Reise hatte deutliche Spuren hinterlassen. Sie sah müde und verschwitzt aus. Es kam ihr vor, als würden die Bereiche ihres Gesichts, die sie am wenigsten mochte, die hohen Wangenknochen und das energische Kinn, noch deutlicher als sonst hervortreten. Zwei dunkel umschattete Augen schauten sie angestrengt an. Entschlossen konzentrierte sie sich auf ihren Mund, auf die sinnlichen Lippen, zog sie geschwind nach und presste sie fest aufeinander. Dann richtete sie sich wieder auf.

Im Grunde respektierte sie Pauls Entscheidung, nach Cadaqués zu fahren. Aber nach wie vor war ihr unklar, warum Paul ausgerechnet diesen Ort für sein aktuelles schriftstellerisches Unterfangen gewählt hatte. Wieso hoffte er, gerade hier seine Schreibblockade überwinden zu können?

Vielleicht gab er sich der Illusion hin, der fremdartige Geist eines katalanischen Fischerdorfes würde ihn beflügeln.

Gala hob abschätzend eine Augenbraue und betrachtete ihren Mann, der neben dem Wagen den Rücken streckte, während sein Blick über die klassizistische Fassade des Gebäudes glitt, vor dem sie gehalten hatten.

Unmerklich schüttelte sie den Kopf.

Sie wusste, dass es ausschließlich attraktive Frauen und die erotischen Reize einer Affäre waren, die ihn zu neuen lyrischen Meisterwerken inspirierten. Aber sie konnte sich nicht vorstellen, dass es hier Frauen gab, die dafür infrage kamen.

»Wollen wir …?« Paul deutete auf den Eingang, über dem ein Schild mit der Aufschrift *Hotel Fonda Miramar* befestigt war.

Die Lobby war winzig. Nur ein paar Stühle waren um einen flachen Holztisch gruppiert. An der gegenüberliegenden Wand stand, unter einem blassen, goldgerahmten Spiegel, ein Sofa mit wuchtigen Seitenlehnen, schweren Kissen und Kordelquasten am gesteppten Plüschsaum.

Paul wandte sich der polierten Holztheke zu, wo ein Mann mittleren Alters überrascht von seiner Zeitung aufblickte.

»Bonjour«, begrüßte Paul ihn.

»Buen Dia.«

»Richtig. So heißt es hier.« Paul lächelte jovial. »Haben Sie geöffnet?«

»Sí.«

»Ich dachte nur …« Paul deutete unbestimmt mit dem Daumen über die Schulter. »Da draußen ist keine Menschenseele.«

»Siesta, Señor.«

»Aha.«

Gala beobachtete, wie der Mann gemächlich die Zeitungsseiten übereinanderlegte, sie faltete und weglegte. Er trug ein weites weißes Hemd mit ausgestellten Ärmeln. Das zurückgekämmte Haar glänzte pomadig.

»Sie machen keine Siesta?«

Der Mann blickte Paul an und zuckte mit den Schultern. »Wir sind ein Hotel«, stellte er fest, ohne die Frage zu beantworten. »Sie sind Gäste?«

»Soeben angereist.« Paul stemmte sich mit beiden Armen auf die Theke. Seine Haltung nahm etwas Gebieterisches an. »Paul Éluard, ich habe bei Ihnen eine Suite reserviert. Für drei Personen.«

Der Mann senkte den Blick auf ein dickes Buch, das aufgeschlagen vor ihm lag. Kurz darauf tippte er mit dem Zeigefinger auf einen Eintrag. »Sí, Señor Éluard.«

Er hob den Kopf. »Aber hier, im Miramar, gibt es keine Suiten. Nur Zimmer. Das habe ich Ihnen mitgeteilt.«

»Haben Sie?«

Paul wechselte einen schnellen Blick mit Gala. Ein Schatten huschte über sein Gesicht. Der Hotelier schien das zu bemerken.

»Selbstverständlich haben wir für Sie unser schönstes Zimmer reserviert«, beeilte er sich zu versichern. »Mit Blick aufs Meer und den Strand.« Er zögerte kurz. »Ihr Kind wird sogar ein eigenes Zimmer bewohnen. Aber keine Sorge, es befindet sich gleich nebenan.«

Er verstummte, sein Blick wanderte suchend zwischen ihnen hin und her und dann zum Eingang.

Gala verstand. »Unsere Tochter reist später an.«

Der Mann gab sich mit der Antwort zufrieden. Er machte einen Vermerk, dann drehte er sich um, zog einen Schlüssel vom Haken und legte ihn vor sich auf den Tresen.

»Was kann ich noch für Sie tun?«

»Gegen eine Erfrischung wäre nichts einzuwenden«, erklärte Paul.

»Gern. Was möchten Sie?«

»Champagner. Eisgekühlt.«

»Ausgezeichnete Wahl.« Der Mann klingelte und verschwand hinter einer Tür.

Paul zog eine zerknautschte Schachtel Gauloises aus der Hosentasche. »Du magst doch Champagner, Schatz?«, fragte er, steckte sich eine Zigarette zwischen die Lippen und riss ein Streichholz an.

Gala nickte nur unbestimmt.

Mit einer lässigen Geste führte er die Flamme an den Tabak und setzte ihn knisternd in Brand.

Der Hotelier kam mit einem Sektkübel zurück, öffnete die Flasche und füllte zwei schlanke Kristallgläser. Das bernsteinfarbene Getränk perlte prickelnd.

Paul reichte Gala eines der Gläser und stieß mit ihr an.

Dann wandte er sich wieder dem Hotelier zu.

»Scheint ein nettes Örtchen zu sein.«

»Ja, finden wir auch. Was führt Sie hierher?«

»Die Sommerfrische. Paris ist im August kaum auszuhalten.«

Gala hörte nicht länger zu. Sie blickte zur Tür hinaus, in die flimmernde Hitze, wo unerwartet zwei Frauen in der Ferne am Strand auftauchten. Ihre Schatten fielen auf den roten Sand.

Eine Jüngere und eine Ältere. Sie unterhielten sich.

Die weiten Röcke ihrer derben Kleider falteten sich bei jedem Schritt wie Fächer auseinander, in denen sich das Sonnenlicht fing, und mit hoch erhobenen Händen stützte jede von ihnen eine dunkelgrüne Amphore, die sie, gebettet auf ein kleines Polster, auf dem Kopf trugen.

Als sie aus ihrem Blickfeld verschwunden waren, blieb Gala noch eine Weile stehen, als wartete sie darauf, dass die beiden Frauen noch einmal zurückkehrten. Doch der Ausschnitt im Türrahmen bot ihr nun nur noch den ewig gleichen Blick auf den Geröllstrand, den Bug eines Fischerbootes, die Felsen im Hintergrund und darüber einen blassblauen Himmel.

Plötzlich überfiel sie ein Gefühl von Ungeduld.

Noch immer schwatzte Paul mit dem Hotelier und schien sichtlich Gefallen daran zu finden. Der Zigarettenqualm machte ihr indessen das Atmen schwer.

Sie stürzte den Rest des Champagners hinunter und kämpfte gegen den Drang an, sofort zum Auto zu laufen, sich hinter das Lenkrad zu setzen und ohne eine Erklärung abzufahren.

Sie wollte nicht hier sein.

Das war nicht der Ort, an dem sie ihre Ferien verbringen wollte.

Warum konnte Paul das nicht verstehen?

Die Antwort, die sie sich darauf gab, war so überraschend wie einfach: weil es ihn nicht interessierte.

Gala stellte das Glas auf den Tresen zurück.

»Paul!« Sie berührte ihn am Arm und wartete unruhig, bis die beiden Männer das Gespräch unterbrachen und Paul sie endlich ansah. »Ich würde jetzt gern das Zimmer sehen.«

Der Hotelier nickte ihr aufmerksam zu, griff nach dem Glas und rief über die Schulter einen Namen in das Halbdunkel hinter der Rezeption. Wenig später erschien ein

Junge von etwa dreizehn Jahren, unverkennbar der Sohn des Mannes. Er begrüßte sie mit einem höflichen Kopfnicken. Anschließend führte er sie zwei Steintreppen, die von einem eisernen Geländer gesäumt waren, hinauf. Sie durchquerten einen langen schattigen Flur, vorbei an drei geschlossenen Türen. Am Ende blieb der Junge vor einer lindgrünen Zimmertür stehen, nahm den Schlüssel und öffnete sie mit Schwung. Er zögerte kurz, als müsste er sich vergewissern, dass sich in der Stille, die ihn erwartete, keine Gefahr verbarg, bevor er mit schnellen Schritten den Raum betrat, die Verriegelung der Balkontüren löste und die Fensterläden aufstieß. Augenblicklich überzog helles Sonnenlicht alle Gegenstände mit einer goldenen Patina, und es hatte den Anschein, als hätte sich das Zimmer von einem Moment auf den anderen komplett verändert.

Das Doppelbett mit dem weißen Leinenbezug und den roten Wolldecken am Fußende beanspruchte den meisten Platz im Zimmer, dicht gefolgt von einem dunkel gebeizten Barockschrank an der gegenüberliegenden Wand.

Zwischen den beiden bodentiefen Glastüren, die auf den Balkon hinausführten, standen zwei blau gemusterte Sessel und ein halbhoher Beistelltisch mit einem vierarmigen Kerzenleuchter darauf. Bunte gewebte Matten schmückten den Steinboden.

Der junge Mann räusperte sich und deutete auf die Ecke rechts von ihnen, wo die Wände mit mehreren Reihen flaschengrüner Kacheln beklebt und zwei Schüsseln in einer Marmorplatte auf dem Waschschrank eingelassen waren.

»Da die Zimmer über kein fließendes Wasser verfügen, wird der Wasserkrug von uns mehrmals am Tag neu befüllt«, erklärte er mit gewichtiger Miene.

»Und was ist, wenn ich ein Bad nehmen möchte?«, fragte Gala gereizt. Ihr waren die Spritzer, Kleckse und Wasserflecken auf den Kacheln nicht entgangen, ebenso wenig wie die Feuchtigkeit am Boden, die von einer hartnäckigen, immer wieder neu entstehenden Wasserlache stammen musste.

Der Sohn des Hoteliers kam pflichtbewusst einige Schritte auf sie zu. »Das ist jederzeit möglich, Señora. In unserem Hotel gibt es ein separates Badezimmer für die Gäste. Sie müssen sich nur vorher an der Rezeption melden, damit wir es für Sie reservieren und rechtzeitig den Badeofen anheizen können.«

Er verstummte und vermied es, ihrem Blick zu begegnen.

Noch bevor Gala etwas erwidern konnte, kam Paul ihr zuvor. Er nestelte einen Geldschein aus der Hosentasche und gab ihn dem Jungen. »Wenn Sie sich bitte um unser Gepäck kümmern könnten«, sagte er und dirigierte ihn sanft aus dem Zimmer.

»Zu Ihren Diensten, Señor.«

Nachdem Paul die Tür hinter ihm geschlossen hatte, blieb er unschlüssig im Raum stehen.

Wortlos warf Gala ihre Tasche aufs Bett, packte einen der Sessel, der vor dem Balkon stand, bei der Lehne und schob ihn geräuschvoll neben das Bett.

»Was machst du da?«

Sie hob kurz den Kopf. »Du willst schreiben, und in der Mauernische neben der Tür ist es zu dunkel dafür.«

Paul nickte. Noch immer wusste sie viel besser als er, was gut für ihn war. Kurz entschlossen stellte er den Kerzenständer auf den Boden, griff nach dem Beistelltisch, hob ihn auf die Sitzfläche des zweiten Sessels und schob beides zur Seite.

Danach trugen sie gemeinsam den massiven Schreibtisch vor das Fenster.

Es klopfte, und Paul ging zur Tür, um von Vater und Sohn das Gepäck in Empfang zu nehmen.

Indessen hatte sich Gala auf den Stuhl vor dem Schreibtisch gesetzt und betrachtete die Arbeitsplatte. Die Politur glänzte matt. Der Tisch wirkte unbenutzt, fast neu, und als sie sich vorbeugte, um nacheinander die drei Schubladen zu öffnen, glaubte sie, den unverkennbaren Geruch von frisch verleimtem Holz wahrzunehmen.

In den Fächern fand sie nur einige Bögen Briefpapier mit dem Namen des Hotels, eine Bibel und einen länglichen Karton mit Kerzen. Sie leerte die beiden oberen Laden – sie würden einzig Pauls Gedichtentwürfen vorbehalten bleiben – und deponierte alles in der unteren. Dann richtete sie sich wieder auf und blickte zu Paul.

Er stand etwas verloren neben einem Haufen Gepäck, der sich mitten im Zimmer auftürmte. Darunter ein Reisekoffer mit genieteten Ecken, zwei große Reisetaschen sowie Kartons und Schachteln, von denen Gala wusste, dass sie neben Hüten und modischen Accessoires auch seine Schreibmaschine und Papier enthielten.

Das alles zu verstauen würde einige Zeit in Anspruch nehmen, und er machte sich schon daran, den großen Koffer zu öffnen.

Galas ganze Aufmerksamkeit hingegen galt vorerst allein Pauls Wirkungsbereich während des Aufenthaltes. Sie trat an das Gepäck heran, überflog die Aufschriften der Schachteln, zog eine heraus, trug sie zum Tisch und öffnete sie. Vorsichtig hob sie die Schreibmaschine heraus und platzierte sie mitten auf dem Tisch. Zwischen ihr und dem Stapel weißen Papiers ließ sie einen Zwischenraum für Pauls Notizbuch, das er stets bei sich trug und dem er seine spontanen Eingebungen anvertraute.

Sie erhob sich und dachte zum ersten Mal daran, dass er es vielleicht nicht schaffen könnte, sich von den Fesseln seiner Sprachlosigkeit zu befreien. Sie befürchtete, seine Kraft und die Neugier, das Schicksal noch einmal herauszufordern, könnten dafür nicht mehr reichen.

Gala rückte den Stuhl zurecht und gestand sich ein, dass sie diesen Gedanken ebenso wenig ertrug wie jenen, dass ihr Opfer, sich in den Dienst seiner Dichtung zu stellen, umsonst gewesen sein könnte.